梅雨时节

费宜和 著

上海三联书店

图书在版编目（CIP）数据

梅雨时节/费宜和著．—上海：上海三联书店，2023. 1
ISBN 978-7-5426-7976-5

Ⅰ．①梅…　Ⅱ．①费…　Ⅲ．①长篇小说-中国-当代
Ⅳ．①I247.5

中国版本图书馆 CIP 数据核字（2022）第 235605 号

梅雨时节

著　　者／费宜和

责任编辑／吴　慧
装帧设计／一本好书
监　　制／姚　军
责任校对／王凌霄

出版发行／上海三联书店
　　　　（200030）中国上海市漕溪北路 331 号 A 座 6 楼
邮购电话／021-22895540
印　　刷／上海颛辉印刷厂有限公司

版　　次／2023 年 1 月第 1 版
印　　次／2023 年 1 月第 1 次印刷
开　　本／890 mm×1240 mm　1/32
字　　数／310 千字
印　　张／15.5
书　　号／ISBN 978-7-5426-7976-5/I·1798
定　　价／68.00 元

敬启读者，如发现本书有印装质量问题，请与印刷厂联系 021-56152633

上篇

太原路上，夜起的风雨，风声雨声，时高时低，时近时远，声声缠绕。这几天的天气预报，天天提到有大雨，局部暴雨。雨已落了多日，空气也是发黏。

琬怡想到女儿觅波，想着现在不会还野在外头吧，应该是在学校的寝室里。

孃孃来电话，时间已经很晚。孃孃一直有一个习惯，与一些海外的亲戚通完电话，几乎是不隔夜的，要将通话内容告诉琬怡。由于时差的关系，往往是这个时点，虽说不是经常，但也不少。孃孃来电话，总是开口先问觅波，琬怡就说一声觅波在学校里也就带过。接着便是孃孃说起与这些亲戚通电话的事。孃孃说着，琬怡应着，哪怕琬怡觉得一天工作下来已经很吃力，但也打起精神听着，免得让孃孃觉得敷衍。

琬怡一直觉得自己家里的亲戚差不多都是在海外的。年幼时，还听阿爸说起过湖州乡下的一些人和事，不过也仅限于阿爸的嘴上说说，想来阿爸嘴里湖州乡下的亲戚早就断了联系，或是早就移居海外。阿爸也有说起过这些海外亲戚曾经在上海的经历，但这些事好像都停留在 1949 年时的这座城市，阿爸是怎样送别这一家一家的亲戚。当时，黄浦江边簇拥着送别的人，即将启航的船上，同样站满泪湿衣襟，眼神迷惘的离乡人。有一个亲戚，直到最后，几乎是眼见烽火连天了，才挤进最后飞香港的飞机。琬怡完全可以想象当时这样的场面。早些年，国门重新开放时，孃孃便陆续联系上了这些亲戚，都已是散落在世界各地。在那段日子里，琬怡听孃孃不断说着他们的近况，就像在听一个个异域的故事。近些年，与这些亲戚时常都在联系，也时常有些走动，通讯与交通的便捷又似乎拉近了这些亲情。联系多了，琬怡觉得孃孃与这些亲戚的通话，不再有当初许多新奇的内容，也就是一些家长里短的闲话。其实很多时间，孃孃是直呼其名说着某个亲戚，有些琬怡也熟，有些孃孃提得不多，琬怡的脑子里就要确认一番，什么国家，哪个城市，属于亲戚关系里的哪个辈分。

今天与孃孃通电话的是英国伦敦的一个亲戚，是阿爸和孃孃的堂弟，琬怡叫他叔叔，也已见过多次面，算是很熟悉的。孃孃说了与这位伦敦叔叔的通话内容，还讲几个人都在问琬怡。孃孃转述着问候，琬怡脑子里闪过伦敦叔叔家里几个人的脸。琬怡现在听到伦敦亲戚的这些问候时，会添加上自己多重的读解。

当年孃孃刚刚从宁夏退休回上海，有一段时间，特别起劲地鼓动琬怡出国，当时也正值出国潮。孃孃搜索了一遍家里的亲戚，近的在新加坡，远的在美国、英国，甚至在巴西圣保罗。当时也是孃孃作的主，比较了各个国家与城市的情况，比较了与这些亲戚的关系亲疏，把几种出国的途径也研究了一番，最后定下来准备去英国。顶要紧的是有关出国的费用，孃孃一开始就许诺过，表示不用琬怡担心，当时孃孃是全力以赴。嫌邮信太慢，那时国际长途电话还很贵，孃孃不惜这些，频繁地与伦敦叔叔通电话，问这问那，总想问得清楚仔细。伦敦叔叔也是很帮忙，除了盛情邀请，也四处奔走，相帮落实琬怡去英国学习的事宜。琬怡当时忙着各类资料的公证，熟悉着英国的相关信息。当时确定了航班时间，飞机票也订好。同时，琬怡的脑海也常闪现阿爸曾说起的当年那些亲戚离开上海时的情景。也就是在最后一刻，要出发时，琬怡不想走了。当时孃孃已奔忙了好一阵，并且为了办各种手续，钱已花去不少，伦敦那边学校的学费也已缴清，还有那张价格不菲的飞机票，可琬怡说不去就不去了。原本孃孃眼看着心愿既成，但琬怡一下子偃旗息鼓，孃孃是再三做琬怡的思想工作，但琬怡似乎是下定决心不走了。孃孃当然很失望，还有点生气，更有点伤心。有段时间，孃孃与琬怡竟然一下子话少了许多，孃孃对于琬怡的任何事都是不闻不问的态度。

琬怡出国的事如同一段被故意遗忘的插曲。若是岁月静好，这一切原该了无痕迹地过去，然而偏偏是一种难以名状的思绪，不晓得怎么一直左右着琬怡。这些年来，每每遇到不顺心的事时，工作上的或是生活方面的，琬怡就会归咎当初这个留下来的决定，而且随着时间的推移，这种内心的质疑日益增多。

其实在当时，琬怡很明白孃孃让自己出国的目的，当时的孃孃看不惯大明，更不看好琬怡与大明的将来。孃孃只是采取了一些迂回的方法。孃孃认为琬怡在最后一刻放弃出国，肯定是因为与大明的恋情，孃孃是有点责怪琬怡的。琬怡仔细想来，觉得当时这样选择，也全不是因为考虑到与大明的关系。当时琬怡与大明是不咸不淡地谈着恋爱。琬怡在办这些出国手续时，的确想到过大明，是想开口与大明商量的，想着大明会有几种答案，也想过孃孃会有的态度。当时，犹豫中的琬怡，竟然不晓得跟大明从何说起，似乎都是背着大明在办这些出国的手续，想着临走时再跟大明说，或是出了国也可以写信给大明说明这一切，所以，最后琬怡放弃出国时，大明其实浑然不觉。要说大明在这段时间里，至多会觉得琬怡的情绪有点异样，有点闷，有点作，时而主动，时而拒人千里。许多年之后，琬怡依旧能够回忆起在这段日子里，自己与大明相处的所有细节，当时想得最多是，出国了，与大明的这段缘分肯定就结束，所以与大明的每次约会，就像是最后一次的相见。当时琬怡的心里是有点怪大明的，怪大明的粗心，身边差一点掀起滔天巨浪，他竟然木知木觉。这些年来，每每想到这些，琬怡也觉得不可思议，也弄不清当时自己是什么心思。这些年来，琬怡一直是在细细地深究这些，她想到过当时的自己，在有点混沌的岁月里，一个混沌的自己，根本没有想好做怎样的自己，也没想好需要怎样的生活。当然，也不是一句“幼稚”所能概括的。

近些年，琬怡好几次陪着孃孃出国旅游或探亲。三年前，琬怡陪孃孃去英国游玩。曾经差一点移居英国的琬怡，总算是踏上了这个岛国的土地，心绪与去其他国家游玩肯定有点区别。琬怡和孃孃在伦敦叔叔家里小住了几天。伦敦叔叔是个很和善的人，在上海已经是多次见过面了。伦敦叔叔有一个女儿，与琬怡同岁，虽说是初次见面，但在后来的一些天里，两人相处投缘。伦敦叔叔的女儿带着琬怡，逛遍了牛津街、莫尔顿南街，布鲁克街等街道，在诺丁山小店里轻松小憩，在泰晤士北岸流连忘返……走在伦敦的街道上，伦敦的风和日丽，伦敦的绵绵丝雨，琬怡都感到一种与生俱来的契合。与伦敦叔叔的女儿，更是有一种亲切感，琬怡甚至在她身上看到了自己的影子，想着自己若是当初来到伦敦，一定会跟她形影不离的，也会跟她一样的做派，喜欢同样的衣服，喜欢同样的食物。琬怡当时就有这样的想象，若是当初自己选择出国，现在又会怎样，自己肯定就是眼前伦敦街头人流中的一个。

从英国回来后，有一段时间，琬怡的情绪很低落。琬怡又在想着当初放弃出国的决定，不过，琬怡似乎找到了一点答案。琬怡想到了阿爸，想到了自己的家，以及周围的马路与建筑。琬怡从小就跟着阿爸走在这样的环境里，平常是熟视无睹的，而每当离开了一段时间，琬怡再环看自家周围，总会有些新的感触。不变的建筑、郁葱的树木，应着四季的轮替，透出的气息让人既熟悉又觉得清新。相比有些纷扰的外面世界，琬怡觉得家门口的这些马路，还有这些错落的建筑，就有几分时空凝固的味道。再想阿爸，当年偏居一隅，虽是无奈，但多少也是让阿爸得以随遇而安。只是当这个城市进入日新月异的发展年代时，当这个城市的版图飞速扩展时，人们津津乐道这个城市发生的变化时，琬怡发现自己所居住的这片街区已经是黯然失色，宁静的环境多了几分冷落，甚至是萧条。琬怡想到了外面世界的璀璨和眼前平淡街景的差别。琬怡多次想到阿爸那时的心境，想到自己的现在竟然与阿爸是差不多的心相。周遭的这份清静与安宁，不但是环境上阻绝了外面世界的纷扰，再仔细揣摩，竟还有几分恍若隔世的味道，琬怡感到的是一份心安理得，进而她觉得，正是眼前的居住空间，还有这四周的环境，才是自己当初不离开这个城市的理由，这便是一种生活方式的选择。琬怡似乎有点释然。

孃孃还在电话里讲："刚才电话里，你伦敦叔叔还说搬场了，口气好像并不高兴，说是搬到金丝雀码头那边，靠近泰晤士河，又是金融城这一带。"琬怡脱口而出："伦敦叔叔的女儿就住在金融城。"孃孃讲："是吗，应该是想靠着女儿更近一些，只是不晓得现在这个地方怎么样。原来的地方，你伦敦叔叔住了也五十多年，当初你伦敦叔叔去英国就是住在那里的。那年和你去伦敦时，还住了不少的日子，我还是很喜欢那幢房子和周边的环境。"琬怡"嗯"了一声。孃孃问："原来你伦敦叔叔住在什么地方？我还总喜欢介绍给别人听。"琬怡讲："科林代尔。"孃孃讲："对，对对，就在嘴边，可就忘了怎么说。"

与孃孃的电话结束了，然而琬怡的思绪却还在飞。近些日子，琬怡一直有点失眠，睡在床上，脑海里塞满了各种思绪。外面的风雨，沿着马路，向四周的弄堂蔓延，有点攻城掠地的架势。雨水落到弄堂里的声响，有点轻盈，有点笨重。当这雨水落在下面天井里的那棵芭蕉树上，噼啪声更是响个不停。雨水拍打着窗户，水滴在窗台上溅起，声响细微。雨夜，正是适合这所有的声音交汇在一起。琬怡感到耳朵里整夜充盈着这些声音，而且她还能细细辨别。

琬怡醒来。

其实睡到后半夜，便是半梦半醒，整夜脑子里都是天马行空，好像只有这雨声和风声契合了现实。

晨曦透进整个房间，但琬怡偏要等到闹钟响。真要起床时，身体又是有点发软，起床的动作有点挣扎。

每天早晨，琬怡对着镜子，化妆的时间有点长。毛毛曾经对琬怡说过："女人每天在镜子前浪费的时间最多，从上看到下，看面孔看衣着，左看右看，转身侧面，其实都是与自己的过去在比较，又想着别人的评头论足。"闺蜜毛毛是琬怡小学与中学的同学，毛毛至今与琬怡常有来往。

那时琬怡才生了女儿觅波，或觅波还很小，虽说家里也是叫帮佣阿姨相帮照料，大明也是尽力，孃孃也是常来问问，但无论是谁，都替代不了作为妈妈的琬怡。琬怡每天都累得腰也直不起来，更别说打扮自己，身材也是彻底走样。这样的日子也有几年，当时在杂志社里的工作也有点不顺，而某一天琬怡醒来，似乎觉察到什么，于是积极地健身训练，没过多久，琬怡又是身形挺拔，走起路来也是底气十足，工作起来似乎也是增添了不少信心。不过，天天奋发的状态似乎不可能一直持续，岁月烙在人身上的印记总会日渐明显，后来又是经历了更大的事，这便让人有些气馁。要说女人对镜子其实一点好感都没有，女人最初就是在镜子里接受自己的衰老，女人说得出的一点心事，或是藏在心底里的一点心思，常常是会在脸上表现出来。心事心思无解，而脸上却多出几丝细纹，多出几块黯斑，又是让女人烦心不已。烦心添忧，忧思伤神，在镜中的脸上又是无处遁形。而若哪一天，镜子里看到的这张脸是容光焕发，女人家又会感叹，青春又能几回，终是岁月流逝。要说现在的琬怡每天面对镜子，也总会想到这些。

这时，大明叫吃早饭，琬怡正在屏息描眉，并没有去应大明。琬怡化完妆，到客厅里吃早饭，路过厨房间的门口，看到厨房间有点乱，地上还有几摊水渍，显然是大明刚刚忙好早饭。大明只要用过厨房，就会是这般情景，而且偏是要等到一天结束时，再也捱不过去时，才会想着去打扫。琬怡有点反感，她也说过大明，琬怡说一次，大明也就巴结几天。现在琬怡已经懒得说了，想着自己也从不会去打扫厨房，厨房里的事也似乎都是大明的，自己只是眼不见为净。琬怡从不会去厨房操持什么，这也似乎成了家里的习惯。

当大明将琬怡的早点——三明治与牛奶麦片放上桌时，琬怡正好坐到饭桌旁，时间似乎是卡得正好。大明是在吃面，辛香味的料放多了，气味充盈，加之大明吸面发着声响，琬怡朝大明看了两眼。虽说每天早上夫妻俩的早饭完全两样，但琬怡总还要忍一下这面汤的气味和大明吃面时的动静。琬怡吃着早点。每天吃什么，只要大明不是预先告知的话，琬怡大都是到了饭桌上才晓得，琬怡只顾吃，其余的事一概不管。以往是阿爸做饭给琬怡吃，后来大明进了家门，在厨房间里忙碌的便是大明，而且大明乐此不疲。

琬怡坐在临窗的饭桌旁，琬怡从窗户看出去，落了一夜的雨，丝毫没有停歇的迹象，大半条弄堂，视线到底，就是太原路。

大明放下汤面碗，拿过餐巾纸，揩着油渍渍的嘴巴，又擤着鼻涕，桌上顿时一小堆纸巾团。琬怡皱了皱眉头。

大明抬头看琬怡，讲："昨天跟觅波通电话了，问她休息天为什么不回家，理由说了不少，好像在学校里事蛮多的。"琬怡也就应了一声。琬怡心想，自己正想问，大明倒是说了。再想，昨天夜里自己与客户应酬得有些晚，回到家里又是孃孃的电话，电话结束，大明早已睡下，大明也只能是现在将与觅波通电话的情况相告。只是大明所说的电话内容，在琬怡听来等于没说。

看着窗外的雨天，琬怡想着觅波。觅波小时候，有次问："连续这样的下雨，就叫黄梅天吗?"当时琬怡回答觅波："也就是这个时节，雨水较多，又是梅子成熟的季节，所以才被古人称为梅雨。"琬怡还顺口朗读几句古诗："一川烟草，满城风絮，梅子黄时雨。黄梅时节家家雨，青草池塘处处蛙。"觅波听了，用老嘎嘎的口气讲："好像古人总是比现在的人多些闲心闲情，明明就是黏哒哒、湿叽叽，浑身不适宜的天气，还起了这么个富有诗意的名字。"琬怡想到这一幕，又想到从前乖巧、现在有点桀骜的觅波。

琬怡与女儿觅波之间至今还闹着的一点情绪。女儿觅波在市西郊区上大学。要说觅波以往的读书成绩也是一般，让琬怡操了不少心。考大学也是勉强过关，当时也只是大明与觅波觉得不错，琬怡自是无话可说。觅波进大学后，琬怡很少听到觅波谈起学校的课业，却听觅波说在校参加了不少课余活动社团，什么外太空研究的、喀斯特地貌研究的、投资理财务实操作的、爵士乐赏析的，甚至什么奥黛丽·赫本社团，就是把奥黛丽·赫本的一张像片可以研究半天的那种活动。琬怡感到觅波上大学纯粹是去玩了，很难想象觅波在学校里还有多少时间可以用功读书。当琬怡觉得要出面制止觅波参加太多课余活动时，又传来了觅波参加业余剧社的消息，而且觅波参加业余剧社后，对于演戏更是投入了极大的热情。起初，琬怡和大明都认为这个业余剧社也是学校里的，后来才晓得，这个业余剧社是社会上的一些话剧爱好者自己组织起来的，而且在市东区域。琬怡和大明也疑惑觅波能有什么时间去参加排练或演出，从学校去这个剧社，还要横穿整个上海市区。觅波的回答倒是轻松："肯定是业余时间，剧社里的许多人白天还要上班。""怎么去呀？地铁蛮方便的。"觅波所热心的这一切，琬怡非常担忧，想着自己工作有些忙，又是时常出差，琬怡提醒着大明要看紧点觅波。不过，琬怡又觉得，大明平时就惯着觅波，甚至有点纵容。觅波周末回家来，大明总是早早地计划好了一切，到什么地方去吃饭，吃什么口味的饭菜或是什么点心，变着花样，只要觅波提出，大明也总是乐意陪着去吃。饭桌上的两人，各种话题也是不断，电影电视、音乐绘画，无论中外，甚至包括一些流行的话题。觅波总是侃侃而谈，大明始终微笑地眯着双眼，很专注地听着，不时地插上几句，父女的相谈总是显得投机。难得有时琬怡在场，觅波倒是与琬怡没几句话好说，琬怡更多地会觉得自己像个旁观者。前些日子，觅波还有些欣喜地回家宣布，正在排演的一部话剧，自己可能是女主角。觅波进剧社以来，一直是演些小配角之类。看着父女俩高兴的神情，琬怡再次叮嘱大明要重视觅波的学业。大明口头上是答应着琬怡的，但实际上，琬怡觉得大明对于觅波还是听之任之的。正当琬怡准备抽空好好跟觅波谈谈时，觅波提出要去浙西大峡谷徒步旅行。大明只是关心觅波跟谁一起去，觅波就说是网上报名的，还带有科考的性质，现在挺流行这种旅行的方式。旅行的五天时间，有三天是占用了上课时间，这是琬怡感到万万不行的。琬怡是当即否定。不想，也就为这事，琬怡和觅波拌上了嘴。在觅波去浙西旅行前，母女俩竟打起了冷战。

觅波去浙西大峡谷旅行的几天里，碰上了台风，整支队伍被困在山洞里。琬怡和大明深夜接到信息，虽说觅波的短信是来报平安的，还说一群人在山洞里，围着篝火，都在唱歌跳舞，但当时觅波手机电池已耗尽。琬怡与大明焦急地捱过一个不眠之夜，反复地看着觅波发来的最后一条短信。琬怡讲："觅波就是脑子简单，任何事情都不会担心思，现在在山洞里唱歌跳舞，最起劲的肯定是觅波。"大明没接话。当时电视里正播着上海临近地区遭遇台风与暴雨的新闻，琬怡焦虑地看着。大明在一边讲：“总感到觅波这次出游，是因为心里有些不开心，觅波原来一直在说要当女主角，现在也没声音了，可能是这个原因。”

那夜上海的台风也是刮得很猛，夹杂着的暴雨，摧枯拉朽般，让人惊魂不定，大明再三劝慰也无用。觅波浙西大峡谷的经历是有惊无险地过去了，但觅波回来，也没有跟琬怡说一句话，便去了学校。

上个周末，觅波也没有回家来。

琬怡吃好了早点，又翻包掏出口红笔，补了一下。

琬怡讲：“小姑娘长大了，脾气也大了，现在是一点也说不得，真不晓得是像啥人。”大明只是笑笑，又问：“夜饭回来吃吗?”琬怡回答：“夜里约了一个客户。”

琬怡要出门了，皮鞋跟在柚木的地板上所产生的回声，不疾不徐。大明目送琬怡出门。

大明端起咖啡杯，又朝咖啡杯里连放三块方糖，然后才神情自若地喝起咖啡。大明是在一家海运代理公司担任部门经理，公司离家并不远，而且也可能是个闲职，所以大明少有那种朝九晚五、必须守着工作时间的状态，看上去挺随意的。

琬怡走到楼下，眼下的黄梅季节，黑漆的楼道里也有一股霉味，楼梯的扶手，也是湿滑握不上手，走到楼下的天井，还有小摊的污水。楼下的人家正在抱怨连续的雨天没地方晒衣服。琬怡走出弄堂，转进太原路。

路上，汽车开过，溅起雨水，不多的行人从身旁走过。琬怡要到附近的一个公共停车场去取车。近些年，随着家用小轿车的普及，在这些老旧街区的停车位就明显不够了，或者说根本就是没有停车的地方。

前些年，琬怡和大明已在浦东买了一套公寓房，当时纯粹是想着投资，出租收些租金。新房宽敞明亮，大明总觉得用于出租有些可惜，想要自住，被琬怡否决。说得出的理由是，觅波正读高中，转学不太好，还有孃孃就住在附近。孃孃虽说年事已高，也并不需要琬怡的具体照顾，但毕竟常有走动。琬怡没说出口的是，琬怡从没想过离开这个街区。

过去，琬怡总觉得自家周围是少了些市井的喧闹，但后来，琬怡又觉得正是这点，才是自己所居住的街区与其他的街区的不同。琬怡无论是上大学，或是后来进杂志社工作，当人们有问起琬怡家住哪里时，琬怡回答后，总有人会有羡慕的神情："啊，那可是上只角呀。"人们想象着生活在钢窗蜡地的房子里种种的与众不同。甚至还会有人，当着琬怡面，啧啧称道："到底是上只角出来的人，气质就是不一样。"琬怡这样的话听多了，又有了一些感悟：似乎是无怪乎任何的缘由，只要是这一街区走出来的人，便是有着与生俱来的优越感。不过，岁月轮替，也不是一成不变的。琬怡现在的工作也需要跑各种地方，与各种人打交道，原先的杂志社真有点像象牙塔，有点水火不侵油盐不进的味道，现在周围与之相处的这个城市的年轻一代，或是那些才融入这个城市，被称为"新上海人"的人，在与他们交流各自住处时，对于琬怡家的住地已不会再有什么赞叹，更不会有人晓得曾经“上只角”与“下只角”这样的名词，只当是这城市再平常不过的一条马路。琬怡已经开始习惯这种改变。

琬怡是在一家名叫汇众的广告公司担任创意总监。创意总监，在广告公司里可是一个重要的岗位。广告公司帮助卖家向用户推荐产品，而创意工作就是出点子、寻找卖点。

琬怡是三年前才来到汇众公司担任这一职务的，汇众公司的上级单位是一家妇女杂志社。琬怡大学毕业就进了妇女杂志社，她从撰稿采编开始干起，又做了较长时间的编辑，后来又转到行政工作，杂志社里的岗位差不多她都干过。三年前，杂志社的社长找琬怡谈话，社长先是对她这些年的工作大大夸赞了一番，接着分析了广告公司的问题，最后便是宣布调琬怡到广告公司任职的决定。社长特别强调创意总监这一岗位的重要性，感觉汇众公司也是在这方面的工作有些不足。社长还对琬怡大加鼓励，口气也是对琬怡去广告公司工作充满了期待。同时，社长又说工作还是比较轻松的，含有暗示琬怡身体的状况。这些年，琬怡对这位社长还是有些了解的，尤其是在场面上，社长的一些话也是听多了，琬怡不以为然。不过，对于要去广告公司工作，虽说内心也是忐忑，但琬怡还是接受了岗位的调动。想来，在杂志社工作多年，也希望有机会换个环境。琬怡到了汇众公司后，不觉就爱上了广告创意的工作，工作的思考方式以及对内容的追求，还与琬怡以前的撰稿编辑多有相通之处。只是工作了一段时间后，琬怡还是有些隐忧的，没有想到广告行业竞争是这么激烈，没有想到汇众公司的经营是如此困难。另外，工作的负荷也是挺重的，并没有社长说得这样轻松。

琬怡每天的工作主要还是在案头，了解客户的需要后，便要拿出广告宣传的创意方案，尤其对于下属的文案创作，从最初思路形成，到文字描述，再到画面的构成、最终效果，必须是一一推敲。琬怡多年在工作上养成的这种追求完美的习惯，倒也契合了这方面的工作。方案做好，还要听取客户的意见，沟通协调，待客户同意了，方案才可以实施。所以，琬怡还有一大块的工作就是与客户的商讨接洽，除了面见客户，便是电话不断。琬怡审看了几份创意方案后，又与晚上相约吃饭的客户通了电话，提醒不要忘记。

待琬怡放下电话，刚要再看几份文案时，电话又响了起来，是毛毛打来的。毛毛的声音很松脆："琬怡什么时候有空呀，在淮海路上看中一件衣服，想让你相帮一道去看看。"毛毛从来就是开门见山地说话，这在琬怡所有相交的人中，也是绝无仅有。毛毛总会想着各种两个人见面的理由。琬怡看看桌上的台历，跟毛毛讲："这两天有点忙，周末再联系好吗?"电话里毛毛的声音传来："噢，那就这样，你忙吧。"毛毛晓得琬怡上班时的忙碌，知趣地结束了通话。

琬怡又重新拿起文案要看，这时手机铃又响，琬怡皱眉，心想今天的电话有点多了。琬怡接听，电话里传来了相当弱的声音，而且有点沙哑，起先琬怡也没听清，心想着是哪一位客户的来电，继而才是听得分明，电话里传来了一个女人的声音："琬怡姐，是琬怡姐吗?"琬怡还是感到莫名，便问："你是谁呀?"这下电话里传来的声音有点响了："琬怡姐，我是语嫣呀。"琬怡这下似乎有些听明白了，但还是将信将疑："是语嫣吗，难道是语嫣?"琬怡的声音有点疑问，有点惊讶。电话里语嫣的声音沙哑，又有些迫切："是的，琬怡姐，我们已有很多年没有见面了。"而琬怡似乎还在确认着："是语嫣，是语嫣对吗，那应该还有阿岚吧?"电话那头的语嫣讲："是的，阿岚就在我的身边。"从电话里又听出，语嫣在对旁边人讲："琬怡姐提到你了。"电话里传来旁边阿岚的附和声："是么，琬怡大姐也想起我了?"语嫣与阿岚的对话，琬怡听得分明。琬怡努力地想着电话里传来的声音后面会是怎样的两个人，只是又感到，隔着空间，这电话里的声音也有些悠远。停了停，语嫣讲："今天来电话，只是想告诉琬怡姐一声，姆妈去世了。"语嫣沙哑的声音中，又添了悲切。琬怡心里便是一紧："姆妈去世了，是什么时候?"语嫣回答："姆妈是前天夜里去世的，虽然走时有点突然，但我们还是有心理准备的，其实姆妈病了两年了。"琬怡应了一声。语嫣又讲："一直是在犹豫着，是否要将姆妈的病情告诉一声琬怡姐，不想姆妈就走了，这两天又有一些事要忙，所以直到现在才给琬怡姐打电话。很早就晓得你在杂志社工作，刚才电话打到杂志社去，原来你现在不在杂志社工作了。不过，接电话的人还是非常客气地告诉了你的手机号。"琬怡又是噢了一声。语嫣问："阿爸还好吗？也是许多年没见到了。"琬怡回答："阿爸已经去世好多年了。"电话两头便是沉默。过了一歇，语嫣才缓缓地讲起："其实，就在刚才，给琬怡姐电话接通的这一刻，还想到过放弃，但又想到，毕竟是姆妈去世，来告诉一声也是应该的。"琬怡回答："嗯，语嫣和阿岚现在肯定很忙。"语嫣讲："姆妈的追悼会就在明天的下午，琬怡姐你来或不来都不要紧，但真的不必勉强自己。的确，彼此分开这么多年了。"语嫣在电话的最后，再三向琬怡打招呼，说打扰琬怡了。

与语嫣的通话结束，琬怡竟然觉得手脚发凉，还有些麻木。琬怡坐在办公室里，一动不动。语嫣来电话，还有阿岚，来报姆妈去世的消息，琬怡觉得恍如梦境，但环顾左右，又确实是在现实之中。

尘封的记忆被打开了，琬怡马上就想到与姆妈和两个妹妹分别时的情景。那一年，琬怡也是幼小，语嫣和阿岚则是更小，琬怡跟着阿爸去虹口公园，去见姆妈和两个妹妹。那是很多次的相见中，最平常不过的，最后也是在公园门口的18路电车站分手的，琬怡还在期待着下一次。只是那次见面，似乎成了诀别。当时，对于琬怡来说，这一切来得似乎是毫无预兆。在这之后，阿爸与琬怡再没有与姆妈和两个妹妹见过面。这么多年过去了，岁月早就冲淡了这些记忆，即便有时会想起，但又会感到身在同一城市之中，却像是两条平行的线，永远不会再有交集了。

夜里，在与客户吃饭，谈创意方案时，客户依着自己的兴致，侃侃而谈。琬怡却很少能与客户互动起来，时常走神，这在过去从没有过。琬怡也一再提醒自己，把注意力集中到客户的方案上，但好像没用。

琬怡开车回家，路并不长。近年来家附近的这片区域，马路都被改成单行道了，开车就有些绕路。并不宽阔的马路，现在也常有塞车，车子走走停停。

自从接到语嫣的来电，这一天，琬怡心神不宁。

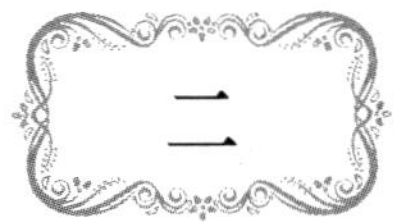

二

琬怡回到家里，便把语嫣和阿岚来电话的事跟大明说了。大明对于琬怡家里的这些事还是晓得一点的，只是隔了那么多年，平时也不会作为一个话题提起。大明听着琬怡说着，感觉到琬怡内心的忐忑。的确没有想到，有一天，琬怡的两个妹妹会来联系。

大明讲："那个叫语嫣的妹妹，在电话里已经说得明白，姆妈的病情，两个妹妹本来就在商量着是否要告诉你。"琬怡问："你想说什么?"大明讲："这还不清楚吗，语嫣和阿岚早就晓得你在什么地方工作，兴许姆妈也是晓得的，只是你后来去了广告公司，才信息有点脱节，不过，要找你还是能够找到的。"琬怡听后讲："若是晓得我在什么地方，姆妈是前天去世，为什么今天才通知我？明天就是追悼会，时间紧了一点。"大明无语。琬怡神色黯然，过了片刻，才低缓地讲："分开这么多年，语嫣会来电话，初听是不敢相信，语嫣是一声声叫着琬怡姐，这是从来不曾想到过。再说，电话是来报姆妈去世的消息，更加感到突然，听着语嫣陌生的声音，不晓得说些什么，脑子里也是一片空白。现在想想，语嫣肯定认为我态度冷淡。"大明看着琬怡。其实，琬怡直到现在还处在那种状态，有点惴惴不安，有点心烦意乱。琬怡讲："与语嫣的电话结束后，还在拼命回忆姆妈的面孔，真的已经记不起来了，语嫣和阿岚更是，分开时，都还是很小的时候。”大明问：“你是怎么考虑的?”琬怡讲：“既然语嫣和阿岚来报了，虽然语嫣说得客气，姆妈的追悼会我们去或不去都不要紧，但我们既已晓得，那还是肯定要去参加的，只是觅波要不要去?”大明晓得琬怡在想什么，便讲：“就我们俩去就可以了。虽说觅波作为晚辈，理应参加，只是觅波从来没有看见过外婆。再说，明天的追悼会，现在通知觅波也有点急。”

大明所说，也正是琬怡所想，待大明说完，琬怡就讲：“也只有这样了。”其实，大明还有另一层的担忧，就是觅波虽说从浙西回来了，但母女至今还处在各自的情绪中，早上琬怡出门前，琬怡对于觅波上个周末没有回家的理由，已经是相当不悦。再者，女儿觅波小时候也有问起家里的外公和外婆等人，当时因为琬怡的阿爸已经过世，便就笼统地说了，可能给觅波的印象中，外公外婆早就过世了，这在觅波当时的岁数，也只能这样去说。家中的这些事，还从来没有向觅波说起过。

大明又讲：“追悼会上，你要跟两个妹妹相认了。”其实从接到语嫣电话那刻起，琬怡就一直在想语嫣和阿岚现在又会是怎样的人，电话里语嫣和阿岚的声音让琬怡浮想联翩。琬怡回答大明：“还没空去想这些了，现在这事，还得怎么去跟孃孃去说一声。”

琬怡的阿爸，也就是孃孃的哥哥，早先一段兄妹相依为命的经历，使得孃孃与琬怡的阿爸手足情深。琬怡父母的婚姻，以及父母离婚后的一些事、琬怡阿爸多年来的许多遭遇，让孃孃一直耿耿于怀。孃孃一直是怨恨琬怡的姆妈。孃孃过去常用“这样的人家”指责琬怡的姆妈或是姆妈娘家，有点罄竹难书愤恨难平的味道。只是时过境迁，这几年，已经较少说起了。琬怡和大明当然是晓得孃孃的这个态度。琬怡自语：“这事还得让孃孃晓得一下。”大明讲：“这事也不能在电话里三言两语地跟孃孃去说吧，而且，明天追悼会之前，也没时间去孃孃家里说了。”琬怡讲：“想来，无论是早讲还是晚说，孃孃对我们去参加追悼会肯定是不满的。”

琬怡与大明算是商量好了。

次日的下午。雨还在下着。

琬怡和大明如约到达西宝兴路的殡仪馆。当琬怡和大明来到姆妈追悼仪式的厅堂门口，便见到身着黑色丧服的语嫣和阿岚，也许不必再有什么自我的介绍，琬怡上前就打招呼：“是语嫣吧，是阿岚吧。”语嫣有点欣喜地拉过琬怡手讲：“琬怡姐能来，真是太好了，太谢谢了。”语嫣又是连声歉意地讲：“而且通知琬怡姐也有点晚了。”一旁的阿岚也上前打招呼：“琬怡大姐，这是姐夫吧?”琬怡又向语嫣和阿岚介绍了大明。

待寒暄过后，琬怡和大明退到一边，与一些前来参加追悼会的人站在一起。

参加追悼会的人陆续到来，语嫣和阿岚忙着招呼。语嫣和阿岚除了接待来参加追悼会的人，还要与一些帮忙的人交代一些具体的事，诸如厅堂布置，花圈挽联摆放，现场是有点忙有点乱。语嫣和阿岚一一应对着，尤其是语嫣。

琬怡和大明的眼睛始终是盯看着语嫣和阿岚。琬怡细看语嫣，感到语嫣的脸色苍白、神情忧伤，也可能是姆妈生前身后的这些事，让语嫣有些操劳过度。语嫣的嗓音明显沙哑，就如同她昨天电话里的那样，但即便这样，语嫣还是得不停地说着话，安排着追悼会上的各种事情。再看，语嫣和阿岚同为一款的丧服，语嫣身材娇小，穿着有点显大，中规中矩，但不失庄重。阿岚比语嫣要高大些，身着的丧服可能有点偏小了，显出了紧实的身材。想来这丧服也是临时去买来的，并不合身，完全靠身架撑着。与语嫣完全素妆不同，阿岚还是精心地化过妆，而且还时时在意自己的妆容。琬怡几次看到，阿岚站在一旁，在忙碌中的闲暇，还会从包里掏出化妆盒补一下妆，或是理一下并不凌乱的头发。有一个男人引起了琬怡和大明的注意，那人总是会到语嫣的跟前，和语嫣商量着什么，然后又去忙，整个追悼会的现场，除了语嫣和阿岚外，几个帮忙的人中，也就数这个人是最忙的。

距离追悼会开始的时间差不多时，语嫣特意走过来跟琬怡和大明讲："姆妈晚年是信奉基督教的，所以今天的追悼会分了两部分，先是教友唱赞美诗，再是致悼词。"语嫣跟琬怡和大明简单介绍后，追悼仪式就开始了。

姆妈生前的教友围着姆妈的遗体唱起了赞美诗。

琬怡和大明站在家属这一边，琬怡站在第一个，大明站在琬怡身边，再就是语嫣，最旁边的是阿岚和阿岚的儿子。

琬怡站着，想看看姆妈的遗容，但姆妈的遗体被教友团团围拢着，琬怡并不能看见。不过，琬怡看到自己和大明献的花圈被放置在最中央，虽说按照家中的长幼排序，琬怡和大明所献花圈应该放置在这个位置，但此时的琬怡感到，这样的布置，更是语嫣和阿岚的一种心意表达。只是旁人应该从这姐妹三人所送的花圈上一眼就能看到区别，落款处，琬怡随父姓钱，而语嫣和阿岚随母姓曹。

显得肃穆的追悼仪式的现场，教友们唱的赞美诗在回荡着：睡主怀中，何等清福，从未有人醒来哀哭，清静、安宁、和平、快乐，不受任何敌人束缚。睡主怀中，何等甘美，四周唯有温柔的爱，醒来尽可放心歌唱，死亡已失旧日权威……

当教友们连着唱好几首赞美诗后，便退到一边。这时，琬怡才看到姆妈的遗容。姆妈的遗容显得平静与安详，或是从容，或是解脱。琬怡看着姆妈的遗容，怔怔地，试图看清，但总觉得隔着距离。琬怡又努力地回忆着，希望从中找寻着小时候见到过的姆妈的容貌。琬怡想着，正是这个女人把自己带到这个世界上来的，那时，初为人母的姆妈应该也是很高兴的吧，而此后，天各一方的日子里，姆妈是否想到过自己，惦念过自己。琬怡感到此时自己的思绪在跳跃着，又有些茫然。

姆妈生前单位的领导致着悼词。听来姆妈的经历也是简单，一直是在做小学的数学教师，只是学校调过几所。悼词中的溢美之词不少，诸如工作认真、恪守职责、勤俭节约、友好待人这些。琬怡感到要追悼姆妈这一代人时，都可以用这些词汇。

姆妈单位的悼词结束后，便是语嫣致答词。语嫣带有哭腔的嘶哑的声音，明显有些低沉，静默的追悼仪式倒是衬托出这份低沉。语嫣的答词，说得最多的便是感谢。感谢教友们，在姆妈生前，给了姆妈许多的慰藉，今天又来唱诗送行。感谢姆妈生前的亲朋好友，今天能来共同悼念。语嫣在谢过许多人之后，又说今天还要谢谢琬怡姐，语嫣说到这里，有点动容："姆妈，今天琬怡姐和姐夫也来了，我们三姐妹在这里又团聚了。姆妈生前，一定也是很想念琬怡姐吧，也一定在想着我们一家的团圆吧。"

此时的琬怡感到，追悼现场的所有人的目光都聚集到了自己身上。现场的人们，在追悼姆妈的悼词中，感悟着姆妈的一生，同样在感悟着悼词也不能说尽的姆妈一生。琬怡想到，现在姐妹三人的团圆，足以让现场的人们有了想象的空间，可能许多人原先也不晓得有自己的存在，就像自己曾经也是精心地掩饰家里的一些事，周围许多人可能至今都认为琬怡是独生女。今天追悼现场，语嫣的答词，也有点揭落这个家庭多年来最重要的一幕。这一切，也是追随了姆妈一生的哀怨，而现今，随着姆妈的去世，这一切都会烟消云散吗？

姆妈的遗体被鲜花覆盖着，就在盖棺这一刻，语嫣扶棺悲恸地哭着，阿岚也是不停地抽泣着，琬怡感到眼睛的模糊，有些湿润。的确，从刚才见到姆妈遗容的那一刻起，琬怡就试图寻找当年对姆妈的印象，只是到了盖棺的那一刻，琬怡都没有找到曾经的记忆，觉得那就是一张完全陌生的脸。此时，琬怡又觉得，来参加追悼会的所有的人，都会把此时三姐妹的情形看在眼里。

追悼会结束时，语嫣陪着琬怡站在厅堂的门口。语嫣向来参加追悼会的人表示感谢，又不时向琬怡介绍着几位来客。琬怡再次感受到别人看自己时的目光，总觉得有些异样。语嫣讲："其实这样的悼念仪式，并不符合姆妈的心想，姆妈是最怕麻烦人的。不过，我和阿岚想着简单，但还是来了这么多人，有点出乎意料。"

这时，琬怡又看到追悼会开始时，在忙碌地布置会场的那个人，走到语嫣跟前，在跟语嫣商量着后面的安排。原先站在旁边的阿岚，见此男人走近，也就走开了，去招呼自己的儿子。那男人与语嫣商量好后，在转身离去时，也向琬怡和大明点了点头，兴许就是因为刚才的追悼会上语嫣的介绍，他已经晓得琬怡与语嫣和阿岚的关系。琬怡和大明也只得点头回应。待那男人走开，语嫣才对琬怡和大明轻声地介绍着："这人叫沈德运，原来是阿岚的老公，三年前他们离婚了，这次姆妈的追悼会，幸亏有他来帮忙。"琬怡回头再看沈德运这人。语嫣又讲："沈德运这几天真是辛苦，样样事情，总能安排得井井有条。"听得出，语嫣对于沈德运还是很赞赏的。此时，琬怡也感到沈德运是相当勤快与随和的人，同时又觉得沈德运无论是相貌与气质，还是身高，与阿岚是蛮相配的。再看阿岚的儿子，也是遗传了父母外表的优点，怎么看，都应该是和谐的一家人。

追悼会后的豆腐羹饭，就安排在离殡仪馆不远的一家饭店里。相比刚才追悼会现场的气氛，饭店里的气氛就比较宽松，甚至是有点喧闹。琬怡总是对这种略带点世俗的气氛不太习惯。

语嫣忙到这个时候，似乎要好一些了。语嫣陪着琬怡和大明坐在一桌，阿岚也是坐在同桌。阿岚环看左右讲："还好没通知无锡的亲戚来，否则一来就是一大帮，酒席上是更加热闹了。"语嫣不置可否地听着，见琬怡有些疑惑，便解释讲："家里在上海也没什么亲戚，也就是与无锡的一些亲戚算是还有些联系，有几家也常有些走动的，所以与阿岚商量过是否要通知，又担心无锡来人多了，接待不过来。"阿岚讲："语嫣是想通知的，主要是我反对。"对阿岚的直言，语嫣只是笑笑。语嫣问琬怡："阿爸那边，上海还有什么亲戚吗?"琬怡讲："也就是孃孃一个人，好像除了孃孃，在上海也没有什么亲戚。"语嫣听了便点点头。

语嫣又对琬怡讲："我一直就和姆妈住在一起。三年前，阿岚带着儿子回来，家里一下子热闹了不少，姆妈很喜欢这个外孙的。"这时，原先在到处玩的阿岚的儿子坐回桌旁。阿岚要儿子叫人，孩子叫过，琬怡又问叫什么名字，孩子回答："叫飞章。"又问飞章几岁，飞章回答："十岁。"琬怡看飞章，聪明伶俐，又有几分的天真，即便今天的场合，也没有忧伤的情绪，想来还是年幼不知事。琬怡又想到语嫣刚才的介绍，姆妈非常欢喜这个外孙。

这时，语嫣又对琬怡讲："琬怡姐一定是很奇怪吧，我们怎么会晓得琬怡姐是在杂志社工作的。”琬怡便想到，语嫣来电话后，这个问题可是一直疑问在心。语嫣讲：“还是在很久以前，发现姆妈常在看一本妇女杂志，姆妈是每期都会买，看得认真，当时就觉得奇怪，后来慢慢发现，原来姆妈在看琬怡姐的文章，毕竟我们还记得琬怡姐的名字。”这时阿岚也凑过来讲：“这么多年，姆妈不说，语嫣和我也从没挑明过。”语嫣又讲：“后来，即便杂志上看不到琬怡姐的文章，但姆妈还是保留着买杂志的习惯。我想，姆妈一直在记挂着琬怡姐，而那本杂志便成了姆妈的念想。”直到这时，琬怡才带有解释性地讲：“我还是在很早以前做些采编工作，发过一些文章，后来改做编辑又搞行政工作，现在在广告公司工作了。”

吃饭结束后，语嫣和阿岚把琬怡和大明送到门口，对于琬怡和大明来参加姆妈追悼会再三表示感谢。

回家路上，大明开着车，琬怡坐在副驾驶的座位上。雨还在下着，夜间的道路也有些拥挤，加之雨天影响视线，所以车子开得并不快。

琬怡看着窗外，神色黯然。大明看了琬怡一眼：“你怎么看自己的两个妹妹?”琬怡无语。大明又讲：“细细看你们三姐妹，虽说是同出一门，但长得还是各有千秋。”琬怡问：“你是说我们三姐妹长得像还是不像呢?”大明讲：“有像的地方，也有不像的地方，也应证了一句话，不吃一家饭，终究不会长得相像。不过，都是长得相当漂亮。”琬怡讲：“追悼会上，你就一直盯着看语嫣和阿岚啦?”大明笑笑讲：“要说你的这两个妹妹，都是相当登样的。阿岚的五官也是精致，真有点明眸皓齿、肤若凝脂的感觉，身材出挑，像模特儿，走在马路上，回头率是不会少的，怎么看，都看不出儿子已经是这么大了。再说语嫣，也很清秀，虽说今天的场合，没有化妆，但就是这样，有点让人怜惜的感觉，语嫣显然要矜持些，也应了那句话，女人的漂亮重点还是在气质。”琬怡讲：“原来大明开追悼会时，只顾欣赏美女了，而且看得仔细，还有这么多酸言酸词。”大明见琬怡真有点动气，讲：“看你一直是绷着面孔，开开玩笑呀。”琬怡哼了一声讲：“还什么不吃一家饭，不像一家人，只怕是看走眼了。”大明不再作声。

车厢里顿显安静，唯有雨刮器发出的机械般的声响。有顷，琬怡才缓缓地讲：“我们三姐妹，各差三岁，语嫣应该也有四十三岁了，阿岚也快四十了。今天听语嫣说，是在一家齿科诊所工作，一直是独身，就和姆妈生活在一起。”大明讲：“看着语嫣说话做事的样子，稳重得体，应该也是好相处的人，年轻时，估计追求的人也不会少，怎么就没有结婚呢？”琬怡讲：“你这话也有问题，好女人一定要嫁人吗？”琬怡接着又讲：“只是不清楚语嫣到底经历了些什么。再说这阿岚，听语嫣说起沈德运，全是好话，这又是听不懂了，那阿岚和沈德运又怎么会开分的呢？”大明讲：“世事难料，总有点什么情况。”琬怡讲：“语嫣还悄悄对我说，姆妈最不放心的是阿岚，原先阿岚与那沈德运一道开酒吧的，离婚后，阿岚就回到家里，现在连工作也没有。”大明听了，多少感到有点吃惊。

琬怡伸手开了车内的收音机，收音机里在播送着天气预报，简单的几句，接着便是音乐，音乐声总算盖过了雨水滴落在车窗上的声音。琬怡讲："落雨的声音听了心烦。"过了片刻，琬怡讲："刚才听语嫣和阿岚提到姆妈曾经也看过我写的文章，真的是一呆，原来一直以为与姆妈，就是两条平行的线，中间不可能有任何的交集之处，现在想来，这些年中，还是有某种程度的交集。那本杂志上，写文章有自己的署名，即便后来做编辑也有自己的署名。只是当年在写这些文章时，绝对想不到姆妈也是自己的读者。"

车将要到家时，大明问："还是有一事没弄明白，你姆妈是怎么晓得你在杂志社上班的?"琬怡回答："语嫣和阿岚不说，我又能去问谁?"要说琬怡从今天第一眼看到语嫣和阿岚起，便一直是在暗暗观察。虽说今天这种的场合，也只是简单交谈了几句，但琬怡总在思忖语嫣和阿岚会是怎么样的人。这些年，琬怡由于工作上的原因，也算是阅人无数，初次见面看人，看学历，看居住地区，看以往经历，再有结合谈吐，也就基本上可以判断一个人了，久而久之，也就形成了琬怡看人的习惯。要说看学历，现在社会衡量的标准当然就是读没读过大学。虽说大学出来没出息的也不少，但总是算衡量人的知识素养的一把尺，想着那些年，能考上大学的也算是少数。语嫣讲是在齿科诊所担任护士长，最多也就是卫校中专毕业。那个阿岚，一看也是墨水少了一点。再说居住地区，语嫣和阿岚就是住在虹口这一区域里，多少年也不曾动过，自己对于这些地方出来的人，多少也是了解的。就说今天的场合，阿岚的妆容，是明显用力过猛，用错地方。还有，那沈德运，长着一张聪明的脸，虽说被语嫣说得这般好，但想想职业，琬怡又觉得终不是一路。

回到家里，琬怡感到有些累，便早早洗洗睡了。待大明临睡前，听到琬怡在叫，就走进卧室，看到她辗转反侧说不舒服，大明问琬怡怎么啦，琬怡回答："浑身酸痛，喉咙也痛得厉害，人有点发冷。"

大明连忙拿来体温计，琬怡量了，果然是在发烧。大明问琬怡是不是要上医院去看看，琬怡只嘱大明从家里的小药箱里取些药。琬怡吃了药，便沉沉地睡下。到了后半夜，琬怡的体温还在上升，人也恶心想吐，大明便央求着琬怡去医院。没想到后半夜的医院急诊室，也是人山人海。排队候诊，排队验血，排队取药，耗费了许多时间，医生只说琬怡可能是积劳成疾，又遇风寒。一番折腾，回到家里，琬怡责怪大明多事，大明无语。

其实大明对于琬怡身体一直是存有担忧的。这些年来，琬怡时常的情绪起伏，最后都会带来一些具体的病症，就如同现在这样，所以每次遇到这样的事时，大明觉得还是要小心一些。另外，大明也是非常了解琬怡的，琬怡心气高，以往在工作上时常会碰到一些不顺心的事和人，她又从不会去与人争辨，到头来，只会生闷气。琬怡总会生一场病，作贱一下自己的身体，休息几天，然后就会像个没事的人一样去上班了。

躺在床上的琬怡昏睡着，头脑里时而清晰时而混沌。脑海里在翻滚着，似乎在追忆着什么，有一个声音欲说还休，由远及近。琬怡追寻着，希望听到这声音，但又觉得这声音，是在这意识的深处，长久地被封存着，以往是躲着闪着的，而此时却是步步逼近着。琬怡又感到有一个影像在逼近自己，也是由远到近的，起初是模糊的，而渐渐地清晰起来，终于看清了，那是姆妈在追悼会上的遗容。姆妈的遗容，是那么的陌生，琬怡无从找寻过去岁月里姆妈的容颜。琬怡又想到，再见姆妈时，自己竟然没能再叫一声“姆妈”，原来总以为是隔着空间，而现在才晓得是隔着岁月，显得陌生，显得凄冷。在追悼会的现场，自己怔怔地看着姆妈的遗容时，可能内心问得最多的是，姆妈是怎么能够忍受与自己天各一方的。琬怡又想到，自己在生下觅波后，满月要去上班了，当时的感受是无论如何不愿离开觅波的。在单位里上班，心里总是会惦记着觅波，觅波会冷吗，觅波会饿吗？琬怡是第一次感到自己也会碎碎念。而一旦想到觅波，琬怡就像是跌落到现实之中，脑子里的一切便又清晰起来，身子又是阵阵地发凉，继而是躁热，汗出了不少。这两年，觅波总是让自己不省心，一言不合，便是发脾气。那次觅波在浙西遇到台风的夜里，自己是心急如焚，而当时就想到过，此时的觅波会晓得自己的牵挂吗？觅波回到上海，还是对自己冷着脸，一句话也不说便去了学校，上个周末也没有回家来。琬怡的思绪在翻腾着，同为女儿、同为母亲的思绪不断地交替着。

第二天，琬怡所有病痛丝毫没有减轻，身体瘫软无力，药吃了不少，也没见效。躺在床上，一直是昏昏沉沉，但又是无法入眠。大明上班前，还有些犹豫是否要留下照顾，琬怡说不需要。琬怡差不多是将大明撵出家门的，她对大明讲："可能是前段时间工作有点忙，有点吃力了。"琬怡想来，自己也有好多日子没有这样过了，白天也能无所事事这样躺着，平时一直希望有这样歇息的机会。

下午，当琬怡渐有睡意时，妮子来家打扫卫生，见状，免不了紧张，问候一番，又忙着给琬怡倒茶递水。

妮子是孃孃家雇的保姆，来自河南的农村，在孃孃家干了很多年。有一段时间，可能孃孃感到琬怡和大明都忙着外面的工作，家里的卫生有些疏忽，便叫妮子上门来打扫卫生。妮子一上手，琬怡和大明都觉得不错，只是琬怡和大明也有为难的地方，孃孃是按月付给妮子薪酬的，琬怡想付工钱，是付给孃孃好呢，还是付给妮子好呢？琬怡跟孃孃一说，孃孃便讲："每天下午，妮子空着也是空着，要么是跟老乡煲电话粥，要么是脚头散了到处跑，到琬怡家来做做，正好收收心。"孃孃又讲："琬怡就把工钱直接给了妮子吧，全当是妮子的奖金，只是要按外面用人的小时工资来算，千万别多给，别惯坏了。"与孃孃商量定后，妮子就算正式上门来打扫卫生，一个礼拜两个下午。用过妮子一段时间后，琬怡和大明都佩服孃孃调教人的手势，妮子做各种事都是训练有素。只是有一点，琬怡和大明也有感受，就是妮子每次来，只要在家里看到或是听到些什么，回去便会跟孃孃说，从几件事情上，孃孃第一时间都会来问，琬怡和大明就明白是怎么回事了。不过，琬怡和大明又想到孃孃也不是什么外人。果然，妮子一回去，孃孃问候的电话就来了。

琬怡一连病休了几天，孃孃每天都要电话来问问，时不时差妮子送来可口的饭菜。另外，琬怡所在公司的夏总，也发了几次短信来问候琬怡，只是琬怡感到，夏总的这些短信背后，是透着一丝对自己这几天不能正常上班的焦虑。

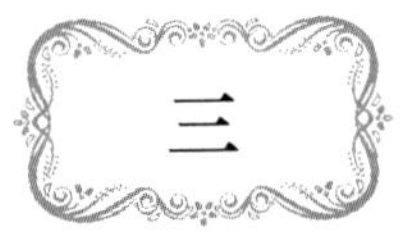

三

琬怡的思虑回到了那个年代。

有一天，在念小学的琬怡放学回家，阿爸有些心神不安地对琬怡讲："你姆妈带着两个妹妹去外婆家住了，以后不会再回这个家了。"琬怡还没对阿爸的话反应过来，阿爸又补充讲："你今后还可以见到姆妈和两个妹妹的。"阿爸说完，琬怡才感到家里的异样，原来热闹的家里，一下子冷清不少。只是当时的琬怡，并没有觉得父母的分离有什么不好，相反，倒是父母在一起时，家里岂止是热闹，有时还会让琬怡心惊与恐慌。

以后的日子，每月总有一天，琬怡会随着阿爸去虹口的。原先去虹口，是到外婆家去，而现在是到虹口公园。在虹口公园大草坪旁的茶室里，阿爸会泡上一杯茶，只要等上一歇，姆妈就会带着语嫣和阿岚来了。当时语嫣也是瘦小，阿岚才刚会走路，姆妈站在草坪上，远远地叫声琬怡，阿爸也会示意一下琬怡，琬怡便跑到草坪上姆妈和两个妹妹那边。分开的日子，总让琬怡跟姆妈和两个妹妹产生一点陌生感，不过，只要不多时，琬怡就会与两个妹妹玩到一起去了。当时的姆妈是陪伴在旁边，或是引导着三姐妹做些什么游戏。姆妈每次来，总是会准备一些水果零食或是点心，有时，姆妈也会给琬怡带来新做的衣服，当然，每次姆妈会问起琬怡学校里的事，也会问些家里的事。远处的阿爸，看着整个的草坪，琬怡和姆妈及两个妹妹也全在阿爸的视野里。琬怡总觉得每次去虹口公园都是阳光灿烂，开阔的大草坪，阳光直射着，一览无余，也没有丝毫可以躲避阳光的地方，每次抬头看姆妈，都会被阳光耀了眼。

每次都要快结束见面时，阿爸才会走过来，与语嫣和阿岚说上几句话，不会超出叮嘱的范畴，之后，便是姆妈带着琬怡三姐妹走向公园的大门口，阿爸则是跟在后面。在公园门口的 18 路车站边，姆妈和语嫣、阿岚向琬怡告别。在车站上，阿爸与琬怡一起目送姆妈和两个妹妹走远，或是乘上电车的琬怡与阿爸，也会在车窗里看到姆妈和两个妹妹在路边走着，琬怡会一直看到姆妈和两个妹妹的身影在视线里消失。

当时的琬怡每次与姆妈和两个妹妹告别后，便期待着下一次。只是某一天，这种告别后没有了下一次，而且阿爸也没有一句解释，再后来，琬怡又发现，家里姆妈和两个妹妹的照片也都不见了。多年之后，琬怡想到，那个年代小孩的乖巧，当时的外界形势，也会让小孩觉得要少烦父母。只是当琬怡再想起自己的姆妈时，姆妈的脸总是模糊，被一片耀眼的光芒替代。

在后来的岁月里，琬怡渐渐地适应了与阿爸的两人生活，这种不被任何外界打扰的生活，也是阿爸刻意追求的。阿爸还是非常周全地照顾着琬怡的生活，以至于后来琬怡也会认为，没有姆妈的日子也是一样过的。阿爸每天下班后都会准时到家，阿爸一进家门，便在厨房里忙碌着，不多时，便可吃到夜饭。阿爸上班的日子，夜饭稍显简单，但在琬怡的印象中，阿爸还是相当讲究吃的，常与琬怡在饭桌上商量礼拜天的菜单。阿爸会问："琬怡想吃色拉吗，还有炸猪排?"阿爸又讲："叉烧也可以，只是不晓得小菜场里有没有腱子肉买。"这些菜，阿爸都能自己动手做。多年之后，琬怡觉得阿爸喜欢吃讲究吃，既有那个年代人们对于食物获取的孜孜以求，又有阿爸在那种境遇中随遇而安随波逐流的生活态度。以至于后来，工科出生的阿爸还帮琬怡做起了衣服，图纸画到布料上，缝纫机他自己踏。

那时，琬怡放学回家，从太原路转进弄堂，相同的一排红顶黄墙的房子，不高的天井园墙，各种树木花草从园墙探出头。推开其中一扇小黑门，走过天井，跟底楼人家打过招呼，转到二楼家里。当时琬怡总喜欢推开落地钢窗，站在并不大的阳台上，阳光微淡，尽情远眺。虽说四周的建筑高低错落，浓密的树木也是遮蔽视线，但琬怡总是希望可以看得更远。

琬怡还记得，那时与阿爸时常走在这片街区，听着阿爸说起这些街区的往事。马路的寂寥，梧桐树的落寞，小弄堂的无争，构成了最初的一切。偶有观望，四周的花园洋房和连排的新式里弄房子，屋檐的曲线连绵，绿树掩映之下，也是一派静谧。这里曾经住过不少钟鸣鼎食的人家，有着不错的家业，或是不错的学识，做的都是大生意，或是研究着大学问。当然，也有从事其他职业的人，但统统能够被称为好人家。这一堵堵的围墙里似乎藏着很多不为人知的故事，这里还有叫外国弄堂的，那些传说创造了冒险家乐园的人，曾经也就居住在这里。曾几何，这片区域，如同这里的建筑，高低错落，一片安宁。只是先是太平洋战争，再是欧洲战事的结束，到后来自己土地上的解放战争，从这里出走了不少的人。琬怡后来觉得，阿爸在说这些时，都有自己的影子在其中。阿爸喜欢带着琬怡沿岳阳路走，转到永嘉路，再走到衡山路，只是当时的街景也是一片的萧条。不过，不论到什么地方去走走，阿爸最后都会转进一条小路，虽说这条小路的街面与旁边的建筑、与相邻的这些马路也没有什么区别，但阿爸常常会带琬怡来看看，并在一栋小楼前久久站立，隔着铁栅隔着草坪，阿爸久久站立。琬怡长大后，阿爸才告诉她，这曾经是阿爸的家，阿爸和孃孃在这里出生和长大。阿爸说到这里时，脸色僵硬，目光呆滞。

环看四周，日渐茂密的梧桐树旁，街弄里的这些房子，都已显破显旧，斑驳的墙面，缺损的门檐，凹陷的地砖，难掩岁月的侵蚀。当时阿爸时常是慌恐地看着四周这一切，虽说日子有些艰难，但又总有点劫后余生的味道。阿爸时而寡言，时而侃侃而谈，琬怡始终清楚，阿爸心里对于自己的未来有过许多的考量，但阿爸似乎更明白现实的环境，总是惆怅。

家里的一角，有一台钢琴，立式的，长年蒙灰。有那么一段时间，周围的环境似乎有些安定了，阿爸掀开了遮在钢琴上的法兰绒布。阿爸不停地擦拭琴盖，后来又试音。阿爸讲："从前家里有专门的琴房，还有一台很大的三角钢琴，占据半个房间，只是当年搬家到这里来时，就搬来这架小的钢琴，不过是施坦威，真正的德国老牌子。"阿爸弹起钢琴，并且还有点兴奋。这是琬怡数得过来的几次听到过阿爸提到从前的家境。那时的琬怡，只是惊异于阿爸弹得一手好钢琴。阿爸即便多年没弹，上手几天，也就行云流水，阿爸是有点重温过去岁月的味道。这之后，阿爸便教琬怡弹钢琴。当年少谱，阿爸更是凭着记忆默写谱子，帮琬怡编了一本练习曲。阿爸教琬怡弹钢琴，教得极其认真，只是琬怡兴趣一般，后来不想学了，阿爸也不强求。那架施坦威钢琴也就被弃在一边，少有使用。多年之后，琬怡是从孃孃的嘴巴里听到更多有关阿爸与孃孃从小学琴的事，原来阿爸与孃孃弹钢琴，都是童子功。孃孃说，当时家里是请了一位白俄的钢琴老师上门教的。白俄的女钢琴老师，据说是贵族，流落到上海，以教琴为生。女教师端庄漂亮，艺术造诣颇深，又是诲人不倦。孃孃讲："即便是寄人篱下，教钢琴谋生，但只要是一弹起钢琴，还是少不了贵族气质。"琬怡当年结婚，家里也是几经装修，换了全部的家具，独独留下了那架施坦威钢琴。而现在的琬怡，再看到这架钢琴，更多地就会想到阿爸，它已成为对阿爸的一个念想。

当年孃孃已去宁夏支内，所以当时家中常有的一幕，便是阿爸与孃孃通信。常见阿爸期待着孃孃的来信，孃孃一有来信，他是马上翻来复去读，还会对琬怡讲："孃孃又在问你长高了点吗。"阿爸看好孃孃的来信，总是速速地要写回信。

有几次孃孃回上海探亲，阿爸就带着琬怡陪孃孃到处去饭店吃饭，总会说起这些饭店里从前的味道，虽说孃孃常说这些饭店的菜水不如以前了，但琬怡觉得孃孃还是乐此不疲。席间，孃孃还常会讲起小时候的家里，有专门的大菜间，烧菜也有大师傅，每当吃饭的时候，家里常要开几桌了。而这时阿爸总会跟孃孃讲，跟小孩说这些不好。孃孃回答阿爸讲："说说又不要紧的。"

过往很多的岁月，周围的马路小弄、树木花草、各式建筑，琬怡感到就是用来发现或是感悟，原本已是熟视无睹的一些东西，某一天再看，便是有了新的内容。日渐长大的琬怡，喜欢独自一人走在这个街区，附近几条标志性的马路，总是会开上海风气之先，每天总会有许多女孩穿行而过，似乎是承载着那个年代女孩流行梦想的地方。而与大多数女孩那种结伴招摇过市，或是趾高气扬、聒噪喧哗不同，琬怡可能就是一个特例，琬怡永远是那个安静的女孩，双眼静静地看着四周。

参加完姆妈的追悼会后，琬怡总会想到阿爸和曾经的家。

琬怡一连病了几天，休息了几天。

礼拜五，大明下班回来，在厨房里准备着夜饭。天黑时，觅波回家来了。虽说大明已经说过觅波周末会回家，但直到听到觅波进家门，琬怡才算安心。

觅波一进家门，大明就急着把这几天琬怡生病的事说了。觅波进到琬怡的卧室，来问问琬怡的病情，琬怡说已没有什么大碍，觅波便退出卧室。多日没有说话的母女，气氛有点尴尬。

觅波又来到厨房，大明在忙碌，觅波则站在一边，向大明说着今天下午参观的一个现代艺术展览的情况，其中有一个纸雕，相当不错，觅波所学的专业是艺术设计。待觅波说完，大明才把家里这几天发生的事情跟觅波简单地说了一下。觅波听完，并没有表现出特别惊讶。

夜饭的餐桌上，大明精心地准备了几个菜，想着这三口之家，也是有多日没有在一张饭桌上吃饭。觅波大口地吃着。大明看了看琬怡的神情，欲言又止。琬怡依旧没有食欲，面色也是不太好。

餐桌上的气氛也有些沉闷，既有琬怡姆妈去世之事，又有琬怡与觅波稍有紧张的关系。后来还是觅波先开口讲："妈妈这病，大概是因为外婆而起的。其实这一切，对妈妈来说，也是意料之外的事。"觅波又讲："想来我们家也是这么有故事好说的，过去，听惯了我们这一片房子里的各种各样的故事，不曾想，原来我们家也有这曲曲折折的故事，也可以去拍电影和电视剧了，只是电视剧里少了许文强与冯程程，不够精彩。"

觅波提到那部《上海滩》的电视剧，说实在的，让琬怡有点反感。当年这部说着一口港台腔的普通话、唱着粤语歌，却说的是一个旧上海故事的电视剧，会风靡起来，在琬怡看来是多么不可思议，这与阿爸曾经提到的、过去的上海是大相径庭的。对于觅波这一代人来说，就是看着各种电视剧与打着游戏长大的，任何事都可以与电视剧的剧情联系起来，一切都是穿越般存在。只是现在的琬怡，并不想与觅波去讨论一部电视剧的剧情。

觅波又讲："看看周围的这些老房子，都说是保护建筑，有时真觉得还是拆了才好，提起这些老房子里的从前的一些故事，十则倒有九则是听了让人感到挖塞。"琬怡不晓得大明是怎么说的，引发觅波这样的感慨。不过，家中上两代人的许多事，也是隔了年代，这些年世道的变迁确实也大，觅波这代人又能有多少的了解，习惯了周围一切都拆旧换新。琬怡无语。

觅波继续讲："原来家里的亲戚，只晓得有姑婆和惠姑一家，不曾想，现在还有两个阿姨。"觅波叫琬怡孃孃是叫姑婆。觅波另外提到的惠姑，是大明的妹妹。大明讲："觅波一下子多了两位阿姨，还有一个表弟。"大明又看看琬怡，讲："今后也会像走亲戚一样常走动的吧？"琬怡未置可否的样子。觅波问大明："两位阿姨长得怎么样？"大明讲："长得蛮漂亮的。"觅波颇有兴趣："是吗？"

琬怡吃完饭，便到卫生间里去洗澡，病的几天，时常有虚汗。莲蓬头下，琬怡冲洗着。这时，觅波走进卫生间，问琬怡："妈妈，我来帮你擦沐浴露好吗？"琬怡本能地想加以拒绝，觅波已经脱了衣服钻进莲蓬头下。琬怡双臂护着自己的胸部，讲："妈妈还不到七老八十的，完全可以自己洗的。"觅波讲："妈妈病了几天，不是一直在说身体发软吗？"琬怡讲："又是你爸爸说的？你爸爸就是喜欢小题大做。"觅波讲：

“爸爸应该是挺担心妈妈的吧。”

觅波帮琬怡的背部擦沐浴露。狭小的冲淋房里，挤着两人。虽说琬怡此时感觉，要比刚才觅波钻进莲蓬头下的一瞬间来得好些，但终究是不太习惯，不过，看觅波的神情倒显得随意。当觅波转过身来，看到琬怡剖腹产时的手术疤痕，觅波讲：“我还从没好好看过妈妈的这道疤痕。”琬怡觉得自己有点窘迫。觅波问：“妈妈这里还疼吗?”琬怡故作轻松地笑笑讲：“觅波都长了这么大了，早就不疼了，当年呀，只要是这种梅雨天时，总会是隐隐作痛，也有一种肌肉的拉扯感。”觅波显然察觉到了什么，便转了话题：“很久没有和妈妈一起洗澡了，记得小时候，常和妈妈一起洗澡。”

觅波的话，又让琬怡记起，前几年还时常与觅波一起洗澡，也不晓得什么时候就再没有过了。琬怡又想到，与觅波时有的这样磕绊关系后，似乎再没有这样亲密地洗过澡，继而，琬怡又觉得，是自己那时出现的一些病征，从时间上来说也是契合的。觅波说着过往与琬怡一起洗澡的情景：“那时总是会问妈妈，生觅波时，妈妈有多疼，妈妈总会说，当时的想法都是想尽快看到觅波，哪顾得疼痛呀，不过，妈妈总还会说一声，这只是麻烦的开始。”觅波学着琬怡当时说话的口气。琬怡讲：“是呀，生觅波时，妈妈得了乳腺炎，乳汁全涨在乳房里，觅波拼命吸，但还是吸不出来，把乳头都吸破了，还直流血，当时又不敢用药。”觅波听着讲：“妈妈有说过这事吗？我好像忘记了。”琬怡讲：“当年，你爸去叫来毛毛阿姨，毛毛阿姨又叫来毛毛娘，毛毛娘一来，看了就关照，快点去大饼摊头买点生大饼来，敷在乳房上，毛毛阿姨慌忙去买了许多生大饼来。”觅波问：“真的有用吗?”琬怡讲：“后来反正各种办法都用了，药也吃了，不过，吃了药就不能喂觅波奶了，觅波时常饿，你爸爸只能给觅波冲奶粉喝，但觅波全吐了出来，急得妈妈不晓得怎么办才好，印象中折腾的事一桩接着一桩。”觅波问：“真的吗?”这时琬怡觉得，怎么与觅波的对话又会说到自己的身体上了？很多时候，琬怡是避讳这个话题的，琬怡便想转移话题。琬怡侧过身去，对觅波讲：“还是我来帮觅波洗头吧。”觅波回答：“好的。”

从冲淋房出来的琬怡与觅波，在镜前吹着头发，镜中出现两张脸。琬怡有意侧过身体，好在卫生间水汽氤氲，镜面模糊。

觅波讲：“妈妈，发生了一些事，我不想参加那个业余剧社了，原本想一走了之的，但想着整个的排练，是许多人一起在做的一件事，所以我就想等这次演出后，我再退出剧社。”琬怡原本想问觅波到底发生了什么事，但想来在这成人的社会里，也就是这些事吧，对于觅波这年龄，也正是开始经历这些事。琬怡又想到，果然如大明所猜，觅波去浙西大峡谷旅行，有点排遣心中不快的成分，但在琬怡看来，觅波这是有点逃避的味道。这样一想，琬怡又觉得觅波有点像自己的处事方式，不觉又有点隐忧。

在琬怡帮觅波吹发时，侧面看着觅波的身体，琬怡还是有了新的发现，或是新的感受。尽管觅波一直就在自己的眼前，觅波的身体也是再熟悉不过，但今天看到觅波赤裸的身体时，还是让琬怡有点暗暗吃惊。过去，琬怡在觅波的年龄，总是担心胸脯太大，买胸罩也要小一号，后来还会有点含胸的习惯，但现在看觅波的胸脯，岂止是高挺，完全是那种恣意，甚至是奔放，含着青春勃勃的生机。

待觅波把琬怡的头发吹干时，琬怡对着镜中的觅波讲："这把澡洗好，妈妈的病也就全好了。"

琬怡的身体总算康复，琬怡去公司上班。病的这几天耽误了不少的工作。

汇众广告公司在北京西路近胶州路的一栋商务楼里租借了一个楼面，与琬怡曾经工作过的妇女杂志社也就隔着几条马路。商务楼临着北京西路，往来车辆不少，有点喧闹，所处环境是不能和妇女杂志社比的。妇女杂志社是在一条僻静的小路里，一座独栋花园洋房，环境相当幽静。不过，琬怡当时来汇众公司，也是渴望着调一个工作环境。自从八年前，琬怡的一些情绪，似乎影响着与周围人的关系，琬怡有点自我封闭。在单位里，与个别领导和几个同事等的关系都有点僵。在家里，当然与大明觅波和孃孃，时常也是有冲突。而所有的这些不快，在琬怡心里始终不能消解，而且她总感到环境的压抑、情绪的低落。之后，当渐渐地意识到是某种心理疾病时，琬怡也能非常想开地去接受这方面的咨询与治疗。其实也是一件非常隐秘的事，琬怡也自感不会有人晓得的，但还是有小道消息会传来传去，琬怡总觉得当时出版社里的人看自己的眼光异样。琬怡需要一个陌生的工作环境，就如同小时候的自己，在同学面前竭力掩饰家里的一些事这样。

琬怡来汇众公司上班，还是适应了一段时间。汇众公司所在的商务楼，也是有些年头的老建筑，1949 年前为一家洋行所属。商务楼不高，设施也有些陈旧。琬怡渐渐地喜欢上了汇众公司所在的办公楼。琬怡有时会站在窗台前，一眼看过去，北京西路上新起的高楼也不少，不过似乎更衬托出自己所站着的这栋楼老。老楼略带哥特式的造型，更衬着历史的沧桑感。

公司每天的晨会，是雷打不动的。二十多人都挤在一间不大的会议室里。琬怡坐进会场时，她的手下，创意工作的文案员王乐总是及时跟进，非常安静地坐在琬怡的身边。会议室的门口，有两个上了一点年纪的男人，抽着香烟，旁若无人地吞云吐雾，神情悠闲。几个人还在一旁吃着早点，各种早点或是饮料的气味充盈着会场。公司离静安寺很近，静安寺一带的吃喝玩乐或是商场活动总会成为公司晨会前的主要话题。几个小青年正叽叽喳喳地说着昨夜的一顿火锅，以及后来去跳迪斯科的事。几个略年长几岁的员工，则在说着昨天路过的一家商场，看到的促销广告，争着划算便宜之类的。晨会前的这种聊天，有些嘈杂，有些喧闹。琬怡从来不会加入这类的话题。在这众多的声音中，要说最尖最吵的那个声音，当属营销部里的那个叫张萍的女孩。要说每天在晨会上看到张萍这种说话的腔调，琬怡的确对这个女孩没多大的好感。琬怡当初进公司时，初看张萍一眼，基本上就晓得张萍的成长环境，那种成长环境促成了这种女孩样样都靠自己去争取，这又有点像毛毛，但毛毛完全是误打误撞的那种，而张萍每做一件事全是透着心机，精于每一步的得失算计。琬怡听传言，张萍曾与自己的手下王乐谈过恋爱，不过这事好像没有持续多久，两人就分开了，也不晓得是什么原因。琬怡也曾留意过这两个小青年，确实好像没有什么往来。不过，琬怡也不会开口去问这些事，即便王乐是自己的部下。

公司的总经理夏总也坐在其中，夏总并不说话，而是微笑地看着大家。这便是每天晨会前的一景。琬怡初来汇众公司时，要说最不习惯的就是这个晨会。原来在杂志社工作时，大家都挺忙碌的，见面也是有事说事，少有扯到这些家长里短的，会议也是少而又少，即便开会也是简短，少有这种松散的场面。夏总总是要等大家的杂谈差不多结束时才会宣布开会，门口抽烟的两个人，也会找位子坐下来，会场里这时才会安静下来。

夏总总是会先拟个题目说上几句，然后便是听听大家的意见，最后会问一下主要人员手头工作的进展情况。有时，琬怡会稍嫌夏总啰嗦，甚至也会觉得每天的晨会，夏总就是为了开会而开会，少有实际的效果，但渐渐，琬怡也有一些感触，觉得夏总的晨会，也有促进工作协调的作用，再有，晨会上，夏总总是很尊重琬怡工作的建议，无论是琬怡分管的，还是没分管的，夏总都喜欢问问琬怡。从夏总听琬怡说话时那种期待的眼神中，或是夏总与琬怡在会上一问一答所营造的这种氛围中，人们都感到夏总对琬怡的倚重。琬怡这三年多的工作，也对夏总有了基本的印象。夏总有时会给人办事拖拉的感觉，琬怡也有点讨厌夏总不修边幅、满嘴烟味，但夏总待人却从来没有领导的架子，乐意听取下属的意见，当夏总的下属完全没有那种压力感。

晨会结束，琬怡回到自己的办公室，才刚坐下，王乐与张萍便走进办公室，张萍进门，还顺手把办公室的门关上，显然是担心门外走过的人看见。琬怡对张萍走进自己的办公室也是一愣，王乐是自己分管的，来自己办公室属于正常，而张萍是属营销部的，是由夏总直接管的，平时与琬怡工作上的来往并不多。

王乐与张萍站到琬怡的办公桌前，琬怡示意两人坐下，问："有什么事吗?"王乐讲："钱总，我有一件事，张萍是另外有事。"听王乐此言，张萍显然对王乐的态度不满，张萍对王乐讲："昨天我们俩说起这事时，不是你让我来找钱总说说的，怎么就变成我一个人的事了?"琬怡笑笑讲："那好，先由王乐说。"王乐讲："就是那份电视广告的营销方案，客户至今都没有签定合同。"琬怡讲："我们的方案有什么问题吗?"王乐讲："方案是没有什么问题的，只是凌零公司那边不肯放手，虽说是一单数额不大的合同，但都看好这家企业的今后。"听王乐这么一说，琬怡便心中有底，琬怡便问张萍："另外一件事到底谁说?"张萍还是推王乐，王乐便讲："是公司的资金问题。"琬怡疑惑："公司的资金怎么啦?"张萍接着讲："钱总是这样的，前些天我去财务那里，要求为广告制作先打一笔钱，被财务拒绝了，说是公司账面已经没有钱，由于广告制作需要垫资，以往公司业务多的时候，有时会去问杂志社调头寸，客户的资金来了再去还上杂志社的借款，而现在杂志社非但不肯再借钱，还催着要我们还上两次的借款。”琬怡显然是初次听到。琬怡还是先想到客户这方面的问题：“那广告制作怎么办?”张萍说：“这事现在还不要紧，跟制作单位打声招呼就行，而后面没有资金到账的话，恐怕就有点难办，现在的广告业务可全是垫资在做呀。”琬怡问：“这些事情夏总知道吗?”张萍讲：“夏总这些天到处在外借钱，但离了杂志社做担保，夏总肯定也是借不到钱的。”琬怡讲：“那我们大家都想想办法，有客户单位垫资的也加紧催讨。”张萍讲：“总觉得这事没有这么简单，钱总是杂志社派来的干部，可否去杂志社那边打听一下。”至此，琬怡明白了张萍和王乐为什么来找自己。只是这事琬怡觉得不能轻易表态。琬怡讲：“我想夏总会通盘考虑的。”张萍和王乐还想说些什么，但犹豫着，欲言又止。

琬怡看着张萍与王乐离开后，想到了王乐刚才所说的合同之事，琬怡便拨通凌零广告公司总经理陈建栋的电话，话筒里立即传来陈建栋爽朗的笑声：“我就晓得钱总要来找我，这事难办呀，我没法跟下面的人交代呀。”琬怡笑着讲：“陈总手里那么多业务，还在乎这么一笔小业务?”陈建栋讲：“我们从现在开始可是说好了，以后我们都不要插手下面人办的业务。”琬怡明白陈建栋已经松口，便笑着讲：“好的，都听陈总的。”

琬怡搁了电话，又取出两份创意方案准备审看，但刚才张萍和王乐来办公室所说的话，让琬怡不时想起。

四

孃孃是提早两天打来电话，叫琬怡一家礼拜天去家里吃饭。孃孃先问觅波礼拜天有没有空，大明讲："好像听觅波说过的，礼拜天要和几个同学去郊游。"孃孃显然有点失望："已经长远没看到觅波了，上次来叫吃饭，也说是跟同学去看一个外国舞蹈团的演出。"大明讲："是有这事。"想来觅波已经有一段日子，总是因为这样或那样的原因，没能去孃孃家里吃饭或问候了。孃孃讲："觅波到这个年龄，更愿意跟同学一道玩。"大明只能是歉意地打着招呼。

礼拜天。久违的阳光，碧空如洗。只是一出梅就是高温。孃孃的家离琬怡家不远，就在建国西路上，琬怡和大明步行没多少路也就到了。

孃孃的家在一大院里。最近因为修缮的原因，宅院的大门敞开着。进入大门，树草茂盛，只是少了修剪，有点乱了。小走几步，便是七八栋小楼，错落有致。20世纪30年代中西合璧的外观设计，原本已是破旧，刚经历外墙修缮，才拆去的脚手架还乱堆在四周，红色砖墙显得弹眼落睛，只是这砖墙已不是本色，而是涂了涂料，颜色过艳，少了厚重。进门处，原本的雕梁画栋有了年头，也有缺损，但现在被白的石灰水刷过，总有点不伦不类。孃孃的家，就在院内小道到底的那栋房子的二楼。

琬怡只要走进孃孃家的这个院落，看到四周的铁栅与几处的草坪，就会想到阿爸带着自己去看曾经的家，当年留给她最深的印象也就是庭园里树草茂盛。阿爸与孃孃的父亲，也就是琬怡的阿爷以往也是做生意的，欧洲战事一结束，琬怡阿爷的生意就败了不少，后来还被说成敌伪资产，家中丧失了大部分的财产。阿爷当年只是留了几声“冤枉”的话，也就暴毙。后来就是琬怡的阿娘，领着琬怡的阿爸与孃孃搬到现在太原路的房子里居住，靠着琬怡阿爷留有的一点财产，生活还算是无忧。只是没几年，阿娘也过世了。所幸的是，琬怡的阿爸已在大学谋到教职，有了经济的来源，而此时，孃孃也长大了。家里上辈人的这段经历，琬怡最初是听阿爸说起的，阿爸平平淡淡的几句话，琬怡听来已是惊涛骇浪。家中上两辈人的这些经历，琬怡后来听孃孃说了更多。

当年孃孃嫁给姑父的事，琬怡听孃孃说过多次，以往种种曲折的经历，成了现在茶余饭后的闲话。孃孃的父母在时，曾与一户人家指腹为婚，只是后来家道中落，社会变化也大，想着人家也不一定还记得这事，也不再心存念想。不过不曾想到，虽说与那户人家多年鲜有往来，但人家还是守着婚约，上门来提亲。父母不在了，哥哥便是听妹妹的，这事全由孃孃自己作主。孃孃其实也有过犹豫，当时身边不乏追求者，自己也有心仪的，社会早就提倡自由恋爱，但晓得那户人家还是住在从前的房子里，便又想到自己曾经的家。孃孃也就这样答应了这门亲事。虽然当时的年代不比以前，但是孃孃嫁的人毕竟是这户人家的长子，所以婚礼办得还算体面。当孃孃踏进夫家门时，才觉得人家与人家之间的不同。夫家还是独栋的三层洋房，楼前有开阔的草坪与喷水池。琬怡的姑父是大老婆的儿子，他们母子一直住在三楼。孃孃的婆婆也就生养了姑父这一个孩子。孃孃进门，与姑父还有婆婆三人一道生活。姑父的阿爸与小老婆住在一二层。相对于三楼的清静，楼下要热闹许多，小老婆养了四个孩子。平时三楼的人与楼下的人，在走道、楼梯或花园里碰到，也就是点点头，算是打过招呼，不会多说一句话。此时孃孃的阿公已吃定息，家里是小老婆当家，三楼的一切用度，也按时由楼下送上来，连得一日三餐也是由底楼的厨房间送上来。孃孃的婆婆慈眉善目，一切都是安之若素，举止泰然。孃孃的阿公看重逢年过节大家庭的团聚，所以每到节日，三楼的人必要到底楼去吃饭，而每当这时，姑父就会有各种理由不回家吃饭。即便当时琬怡的阿爸来看看自己的妹妹，姑父也不会让底楼的厨房添菜，而必定是到外面的饭店里去吃。当时社会新生事物不少，孃孃结婚没多久，姑父的单位里就有去宁夏支内的动员，姑父是踊跃报名。当时上海已经不能跳舞了，姑父便做起孃孃的思想工作，说宁夏还可以跳舞，于是孃孃就跟着姑父去宁夏。火车乘了三天三夜，总算到银川。下了火车，看到的是大雪纷飞，茫茫的戈壁滩，当时的孃孃就对姑父哭着喊着："说好可以跳舞的舞厅在哪里？"孃孃一封封哭诉的信寄给琬怡的阿爸，琬怡的阿爸连忙写信安慰，还说什么宁夏是塞上江南。当然琬怡阿爸最清楚孃孃需要的是什么。这之后，琬怡阿爸便是不断地从上海寄各种食品给孃孃，这一寄就是很多年。当孃孃得以回到上海定居的时候，孃孃的婆婆，还有姑父，都已去世。夫家人来问孃孃何处落脚，孃孃就说："房子不论大小，只要在原先这片区域就可以，从前住惯了。"当时孃孃听到夫家的几个子女，一直在走访政府部门讨要从前的房子，而且几个子女又是各有算计。

琬怡与大明楼梯走到二楼，敲门，是妮子来开门。妮子的嗓音甜美，说一口相当道地的上海话。招呼打过，妮子讲："姑婆正在前厅里。"当年妮子进门，也随觅波叫孃孃作姑婆。

琬怡和大明来到前厅，一进门，便见整个房间高高低低地晾着许多绸缎，满房间的姹紫斑斓，绚丽多彩。琬怡和大明从门口往里看，窗外的阳光，映照在这些绸缎上，琬怡与大明都感到有些晃眼。孃孃正在收拾这些绸缎，见琬怡和大明走近，便讲："黄梅天总算过去了，不过，这些绸缎也不能在太阳底下曝晒，只能在屋里晾开来。"窗外微风吹进，绸缎也是摇曳。其实，这是孃孃家每到这个时节的一景，琬怡已经见过多年。

要说孃孃的这些绸缎也是大有来历的。琬怡的阿爸与孃孃祖上湖州。自古湖州，桑田遍布，傍水之地，无一旷土，必树之以桑。当年湖州丝业鼎盛时期，西太后还专门召湖州蚕妇进颐和园，开辟桑园，在绮华馆织造丝绸。早年湖州大户人家有惯例，家里若是生养了女儿，便要备上好的绸缎，作为今后女儿出嫁时的陪嫁。孃孃的姆妈当年可是给孃孃备下了四大樟木箱的绸缎。只是岁月轮替，发生了许多的事，待孃孃出嫁时，也就只剩两箱。再后来，这些绸缎跟着孃孃迁徙了半个中国，当再回上海时，两箱子的绸缎只剩下一箱。不过孃孃还是乐观地讲："这些绸锻还好是跟着自己，若是留在上海，恐怕连一块也不剩了。"琬怡听孃孃说起过，1966 年夫家被抄家，以及最后夫家全家被扫地出门的情景。孃孃又讲："那些年，即便看着好，想做身衣服，也担心穿不出去，只能是常拿出来看看。"以往每年在家里晾开绸缎时，孃孃也会描述一番自己小时候姆妈在家晾晒这些绸缎的景象："当时家里可是要有好几间房间，才能晾开来，我就在这些料作堆里穿来穿去地玩。"

可能是提到了自己家的过去，孃孃对琬怡讲："上两天我又去看过老房子了。"孃孃所说的老房子，就是阿爸和孃孃小时候的家。对于琬怡来说，当年阿爸常会带着去看的，而自从阿爸去世后，琬怡再不曾走近过这条小路，琬怡是不愿想起阿爸当年看这房子时的那张脸。这么多年过去了，琬怡也很少去想这些，只是孃孃偶有会提起。琬怡问："这房子现在怎么样了?"孃孃讲："好像又换了东家，又在大兴土木地维修。"孃孃在说这句话时，口气语调还是非常平静，就像在说一件毫不相干的事。

琬怡坐着，看着眼前这些翠布软纱，又是透着幽幽的樟脑丸的气味，不觉有点心神皆宁的感觉。孃孃开始收起这些绸缎，想着等一歇厅里要吃饭的。琬怡便上前相帮。琬怡觉得收拾这些衣料，动作幅度蛮大的，怕孃孃吃力，便讲："让妮子也来相帮吧?"孃孃讲："妮子粗手粗脚，就怕伤了这绸缎。”说到妮子，孃孃又说起对妮子的种种不满，做事情忘记性重，脱头落襻。这时，大明也要去相帮收拾绸缎，也被孃孃止住了：“男人家，更加不能碰了。”孃孃又讲：“看这做工，这色泽，现在的东西根本不能比的，即使许多年过去了，还是簇新。”待满房间的绸缎收拾得差不多时，孃孃对琬怡讲：“你拿一块去，看看做一件什么样子的衣服好。”琬怡讲：“孃孃还是留着吧，前年做的那件夹袄还没机会穿呐。”孃孃讲：“唉，我还留着这么多干吗，每到这黄梅季节，总要担心，还成了包袱。”孃孃便帮琬怡挑选：“看看再做件什么衣裳好。”琬怡无奈。孃孃又讲：“什么时候让觅波也来挑一块吧，也去做一身。”琬怡笑笑。孃孃讲：“是呀，就不晓得现在的小青年是否喜欢这些绸缎了，他们好像更喜欢那些毛料和棉布。”

当绸缎全都被收作起来后，这时孃孃从琬怡身边走过，一阵香气袭来。琬怡顿觉这香气闻来有点浓重。多年来，琬怡也是习惯了孃孃的妆容，即便孃孃一天不出门，照样是把自己打扮得舒舒齐齐，尤其是发型。琬怡有时看孃孃，总会想起孃孃的年轻时候，虽说那个年代风气已变，但琬怡还是感到孃孃当时的精致，或在打扮上的巧思，虽不显山露水，不想与谁去争，但总有点与众不同。当然，孃孃现在的化妆与衣着，要比那个年代讲究了许多。琬怡心想，这略显夸张的妆容确实可以盖过孃孃的年龄，只是这一切也适合粗看，毕竟孃孃也是老态毕现，从孃孃的眼袋与颈部还是可以看得分明。上两年，大明还讲：“要说在衡山路淮海路上走过的年轻漂亮女人，那是多了，而哪一天，孃孃去走走，上一代的美女至今风韵犹存，那才是稀奇，不是想看就能看到的。”当时琬怡笑着讲大明：“一只马屁精。”

孃孃和琬怡才坐下歇息，孃孃又像想起了什么，问琬怡：“你的身体都好了吗？”琬怡讲：“全好了，早就上班了。”孃孃讲：“在电话里，也有跟大明说过，觉得琬怡这次病得蹊跷，不过，你从小身体就弱。”琬怡一直认为孃孃是最拎得清的人，在家里的亲人中，也只有孃孃晓得，琬怡这些年在接受心理疾病的咨询和治疗。琬怡过去身上的疾患，曾让孃孃担心不已。不过，孃孃在这种场合里，只会不露声色地表达着关心。

孃孃今天的中午饭，叫了张师母与丁老师，还有王师太。这几位，都是孃孃家里饭局的常客和主要的麻将搭子。张师母与丁老师，要比孃孃和王师太小几岁，在以往孃孃家的饭桌上，与琬怡和大明见过几次，也算熟悉，见面打过招呼。姗姗来迟的是王师太，王师太一到，几人便在饭桌旁落坐。

王师太与孃孃曾经是教会女中的同学，想来那时的家境也是相近，后来各自家里都发生了一点状况，在那个年代也是正常。王同学在女中时，与孃孃之间争风吃醋的事情也有过好几桩。不过，渐渐地，孃孃与王同学之间还是走近了，志趣相投，脾气相近。当年，孃孃与王同学总是两个人一道去搓麻将，又是一道去舞厅跳舞，更是双双出入各种的饭局。不过，虽然是闺房蜜友，无话不说，但这妇道人中，还是透着小心思，总想盖过对方，尤其是交到什么男朋友、男朋友人长得怎么样、男朋友的家境又是如何，这些都是两个人憋气用力的地方。但这些也是无伤大雅，只想着岁月静好。当年孃孃结婚，王同学是伴娘。此时孃孃的夫家虽已不比从前，但还是让王同学暗暗吃惊，虽说王同学还是待字闺中，但心气已没了。而这又没过多久，孃孃就随姑父去宁夏支内。原本那位王同学觅得准夫婿，约着见面，不想就改在火车站送行了。那天王同学携了也是王姓的男朋友来了，王同学即便再有气充志骄，此时也是落泪泣别。后来，孃孃与王同学之间靠着每年不多的几封信，和孃孃难得回上海探亲时的小聚，维持着两人的关系。当孃孃与王师太再续牌缘共赴饭局时，都已不再年轻。经历了过往岁月中的种种不幸，两人的对话也要平实多了，甚至还有一份温馨。王师太讲："这些年，时常就想着以前两个人疯玩的日子，真是想想也开心。"孃孃讲："那年来火车站送行时，两个人是抱着哭了起来。"王师太又讲："当年先生也碰到麻烦，佣人固然是不能用了，一家老小就拿我当娘姨差了用，被人家从王家阿嫂叫起，叫到后来的王家师母，整天就是忙在灶披间里，家务做多了，一双手自己也不敢看了，满脑子的柴米油盐，小心算计着过日子。"孃孃接着讲："在银川的日子，根本不可能跳舞，麻将也不能搓，要说最难熬的日子，就是西北风刮起的日子，尘土飞扬，不见天日，要连续多日出不了家门，只好将家里的门窗关紧，一个人玩纸牌，那些年，竟然玩坏了上百副的纸牌。"上两年，王家先生病逝，王师太常被独生女儿接到美国去居住。琬怡从小便与王师太相熟，更有感于孃孃与王师太之间常有的深一句浅一句、时有攀比、时有怄气、时有扶持的关系。

孃孃讲："琬怡上两天，身体不适宜，所以今天关照妮子，菜烧得清淡一点。"孃孃说着，妮子已经将菜陆续端了上来，有葱烧海参、蒸鲥鱼、水晶虾仁、京酱肉丝、红烧蹄筋、河虾茭白，还有老鸭汤。当妮子将菜一一端上时，几人便纷纷地夸赞。孃孃家的这些菜，倒并非全是本帮，或是西菜中做，在银川大杂院里的经历，也反映在了孃孃家的饭桌上。那红烧蹄筋，孃孃就曾经介绍过，这应该是道鲁菜，原来大杂院里的一个山东大嫂教的，但后来孃孃烧成了浓油赤酱，味道更是偏甜。再有那京酱肉丝，也虚有京酱的称号，完全是一道本地的小炒了。早些年，孃孃还会亲自下厨炒菜，这两年，已全让妮子上手了。妮子也蛮有悟性，学得挺快的，只是孃孃讲究，还是喜欢盯着妮子。刚才琬怡经过厨房，还听到孃孃不停地在提醒着妮子"注意摆盘"。虽说孃孃家的菜水透着孃孃这些年的经历，但孃孃对于这些细节的关注，还是让琬怡觉得，孃孃时时刻刻都是在想着过去自己娘家与夫家的一些习惯。

妮子低头为各位盛了鸭汤，轻声地讲了一声："鸭汤要趁热先喝。"几人喝鸭汤，鸭汤飘香。王师太讲："妮子烧的菜，比外头饭店里的菜还要好吃，今天台面上，河虾茭白是最对我胃口了。"张师母讲："现在像妮子这样岁数的小姑娘，又有几个能这样烧烧弄弄的。"听到众人夸赞，脸上绯红，随后便退下，到厨房去了。丁老师讲：“妮子岁数也不小了，要是在乡下，早就结婚，小孩也已经蛮大了。”王师太讲：“妮子一直住在上海，想法肯定多的。”大明讲：“最佩服还是孃孃，想想妮子当年来孃孃屋里时，完全是河南农村田里刚刚走出来的样子，一口河南话听也听不懂，没想到，被孃孃调教成今天这样子，完全像是个大家闺秀了。”孃孃讲：“大明说错了，以前的大家闺秀才不会去做这些粗生活，就说我们从前家里，总有几个佣人被差差弄弄的，还不都是饭来张口的，只是后来，谁也不会晓得，学会做了这么多事。”大明弄巧成拙的一句话，引来孃孃的这番说话。

孃孃的许多说话，总喜欢将自己曾经的经历与这些年的遭遇联系起来。过去琬怡没少听阿爸和孃孃提到从前家里有多少的佣人，常被提起的钱妈，还是跟了东家的姓，据说是琬怡的阿娘当年从湖州乡下寻来的，同乡且知根知底。孃孃说起以往家里的那场变故，临危时倒是钱妈比自己的姆妈还要镇定几分，还要有主张。那位钱妈也是在东家做到年老体衰了，才告老还乡，琬怡的阿爸曾是按月寄生活费，直到钱妈过世。过去对于这类帮佣的人，俗称娘姨，从字面上理解，琬怡总觉得含了亲近与敬意。此时，虽说孃孃没提起这些，但琬怡觉得大明怎么会理解得了这些。

琬怡还是很喜欢来孃孃家里吃饭，既是喜欢吃孃孃家的这些饭菜，也是喜欢孃孃家里的这种吃饭的氛围。当年孃孃拿到这房子时，还是琬怡陪着来的。房子是偏小了一点，但孃孃也不想与夫家再去争什么了，对于孃孃来说，看重的是居住的区域和地段。在后来的一段日子里，孃孃常跑旧家具的调剂商店，当时琬怡有些不明白，这些旧家具的价格比一些时新家具还要高出许多，孃孃却是乐此不疲，如燕子衔泥般地将一件件心仪的家具搬了回来。当琬怡再去孃孃家里看时，犹如走进了欧洲古典家具的展馆。当时孃孃跟琬怡介绍讲："这些家具，透着年代，强调的是曲线曲面，完全的古典风格。"孃孃还不无遗憾地讲："看到一张大菜台，跟从前家里那张是一模一样的，可惜太大，现在的家里放不下。"琬怡当时想到，曾听阿爸与孃孃悄悄地说起过，当年阿爷做的是洋务卖办，那时家里装饰也统统是欧化，家具更是带有巴洛克风格。孃孃完全是依着当初娘家的样子，来装饰自己的家。

琬怡一直认为，孃孃这一代人是讲究到了骨子里的，就说孃孃家里吃一顿饭，孃孃对于使用的碗筷盆碟茶杯酒杯也统统有一番讲究的。近两年，觅波来孃孃家吃饭，在这方面常有微词，对于"一只马克杯"做派的觅波来说，孃孃的这些讲究统统被归类为繁琐。

琬怡旁边坐着王师太。王师太就是与人自来熟的那种，与任何人总有话好说的。还是在好些年前，当时孃孃总算是回到上海安定了下来，与王师太等人见面，琬怡也是有多年没有看见过王师太了，王师太看到琬怡便是抱住琬怡，眼睛里含着泪光讲："才听说琬怡阿爸过世的消息，真是可惜了，琬怡的阿爸走了有点早。"有段时间，琬怡只要看到王师太，王师太都会提到琬怡的阿爸，王师太总会讲："琬怡晓得伐，琬怡的阿爸年轻时，真的很英俊潇洒，风流倜傥，不但学问好，而且欢喜音乐，网球打得好，游泳也是健将，说话也是风趣，多少小姑娘欢喜呀，又有多少小姑娘追着，当时我也是很喜欢琬怡的阿爸，只是琬怡的孃孃拦在当中。”王师太这样的话说多了，有一次琬怡真就这事去问孃孃，孃孃回答讲：“王师太的话怎么可以听呀！当年王师太正是积极要求进步，街道里争做积极分子，要靠近组织，有一阵子，看到我也早就躲得远远的。只是人家早就看穿了王师太的为人，加之王师太做人又没有长性，这事才没了下文。”不过，琬怡也是从王师太的嘴巴里听到了另一个阿爸的形象，一个对于琬怡来说相对陌生的阿爸。只是这些话，现在说得少了。

王师太对琬怡讲：“上两天，与女儿通电话，还说到你，要我代问你好。”琬怡与王师太的女儿见过几次面。琬怡在小时候随回来探亲的孃孃去王师太家里吃过一两次饭，与王师太的女儿算是见过。这之后，就隔了好多年。那年琬怡陪着孃孃去美国游玩时，王师太与女儿在洛杉矶的唐人街请客吃了海鲜大餐，又在王师太女儿家的花园里吃了烧烤。那次王师太与女儿极其热情的接待，反倒使孃孃与琬怡有点不适，尤其是王师太时常炫耀的神情，孃孃是更加不舒服。后来，琬怡与王师太的女儿就再也没见过，但这并不妨碍每次王师太看到都说同样的话。

琬怡还是相当欣赏王师太今天素雅洁净的打扮，不由地悄声对王师太讲：“王师太今天穿的这身套装真是别致，这湖蓝颜色，倒不是人人可穿得出的。”王师太听了开心：“琬怡也觉得好？”王师太又是悄声讲：“跟你可以说的，但琬怡千万不好跟孃孃去说的，你孃孃听了要笑话的。这面料是七浦路买来的，很便宜的，请了裁缝做，工钱倒比面料要贵了几倍。”

饭后，孃孃、王师太、丁老师、张师母搓麻将，琬怡和大明陪在孃孃的身边。张师母常说丁老师喂牌给王师太，王师太会申辩几句，丁老师只是嘿嘿几声笑：“中美友好嘛，外交无小事。”王师太讲：“要说在美国，也是恹气，麻将搭子难寻。”孃孃常有走开，便叫大明代牌。王师太讲：“琬怡孃孃也是蛮怪的，从来不会叫琬怡来代两副的。”琬怡讲：“孃孃一直说我摸牌的手气太差，会转了牌风。”王师太讲：“哪来那么多的迷信想法，这我是偏不相信了，等一歇我走开时，琬怡来帮我代牌。”丁老师讲：“王师太是喜欢琬怡，经常会提起琬怡。”张师母讲：“王师太是心心热热要攀亲。”王师太讲：“这倒是的，周围这些小姑娘，要说喜欢，也真的只是喜欢觅波，从小看着长大，非但人长得清清爽爽，而且脾气又好又乖巧。”琬怡讲：“小姑娘总还是不太懂道理，只怕高攀不上。”

要说琬怡近些日子看到王师太还存着另外一层的心思。觅波从小跟着孃孃是到处走，王师太也是常看到觅波。时隔几年，当长成大姑娘的觅波再站在王师太跟前时，王师太表现出特别怜爱的表情，总是会毫不吝啬地夸讲觅波种种的好，琬怡也只当王师太是平常的待人之道，但有一天，王师太真的来提亲了，并且提的是王师太自己的侄孙。王师太的侄孙大家都晓得的，以往王师太可是将这门亲戚常挂在嘴上的，家里祖上是如何的显赫，书香门第，又出过一些人物，现在的家境又是何等的气派，那个侄孙更是从小与王师太亲近，常常走动。王师太侄孙前些年去了英国留学，学的是金融，才回国，在陆家嘴写字楼里上班。王师太讲：“与觅波也是从小就认识，当时见过两面的，也算是知根知底的，男孩比觅波大五岁，应该也是会心疼觅波的。”当时琬怡听了心里便觉得好，但无奈孃孃的话先讲出了口：“觅波还小，才上大学。”但之后，经不住王师太几次三番的说辞，孃孃才同意，与琬怡带着觅波，王师太带着侄孙去吃过一顿饭。孃孃先是言明：“仅仅是吃顿饭。”孃孃不让大明出场，明显地担心王师太会做实什么事，留了一个心眼。饭桌上，王师太的侄孙所表现出的沉稳持重与彬彬有礼，还是让琬怡留下了不错的印象。那次饭后，王师太还兴奋地讲：“两个小家伙，还相互留了电话。”只是，琬怡觉得两个年轻人并没有进一步发展关系。大明也是无所谓的腔调，并没有多关心。孃孃更是讲：“王师太也真是的，总觉得我们是在高攀她们王家了。”孃孃的话，也让琬怡无所适从，面对王师太的美意，也只能是歉词。

这边王师太依旧在关心着觅波：“也有很多时候没看到觅波了，觅波在忙些什么?”琬怡讲：“整天就是在学校里，现在读点书也是吃力，功课也多，周末才会回家。”琬怡在王师太面前说到觅波，不由自主地精心地掩饰一下。王师太讲：“觅波这样乖巧，晓得用功，也让琬怡好少操许多心。”

下午的麻将搓好，又将中午的剩菜剩饭热了一下，充作夜饭，简单吃过，又是搓了一歇麻将，之后便散了。王师太、丁老师、张师母下楼梯，丁老师走在前头，说是去叫出租车，又是提醒王师太和张师母下楼梯当心。

孃孃听着三人下楼的声音，便讲："这王师太也真是的，一场麻将，从头到底都是她在说话，算是在美国常住，现在常把美国挂在嘴边，那里是样样好，还说现在反而在上海生活不习惯了，上海天气太潮湿，人浑身不舒齐。"

琬怡回头不见妮子，便问："妮子已经下班啦？"孃孃讲："早就走了，最近妮子总是心神不宁，一到夜里下班，就走了快。"孃孃去厨房拿了一盒点心出来，递给大明："昨天下午去波特曼吃下午茶，带回的一盒点心给觅波吃。"大明接过讲："啊，觅波最喜欢吃了。"孃孃讲："觅波是越来越忙，难得礼拜天从学校回来，也会没空来吃顿饭的。"琬怡和大明也是再次感受到觅波今天不能来吃饭，孃孃又是多么的失望。

孃孃自己没有孩子。当年在宁夏，也错过了琬怡的成长，倒是回到上海后，经历了觅波的出生、幼年，到今天的亭亭玉立。还在觅波小时候，琬怡在翻看家里的老照片时，有一个意外的发现，觉得觅波与孃孃小时候很像。当把这一发现告诉孃孃时，孃孃当然是开心。劫波渡尽，当年孃孃再回到上海安居后，便开始频繁地与海外亲戚和以前的故交联络。觅波从小就随着孃孃出席各种的聚会。每次孃孃出席各种的宴请或是派对，总是喜欢带着觅波。每次出门前，孃孃总喜欢精心打扮觅波，逢到较为隆重的聚会，孃孃更是不厌其烦地要到百货公司去替觅波挑选新衣服，从上到下，从里到外，孃孃不会放过每个细节。就像孃孃喜欢洛可可风格的配饰一样，觅波的衣服也少不了繁复的蕾丝与花边，颜色也是非常柔和，显得甜美与华丽。临出门的化妆，也是孃孃亲力亲为，还不时纠正着觅波的英语发音，什么牛津英语与美式英语。不过，孃孃总是称赞觅波英语的发音，大明听英语是一脸茫然，琬怡那个年代学的英语，基本是哑巴英语。每次琬怡送孃孃与觅波出门时，都看到觅波屁颠屁颠地跟在孃孃的身后，祖孙俩神情欢喜。每次参加完聚会，孃孃将觅波送回时，总是会对琬怡说上一大堆夸赞觅波的话，说觅波是如何受到众人的喜欢，觅波黑亮的大眼睛、觅波的聪明懂事，无一不被众人夸赞。那时，觅波就是姑婆身边的一个乖乖女。在琬怡听来，觅波差不多就是每次聚会的主角。每次这种盛大的聚会后，孃孃和觅波还会兴奋一阵，孃孃总会对觅波说着，晚会上看到谁家，祖上有过什么产业，现在又在做些什么生意，几家人家之间有些什么往来。很多时候，琬怡也是纳闷，孃孃说这些，当时的觅波又能明白多少。渐渐地琬怡感到，孃孃完全是有意在向觅波灌输着什么，孃孃的言传身教，或是行为举止，都明确是那个年代的。琬怡曾经觉得，觅波对于姑婆一直是非常的顺从，就说觅波现在所有的课业中，成绩最好的当属英语，这完全是当年孃孃给打下的基础。只是后来有一件事，似乎改变了琬怡的看法。孃孃一直在辅导着觅波弹钢琴，在觅波小时候就开始了。孃孃一直认为觅波弹钢琴有天赋，心心热热地希望觅波能弹出一点明堂经，甚至张罗着要为觅波请一位名家名师来辅导。然而，不曾想，有一天觅波说再也不想弹钢琴了，孃孃闻听当然是惊愕，继而是苦口婆心，又是长辈威严，然而觅波并不听命，而且彻底不碰钢琴了。孃孃当时也没少在琬怡跟前抱怨与惋惜，不过，琬怡有过自己弹琴的经历，似乎是一样的结局，孃孃的话也就听过算了。只是这件事，让琬怡第一次感受到觅波性格中倔犟的一面。罢学钢琴的事就这样过去了，觅波还是非常乐意与孃孃去出席各种活动，只是后来，觅波上高中时，课业紧张，也就很少再随孃孃去参加聚会，觅波进入大学后，就更不会随孃孃去参加这种聚会了，直到这时，孃孃才讲一声："小姑娘长大了。"

孃孃讲："觅波不小了，琬怡和大明也不要太放任，觅波在外和一些什么人玩、在交些什么朋友，也应该了解一些的。小姑娘今后嫁人，总归是这么几条条件，更何况我们家里。从前，我和琬怡的阿爸虽说没有少玩，但书也没有少读呀。琬怡这一代算是可惜了，但不能再让觅波荒费了。"孃孃一下子说这么多话，的确让琬怡不晓得如何回答。不过，在琬怡看来，现在觅波身上的任性，多半也是过去孃孃给宠出来的，再说，也正因为孃孃宠爱觅波，害得琬怡和大明在孃孃面前说起觅波时，也得多加注意。当然，琬怡在孃孃面前，也不会像在王师太面前替觅波多有掩饰，但有些事，琬怡和大明都不会对孃孃去说，譬如，最近觅波独自去浙西大峡谷旅行，遇上台风被困山洞里、觅波与琬怡闹得不开心、觅波周末也不回家来。

孃孃今天说话的口气显然是带有质问。大明则不快不慢地向孃孃说着觅波学校里的见闻，都是觅波回家来跟大明说的，言下之意，觅波一切也都正常。琬怡还是熟悉孃孃的脾气性格，若真要是说些什么吧，孃孃还是会很顶真的。想着与觅波的关系才缓和，琬怡也不想再添乱了，便是由着大明这样在跟孃孃说着，并不插话。

孃孃又讲："再过几天，是琬怡阿爸的忌日，还是按照往年的规矩来办。"琬怡讲："一晃，阿爸已经是走了那么多年。"孃孃讲："我总是记得当时收到信，琬怡阿爸让我快点来上海时的情景。"大明讲："当时，我和琬怡去火车站接孃孃，孃孃马上就赶去医院。"孃孃讲："看到琬怡阿爸时，我还是大吃一惊的，琬怡的阿爸竟会苍老成这样，其实琬怡阿爸这么多年，内心有许多的冤屈，只是到了这时，什么都不想说了，反倒是心态平和了。琬怡阿爸在冥冥之中，已经是替琬怡做好了安排，其实早就在担心自己的身体。"这么多年，孃孃提到阿爸最后的一段日子，就会提到这些场景，所谓阿爸"冥冥之中的安排"，当然是指大明。那年也是大明第一次见到孃孃，当时，孃孃很不满意大明的成长环境、家境、学历与工作等。孃孃不满意自己的哥哥替琬怡所做的选择，孃孃的脾气，任何事情又是统统会放在脸上、放在嘴上，搞得大明有段时间，看到孃孃就想躲，蛮狼狈的。在琬怡阿爸去世后，孃孃更是竭力劝说琬怡出国去。只是这些年来，大明的所作所为，慢慢地让孃孃接受了，而到了今天，孃孃还会时常夸讲大明。

天色不早，琬怡想着今天来孃孃家，还有一件最重要的事还没说，便跟孃孃提起："孃孃还记得虹口的家里吗？"早年父母离婚后，阿爸与孃孃说起姆妈，或是说到姆妈的娘家，皆是以"虹口"两字替代。只是时过境迁，这"虹口"两字也是多年不再被提起。当琬怡说到虹口，孃孃马上就警觉："虹口怎么啦？"

五

毛毛一直要约琬怡见面，时间总是定不下来。琬怡参加姆妈追悼会后，生病的几天中，毛毛正巧来电话，琬怡在电话里简单地说了一下家里发生的事。这段时间，毛毛常来电话关心。琬怡上班后，毛毛又来电话，约好时间见面。毛毛早年就搞了病退，一直就是在家里，照顾着老公与儿子的起居，闲暇的时间不少。

琬怡在大学时，也有几个要好的同学，同班同寝室的，当时常腻在一道，分也分不开。毕业后各奔东西，时常还会聚聚，只是时过境迁，人生的轨迹早已大相径庭，这么多年来，虽说还有见面，但全然没有了当初腻在一道的味道。琬怡在杂志社工作时，无论在社里，还是在社会上也结识了不少的人，也有成为好朋友的，常有各种的相聚，但总觉得是少了些坦诚，有点互攀的心理，含了一点得失算计。而这些年，倒是小学中学里唯一来往较多的毛毛，还是时常在走动，常有联络。与毛毛之间，可以无需任何理由，没有任何的心理负担，随意随性地相聚在一起，琬怡说话也少了许多的顾忌。只是琬怡觉得毛毛现在也有点像当初的毛毛娘，开始有点啰嗦了。

与毛毛约定的这一天，琬怡正好在外开会，会议结束得有点早，便打电话给毛毛，想离夜饭时间还早，先到什么地方去兜兜。毛毛讲："琬怡最近蛮吃力的，还是去做个脚摩吧。"于是，两人约定脚摩的店家里见面。

琬怡到达的时候，毛毛早就到了。琬怡进门，对毛毛讲："原想时间有点早，陪你去淮海路兜兜。"琬怡还是惦记着毛毛曾经来电话，想约着去买衣服的这件事。毛毛讲："等你有空陪我去，那件衣服早就没有了，像这牌子的衣服，店家里每款都是单件，今天特意穿在身上了，让你看看。"由于店里的光线偏暗，琬怡并不能看清，但琬怡粗粗一看，真是难说好，当然并不是衣服不好，其实，现在毛毛略显富态的身材，穿什么衣服都难说好，总有包肉粽的感觉，曲线样式都已走形，但琬怡晓得，毛毛看重自己的意见，虽说价格一定不菲，毛毛也不缺钱，只是琬怡真要说不好的话，毛毛肯定会懊恼。琬怡点点头，算是回答了毛毛。

这时有两个服务小妹端着洗脚的木桶进来。琬怡与毛毛的双脚浸入药浴桶里，毛毛讲："要说从小跟你在一起的，对你也是再熟悉不过了，但每次看到你，总还是感叹，身材皮肤保养得这么好，要说什么是天生丽质，你就是。"毛毛接着有点放肆："要是你的身材皮肤换在我的身上，我肯定再会去勾引几个男人了。"毛毛说完"嘿嘿"两声笑。琬怡讲："你的老公又是顾家，又会挣钱，毛毛还有什么不称心的?"毛毛笑着讲："这好像与老公的好坏没关系的。"

脚桶里的热水泛上水汽，氤氲升腾。琬怡与毛毛沙发椅上躺着，泡着脚。毛毛问："你的身体都恢复了吗?"琬怡嗯了一声。琬怡病中，毛毛来电话时，琬怡是刻意不说自己生病，但毛毛还是在琬怡的口气里听了出来，之后便是电话不断，又说要登门探望，琬怡是再三阻拦。毛毛又问："琬怡去参加姆妈的追悼会，情况怎么样呀？"毛毛以前便晓得一点琬怡家的情况，上次电话里琬怡只是简单地说了几句，琬怡晓得毛毛历来好奇的脾气，今天见面肯定要问起。于是琬怡便将参加姆妈追悼会的一些情况说了，当然也说到两位妹妹。毛毛讲："确实，这么多年不曾联系过了，突然来联系，琬怡是没思想准备的。"毛毛自认为比较清楚琬怡这么多年对姆妈和两个妹妹的态度，这些年来，琬怡很少提起姆妈与妹妹的事。琬怡讲："孃孃也是这样说的呀，说当初琬怡阿爸去世，我们也没有惊动她们，而且孃孃还说得难听，真不晓得，她们来联系是为了什么，现在社会上各种怪事情多了。"毛毛讲："也难怪琬怡孃孃说这些话，过去家里的这些事，琬怡孃孃也是气伤心了。"琬怡讲："我跟孃孃说了，早已分开的两家，还会有什么事，可孃孃说，既然已分开，这么多年也断了联系，各走各的路，倒也清静，那现在又是何必呢。"毛毛讲："琬怡孃孃的话也有道理。"琬怡讲："我去参加自己姆妈的追悼会，倒变成是没道理了，那天也就为了几句话，跟孃孃说到后来也是不开心了。"毛毛讲："是吗？照说也是琬怡的妹妹，琬怡孃孃也应该与她们情同琬怡，估计琬怡孃孃是担心会有什么事，分开了这么多年，许多事情可能是说不清。"

片刻的安静后，毛毛轻声地在问："参加姆妈的追悼会，又与两个妹妹相认，琬怡场面上要应付的事情肯定蛮多的。”琬怡讲：“其实也没有什么，现场都是两个妹妹在忙，我和大明一点忙也帮不着，周围来参加追悼会的人也都不认识。当时还有一个怪念头，我怎么会在这里。反正一切都是觉得陌生，包括两个妹妹也是陌生呀。”毛毛点着头讲：“能够想象琬怡和大明当时的样子，虽说是参加姆妈的追悼会，但姆妈家的至亲好友都不认识，是有点尴尬的。”琬怡无语。毛毛又问：“琬怡的两个妹妹长得怎么样，想想琬怡与两个妹妹分开时，都还这么小，这么多年了，姐妹真的走在路上，也是不会认识的。”毛毛没等琬怡说什么，便自言自语地讲：“不过，看看琬怡便也晓得了。”琬怡又将大明参加完姆妈的追悼会后，对琬怡两个妹妹的评价也说了一遍。毛毛笑着讲：“姐夫看小姨子，就当是半个老婆。”毛毛又是若有所思地讲：“大明的话还是有点道理的，就说我的两个弟弟，小时候在一起，姐弟仨人蛮像的，但现在两个弟弟面孔上两块横肉，一副凶相，也不晓得像谁了。”当琬怡把两个妹妹各自的状况也说完后，毛毛是更加感兴趣，问题也是接二连三。琬怡只得讲：“我也只晓得这么多。”

这时，两位服务小妹走进来，说泡脚的时间差不多了。服务小妹开始按摩。毛毛这时侧过脸，对琬怡讲：“琬怡有事业心，整天在忙着工作，同学中也是琬怡最有出息。琬怡无论是家庭和事业都让人羡慕。”毛毛是真心话，以往也常说。琬怡叹息讲：“诶，不称心的事也有不少，觅波越大也越不让人省心。可能我是有点婆婆妈妈了，讨觅波嫌了。”于是琬怡将觅波前段与自己怄气的事说了一遍。毛毛讲:“过去最佩服琬怡,全凭一本育儿书,将觅波带大。”琬怡讲:“要说也是没办法,那时很羡慕毛毛的,毛毛儿子,是毛毛娘一手带大。”

此时,服务小妹按摩着,指尖在腿上用力按压着,琬怡一阵的酸疼。琬怡和毛毛都没了声音,各想各的心事。

那是一个特定的年代里。

当时琬怡家里所处的街弄,早已一改以往的幽静,变得相当的热闹。原先的花园洋房的大门敞开着,过去神秘的各式建筑与大草坪也是一览无余,搬进了许多人家,几家人家更是在草坪上堆起杂物,养起鸡鸭,草坪沦为泥地,卷起的尘土飞扬。原先联排的西班牙式新里房子里,也挤进了不少的人家,新搬来的几户人家为点公用部位吵相骂,更有几户人家将吃饭的小台子搬到弄堂里。楼道里、弄堂里,总是充满着各种的吆喝声,苏北口音与山东腔等此起彼伏,另外还填满了各种呛人的油镬气,和下水道堵塞的气味。

与周围邻居这种变化一样的,琬怡学校里的同学变化也不小,有几个同学离开,又有几个同学转学进来。毛毛是在小学二年级时从外区转学来的,与琬怡是邻座。毛毛家与琬怡家相隔了几条马路,离得并不近。当时学校里的小女生,也热衷于三两一堆,五人一帮的,学作妇人道,欢喜背后议论人。琬怡一直因为家里的这点事,不想被人晓得或是议论,所以平时并不怎么和同学往来,还被小女生背后说成清高。

毛毛长得有点乡气，遭到小女生们的嫌弃，但一来二往，却是与琬怡走近。

与毛毛走近后，琬怡就与毛毛一同上学去或是放学回家。有一次放学回家，琬怡进到毛毛家里玩。毛毛家在弄堂到底的房子里，房子有点简陋。周围许多不错的房子背后，还是散落着一些简屋危房，无论这里的弄堂还是这房子，与琬怡家所处的环境是有着明显的区别。毛毛家的房子，底层两间，住着家中长幼三代七人，有点挤，有点乱，房间里长年阴暗，家里总是开着一支三支光的节能灯，灯管两头已发黑。毛毛跟琬怡讲："这里算是不错了，至少还是水门汀，原来的老房子还是烂泥地。"可能就是因为这样的居住环境，所以毛毛家的市面都做在家门口，那天，就看到毛毛娘坐在家门口做家务。毛毛娘让人一看，就觉得是个手脚勤快的人。看到毛毛娘，琬怡就想起阿爸提到过的从前家里的娘姨，心想就应该是毛毛娘这个样子的。不过，也只要相处不多时，就会觉得毛毛娘有点啰嗦。琬怡还看到了在弄堂里玩闹的毛毛的两个弟弟，毛毛讲："两个弟弟是闯祸胚，猴子屁股坐不热，三天不被爹打，就要拆家棚了。"毛毛的爷爷奶奶皆已年迈，就坐在弄堂口，目光呆滞。

后来，毛毛常邀琬怡去家里玩。有时会碰到毛毛娘，毛毛娘便会问："琬怡去过虹口吗，去看过姆妈和妹妹吗？"当时，琬怡也只是跟毛毛说起过家中的一些事，所以毛毛娘来问也是正常。只是琬怡对于回答这样的问题，总有点别扭。起初，琬怡还会照实说来，这便引出毛毛娘的不断发问："姆妈看到阿爸，两个人还说话吗?”一旁的毛毛便说自己娘：“去问人家家里这些事做啥?”毛毛娘讲：“问问又不要紧的。”下次，再看到毛毛娘，毛毛娘照样会问：“琬怡穿新衣服，是姆妈给琬怡做的吗?”琬怡简单地说了，毛毛娘还想问。毛毛对自己娘拉长了脸：“哪能这么喜欢问人家家里的事。”毛毛一直反感自己的娘看到琬怡就问东问西，但琬怡再去毛毛家，碰到毛毛娘，毛毛娘照样会问。一次，毛毛娘又问：“琬怡是长得像姆妈，还是像阿爸?”未等琬怡回答，毛毛娘又讲：“不过，女儿总是像娘多一些。”这之后，琬怡放学路经毛毛家的弄堂，便不想弯进去了。

毛毛晓得琬怡不想看到自己的娘，两人便到附近的小花园去玩，或是到琬怡的家里去玩。琬怡晓得毛毛喜欢来自己家玩，但碍于阿爸的再三关照，琬怡还是很少有叫毛毛来家里玩。阿爸在那些年中，与自己以前的许多同学和朋友几乎是断了往来，家里也是冷清。可能阿爸认为，任何的交往，或是一种人际关系，都有潜在的风险。阿爸的谨小慎微，琬怡当然是晓得的。

毛毛来琬怡家玩，一切都觉得新鲜，更何况琬怡家还有许多的零食。琬怡家透亮的光线，照在毛毛略有些菜色的脸上，以及泛黄干枯的头发上，毛毛跟琬怡讲：“我看琬怡和两个妹妹分开住也没什么不好，就说我们家里，逢年过节，娘还是想帮我做件新衣服的，但爹不点头，娘也不敢，只好寻一件娘的旧衣服，改一改，就算是我的新衣服了。爹是包庇两个弟弟，不要常看爹一直在打在骂两个弟弟，但爹说了，男孩子要到中学才会发力，到时候，女孩子是比不过男孩子的，现在是家里好吃好用的都是供着两个弟弟的。这样想来，还是琬怡好，就像独养女儿，家里吃的用的玩的，没人来跟你抢。”后来，琬怡曾经想到过毛毛所说的这些话，只能说当时的社会，人更多地会从物质的层面，来看待自己生存的环境。

就在琬怡总想着躲开毛毛娘的这些日子里，发生了一件事，又使得琬怡不得不面对毛毛娘。那是琬怡刚上初中，有一天在学校里，琬怡感到自己下体的异样，又觉得裤子湿湿的，琬怡躲进了厕所不敢出来。毛毛来看琬怡，见状便讲："上两天，娘刚跟我说过这些事。"后来，琬怡用书包遮着裤子，跟着毛毛回家去了。毛毛娘一听，便说："这是好事呀。"毛毛娘马上就拿出了月经带和草纸，对琬怡讲："这些都是替毛毛准备的，想不到，琬怡先用上了。"毛毛娘又关照了不要碰冷水、不要吃冷的东西。那天，琬怡由毛毛娘和毛毛陪着回家。琬怡见到阿爸时，感到有点羞愧，像是做错了什么事。毛毛娘跟阿爸轻声说了一下，阿爸对毛毛娘便是千谢万谢，还将毛毛娘和毛毛送下楼，送到弄堂口。阿爸回来，对琬怡讲："琬怡长成大姑娘了。"从这之后，阿爸在给琬怡每月的零花钱时，总会多给一些，让琬怡自己去买些生理期的用品。

也就是这件事之后，琬怡又去毛毛家玩了，看到毛毛娘也不再避开了。琬怡与毛毛更是形影不离。毛毛娘也是热情，晓得琬怡中午放学回家，家里也是一个人，冷灶冷饭的，就常邀琬怡来家吃午饭。毛毛家饭桌上确实热闹，毛毛、毛毛的爷爷奶奶、毛毛娘，还有毛毛的两个弟弟，有几次还看到毛毛爹。毛毛爹是街道工厂里的负责人，曾经当过造反派的小头头，一副绍兴师爷的腔调，不苟言笑，看到琬怡还算客气，也不会像毛毛娘这样问东问西。琬怡已经许久没有和这么多人围着一起吃饭了，也有点兴奋。只是毛毛家的饭桌上的菜，常年就是一碗清蒸梅干菜，琬怡初吃觉得既香又下饭，而多吃了几次，就觉得胃里有点反酸。那时，琬怡放学后，每次都要到毛毛家去，玩上一歇，做好回家作业，估计着阿爸快要下班回来，琬怡才会回家。

当时，就是与毛毛这样打发着时间。而到了某一天，琬怡家周围的环境又发生了很大的变化，许多人搬走了，许多人又搬了回来，当时听得最多的词便是“平反”和“落实政策”。那时琬怡和毛毛一同去上学，毛毛总会道听途说些四周建筑里或是某个门牌号里的人与事，而且偏重男女秘闻与恩怨情仇。琬怡总说毛毛八卦，但下次毛毛再说，琬怡还是乐意听的。

要说琬怡在这一段与毛毛相处的经历中，必要提到的一个人，那就是阿军。阿军是琬怡和毛毛初中时的同学，阿军的阿爸是个裁缝，小马路大弄堂里常见的半开间门面的裁缝铺，一个佝偻着身体的老头，就是阿军的阿爸。阿军为了接近琬怡，就先接近毛毛，琬怡平时那种拒人千里的态度，使得阿军采取了迂回的办法。对于阿军的走近，毛毛当然开心不已。有一段时间，琬怡与毛毛放学途中，阿军总喜欢来凑热闹，琬怡只是冷眼旁观，直到阿军给琬怡悄悄递来小纸条，琬怡基本吃准阿军的心思，当着阿军的面随手便将纸条丢弃。不过，琬怡并没有声张，连得毛毛也不晓得。毛毛还是觉得阿军眼里只有自己，常给自己献殷勤，只是后来毛毛与阿军真的发生了恋情，这是后话。

后来琬怡去上大学，毛毛去百货公司上班，两人见面就有点少了。毛毛是奉子成婚，结婚时，琬怡去做伴娘。在毛毛的婚礼酒席上，琬怡再一次看到了阿军，又是坐在一桌，虽说有点尴尬，但琬怡与阿军还是有几句交流的。那天毛毛娘看到琬怡有点激动，啰嗦了许多，不过，此时的琬怡也不会嫌毛毛娘啰嗦，与毛毛娘说着闲话，那是久别之后的热络。

等到琬怡结婚时，毛毛娘便是不请自来。毛毛娘当然了解琬怡家的一些情况，当时孃孃虽然已在上海，但毛毛娘估计琬怡的孃孃也只会张张嘴巴，而大明家也是这样的情况，毛毛娘就觉得自己是有责任的，有点义不容辞的味道。毛毛陪着自己娘来琬怡家。当时琬怡和大明只是按照自己的想法，简单地布置一下新房。毛毛娘进门，转了一圈，直摇头。毛毛娘讲："要说结婚的习俗，讲究也多，打铺盖，提箱，哭出嫁，拿妆奁，进洞房，吵新房，满月等，统统是有规矩的，现在虽然提倡简单，但再简单，也不能简单这张床呀，按照规矩，床上要用被头枕头堆起很高，叫被山。"毛毛娘说着，又速速回自己家里，取来不少新的床被与枕头，挑灯夜战相帮缝被头。被山堆起，毛毛娘又与琬怡说了不少女儿出嫁时做娘的关照，毛毛娘这才觉得放下心。琬怡对毛毛娘是心存感激的。

后来，孃孃来看，直说太土气了。其实，当时的孃孃还在责怪着琬怡不去英国留学的事，有气未消。

毛毛问："琬怡睡着了？"琬怡讲："有一点瞌睡。"毛毛讲："做按摩是最容易睡着。"琬怡讲："有一点的。现在的精力肯定不比过去年轻的时候。"毛毛讲："年轻时，琬怡只想着忙工作，而我倒是一直在玩。"琬怡讲："毛毛一直开心做人。"毛毛讲："我一直在想，是不是年轻时玩够了玩畅了，现在就不行了？"琬怡问："毛毛想说什么？"毛毛轻声讲："也蛮怪的，男人才是这个岁数，这方面就不行了，两个四十几岁的人，倒是活成像七八十岁的样子，相安无事。我曾经怀疑过，死男人外头拼光了，回到家里在装死，但看看又不像，男人每天是按时回来，每月钞票也是上交。不过，也蛮十三点的，男人这方面不行了，外出时，倒喜欢和我勾肩搭背，装了一副恩爱的腔调。男人现在天天煎中药，一边煎药，还要诵经念佛，不晓得在炼什么仙丹妙药，弄得屋里一股中药味道。我说常在吃荤腥，念经有啥用，男人只会嘿嘿戆笑。"琬怡笑笑。毛毛又讲："其实与死男人做这事，早就没有感觉。"

对于毛毛所说，琬怡明白，毛毛要的不是琬怡的回答，而是能够把憋在心里的这些话说出来。毛毛总是这样的坦率，碰到任何问题都会对琬怡说。不过，也只有毛毛会对琬怡说这些话。当年毛毛与阿军，包括后来结识现在自己的男人，就常会将感情的进展，也就是男女间的那些事会详尽地告诉琬怡。琬怡结婚后，两个人见面，毛毛更是会跟琬怡打听："琬怡和大明，一个礼拜要做几次呀?"

片刻的安静。毛毛又讲："现在想想，还是谈朋友时最开心。"琬怡讲："毛毛当时是蛮开心的，几个男人围着，毛毛还要挑三拣四。"毛毛讲："那时琬怡去读大学了，我一个人无聊，便常去阿军的裁缝店，当时阿军刚从他爹手里接过裁缝铺。那时夜里，啥地方也不去，只混在裁缝铺里，阿军欢喜说些鬼故事，有意吓吓我，好让我向他讨饶，阿军就可以趁机揩我油。"琬怡讲："毛毛跟阿军朋友谈得长远，原以为毛毛总是嫁给阿军，没想到毛毛脚踏两只船。"毛毛讲："当时在百货公司里上班，那时真叫苦，从早立到夜，刚想坐一歇，柜组长就啰哩啰嗦，两条腿立得静脉曲张，生意一忙，上厕所的时间也没有，憋出毛病，得了膀胱炎，到现在心里还有阴影，到了年底，还要扣奖金。当时死男人就是柜组长，不怀好意，恶势做，经常用点手段，一直搔扰我，最后我是会上他当的，你说贱不贱呀?"其实毛毛的这些事，常有说起，不过琬怡是常听常新。琬怡讲："当时常听毛毛说约会的事，听听才觉得不对头，原来毛毛另外还有人。"毛毛讲："后来，还将死男人带给琬怡来看过的，让琬怡参谋一下，到底选哪一个人好?死男人看过琬怡之后，对我说，没想到毛毛还有琬怡这样的好朋友。"琬怡笑着讲："有这样的事吗?"

躺着的两个人，面对天花板上的灯光，觉得有点刺眼，毛毛叫服务小妹调低亮度。毛毛继续讲："当时是让琬怡相帮拿主意的。"琬怡记得有这事，嘴上却讲："我可不记得帮毛毛拿过这样的主意。”毛毛讲：“其实也不用拿什么主意，当时阿军家里没房子，死男人家里好坏有几间私房，这事就这样定了下来，把自己嫁了出去。”琬怡讲：“毛毛的眼光还是不错的。”要论当时的经济条件，毛毛确实是高攀的，琬怡当然晓得毛毛娘家的状况。毛毛讲：“我不比琬怡，琬怡长得漂亮，当时不要说男同学都要盯着琬怡看，就是女同学也欢喜多看几眼琬怡。我家里的情况，也不比琬怡的家境，家里也没人会帮我拿主意的，只有自己拿主意。谈朋友，玩玩是一回事，但真的嫁人时，又是另外一回事。哪像琬怡，琬怡阿爸会领个大明进家门，当时觉得蛮噱的，记得当时还对琬怡说，外头好男人蛮多的，依着琬怡的条件，完全还可以去挑选一下，好好玩玩。只是没想到，琬怡也就听自己阿爸的。”琬怡讲：“毛毛是跟我说过这样的话。”不过，琬怡更清楚当时毛毛说这些话的直接用意。一直以来，琬怡以及琬怡的家境留给毛毛的印象，使得毛毛替琬怡描摹过未来的婚姻对象，那一定是一个非常出众的人，有着不错的相貌、不错的家境、不错的学历、不错的职业，好像只有满足了这些条件，才能配上琬怡。而当琬怡将大明的情况说给毛毛听后，毛毛的脸上闪过一阵阵的疑惑。琬怡当然清楚毛毛疑惑的潜台词：琬怡是下嫁了。毛毛多少有点在为琬怡抱屈。毛毛讲：“当时这些话，若被大明听到，肯定是记恨我一辈子。”琬怡笑笑。毛毛讲：“只是这些年来看大明，还真是不错的，又勤劳，脾气又好，这又不得不佩服琬怡阿爸看人的眼光。”琬怡讲：“毛毛怎么尽说我了？”毛毛讲：“要说琬怡阿爸的眼光好，还有一点也是很重要的，就是琬怡的阿公阿婆都不在了，琬怡可是没行过家里有个阿婆的味道呀，我新结婚第二天，阿婆就拿围袋袋往我身上一套，叫我到灶披间里煎小黄鱼，我煎了两条，统统煎碎了，阿婆还要在旁边指手划脚，阴阳怪气，我气不过，拿围袋袋脱下来一掼，对阿婆说，就是在娘家，也从来不会去做这些事的。所以，后来就想着一定要与阿婆分开住才行。”琬怡讲：“毛毛的老公真是不错，后来下海做生意，买了房子，又让毛毛在家里享清福。”毛毛讲：“叫我回家去，纯粹为带儿子，男人嫌老娘带外孙带不好。”

以往琬怡与毛毛常有这样的对话，女人之间这样的对话，也是稀松平常，但不晓得怎么的，闲来无事的这些话，在琬怡的心里总会产生一些小小的涟漪。就说毛毛刚结婚后，有一段时间，夫妻之间是三天一小吵、五天一大吵，当时琬怡与毛毛见面，总是毛毛在不停地哭诉。有几次，毛毛还跑到琬怡家里来哭诉，琬怡相帮分析，觉得毛毛太软弱了，要毛毛硬气一点，但毛毛回家后，下次依旧。琬怡觉得不可理解。有一次，毛毛被男人打，逃回娘家，三天过后，男人来只电话，毛毛就带着儿子回家，琬怡追着拦着不让毛毛回去，毛毛却讲：“今天不回去，明天也要被娘赶回去的。”琬怡真有点怒其不争。每每毛毛出现这些情况时，总会在琬怡面前提到阿军，假设着若当初选择了阿军又会是怎么样？毛毛的这种状况延续了好些年，当时琬怡总觉得毛毛会离婚。但近些年来，剧情完全是反转，毛毛的生活是越过越顺畅，毛毛还常在琬怡面前，提到男人的种种好，有点甜得发腻的感觉。

起先，琬怡是百思不得其解的，而渐渐琬怡感到，毛毛和她的老公会有今天，既有向命运的低头——譬如毛毛，也有着婚姻的算计——譬如毛毛的老公。

当然，这也只是琬怡的心思，并不会去跟毛毛说。不过，琬怡的这些心思，并非全是在替毛毛在想，琬怡想到了自己。就如毛毛所说，当年阿爸领着大明走进家门，自己也没有想过再去挑选一下，也就接受了大明。还有，当时孃孃的态度也是明确，自己也没有去多想一下。那时的自己，就是一张的白纸，任凭描绘。这些年婚姻的经历，可能在有些人的眼中，也算是风顺，也算是美满，但真正过日子中，夫妻磨合的这些事，一点也不会比别人少。单说生活习惯上的不同，就耗去了琬怡婚姻生活最初几年的许多心思，琬怡又不会像毛毛这样到处去说的，也就只能自行消化，琬怡一直觉得自己是慢知慢觉的人。岁月到了今天，琬怡又渐渐地发现，大明似乎是越来越混沌了，甚至是有了这个年纪的男人都有一点的迟钝。大明刚进入这个家时，尤其是阿爸刚去世的一段日子里，琬怡也觉得大明是一种实实在在的依靠，然而后来的日子似乎是反转了，凡事都须琬怡冲在前，琬怡似乎越活越明白。要说唯有的共同话题，那就是觅波。觅波小时候，夫妻两常商量着觅波的一些事，那也只是一些具体琐碎的事情，而涉及觅波教育方面的事，在琬怡的印象中，好像都是自己在拿主意。即便现在觅波长大了，越来越倾向独立，两人再说觅波什么事，大明总会顾忌觅波的想法或琬怡的想法，大明少有自己的意见。一旦两人围绕着觅波的话也不多时，琬怡便不晓得他们之间还有什么话好说了。

不过，毛毛今天的话似乎也有暗示的作用。八年前，琬怡起初并没有意识到身上的某些病症，只当是一时的脾气，而后来越发严重时，也不仅仅是与周围人相处的问题，极端的例子有，譬如单位里接待过一个人，握过手之后，便要不断冲洗双手，肥皂起码用去半块。而发展到后来，琬怡非常排斥与任何人的这种接触与接近，即便是和相熟的人在一起，她也总觉得压抑和窒息。甚至与大明夫妻生活后，马上就要冲澡，不断地清洗自己身体的角角落落，而且，这一把澡定当要洗上一个多钟头，还一直会觉得没有洗干净自己的身体。几次这样的事之后，便是与大明再也没有同床共寝。当时琬怡决意让大明将家里北面原来用作储物的小房间，收拾后安了一张小床，就作为大明的睡房，大明也没异议。家里当时的情况，琬怡认为觅波还尚小，未必明白这些事。后来，是孃孃最初意识到琬怡这些问题的，也是在孃孃竭力劝说下，琬怡才开始接受这方面的咨询与治疗。琬怡的咨询和治疗还是取得了不错的效果，只是与大明分房睡的状态没有改变。上两年，孃孃曾悄悄地跟琬怡讲："这样总不是办法呀，毕竟琬怡与大明还年轻呀。"孃孃的话，虽说琬怡是完全理解，但碍于现状，琬怡甚至没有想过改变什么，近两年来，琬怡更是觉得没有改变的可能。这些年，琬怡看大明，觉得就像个父兄，再看两人的生活，就像搭个伙。再往细里想，琬怡觉得，那么多年，和大明也竟然没有什么共同的话题好说，哪怕是为什么观点争上几句都没有过。曾经有过几次，夜里琬怡看着大明走进北面的小间睡觉，盯看着北间的那扇门，想着大明这几年就一直睡在这小间里，想象着大明在北间里的情景，觉得环境肯定是逼仄。琬怡想到这里，不禁脊背一阵发凉。琬怡当然不会与毛毛说这些事。

按摩算是结束。毛毛说每次做好脚摩神清气爽，而琬怡觉得并没有感到脚部有多少的轻松。之后，琬怡和毛毛去吃烤鱼，毛毛是心心热热要去吃烤鱼。店堂里烟火气熏人，人声鼎沸。琬怡并不欢喜这样的环境，只是为了不扫毛毛的兴。一顿饭吃好，琬怡觉得，自己的衣服全是油镬气，有点后悔。

六

夏天过去了，秋天也已过去了大半。从季节上来说，该是深秋了，只是体感上还是有点偏暖的。

语嫣给琬怡打来了电话。这是上次接语嫣电话来告知姆妈去世消息之后，时隔了那么多天，语嫣再次给琬怡打来电话。

琬怡对于语嫣的电话，并没有感到是意外，曾经也有想到过，想着语嫣肯定会来联系的，但又想想，距离上次姆妈的追悼会，隔了也是有些久了。其实这些天里，琬怡也是时常会想到语嫣与阿岚，要说上次的见面，场合是参加姆妈的追悼会，即便是姐妹团聚，也不可能有更多的交谈。只是琬怡这样的念头，也是一个闪念，总会被周围一堆的事打断，但真有空静下心来想想，又觉得即使再见面，与语嫣和阿岚说些什么好呢？说些过往的事，琬怡历来不感兴趣。琬怡过去对任何人都不愿提起家里的这些事，当时是一种心理防备，而现在早已成为习惯。以往平行的两条生活轨迹，没有交叉过，兴许现状，也应该正如孃孃所说。其实，琬怡会这样去想，还有另外的一层原因。在姆妈的追悼会上与语嫣和阿岚相聚时，语嫣和阿岚提起过，姆妈很早就晓得自己在杂志社工作，家里的住址更没有改变过，那么这些年来，姆妈怎么就没想过来找自己？这其中，既是有姆妈在为各自双方的家庭考虑着什么，还是姆妈本身的原因呢？不过，无论姆妈出于什么想法，没有再相聚再见面，可能就是姆妈要的结果。琬怡这样想着，所以也就没有主动去联系语嫣和阿岚。

语嫣在电话中，除了再次对琬怡来参加姆妈追悼会表示感谢外，主要是来说姆妈骨灰下葬的事。姆妈的骨灰是安葬到无锡的老家，就葬在原来外公外婆的墓旁。语嫣讲："办妥了姆妈墓地的事后，便与阿岚决定尽快把姆妈的骨灰下葬，否则总觉得有件事在身，其实安葬的时间最好在冬至，好在姆妈生前也不太讲究这些。"语嫣把与阿岚回无锡去下葬姆妈骨灰一事大致地说了一下。

琬怡想着前段日子是秋老虎天气，语嫣和阿岚去无锡忙姆妈骨灰下葬的事，应该还是很辛苦的。琬怡除了对语嫣道一声辛苦外，又说什么时候请语嫣和阿岚吃顿饭，姐妹聚一下。语嫣听后非常高兴地讲："是吗，这太好了。"

搁了电话后，琬怡又觉得，语嫣在电话里的声音，要比上次见面时轻松很多。上次在姆妈追悼会上见面，毕竟是分开了这么多年后的再次相聚，之后，在琬怡的脑海里偶尔会想到这些，而今天语嫣再次来电话，又让琬怡对语嫣和阿岚现在的状况会有进一步的猜测。语嫣会是一个怎样的人？阿岚又会是怎样的脾气性格？即便是在这同一城市中，看似生活与工作也是在差不多的空间里，但人的差异却是会很大的。琬怡凭着上次与语嫣和阿岚见面时留下的印象，推断着语嫣和阿岚的一些状况。琬怡也是很惊讶的，惊讶于就在刚才与语嫣通电话时，自己会脱口而出请语嫣和阿岚吃饭。

下午，琬怡去拜访一位客户，结束后没有再回公司，就径直回家了。回家的时间有些早，所以遇上打扫完卫生正准备离开的妮子。

妮子见琬怡进家门，就说一声："姑婆又让带小菜来，都放在冰箱里了。"琬怡听了连忙叫住妮子："回去跟姑婆说一声，别再送小菜了，而且总是一送那么多，平时夜饭也总是大明一个人吃，都剩了不少。"妮子讲："我也说过了，但姑婆还是让带的。"琬怡也只得摇摇头，笑着问："姑婆这几天在忙些什么?"妮子讲："上两天，姑婆都外出吃饭，刚才出门的时候，与王师太几个人在搓麻将，好像还在商量着过几天要出去旅游的事。"琬怡便是噢了一声，心想孃孃的生活起居还算正常。

妮子离开，琬怡进到厨房，开冰箱，看了看孃孃让妮子带来的小菜。自从跟孃孃说了姆妈去世和参加追悼会的事，孃孃的确有些不开心，几句话来去，当时琬怡似乎也有点情绪。不过，之后，孃孃隔三岔五的让妮子送小菜来，这倒不是孃孃以前没送过，但至少是没有这么频繁。

自从阿爸去世后，孃孃回到上海，孤身一人的孃孃，身边也只有琬怡，这么多年来，两人的关系也是形同母女。要说以往，为些什么事或几句话，这姑侄之间，也并不是都能说到一道去的，都有由着脾气的时候，但过去了也就过去了，不会留下什么心结。然而，这一次有点不同往常。琬怡能够感受到孃孃略有些敏感的心，或是孃孃也是在担心着琬怡的一些心情吧。姆妈的追悼会过去了很多天了，琬怡与孃孃也有几次的见面或是电话聊天，但她们都没有再提及“虹口”的事。觅波整个的暑假，或是出去旅游或是在业余剧社排演，忙得有点不亦乐乎，即便在家的日子里，也没有再提起过有关外婆和两个阿姨的事。大明也是，琬怡不提，大明当然也不会提。已经是有段时间了，这些话题没有在家里被提起。参加姆妈的追悼会、与两个妹妹相聚，犹如一个插曲，似乎就过去了。

夜里，琬怡与大明两个人吃夜饭。琬怡把语嫣来电话的事，以及想请语嫣和阿岚吃饭的事跟大明说了。琬怡讲：“一想到这么热的天，语嫣和阿岚护送着姆妈的骨灰回无锡下葬，有多少事要忙呀，也不晓得有没有人相帮的。”琬怡和大明都想到在姆妈追悼会上，前前后后忙个不停的沈德运。大明讲：“要是语嫣先来电话商量一下，那我们也可以去帮帮忙的。”琬怡讲：“大明净会说些过时的废话。”大明笑笑讲：“语嫣和阿岚还是担心太打扰琬怡了。”琬怡没接大明的话。

大明讲：“琬怡能请语嫣和阿岚吃饭，这是很好的事，在琬怡姆妈的追悼会上姐妹相认了，但后面又没有什么往来的话，岂不又是要回到以前的样子。”琬怡讲：“我当时可是没想那么多，只是感到，语嫣和阿岚为姆妈骨灰安葬的事，应该也是很辛苦，所以就这样说了。我这话一说，语嫣好像是很开心的，口气也是越快见面越好。”大明讲：“是吗，噢，还有阿岚，一定也是这个想法。”大明的语气好像也是很开心的，琬怡觉得大明似乎也是热衷与语嫣和阿岚见面。大明又问琬怡："觅波要一同去吗？时间上肯定是周末，觅波好像没说过有什么事。"琬怡问："噢，电话里我也没提叫阿岚的儿子，总觉得不晓得是什么状况，方不方便的，再说，现在姐妹聚在一起，难免会说上些过去家里的事，我想，觅波还是少听为好。"大明点了点头。琬怡讲："上次孃孃为这事，已经是不开心了，今后姐妹之间来往太频繁的话，要是让孃孃晓得，话又要多了。"大明讲："孃孃的话，也就随便听听，上辈人的那些心结，也会慢慢地解开，毕竟是亲姐妹交往。"琬怡讲："说是姐妹相聚吃饭，还真不了解语嫣和阿岚的口味，选饭店订餐的事，就交给大明了。"大明马上就点了点头，成竹在胸的样子。

该日中午，语嫣和阿岚如约到达饭店。饭店是靠近在淮海中路附近的一条小路里，离东湖路不远，马路还算清静。饭店是在一栋老旧的小洋房里，门面不大。语嫣和阿岚在饭店的门口朝里张望着，想再确认一下饭店。阿岚讲："蛮奇怪的，人家饭店的门面是越大越好，这家饭店的门面就是这样一扇小门。"语嫣讲："阿岚吃过这么多的饭店，难得也有不认识的地方。"这时，琬怡和大明沿着路边走过来，语嫣和阿岚便是欣喜地上前招呼。琬怡略有歉意地讲："要在旁边的一条马路上才能停车，走过来也有一段路，所以就晚了一点。"

四人进入饭店，顿有豁然开朗的感觉。一条不长的鹅卵石的甬道，两边树木映衬，有点曲径通幽的感觉。甬道的尽头，一栋两层的小楼。琬怡领着语嫣和阿岚走在甬道上，大明跟在后面。琬怡边走边讲："这几天的天气真让人感到舒服，想想前一阵子，还是很闷热的天气。"语嫣讲："这种微寒的天气，连空气都是清香的。"阿岚讲："这个季节还是什么衣服都能穿，夏秋季的衣服都行，不过，一想到马上就要来的冬天，又要把自己裹得严严实实的，就感到没劲了。"

上次在姆妈的追悼会上相见时，语嫣和阿岚都是身穿黑色的丧服，语嫣是一点妆都没化，面色惨白，嗓音更是沙哑，而这次看到，语嫣和阿岚都像换了一个人般。语嫣白皙修长的颈脖，圆润相称的肩膀，鼻子和嘴巴显得小巧，薄施粉黛，清丽清新。语嫣着一深蓝色的织棉长裙，纤纤腰束，显得洁净。语嫣的嗓音也是清脆不少。阿岚的妆容，有着几分的浓重，白中透粉，也是一袭长裙，红色的纱衣，隐约可见如玉的肌肤与双臂，长裙逶迤，透着阿岚的身材。琬怡看语嫣和阿岚的出场，晓得对于今天的聚会，都是花了心思。其实，刚才在饭店门口，看到语嫣和阿岚时，琬怡心里已经是一呆，心想，今天三姐妹聚会，就像商量好了一样，统统是着长裙。

在饭店的庭园里，稍立一下。语嫣看着琬怡讲："琬怡姐这身裙子，真是好看，翠烟的颜色，色彩正好，看上去相当舒服，若再深一点，就过于乡气，若再淡一点，过于素淡。"琬怡有点欣喜地讲："语嫣说得好。"阿岚对琬怡讲："一看面料做工，就是吃价钱的，百褶显身材，胖不得，裙裾上绣着花，也显别致，这裙子也只有琬怡大姐才能穿出感觉来，又是显身价。"琬怡低头打量了一下自己的这身裙装讲："这裙子买了好几年了，总觉得太嫩相了一点，想给觅波穿，觅波却说，这么老气的裙子，叫我怎么穿得出去。今天，也是心血来潮地穿了。”

站在一边的大明，看着三姐妹，心想，女人见面，天气和衣服总是最好的开场白。

来到小楼的门口，服务生问过订位信息，便引着上二楼的包房。包房面积并不大，装饰略显陈旧，但房间内的格调与灯光，还是透着浓浓的旧时的情调，桌椅也是显着与环境的协调，桌上的这些杯盏茶具，一眼便知是名窑高仿品，相当讲究。

大明忙着点菜。琬怡，还有语嫣和阿岚，都站在窗旁，从窗户看出去，居高临下，几棵香樟树的树冠相拥着整个的庭园，阳光洒下，光影斑驳，有着几分禅意。阿岚环看房间四周与庭园，对琬怡讲："这饭店是姐夫找的吧？真是不错。"不等琬怡回答，一旁点菜的大明讲："现在开在这种老洋房里的饭店很多。"阿岚讲："这一带真是不错，以前逛淮海路，也不会兜到这里来的。"

菜陆续上桌，有本帮爆鱼、冷切素鲍等四款冷菜，热菜有脆皮乳鸽、蟹粉干捞粉丝、雪花牛肋肉、清蒸多宝鱼等。大明选饭店、点小菜，也是用了心思的，不能太随意了，有点小小的铺张，显出诚意，更是照顾到大家的口味，但又不能太过丰盛，免得语嫣和阿岚有负担。这是琬怡特意关照过大明的。

菜上桌，大明介绍讲："这家饭店是本帮口味。"琬怡讲："不晓得语嫣和阿岚喜欢吃什么口味的，所以叫大明还是找一家本帮的菜馆。”四人边吃边说。语嫣讲：“我吃了觉得蛮好的，菜都很入味的。”阿岚讲：“姐夫选的饭店好，菜也点得好。”大明讲：“虽说是一家传统的本帮菜馆，但感觉在菜肴上还是不断地在创新，适合了大众口味的变化。”琬怡讲：“语嫣和阿岚都说好，大明这下肯定要得意了。”语嫣和阿岚皆笑。

琬怡问语嫣：“平时家里谁烧饭烧菜多一些？”阿岚便指指语嫣。语嫣讲：“以前也是姆妈操心这些事，只是姆妈后来生病，才由我来做的，担心烧不好菜，所以总是对姆妈说，因为姆妈以前做得太多，才弄得我什么都不会做。现在，又在担心阿岚了，阿岚总说我的菜烧得太清淡，阿岚整天在外面吃，口味也变得越来越重。”阿岚讲：“语嫣学医的，总是说要少油少盐的，让人吃得都清心寡欲了。”大明讲：“呵呵，那是和琬怡的口味接近呀。”阿岚讲：“要说原来的上海菜，浓油赤酱的，口味也不算淡，可现在周围的年轻人，喜欢吃上海菜的也少了，现在各地口味的饭店也越来越多，人们的口味也都偏重了。”大明讲：“我们家的觅波也是，喜欢吃各种路边小摊，有时还真担心有什么卫生问题，可觅波还是吃得开心。”阿岚讲：“我们有时半夜三更，还会去吃大排挡，越是烟熏火燎，越是吵吵闹闹的那种地方，越是有劲。”语嫣讲：“阿岚每次都会玩到很晚才回家，我早就睡着了，阿岚的懒觉，必要睡到第二天中午。”

服务生进入包房要布菜，大明谢绝了，大明起身，略显殷勤地将鱼一一分夹给三个姐妹。语嫣和阿岚连声说谢。琬怡还在想着刚才语嫣所说，笑笑讲："那今天约了中午吃饭，阿岚可没睡懒觉？"语嫣讲："想着今天琬怡姐请吃饭，昨夜两人都很早就睡，今天一早就起来了，阿岚动作慢，我老催她。"阿岚讲："其实现在也是方便，出租车很快就开到的。"语嫣讲："很多年前，想着到淮海路来，总觉得是件大事，兜完回去，买了些什么、吃了些什么，总会说上好几天的。"阿岚说："我们那时可没少到淮海路来。"语嫣讲："前些日子，还和语嫣一起来过，现在都是国外大牌的店家，也是连锁的，我们四川北路也有几家。"阿岚问琬怡："琬怡大姐住得离淮海路这么近，大概时常会来吧？"琬怡讲："我们家附近商店少了些，有时也会感到很不方便，只能到淮海路来，不过，早就没了闲逛的心情，想好买什么东西，买完就回家。"琬怡这话说出口，便又想到，要是在从前，当时工作周围总有些人好奇，住在上只角的人是如何生活，琬怡便是这样的回答，既是谦词，也是点出区别。只是这些话很久没有说了。不过，琬怡又补充讲："语嫣和阿岚能时常一道逛马路买东西，真是太好了，哪像我，都是自己一个人来去匆匆。"阿岚问："不是有姐夫可以陪么？"琬怡讲："人家都是说男人没有耐心陪着兜马路，但在我们家，可能是我比较心急。"语嫣问："那觅波呢？"琬怡讲："诶，觅波长大了，已经很少愿意一道出门了。"

琬怡又问起有关姆妈骨灰下葬的事，大明在旁也插话："琬怡都说到过几次，说语嫣和阿岚一定很辛苦。"阿岚笑着讲："诶，才没有呐。"语嫣讲："这次幸亏有阿岚的一个朋友相帮，提供了轿车，又派了司机，跟着我们去了无锡三天，阿岚的朋友还天天打电话来关心，轿车司机也是勤快，相帮做了不少的事，事情也是办得顺利。”琬怡讲：“是吗，这可太好了。”琬怡觉得，自己在说这些时，总会想到那个叫沈德运的人。

接着语嫣和阿岚又说到了无锡，神情有点兴奋。兴许在姆妈的家里，原来无锡乡下的一些亲戚是个常说的话题。语嫣说：“其实也是多年没去无锡乡下了，所有的亲戚中，除了常来走动的几家人家外，这次还看到了六好公。六好公是外婆的表弟，以前外婆在的时候，常来上海，所以我与阿岚小时候是经常看到，但外婆去世后，六好公就再没来过上海。这次去，算是又看到六好公了，只是岁数有些大了，人有点糊涂，但说起外婆，又能回忆起当年来上海时的一些情景，还能记得火车站出来，乘电车，到同心路下车，走到东横浜路的家里。”语嫣说着去无锡乡下的这些人与事，琬怡感到是全部的陌生。

语嫣的话中一再提到外婆，琬怡讲：“对于外婆，有点印象的。”阿岚讲：“小时候，只有外婆还一直在我们面前提到琬怡大姐。”语嫣讲：“是的，每当琬怡姐的生日，外婆会看着我俩说，不晓得琬怡长得有多高了。外婆总会说起，琬怡姐刚出生时，外婆是怎么打了一个蜡烛包，把琬怡姐从医院里抱回来的。”琬怡听后，低声讲了一声：“天各一方时，外婆还会想着这些。”阿岚讲：“当时，姆妈总是跟外婆吵，总是在说‘太原路’怎么啦，‘太原路’又是如何啦，后来才晓得，都是在说和阿爸有关的一些事，每次吵好，外婆是坐在楼梯旁边哭，姆妈是躺在床上哭，当时的姆妈看我们，也总是面孔铁板。”语嫣讲：“碰到家里这种时候，外婆时常会带着我和阿岚去四川北路吃各种各样的点心，当时，也就买给我们吃，外婆自己不舍得吃。”阿岚讲：“每次跟着外婆出去，总要在外待上许多时间，外婆人头也熟，碰到熟人就有说不完的话，什么大外婆、小娘舅、祥德路阿婶，外婆说，统统是无锡同乡，还有同是一个镇上的人。外婆偏要等到天暗了，估计姆妈气消了才会回去。”语嫣讲：“后来外婆回无锡去了，临走对我们说，多听姆妈的话，少去烦姆妈，姆妈外头碰到的都是不顺心的事。”阿岚讲：“外婆回无锡没过几年，就死了。”语嫣讲：“外婆走后，家里一下子冷清不少。”阿岚讲：“当时语嫣是乖孩子，从不惹姆妈生气，姆妈总会冲着我发火，说什么，没有你们，我现在的日子肯定很好过。”语嫣讲：“当时阿岚的脾气是蛮犟的。”阿岚讲：“每次和姆妈吵架，我总是以绝食抗议，不过，语嫣总是悄悄地给我留着饭。”语嫣讲：“是有这事。”阿岚讲：“不过，我从来没感激过语嫣，因为当时姆妈总对我说，为什么不学学语嫣的样子。”语嫣和阿岚的叙述，无疑给琬怡描画了当年分别后姆妈一家的一些情景。

包厢里有了片刻的安静，可能都在想着当年的一些情景，或是互相在体味着各自当时的境况。语嫣问：“其实我和阿岚以前都很想晓得阿爸是个怎么样的人？”阿岚讲：“当时家里，姆妈根本不会提这些事，但止不住我们会去想。”语嫣讲：

“我只晓得小时候住过太原路，又晓得，太原路在很远的地方。”阿岚讲：“每次跟姆妈吵好，都会跟语嫣商量，我们去找阿爸。”语嫣讲：“我总是对阿岚说，等阿岚再大几岁才能去找阿爸。”阿岚讲：“后来，与语嫣做了胆子最大的一桩事，就是偷偷地调了两部公交车，来到太原路，想来看看阿爸和琬怡大姐。”语嫣讲：“当时连门牌号也不晓得，只是凭着幼时的印象，结果肯定是找不到，当时我还急得哭，说怎么会忘记曾经的家呀。”阿岚讲：“那天回家，还要在姆妈面前，装得若无其事的样子。”

语嫣和阿岚的回忆，使琬怡为之动容，心想，当年自己走过太原路时，是否看到过两个小妹妹从自己的身边走过。

阿岚讲：“爸妈分开时，我还完全没有记忆，所以总是向语嫣打听阿爸是个怎样的人。”语嫣讲：“我当时回答阿岚说，阿爸说话的声音总是轻幽幽的。”语嫣说着，与阿岚的眼光一样，盯看着琬怡。琬怡讲：“语嫣没有记错，阿爸说话的声音总是不高。”

三姐妹的话题有点沉重，想来也是不可避免的。这时语嫣讲：“诶，都怪我先说起这些的，今天在一起吃饭，应该是高高兴兴才对呀。”琬怡讲：“也是，别光顾说了，也得多吃菜呀。”

语嫣问起觅波，上次见面时，琬怡曾经提到过。语嫣讲：“觅波都已上大学，完全是大姑娘了，琬怡姐应该是省事省心。”琬怡讲：“觅波现在的年龄，可是最让人头疼的时候。”阿岚讲：“在生飞章时，一直希望是生个女孩，心想，我每天都可以把她打扮得漂漂亮亮的，男孩子总觉得有点粗相。”琬怡笑讲：“我看飞章，长得是非常清秀。”

阿岚问：“琬怡大姐和孃孃常有往来吧?”琬怡讲：“是的，就住在附近。”语嫣讲：“小时候外婆常说，有一个漂亮孃孃，还说阿岚长得像孃孃。”琬怡心想，孃孃对于琬怡参加姆妈追悼会后所说的一些话，语嫣和阿岚若是晓得，不知又会有怎样的想法。琬怡只得讲：“孃孃年事已高，平时也不太出门。”

琬怡想着上次见面时，还有一事没有弄明白，而这件事又是一直疑问在心，原先想着今天见面首先要问的，现在是吃饭快要结束时才想到要问。琬怡问语嫣与阿岚：“当初姆妈是怎么晓得我在杂志社工作的?”不过，语嫣说不太清楚，阿岚没回答。琬怡思忖，难道是姆妈，在多年之前，闲来无事，街边的报纸杂志摊前，随意地翻了一本杂志，就会注意到琬怡这么小的落款?据琬怡多年的职业经验来说，一般的读者看文章，对于作者是不会太注意的，更何况署名也不显眼。琬怡觉得这个想象有些差强人意。

饭吃完了，又喝了一歇茶。大明建议可以去附近的襄阳公园里走走。于是四人穿过两条马路，来到襄阳公园。

进入公园内，大道两旁的法国梧桐修剪得整齐，树高参天，又是深秋的季节，枯黄树叶，轻柔飘落，撒满一地。阿岚讲：“以往一直说，淮海路的风也是香的，估计风的源头在这里。”语嫣讲：“很久没有这样来公园走走了。”琬怡讲：“也是。”

阿岚快步走在这落叶铺满的道路上，做了一个回旋飞舞的动作，声音也变得欢快不少："姐夫，帮我多拍几张。"正端着相机的大明连忙走过去。琬怡对语嫣讲："阿岚怎么看，都不像儿子已经这么大的人。"语嫣讲："阿岚什么事都不会上心，无忧无虑，要说也是福气呀。"又走了一段路，琬怡推推语嫣，又是指指远处的阿岚与大明："这两人只顾拍照，把我们都忘在一边了。语嫣也去拍几张吧？"语嫣看过去，阿岚正捧起地上枯黄的树叶抛向空中，大明连连抓拍着。语嫣看着出神："想着这树叶，长在树上时，也没人会注意，而有一天枯黄了，落到地上时，人们都说漂亮，要说树叶飘落，也就没了生命，人才会说声漂亮，人偏偏就有这样的坏。"琬怡讲："语嫣在瞎说些什么，一副忧愁伤感的样子。"

琬怡看着语嫣和阿岚，其实，从今天见面吃饭，到现在一起来公园走走，语嫣和阿岚说话或是各种举止，琬怡已经大致可以推断出两人的性格脾气。

此时，大明招手，让琬怡和语嫣过去，三姐妹又重新走在一起。林荫大道上，秋色尽染，三姐妹身姿美妙，长裙飘逸，风情万千。大明连忙端起照相机。近处，鲜花围绕着喷水池，几块太湖石，草坪青翠，亭台重檐，甬道曲径，加之四周秋日里的树木，色彩浓烈，层林尽染。远处，新乐路上的东正教堂的屋顶，更是映衬。三姐妹一路说笑一路走来，构成了与这些景观的互动，大明不断地拍着照片。镜中景，景中人，互为映衬。大明感到有些摄魂。

在公园门口，将要分别的时候，语嫣讲："谢谢琬怡姐，还有姐夫，今天真的很开心，吃也吃了，玩也玩了。自从姆妈去世后，我们还没有这样尽兴地玩过。”语嫣将一直提着的一盒东西递给琬怡：“这件羊绒衫，是我和阿岚送给琬怡姐的。”一旁的阿岚讲：“是语嫣想着琬怡大姐，我只是负责挑选。”琬怡有些不知所措：“诶，我倒是没有准备什么，语嫣和阿岚太客气了。”由于琬怡没用手去接，语嫣捧着盒子，便有些尴尬：“琬怡姐一定得收下，一点小小的心意。”大明连忙接过羊绒衫盒，琬怡这才连声说谢。

与语嫣和阿岚告别，琬怡和大明回到家里。琬怡讲：“今天语嫣和阿岚应该蛮开心的。”大明讲：“应该是的，话没少说，菜也没少吃，最后，还去了襄阳公园。”

琬怡打开羊毛衫的盒子，看着讲：“要说语嫣也是太客气，倒是我收了觉得不好意思，也不晓得语嫣和阿岚的经济状况，让语嫣和阿岚太破费了。”大明讲：“这牌子的羊绒衫，价格也不便宜吧?”琬怡讲：“就是呀，当时还真有点犹豫，该不该接受这礼物。”大明讲：“姐妹相处，还不都是这样的，总会想着给对方买些什么礼物。既是语嫣和阿岚特意买了，琬怡可不能拒绝呀。”琬怡讲：“不是拒绝，只是语嫣要送礼物给我，还真的有点反应不过来。”大明讲：“琬怡想着以后有什么机会，再还上吧。”

琬怡讲：“只是这羊绒衫的花式，我好像穿不出去，衣服还得自己挑选的，才会觉得合适。”大明未置可否地朝羊毛衫看了看。

琬怡讲："今天阿岚还悄悄地跟我说了，语嫣很早以前也谈过几个朋友的，不过最后也不晓得是什么原因没有结果。最近几年，也再没有听说过这方面的事。"大明无语。

对于琬怡来说，与语嫣和阿岚这样相聚吃一顿饭，这事也就算过去了。从接到语嫣电话后，说是姐妹相聚，在安排这顿饭的过程中，其实是有点忐忑的，现在似乎也安定了下来。在姆妈的追悼会上，由于了解到姆妈一直有关注到自己，而又没有来找自己，心里也是存着一点疙瘩的，但与语嫣和阿岚的一顿饭吃下来，琬怡的内心也有些释然。姆妈这么多年没来找过自己，姆妈晓得自己工作的单位，但毕竟当初时空已作了分割，这是父母的选择，由不得琬怡再去猜测其他的可能。琬怡原先一直是犹豫着与两位妹妹的重逢，就如同孃孃所说，而琬怡只是没有说出口来。但与语嫣和阿岚的再聚，这点疑虑也开始消失了。在语嫣和阿岚说起曾经的家里的一些往事，再联系到与阿爸的过往，在琬怡看来，原以为两条平行的线不会有任何的交集，而现在看来其实是相互缠绕着的。只是琬怡又有些担忧孃孃会怎么想。

七

语嫣是在一家齿科诊所担任护士长。这家齿科诊所的院长，原来是在一家区级牙防所担任副所长，后来，副所长跳槽，来到这家知名的齿科连锁医院，担任这家下辖诊所的院长。院长从自己原来的牙防所里一起带走了几名医生，还有就是语嫣。语嫣在原先的牙防所里是护士，来这里担任护士长，这一干也有十来年了。诊所里要说工作最为繁忙的，可能就是护士长这个岗位。语嫣的日常工作，整天忙碌着，有时连歇息一下、喝口水的时间都没有。虽说是有十几个护士，但由于都是这几年才从卫校陆续毕业而来的，从业经历、业务素质也是参差不齐。语嫣在业务上从不敢掉以轻心，要管的事就有很多，平时这些护士都是跟着每位医生的，每位医生对于护士的要求也是不尽相同，语嫣又要做好这方面的协调工作，还有，这些护士也正值婚恋与生育期，常常需要请假，而齿科诊所，除了全年几个大的节日会关门休息几天外，其余时间都是正常开诊的，为了护士的排班，语嫣也是经常伤透脑筋，有时只好自己顶上。不过，语嫣还是非常喜欢这份充实的工作，上两年，总部有意调语嫣去做培训教师，也被语嫣婉拒。有时语嫣总会想到，正因为自己的单身状态，才更适合眼下的工作。

诊所里的医生护士等早就下班，只有清洁工还在做些最后的清理工作，语嫣只有这个时候，才能坐着处理一些案头工作。待语嫣再抬头看看窗外，天色早已暗黑了。

齿科诊所是在一幢商务楼的高层。窗外，远处隐去的星空，混浊的天色。近处，填满视觉的楼群层叠，万家灯火。四周的几条马路，车水马龙，灯火璀璨。除了轮休日休息在家外，语嫣白天大部分的时间都是在齿科诊所度过的，对于语嫣来说，齿科诊所密闭的空间，似乎阻断了与外界所有的信息，即便是四季的轮替、冷暖的变化。语嫣一直以来静默的表情，也是适合齿科诊所常年的这份静谧。

语嫣看了看桌上的各种表格，又看了看时间，准备下班。语嫣走出商务楼，一条小马路，没走多少路，一转就是四川北路。

此时的四川北路，正值一天中最热闹的时段。汽车与人流川流不息，上阶沿上的行人走走停停，四周街面的商家，各种的促销活动的叫卖声，斑驳陆离的灯光，五光十色的广告牌，这一切就如同要与这黑夜争个高低。语嫣完全习惯了这条路上的声色光景，对这一切，她早已习以为常。语嫣匆匆地走过。

语嫣要沿着四川北路往北走上两站路，然后转进多伦路，这便是语嫣每天上下班要走的一段路。以前语嫣上下班也乘过公交车，但最后还是选择了步行，这更有利于掌握时间。

当语嫣转进多伦路时，眼下的街景一下子要安静不少。再走不多的路，左转进入东横浜路时，不但安静，连得路灯也暗了许多。要是在白天，东横浜路的两旁弄堂里走出来的人也多，有点忙乱，有点喧嚷，而夜色下的东横浜路，又是另一番的情景，两旁边各种房子里的窗户透着幽暗的光亮，少了一点喧闹，多出一点生息。东横浜路的路口，有一棵老槐树，老槐树是从街边房子的墙脚中斜长出来，一人多高处，有块很大的疤印，而疤印的上方，树干分出多杈，直挺挺地往上生长，树冠盖天，肆意生长，竟盖过了大半路面，也遮住路灯的光亮。再走一点路，转进大弄堂，两边横弄，鱼刺排列。语嫣的家便是在东横浜路这一片的石库门房子中。

语嫣开门进到房间，底楼客堂间里的老式挂钟正巧报时，语嫣心想回来有点晚了。语嫣走进灶披间，冰箱上的贴纸，是阿岚的留言：不吃夜饭。简单到不能再简单的留言，而且阿岚只是改了昨天的日期而已。这两年来，语嫣和阿岚因为彼此作息时间的不同，所以都会在冰箱上贴纸留言，而渐渐冰箱上的贴纸，也主要成了阿岚不在家吃饭的留言。

语嫣从冰箱里取出一块鱼排，放在炉上煎一下，又烧一只鸡毛菜蛋汤，既是蔬菜，也是汤。饭是隔夜的，电饭煲里热一下。语嫣动作蛮快，没有多少时间，便可以吃夜饭。一个人的夜饭，语嫣也不会过于简单，尤其在诊所的中午饭也是匆匆应付，就忙着工作，所以语嫣的这顿夜饭，还是考虑到营养的周全，也会吃得相当的从容。想着自己的工作，也需要体力，更要吃得下，语嫣总是这样想的。

语嫣把一只小型的 CD 机开着，CD 机里放着流行歌手的唱片，语嫣自语道："又让阿岚换了唱片。"语嫣在 CD 机旁一叠唱片里翻找一下，换上唱片，开始播放着美国乡村歌手平·克劳斯贝尔的歌曲，怀旧的老歌，年代久远，音色效果显得一般。语嫣是边吃边听，沉浸其中。前客堂里，偌大的八仙桌，语嫣一个人吃饭，感觉总有点空旷，而这种空旷，正好由这歌声相帮填满。

语嫣吃好夜饭，想看一歇电视，但脑子里，又在想着快点洗漱与睡觉，想着明天要早起。齿科诊所里每天差不多都是语嫣第一个上班，语嫣每天的作息也就这样。阿岚曾经感叹，语嫣的每一天做的每一件事，都可以像时钟那么精准，不过阿岚感到的是无聊与没趣。语嫣回答阿岚，嘴上会说几句阿岚，说阿岚从来没有时间概念，从来就是随意随便惯了，但心里有时也会去想，阿岚的话兴许也有几分的道理。这些年，语嫣除了工作场所有些同事交往，单位里偶尔会聚个餐之外，语嫣也是很少有交往的人，也很少参加什么业余活动。语嫣在卫校读书时，有三四个关系比较近的人，只是后来，结婚的结婚，生孩子的生孩子，或是房子搬到很远，或是出国移民，又都在忙碌，渐渐联系也就少了。尤其这些年，大家的联系方式也变化不小，也从早前的传呼电话，后来家里的电话，或是 BP 机，再到现在手机的变化。语嫣的单位也有变化，所以即便这些同学想联系语嫣，也没了联络的方式。阿岚虽说同住，但很少在家，至少语嫣下班回家时，少有看到阿岚的。自从姆妈去世后，语嫣在家，几乎也就是一个人的状态。

语嫣洗漱好后，灶披间里电水壶的水也烧开，语嫣冲热水袋。即便是寒冷的天气还没有到来，语嫣每夜睡觉，早早就用上热水袋。语嫣永远睡不热被窝，而且一直是手脚冰凉的那种。语嫣的身体既怕冷，又容易上火，纵然是夏天，身上也从不见出汗，有点不禁风的样子。语嫣又不喜欢开空调，虽说空调暖和，但空气太干燥，也是受不了的。冬夜里的睡眠只得依赖热水袋。语嫣在这一点上和姆妈是一样，从小就习惯了姆妈相帮冲热水袋，只不过现在是语嫣冬夜里自己的功课。另外，阿岚是少有怕冷的时候，不过，一到冬天，又是阿岚最先要开空调取暖的，而一到夏令时节，阿岚更是离不开空调的人。上两年，阿岚还总会讲："以前没空调的日子不晓得怎么过来的。"

这几年阿岚回东横浜路来住，语嫣又细细地观察过阿岚，发现阿岚与自己的另一个区别，那就是阿岚的睡眠一直是很好的，什么时候都可以是倒头就睡着，而语嫣要么不要有心事，哪怕是一点小事也会睡不着，在这一点上，语嫣与姆妈又是很相像的。语嫣有一次与阿岚说起这事，语嫣笑着讲："阿岚可真是少有上心的事情。"阿岚的确就是这样的一个人，阿岚总是能很快地适应周遭的环境，与别人能够马上热络起来，而语嫣似乎总是与周围的人保持着距离，她是那种慢热的人。

语嫣冲好热水袋，又检查一下灶披间的煤气开关，看看天井的门是否关好，这些以前都是姆妈临睡前必做的事，现在是语嫣全盘接过。语嫣上楼时，再扫视一下客堂间，这也是习惯。此时客堂间，透进的月色，暗旧的陈设，冷清的气息。

语嫣睡到床上，此时腹部一阵疼痛，又迅速地弥漫至周身，头也痛了起来。这么年来，每个月生理期的这种疼痛总是会持续好几天，可能白天在忙工作的缘故，这种疼痛被忽略掉了，而静寂的夜晚，这种疼痛才会更加被感受到。语嫣想到整个夜晚可能又要被这疼痛折腾。此时楼上楼下的这种安静，又让周围隔壁邻居里传来的搓麻将声与看球叫喊的声音填了进来。

对于语嫣来说，姆妈去世后，感触最深的是家里的这种安静。现在夜深人静时，语嫣眼睛扫过这房间里的角角落落，常会想着姆妈以往在这楼上楼下房间里的一些情景；会想到姆妈曾经做过一些什么事，或说过的一些什么话；还会想到当年的姆妈和年幼的自己，以及阿岚。

当时家里，还是外婆管着这个家的一日三餐，外婆永远是个忙碌的身影。语嫣和阿岚从来就没有看到过外公。小时候的语嫣和阿岚，常是听着外婆说起，嫁了一个人，没享福两天，就走上霉运，各种事体，接二连三，最后外婆只得自己去一家小五金厂做外包工。外包工的种种辛苦，外婆好说上三天三夜。外婆靠着外包工的这份收入，养大了姆妈，让姆妈读上书的。外婆吊眼，削肩，瘦小，走起路时常有点踉跄，在当时语嫣的眼里，总觉得外婆随时随刻都会倒下。语嫣在成年之后，在听惯了这弄堂里各种嘴碎流言的时候，就会想到外婆。外婆曾经接纳姆妈带着自己和阿岚回到东横浜路时，会面对众邻居背后怎么样的议论，当然还有姆妈。不过，当时姆妈与外婆的关系也好不到哪里去。语嫣现在想来，那时的外婆与姆妈都是过得艰辛。三年前，阿岚与沈德运离婚，带着飞章回来，语嫣会不由自主地想到当年姆妈带着自己和阿岚回到这个家时的情景，以及弄堂两旁边门板后窗门里的无数双眼睛。

当年，阿岚早早就把自己给嫁了，平时也是很少回娘家的，所以这个家，长年也就是语嫣和姆妈两个人。那时，阿岚偶或回到家里，也会为一些事或几句话与姆妈吵。对于从小听惯姆妈与阿岚互不相让说话的语嫣来说，已是习以为常。在姆妈去世前的几年，语嫣感受到姆妈对阿岚说话的克制，兴许是姆妈那时开始信奉基督教，想开不少，或是姆妈年老体衰，懒得争辩。当然，有时语嫣也会感到姆妈的刻板与琐碎，但想来，与姆妈一起的日子还是温馨的。那时，语嫣再晚回家，至少还有一个替自己开门的人，至少姆妈烧好热菜热汤在等着自己。即便自己工作一天很累，但在饭桌上，姆妈是积攒了一天想说的话，语嫣也只能陪着说。阿岚离婚回家来住，只要飞章不来住的话，阿岚夜里基本是外出活动，阿岚是日夜颠倒着过日子的人。在姆妈生病的这段日子里，语嫣便开始承担起家里的全部家务。姆妈频繁住院，语嫣每天除了工作，就是奔波于医院与家之间，每天都要忙到半夜三更才能睡觉。对于语嫣来说，也从没想过家里要靠阿岚做什么。阿岚一人在家时，也不会为自己做些饭菜什么的，全等着语嫣回家来做的。姆妈生病住院时，阿岚有时会搭把手，不善于家务事的阿岚，有时还是不做要好些，语嫣也不能说什么。

直到姆妈去世，当办完姆妈的后事后，语嫣自感已是精疲力尽，只是疲惫未消，语嫣逐渐地感受到姆妈的去世，给自己带来的那份孤寂。

语嫣时常会想起病中的姆妈对自己今后生活的担忧。起先姆妈的话，只是从弄堂里几号人家的女儿出嫁说起，说到当时迎亲的轿车有几辆，男方办多少桌的婚宴，现在的小孩都有多大，读几年级了。接着姆妈又说到几号里的媳妇当初嫁过来，嫁妆有多少，后来养个儿子，母凭子贵，现在的人样子，倒比嫁过来时还要后生，显得年轻。最初姆妈的话，语嫣也就只当一般的闲话听听，但听多了，又觉得姆妈的许多话中是含着许多心思，语嫣觉得有点怪。要说一直以来，语嫣觉得姆妈与周围人家的家长最大的区别便是，姆妈不会因为自己的岁数大了，又没有婚恋而催促一番的。过去，语嫣一直认为，有两件事是促使姆妈不会这样做的原因，一是姆妈从自己的感情经历中，对于婚姻是持否定态度的；二是阿岚的爱情游戏，一直不被姆妈看好，以至于后来，阿岚离婚，姆妈总是讲“最倒霉的总归是女人”。所以，语嫣一直认为，姆妈对于自己的婚恋完全是持开放的态度，而从来没有想过姆妈的这种态度会有变化。也许是姆妈几次三番这样的暗示，语嫣无动于衷，姆妈这才把话说得明白。姆妈问：“这么多年，语嫣是不是还没忘记这个人，当时姆妈是说过几句话的，宁波人家屋里的媳妇难做，条件又不好。”语嫣当即表示否定，并说早就忘了这些事。姆妈还是反复问："真的都忘了?"

早年阿岚上的是与语嫣同一所的中学。当时阿岚一进中学，就听高年级的同学中在疯传，语嫣的清纯、端庄、娴雅，吸引着众多男生的目光，又有多少男生在暗恋着语嫣。语嫣中学毕业去读医学院的护理专业，阿岚又听语嫣护理专业的同学说，别人暗地里都称语嫣是高冷，不过，阿岚还是觉得语嫣会早早开始自己的恋情。当时的阿岚总是会问语嫣："不至于吧，真的没看上过一个人?"只是语嫣直到卫校毕业，阿岚都没有见到语嫣在这方面有什么动静。而当时的阿岚，正忙于与沈德运轰轰烈烈的情爱，也没空来顾及语嫣，偶有见面说起这方面的话题，阿岚可以说上很多。在恋爱方面的话题上，语嫣与阿岚的姐妹关系完全可以颠倒过来。不过，语嫣一直认为，阿岚与沈德运的感情是独此一份，无从借鉴。当年语嫣读卫校，班级里统统是女生。后来，语嫣毕业分配进牙防所，牙防所里倒有两三个年轻的男医生，但被牙防所里的这么多的小护士如众星捧月般地追着，语嫣便就不屑。当时病人中，也有几个倾慕语嫣的，语嫣也有抵触，觉得场合氛围都是不对的。当时语嫣的周围，也有几个热心人，来帮语嫣介绍个什么人的，或是来帮语嫣提供一下认识什么人的机会。语嫣起初也有点勉强，可能依语嫣的心相最好还是自己认识的那种，不过后来语嫣还是接受了别人的这种介绍。这种介绍也就是依着介绍人的眼光，看着所谓的各种外在的条件相仿，语嫣曾经也就这样认识了几个人，但都没有维持一段时间也就结束了。随着语嫣的年龄越来越大，这种单凭外在条件的介绍认识，也有了些变化，就是介绍的对象的条件是一个不如一个了，当然，每次是这样的结果，旁人真是很难看出分手的原因。语嫣对于自己的这种事也是不会多言，身边了解语嫣的人自然也不会多问。

唯有一次，语嫣遇到过这么一个人。那是姆妈早年有次住医院，语嫣在陪夜时，碰到旁边病床同是陪夜的男青年，两个人谈谈说说，算有了一点感觉，互留了电话地址。语嫣与那个男青年有过一段走近的日子，然而，最终还是没有走下去。当时男青年有点急相，也可能是岁数的因素，与语嫣没相处多少日子，除了急于做些男女之事外，就是谈婚论嫁，就有点逼婚的样子。语嫣便觉得是另外一种味道了。面上也有一些原因，男青年家中弟兄五个，住房偏小。当时姆妈是说过几句话的，但姆妈不过是说说而已，语嫣还是有自己的心思。语嫣始终没说出口的原因便是，男青年要的只是婚姻，而语嫣想的是一场恋爱，不像阿岚这样的轰轰烈烈，至少也要刻骨铭心。当语嫣有了这种心思，态度也就有点消极。这段感情也就这样无疾而终。

姆妈生病的最后日子里，看着日夜操劳在自己病床边的语嫣，亏欠的话说了不少，总是会有一些责怪阿岚的话："不晓得来多帮帮语嫣。"姆妈又会说到些担心今后语嫣一人生活的话，姆妈讲："语嫣一个人，今后碰到生病该怎么办?"语嫣讲："有阿岚呀。"姆妈回答："阿岚可是靠不住的人。"

在姆妈时常啰嗦着这些话的时候，还发生过这样一件事。

有次语嫣下班，走四川北路，途经俞泾浦上的横浜桥。正当语嫣即将走过桥时，忽闻有人叫自己的名字，当时四川北路上正值夜间高峰，人流簇拥，语嫣没有看见人群中有谁在叫自己，刚要继续往前走时，又听见两声叫自己名字的声音，语嫣再寻声过去，看到桥旁有一个男人站着，正微笑地朝自己招手，语嫣怔怔地看着这人，又一下子想不起是谁。此人略显肥头肥脑，头发稀疏，着一无领汗衫，引人注意的是着一条中裤，显得肥硕宽大，露出半条小腿，腿毛浓密，趿一双丁字拖鞋，脚趾龌龊。语嫣问："你是谁呀?"语嫣的问话，使中裤男人有一点尴尬，语嫣看了一歇，方从这中裤男人的眉宇间依稀辨认出谁，语嫣这才讲："是你呀。"语嫣的回答，使中裤男人如释重负。中裤男人讲："语嫣是一点都没变，你时常从这里走过，我已经是几次看到你了。"语嫣问："你也是路过?"中裤男人指指旁边小路口，俞泾浦的堤岸旁，两个正在玩的小男孩，讲："我结婚晚，生了双胞胎的儿子，由于房子买在外环边上，想着孩子读书还是在市区好，所以就挤到老娘的屋里来了。"中裤男人说完，又想着要问问语嫣的近况，而语嫣目睹身边川流不息的人群，便推说有急事，急匆匆地告别，有点落荒而逃的味道。回家跟阿岚一说，阿岚笑得人仰马翻。语嫣讲："我后来想起了，他家就住在俞泾浦旁边的小路里，当时谈朋友，常在俞泾浦旁边走，当时俞泾浦的河水发臭，只有到落雨天时，河水气味才会好些。"阿岚讲："你总算有被前男友搭讪的经历了。"阿岚又讲："以前也是看到过一眼的，蛮斯文的样子，当时还想到过，原来语嫣千拣万拣，是欢喜小白脸这类的，要说岁月真是一把杀猪刀，现在怎么会变成这个样子的。”看着语嫣忧心的样子，阿岚又讲：“你在想什么呢，是在叹息自己没能当上阿大阿二的娘？每天拔起喉咙喊一声，阿大阿二好回家吃饭了，还是想着，天天听着发福的中年大叔的啰哩八嗦，也是蛮有劲的？”语嫣讲：“你还有空开玩笑，他说已经看到我几次，我是担心再会碰到他。”之后的几天，语嫣便改乘公交车上下班，但公交车上下班时间的拥挤不去说，还有不能守时。公交车没乘几天，语嫣又是恢复步行上下班，只是要避开横浜桥这一段，只能绕道而行，要多走一段路。阿岚晓得，便说语嫣：“你也真是的，就为这么一个人，自讨苦吃。”阿岚说了之后，语嫣便又恢复原来的上下班的线路，只是在途经横浜桥时，加快脚步，低头走过。

近三年来，阿岚住在东横浜路的家里，也有几次与语嫣说起各自的感情生活，到语嫣这个年龄还是未婚，总是一个难说的话题。阿岚更是说得直白：“好男人都死光了，诶，缘份这东西也是难说。”阿岚与沈德运的关系走到今天的地步，似乎对于爱情与婚姻的看法也有所改变：“有时想想，还是去做尼姑的好，六根清静。”阿岚离婚回家，这样的话常挂在嘴边，语嫣也只当笑话听听：“阿岚年轻时，疯也疯过，玩也玩了，这才又想着要清静。”这个时候，语嫣和阿岚都会大声地笑着。

语嫣才歇息，突然手机铃响，语嫣慌忙找手机。接通电话，传来阿岚的声音，断断续续的不连惯，又是含混不清的声音，再接着是喧闹杂乱的背景声音，语嫣连“喂”几声，才算传来阿岚的一句话：“是语嫣吧，我揌错号了。”语嫣再问阿岚此时在哪里，问了几遍，阿岚回答说马上就会回家。阿岚的话语还算是正常，但语嫣清楚，阿岚明显已是酒喝多了。

语嫣放下手机。每天语嫣回到家时，手机基本不会响，齿科诊所也没有夜间急诊这一说。要说最近有几次半夜里手机响起，都是因为阿岚。一次是阿岚皮夹子不晓得掉在什么地方，半夜里语嫣接到电话，奔到弄堂口，阿岚正坐在出租车里等付钞票。另外还有几次，半夜里阿岚喝醉酒，说不清家里的地址，语嫣接到电话，寒风里，在弄堂口等着，等了好一歇，才算等到出租车，阿岚醉如烂泥，语嫣扶阿岚下车回家。语嫣有说阿岚的，半夜三更这副样子可不安全，语嫣笑着讲：“所以才跟语嫣打电话呀，吓退了坏人。”语嫣问为什么会喝到醉，阿岚回答：“谁醉了？”其中还有一次，已是后半夜，语嫣接到出租车司机的电话，是问地址，之后才将阿岚送回，阿岚照例喝醉，有些胡言乱语。出租车司机在一旁讲：“客人一歇歇叫去长春路，一歇歇又叫到这里，被搞糊涂，才想着跟家里人确认一下。”语嫣晓得，长春路是沈德运的家，也是阿岚曾经的家，心想，还好出租车没将阿岚送到长春路去，否则让沈德运与飞章看到，这算是怎么回事。语嫣扶阿岚回家，阿岚见床就睡。第二天，语嫣问阿岚昨夜之事，阿岚就说朋友聚会，很开心，丝毫没提到醉酒之事。

楼下墙上的挂钟又响，即便在楼上也是听得分明。语嫣又牵记起阿岚，想着阿岚又会是什么时候才能回家来。语嫣总有点担心，时常酒醉夜归的阿岚会被周围邻居议论些什么。阿岚离婚回家后，也时常会有几句对周围环境的抱怨："已经几次，走进大弄堂，二十号里的十三点男人总喜欢盯着看，一双色眯眯的眼睛，眼光真的吓人，恶形恶状。"另外，阿岚已是多次地向语嫣说起过："亭子间对面人家的一只骚老头，一天到夜，总喜欢盯着亭子间的窗门看，像看西洋镜一样，好几次，我是一拉开窗帘，就看到这个骚老头正盯着看，每次总要贼忒兮兮说一声，妹妹好福气，一觉可以睏到这么晚。腻心相伐，真是触煞霉头了。"还有一次，阿岚又讲："真是怪了，今朝皮鞋穿得有点轧脚，脚后跟痛，就在东横浜路口，立停想歇一歇，没想到会有三个男人上来问路，我统统手一指，说去问警察叔叔。真的碰到点啥了。"阿岚总是会这样吸引旁人的眼光，无论在外面或是弄堂里。不过阿岚这些话听多了，语嫣虽说全当笑话听，但有时也不免会想到弄堂里的这些人，对阿岚背后会指指点点议论些什么。

曾经这弄堂里走出来的语嫣阿岚姐妹俩，在邻里之间，在自己家居住的这一带，也算是相当出挑，人们都喜欢比较这扇门里走出来的两姐妹，谁更漂亮。这种比较本身就是蛮怪的，只局限在语嫣和阿岚姐妹之间，可能是语嫣和阿岚，使得当时四周的同龄女孩黯然失色。当时的评论也是简单，或更是直接，还显得粗俗。阿岚是走路本身带风，飘过的气息可以醉倒人，又是人没到声音先到，声音响亮松脆的那种人。周围的人一度觉得阿岚比语嫣更漂亮。那时的语嫣，待人慢热，看到熟人，也至多是浅浅一笑，在众人面前她很少说话，即便说话，声音也是不会响的。语嫣属于经看耐看的那种人。语嫣与阿岚的这种外在形象上的差异，也反映到性格上，语嫣乖僻，优柔寡断，而阿岚爽直果敢。时间久了，周围人们始终还是比不出结果，问题又会回到起点，两姐妹到底谁更漂亮？这个问题似乎成为东横浜路这一带的街头巷尾里一个永远争不出结果的话题。语嫣和阿岚两姐妹，走出弄堂，走到东横浜路，当时东横浜路当时还是弹格路，女孩子的丁字型皮鞋的鞋钉，踩在弹格路上的声音，既响亮，又有回声。语嫣和阿岚走过东横浜路，一支姐妹花，让许多人侧目。

阿岚三年前离婚带着飞章回娘家，当时姆妈还是欢迎阿岚母子回家来住的，姆妈讲："家里也是够大的。"原先姆妈是睡楼上前楼的，语嫣是睡在亭子间里。阿岚回家，语嫣便在前楼里支一张小床，与姆妈同睡在前楼，让出亭子间，让阿岚母子住。

姆妈还是非常喜欢飞章的，飞章给这个家里带来不少欢声笑语，家里多年来也是难得的热闹。然而，飞章来住了一段时间后，又时常回沈德运那边去住，渐渐地，姆妈感到飞章在沈德运那里住的日子，倒比来自家住的日子要多些。姆妈晓得阿岚的脾气，这事没在阿岚面前说，但在语嫣面前反反复复地说过多次，语嫣只得去问阿岚，阿岚讲："这还不明摆着的，是沈德运在飞章身上下功夫，飞章才会这样。"语嫣把阿岚的话转告姆妈，不过姆妈自己还是想出了原因。姆妈认为是阿岚母子住在亭子间的问题，飞章住不惯亭子间。姆妈的这一想法，照例不会去跟阿岚说，也就是跟语嫣说说，语嫣也没当一回事。不曾想，姆妈越来越觉得自己的想法有道理，姆妈便动起装修房间的念头。姆妈想着现在的客堂间也是过大，再辟出一间来也不会有多大的影响，而这辟出的一间，姆妈想做自己的睡房，语嫣仍睡回亭子间，姆妈也不愿让语嫣一直在前楼支一张小床，和自己住一间，想着也让语嫣有自己的空间，前楼房间作为阿岚母子的睡房，这要比亭子间宽敞很多。姆妈把自己的想法告诉语嫣，姆妈讲："再过两年，飞章再长大些，也不可能再和自己娘挤在一张床上的。"语嫣觉得姆妈的想法有道理，而且姆妈已经去咨询装修的工程队，语嫣连忙将姆妈的这一想法告诉阿岚，不想阿岚是坚决反对，并讲："这房子还装修什么呀，拆了才好呢。"语嫣不解，再问，阿岚便什么话都不说。语嫣想着阿岚与姆妈之间，一直以来就是这样，一个要说东一个偏要讲西的。也就在这段日子，姆妈病倒了，姆妈连续地住院，回到家里也是卧床为主，偶有在房间里走走，姆妈的眼光在到处打量着房间的四周。语嫣晓得，姆妈还是在想着装修的事，总想让飞章能回家来多住几天。语嫣只得安慰姆妈："等姆妈的病好，再装修也不迟。"然而，语嫣看到的是，姆妈的目光有点沮丧。

姆妈去世后，语嫣曾经跟阿岚再提房子装修的事，阿岚还是那个态度，语嫣当然是不懂。语嫣又跟阿岚商量，自己仍睡回亭子间，让阿岚睡到前楼，飞章来住，也可宽敞一点。阿岚又回头了语嫣的这个想法。

要说与阿岚之间，语嫣还有一桩事，至今想来还一直心存疑惑。那是在姆妈去世前的一段日子里，姆妈已是卧床不起，只是意识尚还清楚，有一天，语嫣下班来医院陪护姆妈，阿岚是刚离开，但语嫣看到姆妈，便觉得异常，那天姆妈不断地叹息，少有话说，语嫣凭直觉便晓得阿岚与姆妈又争吵过了。然而让语嫣感到不可思议的，以往姆妈与阿岚有任何不开心的事，都会与语嫣说个不停，每每语嫣也会加以劝解，而这一次姆妈是三缄其口，语嫣也是无从问起。而且，这之后，阿岚只是留一句话就外出旅游了，直到姆妈的身体出现异常，在语嫣电话的再三催促下，阿岚才回上海。在姆妈最后的日子里，阿岚还算是在姆妈身旁相帮照料，神态举止也是正常，只是语嫣明显感到阿岚快人快语的性格，这次算是含着一点心事，丝毫不提与姆妈之间发生过什么事，这在阿岚身上是很少见的。阿岚不说，语嫣也不会去问。虽说这事随着姆妈的过世也就过去了，但在语嫣的心里算是存着一个问号。

由于将要睡下时，被刚才阿岚的一个电话吵了，再加上生理期的这种疼痛，语嫣一下子没了睡意，心想这一夜恐怕是睡不好的。语嫣又感到房间里有风，但又不晓得是从哪里来的风，担心要感冒，便下床去看。风是从窗缝中进来的，这种老旧的木窗，即便关紧，但风依旧会咝咝地从缝隙中吹进来。语嫣想到房间里总会觉得冷的原因，但又似乎没办法解决。语嫣又回到床上。

到了后半夜，语嫣刚有点睡意的时候，阿岚回来，到前楼把语嫣吵醒，说着刚才与几个朋友在外面吃饭的事。阿岚一说便是停不下来，这在以往也是常有的事，语嫣有时只得强打起精神来听。由于和阿岚的作息完全不同，有时语嫣也想到，这夜半三更才是姐妹俩可以说上话的时间，语嫣也只能陪着。语嫣一直认为，阿岚现在的作息时间，完全是因为以往开酒吧形成的，再加上阿岚有不少被语嫣称为狐朋狗友的人，夜里喝酒胡闹惯了。不过，有时语嫣也有感触，平日里一心扑在工作上，真不晓得外面的世界有多精彩，而阿岚总会带来一些社会上的新鲜话题。一直以来，语嫣都有担心阿岚的这种性格，有点简单，有点无常，而最主要的是对谁都不设防。就说沈德运与酒吧里那个陪酒女小红的事，整个酒吧里人人都晓得，连得客人也晓得了，但阿岚还是木知木觉。另外，语嫣还有一种隐忧，总觉得飞章与沈德运相处久了，可能与阿岚是渐行渐远，表面上是语嫣如同姆妈一样，想让飞章回东横浜路家里来多住几天，只是语嫣觉得有些话，对阿岚说不出口。

八

今天是飞章的十岁生日，想着要给儿子过生日，阿岚想好在什么饭店，让沈德运把飞章送来。

其实早在这之前，沈德运就发来短信，跟阿岚讲："飞章说，生日这天，希望和爸爸妈妈在一起。"阿岚一看这短信，就认为是沈德运在编戏。离婚三年多来，沈德运还会利用一些机会，处处表示出对阿岚的关心。飞章来家里住的时候，难免听到些什么事，回去跟沈德运说起，沈德运就会来劲。诸如姆妈生病后，沈德运也时常会去医院探望。在姆妈病逝后，沈德运更是第一时间赶来帮忙，里里外外上上下下都可见沈德运忙碌的身影。这似乎也让所有的亲戚朋友有了错觉，沈德运依旧是这个家庭的一分子。其实沈德运做得越多，阿岚更会觉得沈德运的虚伪。阿岚心想，依着沈德运短信所说，三个人去饭店吃饭，在旁人的眼前，还要装出亲和的样子，就像正常的一家门，阿岚感到恶心。阿岚没去回沈德运的短信。沈德运来电话，阿岚也没去接。最后，沈德运电话打给语嫣，语嫣来跟阿岚讲："沈德运来电话说，恐怕阿岚有误会，三个人一道吃一顿饭，真的是飞章提出的。"阿岚讲："也只有你会相信沈德运的鬼话。"语嫣讲："若真的是飞章说的，你不是回头了飞章的心相。"阿岚讲："回头飞章想法的是沈德运，当初轧姘头的时候，怎么不想到今天。”

阿岚在约定的地点没等多少时间，沈德运开车将飞章送来了。飞章下车，沈德运也下车，沈德运有些歉意地对阿岚讲：“才接到电话，飞章班级里同月生日的几个同学明天要搞活动。”阿岚晓得飞章这些同月生日的同学，以往也有阿岚陪着飞章去参加这类活动的时候，只是离婚后，皆是由沈德运陪着飞章去的。不过，虽然沈德运说才接到通知，但阿岚还是感到不悦，因为原来已与沈德运说定的，明后两天周末，夜饭后，阿岚要带飞章回东横浜路住两天的。阿岚心想，看样子是不行了。阿岚没去理会沈德运，带着飞章穿过马路。沈德运在车旁喊：“吃好饭，打个电话，我还在这里等。”

阿岚带着飞章，来到开在黄浦江旁边的一家饭店。这里的一大片，原先都是码头和仓库，近年来，许多老旧仓库，都被改建成酒店餐馆和咖啡馆之类的。

阿岚带着飞章坐在饭店两楼车厢式的座位。在等菜之机，阿岚把买的礼物递给飞章。飞章对于服装鞋帽统统不感兴趣，而对一只手机非常欢喜，拆了包装，就开始玩游戏，马上沉浸在自己的游戏里。

阿岚对飞章讲：“今后每个月，妈妈都会给手机充好话费的，以后妈妈有什么事，或是飞章有什么事，都可以直接打电话。”游戏玩得起劲的飞章只是“嗯”了一声。阿岚给飞章买手机，倒不全是因为这次沈德运的短信所引发的，而是阿岚平时想要和飞章通通电话的话，电话一定要打到自己曾经的家里，先接电话的，必定是沈德运。有时飞章到阿爷阿娘家去住两天，阿岚电话打过去，总是先要听沈德运娘几句阴阳怪气的话。

此时，阿岚看着飞章，正是长身体的年龄，才只有两个礼拜没看到，就觉得又长高不少，想着以往飞章从出生以来的点点滴滴的成长，自己都是第一时间感知，也是最为欣喜的，而现在看飞章，总觉得自己会错过什么。现在的阿岚与飞章相处，也有为难的地方。首先，飞章许多生活方面的事，诸如沈德运的家庭生活，以及飞章的阿爷阿娘家里的状况，阿岚并不想提起，这便少了许多话；还有，现在飞章在沈德运处住多了，学校接送和联系老师的事基本也是沈德运在做，这方面阿岚好像有点脱节，看到飞章也不晓得从何问起，或者问些什么；再有，对日渐长大的飞章，阿岚也觉得要叮嘱的话不少，但儿子也开始有些自己的习惯，都说现在的孩子早熟，阿岚想说些什么，又顾忌着与飞章相处的这些时间里，不想因为什么言语而冷了场。阿岚可是少有这种矛盾与犹豫的心理。在这方面，阿岚有时还是很佩服语嫣的，飞章若来东横浜路家里住几天，语嫣不光会动脑筋做些飞章爱吃的东西，还会与飞章一起玩游戏，或是读书讲故事。阿岚觉得自己没这耐心。

阿岚问飞章："昨天飞章的生日是怎么过的?"飞章刚才一路走过来时，就在说昨天收到些什么礼物，才晓得沈家昨天替飞章过了生日。飞章讲："昨天在海宁路上一家饭店办了九桌，爸爸说的，要不是他拦着，阿爷阿娘准备搞得还要大。"阿岚想到，九桌人，也就是叫了沈家的一些至亲。沈家是标准的大家庭，有好几位姑姑和阿姨，沈德运还有五个姐姐，表姐妹堂姐妹更有一大堆，皆已成家，拖家带口的，逢年过节，或婚丧嫁娶、老人小孩的生日等常会聚在一起。阿岚马上又联想到曾经经历的这些场面，人多聚集，本身就是热闹，加之沈家女人都是习惯扯着嗓子说话，吃一顿饭就像走进自由市场，人声鼎沸，震耳欲聋。飞章又讲："昨天，我们几个小孩吃吃就跑到隔壁店里去玩，要吃冰淇淋，大姑妈小气，一看有这么多小孩，付钞票时就缩了，最后还是小红阿姨付的钱。"飞章随口的一句话说出，马上就觉得是失言，便一声不响地低头吃菜。要说飞章真是乖巧，平时与阿岚相处时，丝毫不会去提沈德运现在的家，更不会去提小红这个人。其实，对于阿岚来说，心里最是清楚这个小红是如何存在的。小红就是沈德运酒吧里的陪酒女领班，当初也就是因为这个四川小女人，阿岚与沈德运才一拍两散。其实现在飞章在阿岚面前，更多地是在刻意地回避着小红的存在，而飞章越是这样，阿岚越加敏感。阿岚想着现在飞章整日里就和小红处在一道，就会处处留意。阿岚觉得，飞章的身上已留有许多小红的痕迹。譬如，阿岚从小就教飞章说上海话，家里也是统统说上海话的，而现在飞章往往一开口就是普通话，一定要与阿岚说上一歇后，才会意识到什么，再改说上海话。并且飞章的普通话也已经明显受到小红的影响，个别字上的发音带有四川人的习惯说法。阿岚以往在酒吧时，还嘲笑过小红的普通话说得不标准，小红在上海这么多年，也没学会上海话。阿岚已经是好几次纠正过飞章的发音，只差就明说让飞章少学小红说话的腔调。想着现在沈德运的家里，一定都在说普通话，飞章也是习惯。而眼下，阿岚觉得儿子作孽。

饭吃到差不多时，上了一只庆生的小蛋糕，飞章吹蜡烛，吃蛋糕，神情欢快。吃好饭，阿岚说要到江边走走，飞章担心沈德运已等多时，又说估计爸爸夜饭还没吃过。阿岚便有些气地讲："飞章倒是会心疼爸爸。"不过，阿岚此言一出，又马上调了口气讲："去走走吧，也花不了多长的时间。"

阿岚回到家里，语嫣就问："飞章呢，不是说好飞章回来住两天的?"阿岚便把沈德运所说讲了一遍，语嫣无话。语嫣从冰箱里取出一只蛋糕，讲："今天有一台口腔手术做得时间长了一点，我只好等着，到现在连得夜饭也没吃过。本来还想飞章回来再庆生的，现在只好自己吃了。"阿岚讲："飞章在饭店里吃过蛋糕了。"语嫣吃蛋糕，阿岚看着讲："闻到栗子蛋糕的香味道了。"语嫣讲："你也吃一点。"阿岚点头，语嫣替阿岚切了一块蛋糕，两人吃起蛋糕。语嫣讲："刚才还在担心蛋糕店关门，想着飞章来家里也好再热闹一下。"

阿岚把飞章所说沈家办生日宴的事说了一遍。语嫣讲："早些年，当时沈德运算是客气，想着我和姆妈两个人在家吃年夜饭，过于冷清，所以每到年夜饭时，总会来叫。沈家一到节日，总喜欢聚在一道，沈德运的娘闲话真多，几个姑姑阿姨也能说会道，几个姐姐更是叽叽喳喳，姆妈直说吃不消，沈德运后来再来叫吃年夜饭，姆妈就推托不去。"阿岚讲："姆妈和你不来吃年夜饭，飞章不开心，还要发脾气。"语嫣讲："飞章算是有良心的，三岁就可以看到大。"阿岚笑笑：

“但愿。”

语嫣讲：“其实，你可以和沈德运商量一下，飞章今晚回来，明天沈德运再来接去参加聚会，或是明天聚会好后，把飞章送来，这样飞章总可以来家里住上一晚。”阿岚讲：“再过一段日子，让飞章回来住些日子。”语嫣讲：“飞章都有一个月没有回家来住了，上次也是你带着飞章在外玩一天，也没回家来住过。”阿岚讲：“你想让飞章明天来，现在就可以打电话给沈德运。”阿岚的声音有点响，语气也有点急。语嫣没想到，阿岚会呛自己。已经是很久没听到阿岚这样说话，这在以往，只会发生在阿岚与姆妈之间，语嫣更多的是个中间调停者，不想，姆妈去世了，阿岚竟用这口气来冲着语嫣。阿岚又讲：“可能你总认为我做不好事吧。”语嫣只得不说话了。两个人都闷声不响吃蛋糕。

有一歇，语嫣像想起什么讲：“噢，刚才进家门时，接到一只电话，是北方人张总打来的。”阿岚便噢了一声，也不问电话里张总说些什么。语嫣估计阿岚已经猜到张总为什么来电话。阿岚见语嫣不语，也在猜着语嫣此时会想些什么，便讲：“你也不要听沈德运瞎说什么，人家张总是蛮好的一个人。”语嫣见阿岚面色铁青，只得无话。语嫣见两个人都不吃蛋糕了，便将蛋糕盘子等收拢，去灶披间。此时墙上的挂钟又在报时，已是深夜。

语嫣所提电话打到家里，要找阿岚的那个北方人张总，就是当初第一个向阿岚透露沈德运与酒吧里陪酒小姐的领班小红有了私情。当时的沈德运还到处辩白，甚至寻过语嫣，讲：“那个北方人，本来就对阿岚存有想法，他能够说出什么好话?”

那位北方人张总，是北方一集团公司下属的一家信托公司的老总，常年派驻在上海，由于家眷统统还在北方，所以下班后时常是无聊，一个人东游西逛。早几年，跟着几个朋友来沈德运和阿岚开的酒吧里玩，之后便成常客。当初酒吧的生意，沈德运是统筹，负责日常的营运，而阿岚是带着几个陪酒的小姐妹坐镇大堂。酒吧的生意讲究的是一种氛围，这种氛围既有环境所营造出来的，也有陪酒小姐接待时对气氛的拿捏，更有熟客带来轻车熟路的消费默契。店堂里的几位陪酒小姐，可以和客人喝喝酒，玩玩骰子，也可以打情骂俏胡调一番，但仅此而已，绝不会跟着客人出去的，这便是店规。阿岚几年酒吧老板娘的经历，早就练出一双观察的眼睛，平时除了盯紧店里的几个陪酒小姐外，再就是盯着几个熟客。酒吧生意，往往是熟客带生客。起初，那位张总也是跟着朋友来的，初来时还算嫩拙，话并不多，偶然张口，一口北方普通话，还引得几个陪酒小姐的窃笑。张总多来几次，引起阿岚的注意，不过，最初阿岚对张总的注意，还是张总一身乡气的打扮。当时的张总，常年总是一套西装，应该是不错的面料做成的西装，但裁剪不合适，过于肥大，上下身的比例也不成样子，还有，上身正装，裤子显得随意，穿着一双杂色的皮鞋。不晓得这身装束，是去了正规场合，还是出来休闲，反正是不伦不类。不过，不能以衣着来评论张总这个人，张总出手阔绰，让阿岚暗暗地记住了这个人。

张总酒吧来多了，也与酒吧里所有的人混熟，包括阿岚。也是张总最早跟阿岚说起沈德运与小红的事，阿岚吃准事情，便把小红赶出酒吧。但婚姻之痛，阿岚最后还是放弃了。

要说阿岚会与张总出去或是走近，纯粹是张总晓得阿岚的心里放不下沈德运，惦记着酒吧的生意。张总明白阿岚要强的性格，又不会来主动问什么，这便有了张总第一次请阿岚外出吃饭。那次吃饭时，张总讲："酒吧要搬场了。"阿岚不奇怪，当时酒吧选址有点偏，只考虑租金便宜，但生意一直不太好。原先沈德运就与阿岚商量过，想搬迁另觅新址，但考虑当初装修投入太多，还是不忍，这事便拖了下来。看样子，这次沈德运是下定决心。但听张总再说下去，阿岚就觉得有点怪了，新的酒吧选址是比原来还要偏。阿岚想起原来沈德运说起这事，阿岚当时就明确说过，今后只选市中心的地段，不曾想，沈德运是越选越偏，估计是只考虑租金便宜。阿岚想到小红，肯定是小红的主意，心里便是叽笑：小农就是小算。不过，当着张总的面，阿岚只是不露声色地听听。以后，这样的吃饭还有几次，每次张总都会带几句酒吧里的消息。

有一次，张总又来约阿岚，说有重要的事情相告，阿岚便应约而去。约的地点是在静安寺附近的一家五星级酒店的宴会厅，好像张总所在的集团赞助上海的一个文化项目，今天是个启动仪式，在酒店里举行冷餐会，嘉宾来了不少。阿岚迟到，走进宴会厅，只看到张总捧着稿子在发言，官腔说辞。张总说了半天，阿岚也没搞清，北方这个集团到底赞助什么文化项目。只是张总这身打扮，还是引得阿岚嗤笑，沿续一贯的不伦不类风格。不过，阿岚环顾四周，排场有点铺张，才觉得张总今天来约，带有炫耀的意思。平日里，阿岚确实没见过张总在生意圈里或是官场上的腔调。冷餐会结束，张总提议去久光百货里坐坐，于是两个人又来到久光里的一家茶餐厅。张总似乎还沉浸在刚才的情境里，而嘴上却讲："要说坐坐吃吃聊聊，还得是这样的环境，五星级酒店可不行。"阿岚没有接话，一心只想听张总能带来什么消息。张总看了看阿岚，讲："小红又回来了，四川小女人一副老板娘的派头，神气活现，吆五喝六。"张总轻声的一句话，还是在阿岚的心里产生了波澜。说句实话，沈德运与小红的关系走到今天，小红回到酒吧也是名正言顺，自己早就想到过，但现在听张总所说，心里还是有点不适。一旁的张总察言观色，显然晓得阿岚听这话的心理反应。为活跃气氛，张总便岔开话题，说最近自己在学上海话，并用一句刚刚学的上海话讲："上海人看外地人，统统是乡下人。"张总的这句洋泾浜的上海话，倒使阿岚扑哧一声笑了出来。于是阿岚提起兴致，陪着张总逛逛久光。当走进一家意大利大牌的西装店时，阿岚对张总讲："场面上，男人最重要最有腔调的是一套西装一双皮鞋，西装讲究版型，欧版西装强调肩宽修身，有双排扣、单排扣之分，美式西装虽然强调宽松舒适，但也有一定之规，近年多流行日版，同样是讲究上下搭配，里外协调。"阿岚说完，张总连连说是："当初在国企，组织出国考察，每人发一套西装，还组织吃西餐的培训，但仅此而已。”阿岚在店里，挑了一套最贵的西装朝张总面前一摊，张总接过，连忙试装。阿岚在旁看着讲：“到底是北方人种，身材挺拔，就显出衣服的样子。”张总得意。此时店里的几个营业员统统围拢，并唤来店长。阿岚又轻轻地讲一声：“春秋款多试两套，夏季款休闲款也要试试，再拿几件衬衣，噢，再拿几双皮鞋来。”阿岚说着就坐到一边，看着几人围着张总转。几个营业员边忙碌边对张总讲：“先生一表人才，就像衣架，正适合我们的品牌。”还有讲：“先生的太太眼光好，太太也是漂亮。”张总听着得意，一边对镜试衣，不时回头朝阿岚微笑。而当最后结账拉卡时，阿岚心里不免咯噔一下，心想不是一笔小数目，不过，看张总，还是神情轻松的样子。张总拎着大包小包出店门，又转进隔壁法国大牌的包店，张总执意要给阿岚买一只包，阿岚不允。张总讲：“谢谢阿岚陪了这么多时间，又是相帮挑选衣服。”当天夜里，阿岚回到家里，看着这款价格不菲的包，心想，原本真的是因为张总带来的这个消息，自己想着郁闷要发泄一下，拿张总开玩笑，挑上山，有点胡搞，也有点恶作剧，不曾想会弄到这个地步。

从这之后，阿岚与张总有点走近，也会跟着张总出席各种饭局。阿岚有些朋友活动，也会邀张总出席。当然有时两个人也会单独吃吃饭，喝喝咖啡，张总还是会带些酒吧的消息。有一次，张总讲：“上两天去酒吧，看见两个外国客人在跟小红吵，说是洋酒里兑了水。”阿岚讲：“这个四川小女人，生意哪能可以这样做的，眼睛里只有钞票，面皮也不要了，总有一天牌子做塌。”张总讲：“不过，这四川小女人有两下的，吵到最后，还是两个外国人钞票一分不少，付账走人。”阿岚便没了声音。张总眼睛不时从阿岚身上扫过。阿岚做过酒吧的老板娘，什么男人没见过，阿岚当然心里明白张总的想法。张总现在痴迷上海的一切，上海的历史，上海的文化，上海的建筑，上海的美食，平时的谈吐中常会冒出几句上海话，以示对上海的熟悉，连得沪剧越剧和评弹也去看过几场，让旁人觉得惊讶。但阿岚清楚，张总最最痴迷的是上海的女人。阿岚还是守着两个人的距离。张总还算是绅士风度，心中纵有万丈欲火，除了一双眼睛常在阿岚身上停留外，表面还是平静。张总讲：“阿岚朋友不少。”阿岚讲：“过去酒吧生意靠的是朋友。”张总讲：“阿岚统统叫朋友，但朋友也应该有深有浅。”阿岚讲：“能够这样一道吃吃饭，喝喝茶，已经不错了。”张总讲：“我受宠若惊。”

这之后，还发生过一件事，就是阿岚姆妈的骨灰回无锡去落葬的事。正好是秋老虎的天气，语嫣担心捧着姆妈的骨灰盒挤火车有诸多不便，在和阿岚说起这事。阿岚明白语嫣的意思，只要阿岚不反对，语嫣就可能会找沈德运帮忙。当时阿岚便说一声：“这事我会想办法的。”阿岚语出，自然是想到张总。张总一听，也是热情相帮，并且说要亲自护送阿岚姐妹去无锡，阿岚是再三拒绝张总过于热情的这份心，最后才是张总用自己的公车还有专职的司机，为阿岚姐妹服务三天，其中，张总还不时电话打给自己的专职司机，叮嘱一番。阿岚心存感激。

不过，这事之后，张总来约阿岚吃饭的频率明显增多，还不时有贵重礼物相送。阿岚开始担忧，不曾想自己与张总的这种暧昧玩到了这种程度。阿岚几次给张总的暗示，张总似乎都是不明就理，或是有意装糊涂，而阿岚再绝的话又说不出口，就这样，阿岚便有点躲着张总，甚至不再接张总的电话或回张总的短信。张总当然拼命找阿岚，就把电话打到了东横浜路的家里。

阿岚对语嫣的脾气也就是一夜，不过，这只是对语嫣。要在以前，阿岚与姆妈起争执的话，会有一两个礼拜别扭着不说话。当初，与沈德运也是这般，阿岚生起气来，非要搞到沈德运再三低声下气求饶不可，有几个礼拜的冷面孔好看了。

第二天一早，语嫣上卫生间，阿岚便是睏势懵懂的样子挤了进来，抢着坐到马桶上，脸对着语嫣，闲话不断。语嫣只能苦笑，而阿岚嘻嘻笑着，又张开双臂抱着语嫣的腰，作娇嗔状。语嫣一句："贼忒兮兮，痴头怪脑，真是前世里欠你的。"

这一天，语嫣是轮休，原来是想与阿岚一道陪着飞章到什么地方去玩的，而且想好去什么饭店吃饭，而飞章没来，语嫣一下子似乎不晓得如何来打发这一天。

阿岚当然也晓得语嫣原本今天的安排，所以也早早起床。阿岚对语嫣讲："不一定非要有飞章在呀，真是想不穿，今天就我和你一道出去玩。"

阿岚说着取来化妆包："我来给你化化妆吧。"语嫣讲："我可没你这样的闲功夫，对着镜子，可以坐这么长的时间。"阿岚讲："你就难得这样安静地坐一歇好吗？"语嫣被阿岚这样一说也是提起了兴致："我平时上班去，也就是觉得面色难看时，才会想着涂点口红什么的。"阿岚用美妆蛋刷着粉底液，语嫣看着镜中。语嫣讲："别把妆化得太浓了。"阿岚讲："晓得，每次帮你化妆都要说这句话。"语嫣笑着讲："上次琬怡姐请吃饭时，我倒是挺喜欢琬怡姐的妆，不是那么浓烈，又不是完全的淡妆，正正好的那种。"

阿岚在将粉底涂抹在语嫣的脸上："看琬怡大姐现在的样子，我真的想象不出琬怡大姐小时候是什么样子。"语嫣讲："小时候与琬怡姐在一起的日子，我也没有什么印象，毕竟那时还太小，你更小。"阿岚继而又画起眼影："估计也只有琬怡大姐记得一些事。"语嫣讲："小时候，你总还对我说，如果不搬来外婆家，我们应该也是生活在上只角，算是上只角的人吧。"阿岚讲："是的，当时常听周围同学提起上只角环境怎么样，上只角的人怎么样的，心里总觉得住在上只角有多少的稀奇，心里还会懊恼，想想，原本自己也应该是上只角的人呀。"语嫣讲："当时我总是安慰你，说我们出门就是四川北路，也是不差呀。"阿岚讲："是的，你总是说这样的话。"语嫣笑着讲："啊，这样说来，琬怡姐应该就是你曾经羡慕的住在上只角的人了。"阿岚翻一个白眼，耸了耸肩，没有接语嫣的话。

语嫣侧过脸，对阿岚讲："诶，当时姆妈去世，我要联系琬怡姐，你是反对的，只是在最后一刻，才算听我的，通知了琬怡姐。琬怡姐心里也一定会奇怪的，这么大的事，应该早点通知才对呀。现在想想，幸好联系上琬怡姐。”阿岚讲：“这也就是你在这样想。”语嫣讲：“现在三姐妹能这样在一起不是蛮好的？”阿岚讲：“我说过多次，这是你的一厢情愿。”语嫣讲：“那次琬怡姐请吃饭，阿岚也是反对去的，还说什么，姆妈去世时，追悼会上姐妹见过就可以了。”阿岚讲：“最后还不是听语嫣的话。”语嫣讲：“你见琬怡姐，一声声地叫着大姐，不是蛮亲热的。”阿岚讲：“还不是你千关照万关照让这样叫的，就担心我叫你这样，连名带姓的。是不是我也应该叫你一声姐姐呀？”语嫣讲：“你又在瞎说什么？我们俩从小是玩闹惯了，叫姐姐反倒是生分。”阿岚讲：“小时候，我可是有意不叫的，当时姆妈总是袒护你。”语嫣讲：“那是你总惹姆妈生气。”语嫣说出这句话时，又觉得自己有点多嘴，转了话题讲：“三姐妹能在一起说说话、吃吃饭真是太好了。”阿岚讲：“你没有觉得吗，琬怡大姐说话的腔调蛮像姆妈的。”语嫣讲：“是吗？怎么会有这样的感觉？那天琬怡姐请客应该还是很热情的，我还从来没有在这样好的环境里吃过饭呐。”阿岚讲：“就这样一顿饭，值得这样不停地说好？”阿岚想了想又讲：“琬怡大姐一看就是那种不显山露水，但肯定是拿主意的人，琬怡大姐念过大学，又在出版社干过，算是个文化人，摇笔杆子的，擅长咬文嚼字，现在又在广告公司里担任什么总监，应该是挺能挣钱的吧。我看大明姐夫的样子，也未必有琬怡大姐能挣，估计是对琬怡大姐言听计从的。”

语嫣欲转身，阿岚正在替她刷着睫毛：“别动。”当阿岚替语嫣涂了腮红与口红后，语嫣又照了照镜子，有点吃惊地讲：“啊，帮我化得这么浓呀，都不像我了，这叫我怎么走出去呀?”阿岚笑着讲：“有时也要改变一下风格。”

这天，临出门时，语嫣和阿岚为穿什么衣服好还费了不少的时间。语嫣讲阿岚：“也就是去趟四川北路呀，用得着这样隆重吗?”阿岚讲：“你一打扮，连我站在旁边也只是陪衬。女人走在外面，回头率是关键，所以，女人用在化妆穿衣上的时间是最值得的。”待两人总算穿戴好，都已过中午。

姐妹俩去逛了四川北路，又在一家广东的茶餐厅里吃饭，之后又去看电影。电影散场时，已是很晚了，两个人又去吃夜宵。吃完夜宵，沿着四川北路走回家。

虽说初冬的天气已是寒冷，但还是感到惬意。阿岚挽着语嫣的手臂，问：“你是不是担心我与北方人张总在一道?”语嫣的回答有点开玩笑，也有点赌气的成分：“我才不管你的事。”不过，语嫣马上又接着讲：“虽说张总也是个热心人，但终是不合适。”阿岚讲：“其实也是多担心的，就不说其他方面，单就北方人这一条，生活习惯也就差了远，我才不会寻个外地人，有人口味重，辣火酱吃不够。”语嫣听了一笑，晓得阿岚在说沈德运。阿岚又讲：“北方人张总，因为家属不在身边，也是无聊，又算是有点铜钿，这样的男人，以前在酒吧里见多了。”

回到家里，阿岚又像想起什么讲：“噢，我刚才跟沈德运发过短信，下个礼拜五让飞章回来，可以住上三天，到再下个礼拜一早上，直接送飞章去学校。”听到飞章能来住几天，当然是高兴，语嫣讲：“要是你有事外出也不要紧，我就请假两天。”语嫣原想着阿岚平时种种忙，真是替阿岚着想才说这句话的，不想此话一出，阿岚便有些不高兴。阿岚讲：“是不是认为我做不好这个妈妈?”语嫣一时语塞。阿岚又讲：“是不是还认为，我与沈德运的离婚，还是我的过错要多一点?”语嫣连连讲：“你怎么会这样认为。”

在语嫣看来，阿岚连续的责问，显然还有其他的含义。阿岚离婚时，带着飞章回家，想着妈妈离婚后带着儿子回娘家，也是天经地义的事。飞章回来住一段时间后，又回沈德运那里去住，这也正常。只是后来，飞章来住的日子越来越少了。当时姆妈能想到的理由便是亭子间小了一点，飞章不愿与自己妈妈挤着睡，再就是责怪阿岚贪玩。而语嫣有一次碰到沈德运说起，才晓得，阿岚是放弃了飞章的抚养权。语嫣回家问阿岚，语嫣讲：“飞章毕竟是沈家三代单传，阿岚肯定是吃到压力。”阿岚讲：“这也是说说的，儿子跟妈妈也是应该，沈家人再想搞也不会得逞。”语嫣听不明白。阿岚讲：“离婚回来，对我说起来是别无选择，但想想，从小在这家里，就是因为不开心，当时追着吵着跟着沈德运，也就是想快一点离开这个家，我不想让飞章回到这里，整天看到姆妈板着面孔，飞章在沈家，毕竟是上上下下有人宠着。”阿岚这样说着，语嫣只得关照阿岚，此事千万不可以让姆妈晓得。阿岚回答：“本来就没有什么事，是你多事。”

此刻，原本心情愉悦的一天，不想冷了场。

语嫣看着阿岚，缓缓地讲："其实在我们小时候，姆妈也没有少我们吃用，但为什么我们还会牵记外婆，想着阿爸?"阿岚冷笑讲："我从小就被姆妈讨厌，你是乖小孩，讨姆妈的欢喜，但我一直认为，你是向着我的，但现在看来，跟姆妈是一样，你只是把话说得婉转一点。"语嫣感到阿岚的脾气来得莫名，只得忍着不说。阿岚依旧情绪激烈。此时墙上的挂钟报时响起。阿岚讲："我从小讨厌这个家，包括墙上的钟，姆妈总提着墙上的钟对我说，该干什么了，该干什么了!"语嫣再看阿岚，阿岚面色铁青坐在沙发上。

九

在公司的晨会上，夏总依旧在布置着工作。自从上次张萍和王乐来找过琬怡后，琬怡也开始留意着公司的一些事。最近，夏总在会上，加强资金回笼的话说得有点多，但想想这也是正常，公司经营这些事，历来是重点强调的。琬怡还是朝乐观的方面去想。晨会上，夏总还特意问了张萍手上几项工作的进展情况。琬怡也注意听张萍的回答。张萍也就作一般的回答，四平八稳，并没有什么特别之处。

晨会结束，琬怡回到自己办公室，才进门，张萍与王乐就跟着进来。张萍开门见山就问琬怡："钱总，上次说的事，你到杂志社去打听过吗?"琬怡讲："没有，公司真要碰到什么事，夏总一定会跟大家说的。"琬怡的确有想过去问问杂志社的同事，也就一只电话的事，但又一想，毕竟要问的这事有些敏感，可能问不到什么东西，还会闹得满城风雨，还不如直接去找社长，而一想到找社长问，琬怡就有些纠结。但这些想法也不可能跟人去说的，对于张萍王乐来问，琬怡也只能这样回答。琬怡的回答，张萍与王乐肯定有点失望。琬怡问张萍："既然感到公司有事，那为什么都不直接去找夏总呢?"张萍："其实现在公司里所有的人都在传这些事，只是大家都不好意思去问夏总，夏总最近还在外面到处走，在寻找借款的渠道，大家都清楚夏总也在作最后的努力。”张萍所说，一下子让琬怡对于公司近来的晨会有了最新的认识，会场上的气氛还算平静，但都已各怀心思。这时王乐讲：“最近大家私底下的议论还是较多的，其实大家对钱总来公司以来三年多的工作还是非常肯定的。当然，也希望钱总能够帮助大家了解真相，毕竟也是涉及大家切身的利益。”王乐的话进一步印证了公司的现状，同时也说明大家希望琬怡能去杂志社问问的愿望。琬怡感到有点为难，但琬怡还是回答：“会考虑这事的。”

张萍与王乐退出琬怡的办公室，但琬怡觉得自己已无心工作，再细细想想现在的公司，表面上运转还没产生较大的问题，但若是人人自危的话，那真的要出问题了。琬怡又想到刚才张萍与王乐坐在自己对面忧心忡忡的神情。

这时，桌上的电话铃响了，是夏总打来的，夏总是来约琬怡中午到公司附近的一家日本料理店吃饭。放下电话，琬怡更加坐立不安。要说进公司三年多来，还从来没有过夏总单独邀请吃饭的事，心想夏总今天肯定有事要说。

琬怡与夏总是分头去的日本料理店。

琬怡走进店堂，夏总早已到了，正翻着菜单。见琬怡坐下，便问琬怡：“这里也有商务套餐，我们是单点，还是套餐?”琬怡讲：“套餐吧。”夏总讲：“那我点鳗鱼饭。”琬怡讲：“我也是。”不多一歇，两份鳗鱼饭上桌。夏总示意琬怡趁热先吃，琬怡便和夏总一起吃了起来，其间琬怡几次看夏总，看到的是夏总在很认真地吃着饭，似乎在细细地品味。

当一份套餐吃得差不多时，夏总才显得意犹未尽地讲：“同样一份商务套餐，中餐就显得简单和随意些。”

直到这时，夏总才抬起头，看着琬怡讲：“琬怡来公司这几年，也从来没有能够和你这样吃吃饭、聊聊天，竟是叫琬怡不断地干活。”琬怡笑笑。夏总又问：“琬怡有一个女儿吧，还在念高中?”琬怡讲：“已在读大学二年级了。”夏总连忙讲：“诶，看我这个人，平时太少关心你们，我注定是做不好领导的。”此时琬怡心想，夏总的开场白应该是差不多了，该谈正事了。夏总讲：“琬怡那年进杂志社的时候，我是正好离开来办广告公司，所以跟你是没有见过面的，当时有跟杂志社的同事吃饭聊起，说杂志社新来一个女青年，文笔不错，很出彩。”夏总这几句话，琬怡调到广告公司来时就说过几遍，而此时夏总说起，这神情又像是第一次说起。琬怡只得静静地听着。夏总讲：“应该说，社里对广告公司的工作还是相当重视的，能够派出像琬怡这样有实力的干部便是明证，琬怡来了三年多，无论是做创意设计，还是市场营销，都是干得相当不错。”琬怡讲：“夏总说得好，要说还是夏总给了我很大的帮助。”夏总不停地说着，琬怡只得附和，而琬怡的内心，很想打断夏总的话，想告诉夏总，此时公司里众人的所思所虑，并且要问问夏总，所有的传言都是真的吗。夏总依旧在讲：“琬怡进杂志社这么多年，在社里也算是资深了，来广告公司三年多，也是辛苦了，毕竟广告公司是个小地方，今后有机会，琬怡还可以回杂志社的。”

夏总的话到此，琬怡似乎明白了今天夏总请吃饭的意图，也间接地证明公司确有事情要发生。夏总的话还在继续："呵呵，看我都说些什么了，琬怡应该也清楚社里的议事规则，我的话有些多了。"应该说，琬怡原先有许多话想说想问，但此时琬怡算是听懂夏总今天说话的全部意思。夏总还在说着，有点喋喋不休："我们这个社长，挺会来事的一个人，习惯在饭桌上办事，每天都喜欢喝到几分醉，还要去歌厅里唱歌，扯着嗓子乱叫一通，而后还要去泡澡，那个时候，可是被称为能人呐。"

琬怡自从中午和夏总吃完饭后，便一直在想夏总说的那些话。琬怡下班回家，车到停车场，也不想下车。车里开着音乐，琬怡细细地听着。很多时候，劳累一天的琬怡回家来，都会在车内这样坐坐，并不急于到家里。车窗外早已漆黑一片，停车场上也显得寂静。这几天气温持续下降着，车里虽有暖气，不过在里头坐着也能体会到寒意来袭。

这时，琬怡突然想打个电话。琬怡是给凌零广告公司的陈建栋打电话。电话里传来的是一阵嘈杂的声音，有些热闹，传来陈建栋爽朗的声音："钱总，是钱总吗?"琬怡回答，但对方似乎听不清，之后又好些，陈建栋："啊，我已经从吃饭的包厢里走出来了，来到室外，钱总能听清楚吗?"琬怡讲："比刚才好些，只是感到声音有些远。"陈建栋讲："我在北京，已经来了好多天。"琬怡讲："原来陈总在北京。"陈建栋讲："和一家北京的代理公司在谈判，有一个北美内衣秀的展演明年在上海举办，我们公司想承办这一活动，但这些天谈得不太顺利，所以现在和几个朋友在一起商量。”琬怡讲：“陈总在忙大生意呀，我电话打得不是时候。”陈建栋讲：“我猜到钱总会打电话给我的，你们公司的事，我已经知道，这样吧，再有两天，我回上海，我们见个面。”琬怡电话打好，心想：陈建栋不愧在行业浸润多年，行业内没有不知道的事。

三年多前，琬怡初到汇众广告公司工作时，对创意工作还是相当投入的，深化对客户产品的分析，又注重各个竞争对手的设计创意，对要做的方案更是反复推敲精益求精。广告行业，流行的做法是同一广告创意策划，客户总会选择三到五家的广告公司，进行创意策划的招标。琬怡每次带着策划去参加招标，但最后都是失败。有一段时间琬怡有点沮丧，甚至怀疑自己的能力。这时，身边的王乐讲：“每次这样的招投标，只要有凌零公司参加，其他公司基本上没有机会。”再问为什么，王乐回答：“凌零公司的总经理叫陈建栋，在广告界被称为点子大王，凌零公司的许多创意设计都出自他的手。”王乐的介绍，琬怡迅速地找来凌零公司的几份广告策划案，细细分析，细细品味，才觉得不凡。琬怡有一种冲动，很想认识一下这位广告界的奇才。琬怡在出席各类广告的招标会时，开始留意起凌零公司的参会人员，但都没能见到这位陈建栋。一次，琬怡在参加一个招标会议后，出席主办方的答谢宴请时，琬怡看到主办方正陪着一位客人进场，恭敬有加。这时，王乐向琬怡悄声介绍：“这就是陈建栋。”席间，琬怡看陈建栋，谈笑间有风度，又不失这个年龄的睿智。在陈建栋依次向在座的各位敬酒的过程中，陈建栋举着酒杯来到琬怡跟前，当琬怡要自我介绍时，陈建栋先开口讲：“是钱总吧，行业里都在传夏总这边来了一位大将，但今天看到，倒是一位婉约典雅的女士，这就更让人敬佩。”琬怡讲：“陈总过誉，我只知道，陈总出手，行业里其他公司都没活好干了。”陈建栋发出爽朗的笑声。之后，琬怡和陈建栋有了交往。陈建栋倒是很少有架子，有琬怡约请的，也有陈建栋主动邀约的。两个人时有一起吃吃饭，或是喝茶，陈建栋深谙饮茶，琬怡也是喜欢茶馆的氛围。琬怡每次见陈建栋，总是带着许多的问题而去，既有创意设计方面的，也有营销方案的。琬怡虚心求教，陈建栋也不保留。有几次，琬怡也有些歉意地讲：“总是拿问题来讨教，占去陈总不少时间。”陈建栋讲：“教学相长，更何况与一位美女在一起喝茶吃饭，还是让人赏心悦目的。”陈建栋虽然这样说着，但还保持着正人君人的样子，琬怡也没多想，下次有约，还是会去。一段时间后，琬怡开始对自己策划的文案更有信心了，陈建栋也是称赞不已。不过，陈建栋还是说了一句实话：“其实，创意设计的招标，只是走过场，一切皆已内定。”琬怡不觉有些泄气：“怪不得每次招投标现场，不见陈总的人影子，而凌零公司照样中标。”陈建栋又发出他带有标志性的大笑声。一日，琬怡接到陈建栋的电话，陈建栋在电话中讲：“有一业务的招标，钱总不管有什么想法，都请按照我的意思来，这次凌零公司只是陪标。”最后结果，的确是汇众公司的方案中标。公司里一片欢声笑语，庆贺在招标过程中打败凌零公司。琬怡是存了一点心眼，并没有将此次与凌零公司联手的事告诉任何人。

只是夏总闻听，对琬怡讲：“那个陈建栋可是个心气挺高的人。”这之后，琬怡与陈建栋又联手出击，汇众公司也开始在一些招标中让人侧目。琬怡也开始了解到行业内的许多隐秘。至此，琬怡认为，陈建栋就是自己踏入广告行业的领路人。

陈建栋回到上海，就给琬怡打来电话，约琬怡见面吃中午饭，地方是在新天地。陈建栋说正好在附近办事。

琬怡如约来到新天地的一家茶餐厅。走在新天地，摩肩接踵，有点过于热闹。走进茶餐厅，还算安静。不多一歇，陈建栋就来了。

见面，琬怡问起陈建栋北京所谈项目，陈建栋表示还没成功，又说今天主要谈琬怡的事。

琬怡把上几天夏总约请吃饭的事说了一遍。陈建栋讲：“其实你们杂志社的社长，前一段时间找过我，想让我收购汇众，我拒绝了，只是出于职业要求，没有跟外面说。”陈建栋又讲：“那位社长，想要卖掉公司的想法是对的，现在市场的竞争日趋激烈，讲究市场规模，讲究科技含量，像汇众这样的公司肯定会被淘汰。”

琬怡不曾想到，陈建栋上来就说出这样的话，显然有违于想与陈建栋来商议的初衷。琬怡讲：“那接下来会怎么样？”陈建栋讲：“夏总到了谢幕的时候。”琬怡讲：“那就一点办法也没有了？”陈建栋讲：“其实说到夏总，也是老一代广告人的代表，他们这一代广告人，还是相当实在，尽量将好的产品介绍给用户，而现在的广告界，只会被说成水有多深。”陈建栋接着讲：“我初入广告行业时，夏总对我有过不少的提携与照应，我是相当感激，后来，有时看到夏总在参加一些项目，我是有意回避，夏总是相当细心的人，几次这样，夏总就对我说，不必这样，各为其主。”琬怡万万没有想到，原来陈建栋与夏总还有这样的过往，这在与陈建栋的相处过程中，从来没有被提起过。琬怡讲：“原先就在想，陈总为什么这么帮我，现在才算有了答案，原来陈总帮我，也算间接帮到夏总。”陈建栋讲：“夏总可不需要我的帮忙，无论是直接的，还是间接的。钱总跟着夏总三年多，看样子还是不太了解夏总，夏总可是个真正的正人君子呀，就我跟夏总这么多年，见面时也就点个头，还从来没有在一起吃过饭。对照夏总，我们可是俗人。”琬怡当然听不懂陈建栋的这番话，心想，原来男人家还有这样交往的？

不过，此时的琬怡显然不是来探讨这个问题的。琬怡便将今天找陈建栋商量的主要想法说了出来，琬怡准备找杂志社的社长。陈建栋听后，思考一下讲：“难道钱总还不知道自己是怎样离开杂志社的？夏总当年与你们的社长一同创业，要在杂志社里论资排辈的话，谁能超过夏总？社长就把夏总发出去，去组建广告公司。钱总同样如此，职业经历、综合素养、年龄优势，都是社长接班人的不二人选，你们的社长感到了威胁，又依照当年操作夏总这般，把钱总发配到广告公司。”

陈建栋的这些话，无疑触及了琬怡内心深处最隐秘的那部分，自己曾经也想到过，但尽量不去想，陈建栋说的还只是最后的结果，陈建栋肯定还是有所不知的，而琬怡是亲历了整个过程。当时琬怡正好是意识到自己某些心理疾患，而且这些心理上的疾患，也不能排除是单位里的工作氛围所致，之后自己是在做某些咨询与治疗，也是应证了这一点。不过，虽说琬怡得到很好的康复，但这事传开，社长似乎是找到各种场合关心一下琬怡的机会，社长言必称要琬怡多注意身体、多注意休息，这就如同不时提醒琬怡是得的什么病。琬怡心里最清楚自己失去了什么，以至于最后离开杂志社时，琬怡也有一种逃避的想法。当时也有同事说过这样的话，替琬怡打抱不平，而琬怡尽量不去接话。

陈建栋继续讲："琬怡可以找社长，赔上几滴眼泪，几句嗲声嗲气的话，社长看着琬怡楚楚动人的样子，征服的心都有了，兴许就心一软，马上答应放款，广告公司继续办下去。"琬怡讲："陈总说了难听。"陈建栋讲："只是钱总走出社长的办公室，马上就会后悔，觉得自己就像一个怨妇。"接下来，两个人的饭桌上有了片刻的沉默。然后，琬怡淡淡地发问："那我该怎么办呢?"陈建栋讲："依着夏总所说，钱总回杂志社上班。"琬怡没有接话。陈建栋讲："当然，看钱总的样子，也完全不缺银两，该是在家养尊处优的。"琬怡讲："我还有女儿要养。"陈建栋讲："钱总刚才疑惑说，我为什么要相帮钱总，现在可以告诉钱总，就如同当年夏总看到我说，你适合干广告。"

这之后，琬怡从杂志社辞职，同样也辞去了汇众公司的职位。琬怡到凌零广告公司担任创意总监。琬怡的辞职，在杂志社和汇众广告公司都引起较大的反响。琬怡也未及去体会一下人们的议论，甚至也没有来得及向许多原来的同事告别，琬怡就投入到凌零公司的工作中。

凌零公司毕竟体量较大，业务繁多，人员也多，部门也多，工作节奏也是挺快的。琬怡原先是从外面在看凌零公司，而现在深入其间，又对陈建栋治下的凌零公司有了许多新的认识，也有许多要适应的地方。琬怡来凌零公司，陈建栋在工作上，给予了极大的支持与鼓励。另外，陈建栋无论在公开场合，还是在私底下，不像原先叫“钱总”，而开始称呼“琬怡”了。琬怡觉得，是陈建栋在刻意地营造气氛，让自己尽快融入新的团队。

琬怡一到凌零公司，陈建栋便把引进北美内衣秀的展演工作交给了琬怡，并说是明年公司的重点工作。所以，琬怡一到凌零公司没有多久，就飞赴北京出差，去找北美内衣秀展演的中国代理公司谈判。出差回来，琬怡负责的创意部门又有许多工作积压着，琬怡更是投入到无休无止的加班之中。忙碌中，无意间听到汇众公司被宣布破产一事，琬怡都没能去想想这事，或关心一下原先的一些同事。

待有空想着联络一下王乐与张萍的时候，琬怡来凌零公司上班已经有一段时间了。琬怡约王乐与张萍，就在原来的汇众公司附近的一家小饭馆见面。

琬怡到饭店的时候，张萍已经到了，过了一歇，王乐也到了，可能走得有点急，气喘吁吁的，但还是被张萍数落着：“叫你早一点来，钱总叫吃饭，怎么可以迟到。”

三人落座点菜，上菜。琬怡一直以来对于王乐与张萍的关系感到疑惑，琬怡又不会过多地去打听别人的这种私事，兴许是久别后的相聚，琬怡倒是有兴趣问问张萍与王乐的关系。琬怡的问话一出，王乐的神情有点黯然，而张萍就直讲："其实人都很现实，公司这两年效益不好，收入也低了许多，两个人都在这样的公司里，内心只有纠结。"

琬怡没想到，原先想着是活跃气氛的问话，却得到是两个年轻人有些沉重的回答。琬怡便转了话题："现在公司里到底怎么样？"张萍讲："钱总离开后没有多少时间，上面就来宣布公司破产，反正一切走程序，也没什么好说的。"琬怡问："那你们怎么办呢？"张萍讲："夏总一个劲地跟大家打招呼，说对不起大家，除了两个到退休年龄的，其他人，夏总都在找关系帮忙解决工作问题，现在公司里也就夏总一人在留守。"王乐讲："原来我也想着自己找找工作，但简历投出去几次，都是石沉大海，最后是夏总帮我介绍一家公司，去面试了两次，刚才在路上，这家公司又来电话问我两个问题，并说录用通知书这两天就会发出的。"张萍讲："你这是傻人有傻福，那个小出纳，夏总已经陪着去了三家单位面试都没有成功，夏总还一个劲地安慰她。我今天也是夏总安排去面试的，这已是第二家了，也不知道能不能成。"张萍有点忧虑地说着。不知怎么的，琬怡此时看张萍，全没了过去对张萍的成见，心想，以自己对王乐的了解，这一对小青年真成了家的话，家里家外必有一个人须出头，而这个人肯定是张萍。琬怡不觉对张萍生出一点好感。

分离后的相聚总是会带来一些兴奋，然而，现实的情况又难以使人释怀。琬怡除了问问一些人的近况外，也不知道说些什么好。其实，在得知汇众公司破产时，琬怡也曾在陈建栋面前提起，陈建栋知道琬怡的意思，陈建栋讲："慈不带兵，夏总治下的汇众公司的每个人，都给夏总惯坏了，所以这些员工，到任何地方都不会觉得好的。"琬怡问："那我呢?"陈建栋问答："你是例外。"

饭吃好，在饭店门口分手时，张萍跟琬怡讲："听来处理最后一些债务的杂志社的人员私底下说，夏总为了钱总能回到杂志社有一个好的职位的安排，不惜与社长争执了起来，而且吵得蛮凶的，都说夏总为自己的利益也从来没有这样过，但结果是钱总跳槽，夏总被迫提前退休。"张萍说好，便与王乐一道走了，而琬怡听着这些，呆立在饭店门口。

琬怡取车，开车准备回家，但行驶一段路后，琬怡又折返到原来汇众公司所在的北京西路附近，一个四岔路口，转角处的一栋小楼。琬怡车停在小楼的斜对面的小路上，琬怡并没有下车，而是看着这栋小楼。

汇众公司所在的三楼，此时还亮着灯。琬怡对这一切是相当的熟悉，虽说隔了一段时间没来，又多了一层的亲切感。想着此时办公室灯还亮着，那一定是夏总还在，想着夏总此时一定是在到处托找关系，相帮安排原来的那些职工，琬怡又进一步想到，夏总的为人是不愿意去求别人的，可见现在夏总内心的煎熬。而此时的琬怡又想到刚才张萍所说，一贯和善和气、说话声音也不会太响的夏总，怎么会与杂志社的社长争吵了起来，那次夏总请吃日本料理时，应该夏总已与杂志社的社长达成了某种的安排吧？然而，当时夏总却一点都没有提起。

这时，马路上的交警走近，示意琬怡的车尽快离开，琬怡只得驶离。

语嫣给琬怡打来电话时，琬怡正在忙着签发几个创意的文案。琬怡起先还以为语嫣有什么事打电话来，但一通电话听下来，琬怡才觉得语嫣并没有什么具体的事情要说。

语嫣在电话里还是非常感谢琬怡上次请吃饭，对上次吃饭的饭店，菜肴等又赞叹了一遍，还和琬怡说起了那天见面时的天气、三姐妹各自的衣着，以及后来还去襄阳公园，看到一些什么景致，都说得仔细。语嫣不断地说着对上次团聚留下的深刻印象。

琬怡当时因为手上的工作有点急，对于语嫣的电话随口附和了几声，与语嫣的电话也就结束了。

当琬怡处理完手中的几个文案后，又想起了语嫣刚才的那个电话，细细地想想，觉得语嫣似乎是有话要说。琬怡心生懊恼，但又觉得再打电话给语嫣，又怎么去开口问呢？想来，毕竟和语嫣还有阿岚从小不是在一起长大，之后也没有往来，真的不太了解各自的心相。

琬怡看窗外，已是隆冬的时节，刚刚还下了一场小雪，此时的风也有点紧。琬怡也在想着上次与语嫣和阿岚吃饭的情景，那还是在初秋或是稍晚些的时候，算算时间，距离上次见面也有些时日了，不觉也有些挂念起语嫣和阿岚，此时的两个人不晓得怎么样了，那次分别之后，也没有再联系过。琬怡一直纠结着语嫣和阿岚目前的单身状态，但这些事，觉得即便见了面，也不可能去多问的，毕竟不在同一屋檐下长大的人，彼此说话也多了些禁忌。虽说觉得刚才语嫣在电话里欲言又止，但又想到，可能也是语嫣觉得许久没有联系了，打个电话来问候一下。琬怡这样想着，便有些释然。

琬怡自从到凌零公司后，工作也比以前更忙，出差也有点多，此时觉得疏忽了不少的事，去建国西路孃孃的家也少了。前些日子，当琬怡意识到这个问题时，便连忙抽出时间，专门陪着孃孃去吃了一次早茶，其中孃孃说到想去做头发，两人便一起去做了头发。做头发费时，琬怡耐着性子。之后又去兜淮海路，到了吃夜饭的时间，又是陪着孃孃去富民路一家饭店吃泰国菜。琬怡陪了孃孃整整一天，孃孃与琬怡在一起时，神情欢快，精力十足，而且没想到，孃孃倒比琬怡还能接受泰国菜的口味。

想着又有些日子没有去孃孃的家、没有问候孃孃了，到了快下班的时候，琬怡打了一个电话给孃孃。妮子接的电话，听筒里传来麻将的声音，琬怡便想到孃孃家熟悉的场景。等了一歇，孃孃才来接电话，琬怡晓得孃孃偏要打好这副牌才会接电话的。孃孃电话里上来就抱怨琬怡近些日子都没有来家里，又说到觅波也是，上次来也就坐一歇就走了，还是跟妮子的话多。说到妮子，孃孃又是轻声地抱怨了几句，老生常谈的几桩事。琬怡只是简单地说着自己挺忙的，最近又要去出差。工作上的事，的确也没什么可以跟孃孃说的，这也是琬怡多年的习惯。琬怡的几句话，有点打招呼的味道。可能孃孃也晓得琬怡打电话来的目的，通情达理地讲一句："琬怡有空过来，没空也不要紧"。接着便是听到王师太在一旁催打牌的声音，孃孃就搁了电话。

直至今日，孃孃还是对琬怡参加姆妈追悼会，和与两个妹妹相聚是持比较消极的态度，能够想到的原因，当然就是阿爸与姆妈之间的问题，但毕竟时过境迁，更何况而今是面对琬怡的两个妹妹。那次请语嫣和阿岚吃饭后，琬怡与大明就相互提醒这事不要让孃孃晓得。在孃孃面前还在刻意地隐瞒着与语嫣和阿岚来往的事，琬怡的心里有点不安，但又想想，似乎也没有其他的办法。

琬怡与孃孃通话结束，琬怡又想到觅波。今天是周末，觅波该回家来了。近来，觅波周末也都能按时回家来，虽说还是像以前这样的忙碌，总体还是正常。但琬怡想来，近些年来，与觅波之间，因为一两句话而不开心，这样的事情常在发生。有时琬怡总会自问，原先那个乖巧的觅波去了哪里，是什么原因让觅波成了现在这样的人？琬怡又想到，由于自己从小就没有和姆妈相处的那种经历，那个年代，与阿爸的相处也是简单，而现在的自己，倒要担忧起与女儿如何相处了。

想到觅波回家来，琬怡便决定今晚不再加班。到凌零公司上班以来，琬怡少有这么早回家。

回到家里，只见大明一个人在摆弄着相机。大明见琬怡进门，有些惊讶："没说过今天会回家吃夜饭呀。"琬怡问：

“今天周末，觅波还没回来?”大明讲：“早上不是告诉你了，今天觅波下课后去排演那出话剧，要很晚才能回来。”

琬怡这才想起，大明早上好像是有说过这样的话，大明还讲：“觅波已经准备好票子，让我们去看演出。”琬怡有些懊恼地坐在沙发上，既有不能马上看到觅波的原因，又是责怪自己的记性。

大明看着琬怡讲：“没有准备什么夜饭，想吃什么呢?”琬怡讲：“你呢?”大明讲：“我也就随便对付一下，冷冻水饺。”大明又讲：“要不，出去吃？都好久没有两个人一起上饭店吃饭了。”琬怡讲：“走进屋里，就不想再出去了。”大明多少有点失望。琬怡讲：“你就随便弄一些。”大明进厨房去下饺子。琬怡坐等。

琬怡扫视一下桌面，桌子上摊着照相机和各种配件，这几年大明迷恋上摄影，花了不少钱添置各种照相机与配件。大明喜欢拍街景，常常是背着照相机出门。其实琬怡都把这些看在眼里。要说大明也是悠闲惯的人，才会找这种兴趣爱好来填补时间，似乎有点沉湎于此。多年来，大明也很少跟琬怡谈起自己的工作，在这方面，琬怡感到大明就是个随遇而安的人。早年的船修厂关门后，大明就到了海运代理公司工作，已过去多年了，也就当个部门经理，管着三四个人。琬怡更认为，是靠熬资历，大明才熬到这个岗位的。看得出来，这个部门肯定也不会太重要。大明整日四平八稳，公司里也不会有什么事让他犯难或是烦闷。再说在家里，这么多年，琬怡也从来没有问过大明每月挣多少钱，琬怡又懒得管这些柴米油盐的事，反正自己挣的工资奖金都交给了大明，所以家里的这些琐事皆是大明在掌管着。大明就是有这样的福气，琬怡有时会这样去想，有时又不这么认为。

大明端来热气腾腾的饺子，琬怡感到有点饿了。

一边吃着，琬怡又说到白天语嫣来的电话。大明听后讲："语嫣是有心呀，总想着姐妹之间就该多联络一下才行。"琬怡讲："有时一忙，或是又觉得没有什么事，就很少会去想联络一下的，再说，毕竟不是常来常往的那种关系，也不会像毛毛这样，没什么事也可以在电话里说上半天的。"大明讲："以后即便没有什么事，也要打打电话，简单地问候一下也行。"琬怡讲："只是不晓得语嫣和阿岚是什么心相。"大明讲："姐妹之间应该是常去走动一下。"琬怡讲："这会不会增加了她们的负担，想着见面，总少不了请吃饭或送礼的，上次语嫣和阿岚送我的羊绒衫，到现在我都觉得很过意不去的。"大明点头："是吗?"

饺子吃好，放下筷子，琬怡似乎又想起什么："诶，不对呀，你也别光说我呀，你也很少去看望小惠一家呀，也不见得平时有多少联系的。"大明讲："小惠他们做点小生意，整天蛮忙的，每次去，站在旁边，都觉得自己是碍手碍脚的。"大明的妹妹小惠与丈夫在小菜场里摆个卖黄鳝的摊头，起早贪黑的。

觅波在业余剧社里所参演的那台话剧，经历几番波折之后，终于献演了，一共是演三场。觅波请父母来看最后一场的演出。

演出的当晚，原本琬怡与大明说好一起吃夜饭，然后去观剧的，但琬怡临时有事，便让大明先去剧院，自己随后赶到。由于票子在大明手里，大明只得在剧院的门口等。等琬怡赶到，演出早已开始。琬怡在剧院旁边停好车，对大明抱怨着："本来出来就晚，找这个剧场又花了许多时间。"大明讲："迟到多少时间没关系，来了就好，否则觅波要失望的。"

这是在市东区域的一个小剧场，周围的马路与弄堂显得有些杂乱。剧场的四周被各种饮食摊点与小贩包围着，烟火气与叫卖声不断，剧场也是老旧。琬怡和大明摸黑走进剧场，找到位子坐下。环顾四周，环境有点逼仄，有点压抑。剧场内坐了不少的观众，想来这样的剧演买票的人应该不会多，该是送出不少的票吧。

觅波参演的这出话剧，是一出日本的悬疑剧，此时舞台的灯光效果与音乐也透着几分惊悚。觅波可能是剧中的二三号角色，出场还是挺多的。起先，琬怡在觅波出场时挺紧张的，担心觅波说台词会出错，但渐渐地又感到觅波还是很会演戏的。觅波倾全力在演着，动作与台词显得熟练，情感也是沉浸在角色之中。琬怡不知不觉也深入戏中，为剧情所吸引。不过，在剧中不时有一个西方面孔的演员出现。按剧情，应该全是东方人，虽说只是一个小小的配角，台词也没几句，但这个外国演员的出现，总会让人觉得有点滑稽，观众发出悄悄的议论，有点出戏的意味。

演出还是取得相当的成功。演出结束时，演职员谢幕这一刻，觅波站在台上也有些兴奋。琬怡和大明也有点激动，使劲地鼓着掌。大明讲：“觅波演得不错，只可惜是第一次看觅波演戏，也可能是最后一次看了。”大明的话里，明显带些遗憾，因为觅波说过，待这戏演完后，就将退出业余剧社。琬怡讲：“觅波现在最重要的是学业，还是让觅波安心在校读书，这些活动少参加为妙。”琬怡觉得大明有时就是一个主次不分的人，在觅波的一些事上，琬怡也一直对大明有抱怨的。琬怡接着讲：“上次孃孃说到觅波，虽说有些话重了，但道理还是对的，觅波有时真的不让人省心。”大明无话。

待现场的观众散去后，琬怡和大明来到后台。觅波正在卸妆，而站在觅波身旁的竟是小惠，琬怡与大明感到意外，小惠连忙向琬怡和大明打着招呼。觅波讲：“我今天也请惠姑来看戏了。”小惠讲：“觅波还让我坐在前排，只是什么也没看懂。”的确，对于觅波会请小惠来看戏，琬怡和大明是深感惊讶与疑惑的，尤其是琬怡。

这时，业余剧社的一些演职员也有围拢过来，觅波便向众人介绍琬怡、大明和小惠。有几人便讲：“啊，觅波的妈妈这么年轻呀，觅波和妈妈就像是一对姐妹。”觅波怪声嚷嚷：“我有这么老吗?”

觅波卸完妆，又去跟几个人告别。琬怡、大明和小惠在剧院门口等着。不一歇，觅波走出剧院，觅波讲：“刚才跟剧社里的人告别时，心里还有一点难过，想着分别后，今后也不一定再会见到，原来的想法也就烟消云散了。呵，我坚持到了最后。”

琬怡想着觅波也曾经因为业余剧社里的一些事，有些负气去浙西旅行，现在随着演出的结束、觅波的退出，这一切都结束了。

这时，小惠上前，帮觅波整了整围巾。觅波对小惠讲："谢谢惠姑，自从参加业余剧社以来，一直到惠姑家去蹭饭，惠姑总给我做好吃的饭菜，有时回学校的地铁没了，还在惠姑家过夜，惠姑也被我弄得烦了吧？"小惠讲："才没有，和觅波睡一个被窝，又能说说话，惠姑真是开心呀。想着觅波以后不参加剧社了，也就不能常来这边，心里就有些难受。"小惠说着，眼圈也有些湿润。觅波上前挽起小惠的手臂，充满温存地讲："我也会想惠姑的，也会再来看惠姑的，还想吃惠姑烧的菜呢。"

觅波与大家告别，说要去坐地铁赶着回学校去，明天上午学校里还有考试。

看着觅波匆匆走远又逐渐消失的身影，小惠讲："真是羡慕哥哥和嫂子，生女儿有多好呀，小姑娘总是温柔心细，我们家的儿子，已经和父母没什么话好说了，有时家里也是冷冷清清的。"大明讲："才晓得觅波常去你家，觅波从来也没有提过，觅波也真是的。"小惠讲："家里就是这个样子，觅波肯来，我高兴都来不及。"琬怡讲："我们的确也应该来小惠家走走，只是大明常说，你们做生意太忙了，怕打扰你们。"小惠讲："哥哥是这么说的？"大明看了看时间，便催促小惠快些回家："回去也睡不了多少时间，就该出摊去了。"琬怡讲大明："大明也真是的，才和小惠说说话，就要赶人走。”小惠讲：“诶，小生意也就这样。”

此时周围路边的各种吃食排档，正是进入夜间的营业高峰，人声喧闹，油烟更是呛人。有几个摊档业主显然与小惠很熟，在跟小惠打着招呼。小惠笑着讲：“嫂子有好多年没来这一带了吧？记得嫂子跟哥哥谈朋友时，来家里，我陪着嫂子在这四周兜过的，那时的嫂子看到这里的景象总是好奇。”

小惠说着，与大明和琬怡打了招呼，便骑着自行车消失在夜幕里。

冬夜里，毕竟是寒风刺骨，琬怡和大明连忙进入车内，这才觉得好些。大明讲：“这样的天气，小惠还骑自行车。”琬怡讲：“你现在肯定是骑不动了。”

车子行驶在市东的这片区域。近处，低矮的危棚简屋，有些杂乱，有些昏暗，连绵起伏，茫茫一大片。远处，各种施工工地，起吊塔与已经高起的建筑，被灯火照耀着，格外夺目。

大明开着车，环顾着周边讲：“最近这一带都在传要拆迁，据说八埭头这一片也要开始拆了，刚才早来，附近转转，发现变化蛮大的。”

大明说着，琬怡也有想到，当年跟着大明来这里，第一次去大明家时，眼望一大批低矮棚屋，到处是曲曲弯弯的小弄堂。大明家里所在的弄堂口，迎面就是一个小便池和倒粪站，尿臊气冲天，墙角的阴沟污水横流，地上也是积起一层黏糊糊的垃圾，脚踏上去也是湿滑。踏进大明的家，也是昏暗一片，迎面还有一口水缸，当时听大明说，家里用水，要去公用的给水站。给水站离得远，每天一早就拎着两只铅桶，到公用给水站往返几次，才能将家里的水缸装满水。当时的场景，对于琬怡来说，真有点惊魂一刻的味道。不过，当时的琬怡努力地克制着自己的神色。

大明还在自言自语："这么多年，这一片要说有变化，就是原先的低矮棚屋，现在都被各家各户翻建成了小炮楼，家家户户也都接通水管与煤气，只是还得拎只马桶，原来的弄堂是越来越窄了。"显然琬怡是无心大明所说的，琬怡讲："这一片离你原来的家这么近的，你应该想到觅波会去小惠家。"大明晓得，从刚才看到小惠的那刻起，琬怡肯定一直在想觅波怎么会常去小惠家这件事。如果仅仅是业余剧社排练的剧院离小惠家比较近这个理由，显得也是不够充分的，觅波就是那种话不投机半句多的人。

琬怡讲："真没想到觅波与小惠之间会有这么多的话。"琬怡的确在想着刚才觅波与小惠分手的这一幕，小惠有些哀伤，觅波则温柔可亲。其实大明也是疑惑，大明讲："觅波小辰光并不要去小惠家呀。"琬怡点头。

还是在很久以前，有一年放暑假，孃孃去国外旅行，大人还不能放心留觅波一个在家，小惠闻讯，便来把觅波接去了。不过，没有多久，觅波就吵着要回家。觅波肯定是不大喜欢小惠家，居住环境过于简陋与嘈吵，又是暑热的天气，小惠家更是闷热难耐。琬怡完全可以想象觅波在小惠家的样子。只是当小惠不得已把觅波送回来时，琬怡和大明都有点尴尬。这之后，觅波再也没有去小惠家过过夜。

琬怡讲："觅波也真是的，一出连一出的，真让人琢磨不了。"不过，琬怡又想到刚才小惠分手时的话，想来，与小惠一家，除了逢年过节的正常走动外，两家人家平时的走动也并不多。琬怡讲："前两天还在说你，应该多去看看小惠，刚才小惠说这话，我也在想，这几年，逢年过节，也都是小惠一家过来看我们的，你也是偷懒，常常是安排在家附近的什么饭店，也就吃一顿饭就了事了，也没有好好在家里坐坐说说话什么的。"琬怡不停地说着。大明偶有回头看看琬怡，不语。

这时，车过外白渡桥，马路上一下子明亮不少。琬怡还在讲着："你对觅波还是要盯着点的，再过两年，觅波也就要毕业找工作了，觅波这个样子，可真让我担心。"大明"噢"了一声。琬怡继续讲："我接着又要有几次出差，北美内衣秀的展演与北京的代理谈到现在，还是没有进展，他们要价太高了，我打算再争取一下，不行的话就要找关系，直接找美方的公司去谈了。"

大明现在还时常去夜跑。不晓得从什么时候开始，这个城市的马路上出现了许多的跑步爱好者。大明近年来体态也有些发福，血脂也有些偏高，所以也就开始了跑步运动。大明跑步的线路，也就是家附近的几条马路。

一日夜里，大明跑步途经汾阳路，看到觅波与一个男青年手挽手，相互依偎着从一家咖啡馆里出来。

觅波看到大明，马上就与那男青年分开身。觅波叫了一声："爸爸。"而大明的眼睛是盯着觅波身边的那个男青年看。

男青年虽说是又瘦又高，但怎么看，都是一副稚气未脱的样子，而且是一张外国人的脸，蓝眼睛黄头发。觅波介绍："他叫迪姆。"被叫作迪姆的男青年恭敬地叫大明一声"爸爸"。迪姆的中文说得非常好。

大明想起不久前看觅波演的戏中那个常让观众出戏的外国演员。觅波又将迪姆往前推了一下："迪姆，再给爸爸自我介绍一下。"迪姆神态认真，还有些腼腆地讲："我来自德国不来梅，我们那边也有一条河，叫威悉河，就像上海的黄浦江，不过，威悉河没有黄浦江那么宽。我来上海是进修中文。"迪姆规规矩矩的样子，让大明有些好感。

接着，觅波与迪姆话别，用的全是英语，大明显然不能听懂他们在说些什么。之后，便是迪姆跟大明说再见，大明对迪姆说："有空到家里来玩。"迪姆很高兴地讲："好的。"迪姆打了招呼后，就朝汾阳路的另一端走去。觅波对大明讲："迪姆家离这里不远。"

大明和觅波返身，朝家的方向走去。大明还在想着刚才初见觅波与迪姆的这一幕，想着觅波可能恋爱了。大明问："那个迪姆怎么会来上海的？"觅波讲："迪姆的父亲被派到上海的一家德资企业里，迪姆也就跟着父母一起来的，本该是要上大学了，想着在上海学两年中文后再回去读大学。"大明又问："你学校里的那些课余社团真的都不参加了？"觅波讲："全都不参加，什么课余社团，全是那些男同学追求女孩子的手段，一进这些社团，就逼着追着要谈恋爱，包括那个业余剧社。”大明笑笑问：“你和迪姆不就是在业余剧社里认识的?”觅波讲：“这倒是，迪姆就是为了练习中文，才进的剧社，其实剧社里难得排一出西方的戏，迪姆一直是在跑龙套。”

冬夜的马路，映衬着星空，虽说有点冷，但也显得宁静。觅波讲：“这样走走真好，羡慕爸爸经常可以在这样的环境里跑步。”大明讲：“的确，跑跑走走，可以让人很放松。”觅波讲：“小时候，曾听妈妈说起，外公常会带着妈妈在这附近的马路上走走，后来，陪妈妈走路的换成了爸爸。”大明讲：“以前谈恋爱，没有什么地方可以去，所以常在马路上走走，谈恋爱，也被叫成数电线木头，或是压马路。”觅波讲：“不过，最佩服的人还是外公，怎么就会想着领一个人回家来，对自己的女儿说，跟这个人谈朋友。要说当时妈妈在大学里，也一定是校花吧，肯定也有暗恋妈妈的，或是公开追求妈妈的。”大明讲：“这是说爸爸不够优秀?”觅波讲：“谈恋爱，与优秀不优秀没有关系。”大明“呵呵”两声笑。

虽说时常与觅波在一起，但此时这样一起走着，大明还是深深地感受到了觅波身上所散发出的浓烈的青春气息。大明有点感慨讲：“刚刚碰到你这一刻，感觉很像当年你妈。”觅波笑讲：“是吗?”

此时大明与觅波已走到太原路。大明讲：“当年，觅波的外公将爸爸领进门时，指着四周的房子说，这些年来，前后两条弄堂，许多房子里的人家搬进搬出，变化还是很大的，真的不敢去想，一个门牌号里，可以住进这么多人，要说变化最小的，还是我们这个门牌里，三层楼里，每层一户人家，也已经是多年的老邻居了，楼上楼下的人家也是相安无事。那天，走进房间，看到你妈，也是我第一次看到你妈。”觅波讲：“这场景蛮嚎的。”大明讲：“你外公跟你妈介绍说，这是厂里搞轮机维修技术的。”觅波讲：“那爸爸是怎么称呼外公的？”大明讲：“原来是叫师傅，这后来就开始改口了。当天吃夜饭的桌子上，三个人一道吃着，那天是只顾低着头吃饭。”觅波问：“都没说什么？”大明讲：“要等到这顿饭吃得差不多时，你外公才慢悠悠地对你妈说，琬怡大了，今后就由这位大哥哥陪你出去玩。”觅波笑了起来，大明继续讲：“这之后，也就和你妈常沿着家周围的马路走走，两个人算是谈恋爱了。”觅波讲：“就真的常在数电线木头和压马路？”大明讲：“碰到礼拜天，我也会来太原路，约好去看电影，常去淮海电影院、国泰电影院，还有衡山电影院。”觅波问：“当时爸爸有什么感觉？”大明讲：“当时来太原路，这周边的环境，还有每户独用的卫生间、灶披间都是新鲜事，对于从小在杨浦的棚户区里长大的爸爸来说，这一切，真有点天方夜谭的感觉，只是当时你妈根本不晓得杨浦的棚户区是怎么回事，后来去杨浦的家里，还吓了一大跳。”觅波听着笑了起来。

略微沉默了片刻，觅波讲：“那时候的爸爸一定觉得很幸福吧？”大明很是感慨地点点头。觅波讲：“在参加业余剧社的这段日子，常去惠姑家，惠姑可是说了不少爸爸的事。”大明感到有点意外，疑惑地问：“是吗？”觅波讲：“爸爸小时候，与姑父是最要好的小伙伴，形影不离，常在一起，惠姑也总喜欢跟着爸爸玩，当时常去劳动广场门口踢足球，去复兴岛采桑叶，乘摆渡轮去浦东，到姑夫爸爸的厂里去喝盐汽水。”大明讲：“是有这些事情。”觅波讲：“可能是黄浦江上摆渡轮乘多了，可能是吴淞口的大轮船看多了，爸爸和姑夫都立志长大要当海员，后来，爸爸和姑夫也都如愿进了海运学校，只是后来爷爷奶奶去世早，爸爸为了照顾年幼的妹妹，去了船修厂上班，而姑夫当上了海员。当时的爸爸是非常羡慕姑夫，每次姑夫出海回来，爸爸都要姑夫说说海上的事。”大明听着。觅波讲：“后来，爸爸晓得姑夫跟惠姑谈恋爱，爸爸是坚决反对的，爸爸嫌弃姑夫家太穷了，有几个兄弟和几个姐妹，担心惠姑嫁过去会被欺负，而且姑夫常年在海上，也不可能照顾家里，但是姑夫不听劝，还是追求惠姑。终于，爸爸对姑夫大打出手，姑夫任凭爸爸打骂，只晓得躲与逃，爸爸从前弄堂追到后弄堂，不停地追打着姑夫，惊动了整个弄堂里的人出来围观看热闹。”大明讲：“小惠把这些事都告诉你了。”觅波讲：“惠姑说到这里时，对我说，那时觉得自己是世界上最幸福的女人，两个男人都在为了自己，虽说打架的场面有点难看，但心里还是相当快乐的。”大明问觅波：“小惠是这样说的?”觅波点了点头：“后来，还是惠姑站了出来，明确跟爸爸说，非姑夫不嫁，爸爸才开始跟姑夫的谈判。最后的结果是，姑夫辞去海员的工作，爸爸让出老房子，让惠姑和姑夫结婚。”大明默默地听着。觅波讲：“姑夫上了岸，工作做过几份，但都没能做下去，后来就去菜场里摆摊头，卖黄鳝了。惠姑纺织厂关门后，也帮姑夫去摆摊头了。惠姑说，觅波的爸爸一直看不起摆摊头的姑夫。”大明无语，只顾自己走着。而觅波依旧在讲：“惠姑说，从那时起，爸爸和姑夫的关系也回不到从前了。”

就在要转进家的弄堂拐角处，觅波立停，看着大明讲：“爸爸，想晓得我听了惠姑说这些话后的想法吗?”大明神情僵硬。觅波讲：“初听惠姑说的这些事，觉得爸爸真是太野蛮、太霸道了，到处追打着姑夫，横加干涉自己妹妹的恋情，但细细想想，那时的爸爸为了自己的妹妹，拔出拳头来，感到爸爸真是勇猛。当时的场景，爸爸一定是很威武，很帅气的吧?”大明有点尴尬。觅波又讲：“好想看到那个时候的爸爸。”

回到家里，觅波进门就问：“妈妈出差要到什么时候呀?”大明讲：“下个礼拜三吧。”觅波又问：“妈妈常出差，家里常常是爸爸一个人。”大明讲：“也习惯了。”

觅波坐在桌前，有点撒娇地讲：“肚子饿了。”大明讲：“还没吃过夜饭?”觅波讲：“与迪姆在一起，也就一杯咖啡，一块小蛋糕，他问我够了吗，我就说可以了，他也没什么钱，每次我来付钱，我也不愿意。”大明讲：“外国人不是习惯AA制吗?”觅波讲：“早就入乡随俗了。”

大明进厨房，不多一会，端出一碗油豆腐粉丝汤，觅波有点狼吞虎咽，吸食粉丝的声音响彻整个房间：“真好吃。”大明有些得意地看着觅波吃着。

觅波吃完，问大明：“爸爸，我可以谈恋爱吗?”

中篇

一

一个阴冷的冬天将要过去了，不过马路上还是寒风凛冽。

齿科诊所的院长，一清早就开车来东横浜路的家里接语嫣，把语嫣送到人民广场附近的一个旅游车的集散地。这一路上，院长还不停地在关照着语嫣："诊所里一直这么忙碌，语嫣是该好好休息一下，说是去开会，其实也就是去放松几天。"语嫣理解院长的用心。以往诊所里也有类似的业务交流的机会，但是诊所里谁都可以离开，就是语嫣这个护士长好像走不开，所以这次算是院长亲自安排。当语嫣接到会议通知时，还对院长说了一句，说是通知上写明参加会议的对象是主治医生及以上级别的医生。院长回答语嫣："我指定谁参加，就是谁参加。"院长说话总是不容置疑的。院长把语嫣送到开会乘车的集合地时，看到一路停着好几辆大客车，聚集候车的人也不少，似乎参加这个会议的人员挺多的。院长逐一问询了几辆车的乘车人员名单，把语嫣送上指定的车辆，这才离开。院长的仔细周到，让语嫣有些感动。

大巴车队驶上延安中路的高架道路，一路向西，没过多久，便离开市区，驶上了高速公路，向杭州方向驶去。

语嫣坐在大客车里，看着窗外疾驰而去的风景，想着毕竟冬天已快过去了，到处都是绿意萌发，自己每天奔忙在市区上下班的路上，即便会看到一些树枝上冒出点点嫩绿的新叶，自己也会忽视这种季节的交替，尤其还是乍暖还寒的时节。语嫣看着窗外的景致，还是有点庆幸自己终于下了决心，才有此次出行，不觉对于杭州的游玩更加期待。

此时的语嫣想着，临出门的前几天，自己还是在犹豫着此次出行，倒是阿岚竭力在说服自己，阿岚讲："你一直都在忙，显得委靡疲乏，姆妈过世也有这么些日子了，好像还没恢复过来。"的确，姆妈生病的两年多时间里，因为时常住院，语嫣既要忙齿科诊所的工作，又要护理姆妈，经常是在工作单位与医院之间的连续奔波。姆妈去世后，那段日子也是够忙的。不过，看似孱弱的语嫣，感到自己的身体还是可以的，每个月也就生理期的那几天会折腾一下。语嫣倒是挺担心阿岚的，上些天阿岚一直在喊胃疼，而且时有发烧，阿岚躺了几天，语嫣一直劝说阿岚去医院，而阿岚只是去药房买些药吃。虽说阿岚这两天又是活蹦乱跳，又是恢复了以前的样子，似乎完全康复了，但语嫣还是有些担心的。直到昨夜，语嫣还是在犹豫着是否要去杭州，阿岚便讲："你平时单位里也走不开，眼下既然院长给了这么好的机会，完全应该去放松一下，否则也是对不起院长的好意。"阿岚可能还以为语嫣一直在想着工作上的事，所以竭力劝说着语嫣，其实语嫣是放心不下阿岚，别看阿岚平时各路朋友不少，但真的生病躺在床上时，少有嘘寒问暖的人，现在阿岚也是单身状态，也只有语嫣在时时地关心着。

语嫣又想到这整个的冬天，感到与阿岚的日子过得并不轻松，纠结的事情也不少。起先也就是为了阿岚的儿子飞章，飞章一直没能回来住几天，想着飞章对于东横浜路家的渐行渐远，看着飞章已有些疏离自己的妈妈，然而阿岚似乎没有意识到，或是并不经心的样子，语嫣是有点替阿岚着急的。语嫣只是说了几句，阿岚便是给脸色看，说话也是不客气。语嫣不曾想过，自己的关心，竟会招来阿岚这样的态度。语嫣有些埋怨阿岚不识好人心。这也是姆妈去世后，阿岚那种反复无常的脾气的再次发作，之后又是嬉皮笑脸的，但对于语嫣来说，心里还是有些疙瘩的，而且这样的事情之后有过几次。想着同一屋檐下的两姐妹，也会有别扭的时候，虽说现在与阿岚一切如初，不过语嫣当然清楚，保不准哪天阿岚的脾气又要发作。一个喜怒无常的阿岚，一个任性的、我行我素的阿岚，有时让语嫣感到好气又好笑，又有点无奈。之后，寒假里，阿岚将飞章接来住过几天，还一起过了年三十和初一，三个人在一起吃了年夜饭，语嫣做了飞章喜欢吃的几样小菜，飞章吃到嘴里，马上就说好吃，语嫣是神情欢喜地看着飞章吃。而这一切，语嫣在阿岚面前还要装得若无其事。这些天里，家里其乐融融，语嫣从内心感到飞章给家里带来的那种快乐，语嫣还想到了姆妈，当时姆妈也是这样盼着飞章来住。进而又想到，这是姆妈去世后，家里迎来的第一个春节，还好有飞章在，否则的话，家里总有点沉闷。只是飞章没能跟阿岚和语嫣多待几日，沈德运就来把他接走了。语嫣很想晓得飞章什么时候能再来，但姐妹俩经过上次的争执，有些事只要阿岚不提，语嫣决不会去问。

有一段时间，语嫣面对着阿岚的任性，就会想到琬怡，想着若是三姐妹常来常往的话该有多好。语嫣的内心是有所期待的。语嫣还曾拔通了琬怡的电话，电话接通后，语嫣才想起能跟琬怡说些什么呢？电话里，与琬怡几句的寒暄之后，语嫣便不晓得说点什么好。语嫣当然不会跟琬怡去说阿岚的不是。语嫣跟琬怡在电话里简单地说着话，说着上次姐妹相聚，说到了那天三姐妹的衣着，特意说了琬怡那天穿的裙子的色泽，还有那天好吃的菜，大明的殷勤周到也都说了一遍。语嫣说着，声音也变得很愉快了。语嫣的话，似乎是想让琬怡觉得，一段时间没见面，姐妹之间也应该常有问候。

不过，语嫣挂了电话，又会想到阿岚。时至今日，阿岚对于与琬怡一家的交往，还是持否定态度的。姆妈去世时，阿岚是反对联系琬怡的，只是到了最后一刻，语嫣坚持要联络琬怡，阿岚才算勉强同意。姆妈的骨灰落葬后，琬怡来请吃饭，阿岚的态度也是消极，语嫣是反复做了工作，阿岚才算跟着语嫣赴宴。

语嫣一路看着风景想着心事的，不觉大巴已驶进了杭州城里。大巴到达杭州的开会地点，这是一家在西湖边的会议中心，面对着西湖开阔的水面，一排带有古朴气息的建筑。

语嫣先到会务组报到，随后便进到会务组为自己安排的住宿房间，碰到也来参会的一位杭州大姐。这次有关齿科新技术运用的交流会，也吸引着江浙两省的不少同行出席。杭州大姐快人快语，一听语嫣是从上海来的，便不停地说起自家在上海有多少的亲戚，住在哪个区哪条路的，自己这些年也常去上海。语嫣起先还觉得这位杭州大姐有些啰嗦，但两人聊开后，又觉得杭州大姐亲切随和。杭州大姐说着突然想起什么，讲：“抓紧去吃午饭吧，自助餐，吃的人一多，就会有些挤了。”于是语嫣便与杭州大姐一同去了餐厅。在去餐厅的路上，杭州大姐对语嫣讲：“我家就住在杭州市区，所以晚上不会在这里住宿，至多就是午休的时候，会到房间里来休息一下的。”

午餐之后，稍息，便是下午的会议。会议的组织者首先进行了主旨的发言，之后便是大会交流发言。语嫣对于这几年各种资本进入齿科领域的话题感到有些陌生，不过对于齿科许多新的治疗技术和新材料的运用，语嫣还是很感兴趣地听着。虽说都是医生职责方面的事，但作为护士长的语嫣，对这么系统地讲工作领域里的一些事还是很感兴趣的。

晚上，会务组举办晚宴。到这时，语嫣要说与其他参会者熟悉的话，也就只有杭州大姐。语嫣与杭州大姐坐在同一张桌上。杭州大姐显然与许多的参会者熟悉，见面都是热情地打招呼，随后又低声地向语嫣介绍，来自什么城市、是哪家诊所或医院的。语嫣佩服杭州大姐的记性。随着晚宴进入高潮，语嫣所在的这一桌几个人，都纷纷地到其他桌上去敬酒了，杭州大姐同样也到其他桌上去寻找以往的熟人，桌上也就剩下语嫣一个人，略显孤单地坐在那里。

这时，一个显得有些清瘦的男人坐到语嫣身边，朝语嫣笑笑，用上海话问：“是语嫣吧？”语嫣显然感到陌生。清瘦男人又指了指挂在自己身上的会议出席证，再次朝语嫣笑笑讲："我是汪承望。"语嫣只是出于礼貌地点了点头，然后问："你也是从上海来的?"汪承望讲："你把我当成随便搭讪的人了。"语嫣有些疑惑，汪承望继续讲："我们可是中学里的同班同学呀。"语嫣依旧疑惑："是吗?"汪承望讲："下午开会时，看到会务组发的参加会议的人员名单，看到你的名字，想着这个语嫣会不会是中学同学，刚才一到宴会厅，远远的就看到你。你变化不大，都二十多年没见面了，我还是一眼认出了。"语嫣还是想不起曾经的这位中学同学。语嫣的神情多少让汪承望有些失望，不过，汪承望脸色依旧是刚才的欣喜。汪承望讲："不过，最出乎意料的，还是我们俩都是牙医。"语嫣讲："我只是个护士长，来开这个会，也只是充数的。"汪承望讲："那也不错，反正我们俩都是与口腔医学打交道的。"

这时，杭州大姐和几个去敬酒的人都回来了，汪承望不得不让开了刚才的座椅，汪承望讲："有空再说。"看着汪承望走开的背影，杭州大姐问语嫣："你们认识?"语嫣讲："都是上海来的。"

第二天上午，依旧是会议交流，其中，汪承望也是交流者之一。当看着汪承望意气风发、才思敏捷地发言时，语嫣确实还没有记起自己是否有过这样一位中学同学。

上午的会议结束后，下午会务组就安排出游了。杭州大姐跟语嫣打招呼："下午就不去玩了。"语嫣笑着对杭州大姐讲："谢谢杭州市民，把景点都让给我们外地人了。"

会务组安排的活动并没有多少人参加，当大巴车要开往景点时，车内才坐了一半的人。这时，汪承望匆匆上车，在语嫣身旁的位子上坐了下来。汪承望对语嫣讲：“差一点没赶上，下午还有一个小范围的会议，我请假了。”汪承望显得有些兴奋，语嫣只是颔首，并没有接口。这时，车上的导游开始介绍着今天旅游的景点九溪十八涧。没有多少时间，大巴车到了目的地。

九溪十八涧，空气清新，茶树满坡，道旁古木参天，又有潺潺流水横穿山道，山间古道更是曲径通幽。刚才在景区进口的地方，还看到有许多的游客，语嫣还担心游客太多，而一进到山里，游客便完全分散了。由于是从山下往上走，所以没走多少路，语嫣就掉队了，好在汪承望一路相随，一直走在语嫣的前后。汪承望还担任起导游的职责，不停地介绍着周围的景点。此时语嫣甚至有些庆幸有汪承望这么一个人，否则自己岂不是孤身游玩了。汪承望讲：“九溪十八涧的路径，是从龙井村顺溪流而下，直到钱塘江边，而我们现在是逆水上行，可能会有些累。”

沿途，看着隐隐约约在迷离雾气中的远山，如梦如幻，近处的山峰，青绿苍翠，山势起伏。汪承望指着周围的山峰，可以一一叫出名字，只是语嫣听过就忘了。眼前的山坡，是行行陇陇的茶树，有茶农正在巡视着。汪承望讲：“马上就要到采摘春茶的时节了。”语嫣问汪承望：“怎么会对杭州的景点这么熟悉?”汪承望讲：“小时候，每年都跟着当老师的娘舅去宁波过暑假，一般都是在十六铺码头乘船去的，但有几次，娘舅带着我乘火车，半夜在北站上车，火车在黎明的时候到达杭州，于是娘舅带着我去游玩。那时的杭州景点，看不到什么游客，甚至都有些冷清，印象中，只有动物园收三分钱的一张门票，解放路上的饭店，和娘舅两个人，花上几角钱便可以大餐一顿了。就这样玩上两天，又坐着黎明的火车去宁波。从那时起，我喜欢上了杭州，这些年，更是常常要来杭州。”语嫣讲：“游览杭州的记忆，以前有过三次，一次是在卫校，学校组织的活动，后来在牙防所时，也是单位组织来的，住在屏风山疗养院，最近的一次，也是几年前，陪姆妈来杭州住过几天，姆妈不喜欢爬山，也只是在西湖边走走。”汪承望讲：“杭州来多了，总会让人有些牵肠挂肚的，隔着一段时间，又想要来了。”汪承望在说这些时，面露真诚。语嫣听着汪承望说常来杭州游玩的话，心想，那必是和家人一起来的吧。

七转八弯，走过了条条溪流，语嫣有些气喘：“想想平时上班的时候，还有上下班的路上，这路并没有少走呀，怎么今天走来，就会感到很累？”汪承望讲：“山里走路，跟平地走路，的确两样。”来到龙井村，汪承望对语嫣讲：“离集合返回的时间还早，不如就在旁边的茶馆店里喝杯茶。”于是两个人在茶馆户外的桌椅上喝起茶。

语嫣喝着茶，环顾四周，周围的环境，空气中弥漫的气息，让人感到惬意。语嫣神情渐渐放松，有些如释重负地讲：“能出来走走，真好。”汪承望一直在看着语嫣，问：“真的没有想起有过我这个同学？”语嫣点点头：“没有想起，中学毕业都分开这么久，也没有联系过，很多同学都记不得了。”语嫣勉强地解释着。汪承望有些失望的神情。

大巴车返回会议中心。依着会务组的安排，晚饭照例还是自助餐。当日无话。

第三天依旧是上午开会，下午出游。汪承望在大巴车旁边等着语嫣。

有了昨天的游玩经历，语嫣觉得汪承望真是个不错的导游。在游船上，汪承望依旧指点周围，介绍着景点。汪承望讲：“只是这西湖少了些雅趣，原因是游玩的人一年多过一年。”语嫣看着周围，是在想今天的游程要轻松许多，不用爬山，想着昨天爬山的确有些累了。

在游玩的过程中，汪承望又提到语嫣是否记起自己是中学同学，语嫣还是摇了摇头，于是汪承望说起当年与自己要好的几个同学的名字，又说到了几位老师的名字，汪承望又努力地回忆起当年与语嫣要好的两个女同学的名字，并且讲：“当年可是常看到你和她们一道来上学，放学也一道回家。”汪承望又说起以前中学里的一些事，说到最后，汪承望有点感叹地讲：“当年出了校门，就没有再联络过，不晓得近况如何。”有了这两天的熟悉，汪承望似乎说话也随意多了。汪承望所说，语嫣基本吃准汪承望就是自己的同学，但的确是对汪承望没有任何印象，语嫣讲：“我也一样，离开中学后，与以往的同学少了联系。”

这天游程结束，大巴车还是载着所有人要回宾馆，汪承望问语嫣：“回宾馆又是自助餐，想调调口味吗?”汪承望邀语嫣到附近的饭店吃饭，而且非常熟悉地报出几家饭店的店名以及招牌菜。语嫣有些犹豫，但经不住汪承望的诚恳相邀，也就去了。

夜色下，西湖边的饭店，从窗口望出去，西湖的景色一如白天的深潭碧水，且更具内敛隽秀，又多出几分闲云野鹤般的趣味。汪承望对于这四周的景色，又逐一介绍，结合传说结合历史，不乏幽默地侃侃而谈，听得语嫣凝神屏气。待菜上桌，汪承望又介绍起杭州的菜肴，这声音，不疾不徐，娓娓道来，语嫣有些欣喜地看着听着吃着。

吃好饭，两个人又沿着西湖边散步。月光铺地，轻风徐来，湖水微澜，拍击堤岸。此时的汪承望也是静默无声，像是尽情地沐浴在皎洁的月光中，又像是在体味着这沁人心脾的空气，只有细碎的脚步声，替代了两人之间的交流。而这一切，又让语嫣觉得恰到好处。语嫣再次感受到了从未有过的惬意，这种惬意，似乎是从下午到晚上，都这样包裹着自己。语嫣不禁感叹了一句："离开上海时，还觉得很冷，而现在倒感觉是春暖了。"汪承望笑笑。

两个人走过这一段路，准备折返宾馆时，当汪承望再邀语嫣喝咖啡的时候，语嫣相当干脆地答应了，此时路边也相当巧合有这样一间小店，语嫣跟着汪承望走进了咖啡馆。

两人喝完，已是深夜，好在回会议中心的路并不长，两个人说着话也就走回会议中心。在会议中心的一条鹅卵石的甬道上，语嫣一不小心，将右脚给崴了。汪承望连问要紧吗，语嫣连说不要紧。语嫣讲："我这才想起了，要说平时走路这么轻松，那是穿惯了平底鞋，而这次出门，是家里的妹妹偏要我穿这双中跟皮鞋的，白天走路费劲，而现在又把脚给扭了。”汪承望担心语嫣的伤情，问：“还能走路吗?”语嫣故作轻松地讲：“没问题。”语嫣忍痛走了几步，于是两人便在电梯口分手，各自回房间。

语嫣足部的伤情似乎有些严重，一夜的疼痛，下床上厕所，早晨的洗漱，只是勉强地走了几步，脚也不能太用力，再看足踝，竟然红肿了。

早上，汪承望打酒店内部的电话到房间里，问语嫣怎么还不来吃早饭，语嫣只得如实相告。今天会务组的安排是一天的自由活动，昨天语嫣与汪承望商量好今天去六和塔和灵隐寺玩的。

没过多久，汪承望便来到语嫣的房间来探望。语嫣完全没有防备汪承望要来，尤其是房间里卫生间内尽是一些女人的用品，语嫣有点尴尬。

汪承望看着语嫣勉强落地走路的样子，马上要求语嫣还是躺在床上休息。当语嫣躺在床上时，汪承望察看着语嫣的足踝部，汪承望讲：“啊，已经有瘀青了。”汪承望又问：“以前有过这样的崴脚吗?”语嫣讲：“从来没有过。”汪承望讲：“穿高跟鞋的女士，有的会有习惯性的崴脚。”汪承望又对语嫣讲：“你忍一下，我要检查一下。”汪承望用双手沿语嫣的脚背逐步按压，不时看着语嫣脸上的表情。汪承望讲：“有些痛吧，但好像还可以，至少没有骨折，可能是距腓前韧带损伤。”说完，汪承望离开了房间，不一会，汪承望返回时，拿来一小盆的冰块，之后用布包裹着冰块，给语嫣的足部做起了冰敷。语嫣讲：“没想到，汪医生对伤科也挺拿手的。”汪承望讲：“这可是基本常识，更何况口腔疾病连着全身，作为一名口腔医生也必须了解的。不过，以前学医时，拿最高分的是心理学。”冰敷了一歇，汪承望问语嫣的感受，而语嫣却对汪承望讲：“都影响你去玩了，你别管我了，自己去玩吧。”汪承望想着昨天原本与语嫣说好的安排，便讲：“就我一个人，也不想去玩了，更何况，你的脚，今天不弄好，明天怎么回上海？”汪承望说着，继续给语嫣的脚部做着冰敷。

看着汪承望给自己认真做冰敷的样子，语嫣总感到有些不适合，语嫣心想，这酒店客房里的一男一女，若让人看到该会怎么样联想呀？噢，还有那位杭州大姐，她要是走进来怎么办？虽说杭州大姐说过，不开会是不会来的，晚上也不会来住，的确，这两天开会时，杭州大姐只是来午休一下，今天不开会，杭州大姐应该是不会来的，但杭州大姐万一要是来了又怎么办呀？更何况还有会务组的几个人，还有这两天渐渐有些熟悉的与会者，都有可能会看见汪承望走进走出自己的房间，他们又会怎样联想？语嫣想到这里，便竭力地劝说汪承望离开，汪承望似乎置若罔闻，还是继续给语嫣足部做着冰敷。语嫣有些无奈。

两个人不说话时，房间里显得安静。在这几天里，语嫣与汪承望相处，说到的话题不少。在九溪十八涧时，汪承望说到了自己的生活，有个儿子。汪承望还问了语嫣的小孩有多大，语嫣坦言自己没有嫁人，至今单身，这使得汪承望相当惊讶地盯着语嫣看。语嫣故作轻松地讲：“怎么这样看人的？难道人就一定要结婚成家吗？”不过，这之后，汪承望就再没有一句话问及语嫣的个人生活，甚至是非常小心地在避开这类话题，汪承望也没有再提自己的生活状况。

到了吃午饭的时候，汪承望替语嫣到自助餐厅里打来饭菜，而随汪承望一同来的，还有会务组的几个工作人员，显然是汪承望跟他们说了语嫣的伤情，他们才会来的。一进门，这几个工作人员就关切地询问语嫣的伤情，弄得语嫣有些不好意思。会务组的几个人走后，语嫣的确想埋怨几句汪承望，不该惊动这么多人，但话到嘴边，没有说出来，想着汪承望为自己也是做了不少。

午后的酒店里，显得格外安静，语嫣想着大部分的人都出去玩了。客房里的电视机开着，但两个人似乎都没在看。语嫣打开自己便携式的 CD 机，听了起来。汪承望凑过身来，似乎是想来探听语嫣在听什么音乐。语嫣讲：“是平·克劳斯贝的歌。”汪承望大为惊叹地讲：“这种老歌，现在听的人可不多，即便在美国也是吧。”语嫣讲：“我只带了这一张片子，应该带些其他歌手的片子才好。”汪承望讲：“我喜欢听这。”汪承望随即用英语哼起了平·克劳斯贝的《你是我的阳光》，这下轮到语嫣有些惊喜地问：“你也会唱这些歌？”汪承望讲：“最适合唱这些歌的地方应该是在外滩，走在两边高楼之间的马路上，此时最好是下午，太阳西下的时候，高楼遮蔽了阳光，马路上显得昏暗，而朝着黄浦江边走去时，又能看到落日的光芒洒满整个的江岸，绝对的光照反差，而这时，就在马路上唱着这歌曲，再来几步平·克劳斯贝的舞步。”汪承望模仿起平·克劳斯贝的舞步，惹得在床上的语嫣笑了起来。语嫣讲：“可惜，听了那么多年，我还不会唱。”汪承望讲：“本来嘛，这是男人的歌。”

笑声过后，房间内又恢复了安静。

窗外洒进的阳光，让人感到有些怠惰。再向窗外远眺，映入眼帘的也是远处的山峦和近处的湖水，以及这明快的春色。语嫣再看汪承望，发现汪承望此时也在眺望着窗外的景致，镜片后，眼眸深邃，而探进来的春光，又恰巧勾勒出汪承望的侧影，显着书卷气。语嫣有些懊恼地讲：“都怪我这只脚，害得汪承望也不能出去了。”

此时，汪承望转过身来，坐在语嫣的身边，神情专注地看着语嫣：“以后，我们还可以再来。”语嫣发现汪承望的神情异样，问：“怎么啦?”还未及语嫣的话完全问完，汪承望已经将语嫣揽在怀里，紧紧地亲吻着语嫣。语嫣有些挣扎，甚至抵抗。然而，汪承望的亲吻又让语嫣感到一阵窒息。汪承望亲吻着语嫣的双唇，眼睛，鼻子，耳朵，颈脖，反反复复地亲吻着，轻柔细密地丈量着语嫣的每一寸肌肤，而又不容语嫣有一丝一毫的拒绝。语嫣浑身有些颤抖，语嫣甚至感到了汪承望的双手在摩挲着自己的胸脯，在竭力地拉扯着自己的衣服。语嫣讲：“不可以这样的，不可以这样的。”语嫣感到自己的声音也在颤抖。汪承望停了下来，兴许是语嫣有些过激的反应让他停顿了，有些不安地看着语嫣。语嫣的脸朝上，看着天花板，嘴里喃喃地讲："从来没有想到过自己会这样，我这是怎么啦?"汪承望动手帮语嫣整理衣服，两手有些发抖。此时的语嫣，感到身体一阵阵的酥软。当语嫣再看着汪承望时，感到汪承望从刚才的鲁莽一下子变得有些怯懦了。语嫣的眼光就这样静止地看着汪承望，四目相对。语嫣的双手渐渐地，越来越紧地勾住了汪承望的颈脖，身体完全投入到汪承望的怀里。

这一天，汪承望在语嫣的房间里待了很久。不过，语嫣没让汪承望在自己的房间里过夜。

这一夜，语嫣都没有睡着。

第二天一早回上海，语嫣也同来的时候一样，与汪承望分乘着各自的大巴车返回上海。

二

琬怡接到语嫣的电话，基本商定三姐妹再次相聚的时间，而且电话里说好，这次要带上觅波和飞章。琬怡想来，上次姐妹到淮海路附近吃饭的那次相聚，还是在初秋的时候，而现在冬天也已过去，是春意盎然的时候了。

其实语嫣在春节前就给琬怡打来了电话，说姐妹在春节里团聚一下，而且语嫣还试探性地问一句："可以请孃孃一道来吗?"语嫣补充讲："毕竟孃孃是我们唯一健在的长辈，照理，我们作为小辈，应该是我和阿岚先登门给孃孃请安的。"听语嫣这样说，琬怡虽觉得有道理，但又心想，语嫣和阿岚真叫太不了解孃孃的想法。琬怡将语嫣的来电跟大明说了，大明讲："估计姆妈的追悼会后，语嫣和阿岚就想着来看望孃孃了，只是语嫣和阿岚也是犹豫着，毕竟你没有发出上门的邀请，怕是有些唐突。"

虽说之前琬怡与孃孃为了这些事，心里也有些小小的芥蒂，语嫣那次电话后，琬怡还是觉得要尝试一下。为此，琬怡和大明还专门去了一次建国西路的孃孃家里。

琬怡大明进门，见孃孃家桌上麻将牌还没收拾，看样子是刚刚人散，又觉得孃孃家的麻将结束得有点早。孃孃讲："现在搓了太晚，几个人都有点吃不消，也真是年岁不饶人。"

孃孃收拾牌桌，琬怡和大明上前帮忙。琬怡问：“妮子下班了?”听琬怡提起妮子，孃孃开始抱怨：“妮子最近样样事情不上心，天天又是早下班，脚头散。上两天，还说要提早回去过春节，往年过年，也就回去三四天的，这次一开口，就说要回去半个月。”大明笑着讲：“估计妮子回去相亲。”琬怡讲：“要说妮子的年龄，在乡下，早就结婚了，妮子的爹娘肯定急了。”孃孃讲：“依着妮子的性格，这样的事，不会不跟我说的。”

已经是这么晚了，琬怡和大明上门，孃孃晓得琬怡和大明有事。琬怡将语嫣有关春节团聚餐叙的话，跟孃孃说了一遍。不出琬怡所料，孃孃只是淡淡地讲一句：“姐妹团聚，该怎么做，全凭你自己的想法。”孃孃的回答，既没有去应琬怡转述的语嫣的想法，也没有明确否定，只是说这是琬怡姐妹团聚的事，便硬生生将自己划出了线外。琬怡听出孃孃话外的意思，又想起上次说这些事时孃孃的态度，虽说这次孃孃的话不多，但态度还是明确的。琬怡便不再说什么了。

琬怡觉得暂时也不可能说服孃孃。只是孃孃的这个态度，让琬怡不晓得如何去回复语嫣。

临近春节，依着往年的惯例，孃孃总会早早就去采买各种年货。孃孃还是很重视过春节的，总想着自己小时候娘家过年是怎样的安排，要说现在肯定是不比从前这样的排场与讲究，但孃孃能够想到、做到的还是不少，更是将妮子差得团团转。琬怡总是对孃孃讲：“现在在外面吃饭的多，家里不必弄得太多。”琬怡是担心孃孃张罗得太吃力，但孃孃还是乐此不疲。这些年来，要说整个春节假期里，琬怡一家也没有其他地方可以走走，所以基本都会来孃孃家里。孃孃也是最期待这样的假期，虽说平时来往的各种故交旧友多，但在春节的几天里，还是以家庭团聚为主的。其实，琬怡心里明白，孃孃操心着这个春节如何过，忙碌着各种事，最关键还是希望和琬怡一家团聚在一起。

孃孃对于语嫣提议的排斥，让琬怡觉得，春节假期里肯定不能撇下孃孃，去和语嫣和阿岚相聚了。

这事之后没多久，琬怡还不晓得如何去回复语嫣，就又传来孃孃和妮子闹得不开心的事。孃孃跟妮子的不开心，起因还是妮子这次要请长假回乡下去。孃孃在电话里跟琬怡讲："妮子这几天做生活就没心思了。"想着妮子回乡的日子越来越近，春节将至，孃孃要忙的事情又不会少，琬怡连忙叫大明快点到保姆市场里找个临时工。以往妮子在春节里，也就回去三四天，孃孃也就自己克服一下，这次妮子要回去多日，而且孃孃的体力毕竟一年不如一年了，所以这次肯定是要叫个临时工。大明晓得孃孃用人疙瘩，所以挑个临时工也不能将就，看了几次，也没满意的人领回来。而那边又传来妮子的话，妮子讲："姑婆这几天，天天在说身体不舒服，不是说头痛就是头晕，不是说没胃口，就是说没力气，今天又说腰痛了，人也立不直，走了几步路，又说脚也痛了。"妮子这样一说，琬怡和大明连忙赶到孃孃家里，看到孃孃坐在床上看电视，神情状态似乎还可以。再问妮子，妮子轻声讲："是姑婆让打的电话。发现最近姑婆蛮怪的，常会发些无名火。"妮子说好这些话，就说要去赶火车了。琬怡只得让大明快些去找临时的保姆。大明费劲地找来一个，跟孃孃说先将就着用用，春节前要寻个保姆也是难。但没过两天，孃孃给琬怡打来了电话讲："想妮子了，现在用的阿姨，真是样样不称心，你说说她，嘴还要硬。"

至此，琬怡便打电话给语嫣，让原定在春节假期里团聚吃饭的事改日。琬怡想着孃孃毕竟年事已高，自己是该多留意一些孃孃平时的起居。

整个春节假期，除了大明的妹妹小惠一家来家里玩，并在家附近的饭店吃饭之外，琬怡和大明都在孃孃家里陪着孃孃。大明这几天里，在孃孃家的厨房里忙碌着，而在饭桌上的孃孃，却牵记起着妮子："看来妮子烧菜，还是动了脑筋的，许多菜，虽然是我教她的，但妮子晓得触类旁通，平时看电视，也只欢喜看美食节目，蛮用心的。"

节日期间，觅波天天来建国西路孃孃家里，孃孃是满心欢喜，更是来了兴致。孃孃张罗着拿出了这些年收集到的很多的茶具，一一放在桌上，让觅波观赏。孃孃还不厌其烦地介绍着，无论中外，必是名窑。在一旁的琬怡看着，觉得觅波对这些并不感兴趣，只是不想扫孃孃的兴。孃孃对觅波讲："今天我们就奢侈一次，拿一套最为贵重的茶具泡茶喝。"孃孃亲自操持着泡茶的过程，更是小心地将小盅茶杯递给觅波。觅波笑着讲："我怎么觉得还是马克杯用起来方便。"孃孃回答："什么茶叶，什么杯子当然重要，但关键还是泡茶人泡茶时的心情，还有喝茶人的心态与情趣。"觅波吐了吐舌头，琬怡笑着也端起一盅茶喝着。孃孃看了一眼觅波讲："喝茶还喝出了声音，今后嫁了婆家，也是这粗相的话，真是坍了我们家的台。"觅波俏皮地端正坐姿，双手捧着茶杯，做了一个优雅的饮茶动作。

几经续茶。孃孃讲："这些茶具，都是我这些年收集来的，可遇不可求的，不说花了多少的银两，至少也是姑婆的不少心血，觅波可是要记住。"琬怡听孃孃说这些话，怎么都觉得是含着一些叮嘱的味道。觅波回答的口气有些顽皮："我都看着呐，哪天要是没饭吃了，我就要惦记这些东西。我们家还有外公留下的那架钢琴，据说可以卖个好价钱。"觅波的回答让孃孃和琬怡都笑了起来。笑过之后，孃孃讲："过去世道乱叫没办法，从前大户人家，可从来不会出卖家当的。"觅波听了又是吐了吐舌头："我在品着这茶，这些吃价钿的茶壶里泡出的茶有什么区别呢？"孃孃问："喝到现在，就没看出这些茶具里有什么明堂经？"经孃孃这一问，觅波反复端详起这些茶具，琬怡也是低头细看，但似乎都没察觉出有什么特别之处。孃孃笑笑讲："这桌上摆着的每套茶具，无论壶，还是杯盅，上面都有鱼的图案。"琬怡和觅波连忙细看。孃孃有点得意。

整个春节假期，孃孃只答应了常在一起搓麻将的丁老师来叫吃饭。丁老师说，也就几个老友，人不多。孃孃由琬怡陪着赴宴。餐桌上，比起张师母一直在抱怨小辈不孝的话，身边有琬怡照应着的孃孃，似乎脸上生光。孃孃的这些老友，也都晓得琬怡所做的工作，溢美之词不少，看来孃孃平时在这些老友面前说过琬怡不少的好话。不过，在桌面上，丁老师又牵记在美国的王师太：“听说王师太现在在美国，也是一个人租住在小公寓里，应该也是冷清。”孃孃讲：“怎么说呢，王师太只要离女儿近，女儿又可以常来看她就行了。”这天从餐馆回来的路上，孃孃对琬怡讲：“上两天，与伦敦的几位亲戚相互拜年，琬怡的伦敦叔叔说起想去住养老院了，纵是与女儿住得近，也是这样的结果。”琬怡还想问伦敦叔叔的近况，孃孃接着又讲：“不过，今后真的要去住养老院也是无奈的，只是不想离开这片地方。”孃孃环顾着四周街景，明显是在说着自己，琬怡不晓得孃孃一下子哪来这么多想法。琬怡不晓得说什么好。

整个春节假期里，琬怡一家都这样陪着孃孃，孃孃也是一扫节前布满脸上的愁云。琬怡不提语嫣和阿岚来请吃饭的事，孃孃也是只字不提。

琬怡、大明还有觅波，如约到了四川北路的西湖饭店。

琬怡也是多年没来过虹口。一路过来，曾经看到过的四川北路上的几幢大楼，她还存着一点印象，不过，四周新的建筑也是不少，再细看，这四川北路也与其他的街景差不多了。

语嫣和阿岚，带着飞章，早早地在西湖饭店的三楼花港厅等着。原来琬怡与语嫣是这样商定的，若是孃孃来团聚吃饭，为了方便孃孃的进出，饭店就安排在市区的西南面。而春节后，又过了一段日子，琬怡主动联系了语嫣，再提吃饭之事，并且说，饭店还是安排在虹口。琬怡不再提孃孃，语嫣也没再问。

想来也是有一段时间没见面了，加之今天觅波和飞章的到来，气氛就有点活跃了。简单问好之后，大家在餐桌边坐定。琬怡再看一眼语嫣和阿岚，晓得语嫣和阿岚今天的打扮，已用了十二分的努力。在琬怡的眼光里，就是因为这种用力过度，才会是去简向繁，适得其反，也是琬怡最不愿意看到的。琬怡才从四川北路走过，现在看语嫣和阿岚，觉得语嫣和阿岚的打扮是最契合了这条路上的时尚。当然这种时尚，在上海市区里各区域之间还是有着根本的不同，透着许多细节的不同，透着许多内涵的不同，早年更甚，现在似乎要好一些了。在琬怡的眼光里，这种地域的区别，尤其会反映在女人的衣着、发型和说话的方式上。上次请语嫣和阿岚吃饭时，虽说三姐妹不约而同地都穿着裙装，但琬怡还是觉察到语嫣和阿岚的刻意。琬怡想着随意一点，今天是穿一身的套装，这身套装平时上班也时常会穿。琬怡想着就是要有区别。琬怡看到语嫣和阿岚略过自己身上的眼神。

觅波虽说要比飞章大十岁多，但看到飞章，便觉得亲切。飞章也喜欢觅波，在叫姐姐时，还特意在前面加两个字：漂亮。飞章嘴甜，“漂亮姐姐”叫个没完，觅波自然很受用，两个人马上就玩到一起。阿岚看着笑着讲：“花头花脑，看样子不要担心今后追不到小姑娘了。”语嫣讲：“看到觅波，感到飞章是有一点像觅波的，眼睛，还有这唇型。”阿岚讲：“语嫣这样一说，倒真的是有几分像的。”琬怡讲：“啊，是这样吗，以前还常说觅波像孃孃年轻的时候，觅波也是跟姑婆是最亲近的。”阿岚讲：“是吗，那性格脾气也会像吗，飞章可是很倔的。”这时，觅波转身讲：“你们都在说些什么呀?”语嫣讲：“觅波看着可是挺柔和的，估计像大姐。”大明在一旁呵呵地笑了两声。

阿岚已经早早地把菜点完，所以人落座，阿岚就关照服务员可以上菜。相聚后的话题自然是从眼前四川北路的街景开始。阿岚介绍着几家周围的店家，有些什么特色，并讲：“东横浜路家离这里不远。”琬怡从窗户里望出去，正好是四川北路最为繁华的一段。语嫣在旁边讲：“小时候外婆带着我和阿岚，就喜欢在这四川北路上的各家戏院里看戏，外婆欢喜看锡剧、沪剧、绍兴戏。”阿岚讲：“我是根本不喜欢看这些戏的，但外婆带去看戏，会买零食给我们吃，桃板、话李、盐津枣。”琬怡听了笑笑，又看了看眼前的四川北路，想象着语嫣和阿岚说的场景。

阿岚提到东横浜路，琬怡当然晓得就是指姆妈的家，也就是琬怡幼年时的外婆家。长大后婉怡很少与虹口有交集，近年来更似乎忘了那里。琬怡这便想到了自己幼年时去过的外婆家，以及后来与姆妈，还有语嫣和阿岚在虹口公园的分别。其实，对于琬怡来说，并非多年没有来过虹口，来过四川北路这一带。琬怡读大学时，曾经结识过一位笔友，女笔友家就住在叫景云里的地方，也就在这一带。女笔友热情好客，常邀琬怡去家里玩。琬怡记得女笔友家是广东人家，女笔友外婆说的话，琬怡是一句也没听懂。当时琬怡与女笔友常到永安电影院、群众影剧院看电影。女笔友还介绍起四周讲："四川北路周围这一带，还都是从前的老房子，有些都是以前日本人盖的房子，现在常看到一些年老的日本人，到处转转，举着照相机不停地拍，估计以前在这一带住过的。"琬怡听着点点头。女笔友当然不会晓得琬怡的这些家事，还当琬怡从未来过虹口这一带。女笔友不停地讲："过去这附近，还住过不少犹太难民，摩西会堂离这里也不远，小时候听老一辈人说起这些，后来听说，好像是一夜之间，这些人都又不见了。我小时候，还见过几个这样的人，就是以前的犹太人和俄国人。"当时琬怡几次到女笔友家来，走在四川北路时，的确想到过姆妈、外婆，还有语嫣和阿岚。后来，琬怡进入杂志社工作，有一段时间负责组稿工作，也来过虹口区第二工人俱乐部多次。就说这西湖饭店，也曾与几位同事一起来吃过饭，琬怡常会牵记西湖饭店的片儿川。那个时候很难说没想到居住在这附近的姆妈等人，但隔着岁月的缘故，又似乎都已陌生，似乎上海城市的空间有多么大，许多地方完全可以绕开的。而此时的琬怡再次来到四川北路，坐在这西湖饭店里时，就想起了这些。

一旁的大明在对阿岚讲："要说虹口，还是很早的记忆，现在变化也大。"阿岚讲："不要说姐夫不大来虹口的人，我们就是住在这一带，有时也会觉得变化太快了，上两天还在跟语嫣说，记得横浜桥旁边，有一家点心店，专卖生煎馒头和咖喱牛肉粉丝汤，怎么说没有就没有了。"大明回答："是吗？"

正说着，菜也陆续地上来了，酱鸭，香酥鸡，蟮爆虾，东坡肉，龙井虾仁，西湖醋鱼等。语嫣讲："要说杭帮菜，也是最对上海人的口味。想到叫琬怡大姐一家来吃饭，我和阿岚首先就想到这家饭店。"阿岚讲："语嫣前一段时间才去了杭州，回来说了不少杭州好吃的菜。"

语嫣略微地环顾四周讲："曾经也听姆妈说的，姆妈也是很喜欢吃这家饭店的菜。"琬怡讲："其实也听阿爸说起过这家饭店里的菜。"阿岚有些兴奋地讲："姆妈阿爸谈恋爱时，常会来这家饭店里吃饭吧?"琬怡讲："应该会的。"语嫣讲："以往陪姆妈来这里吃饭，总会说到以前吃过些什么菜。"琬怡讲："这一点上，阿爸和姆妈蛮像的。那个年代，把阿爸改造成了只对吃有想法的人，而且只能自己动手去做，阿爸烧了一手好菜，真不晓得是好事还是坏事。阿爸年轻时，应该也是有许多想法的人吧。"语嫣讲："应该说姆妈也是，翻看姆妈年轻时的照片，姆妈年轻时的那种漂亮呀，可能我们三姐妹都及不上。"琬怡讲："是呀，只是一对才子佳人没有走到最后，但谁又能体会到他们当时的心境呢?"

大明在一边听着，心想，即便姐妹仨人都不愿去提这些不开心的往事，但这些话题又是不可必避免地存在。

阿岚讲："啊，觅波听得没趣了吧，现在想来还是觅波这年龄是最好的，是穿什么都漂亮的年龄呀。"阿岚是有意引开话题。觅波讲："可妈妈常说，我们是最不会打扮的一代人。"语嫣讲："是呀，选择多了，可能就不会选择了。"阿岚讲："那是以我们的眼光在看下一代，我看年轻人，不管穿什么都觉得漂亮。”觅波莞尔一笑。

觅波在台面上彬彬有礼的样子，与语嫣和阿岚两位阿姨常有几句交流。琬怡看台面上的飞章，有点淘，老嘎嘎的样子，也不太注意吃相。席间，琬怡已经是几次听到阿岚在轻声训斥飞章，心想这时候才要做小孩规矩是否有点晚了，或纯粹是逢场做戏，平时不晓得怎么在宠着小孩。琬怡想到阿爸在自己小时候，在这方面没少管教，坐相立相吃相常在嘴上。想着觅波这年龄时，自己也是说了不少，孃孃那时更是不厌其烦地调教觅波，每每都会搬出上代人的家风与规矩。琬怡又是眼见阿岚不断地在帮飞章夹菜，语嫣也是这般，飞章眼前的小碗里菜已堆起。琬怡更是肯定了自己的想法，只能是视作不见，将头转开，不想转移的视线又与语嫣的目光相碰。

席间，大明拿出了上次餐叙时，几个人在襄阳公园内拍的照片。语嫣和阿岚看照片，觅波和飞章也抢着看。语嫣讲：“好久没有这样拍照了。”阿岚讲：“姐夫的照片拍得真好呀，要说现在拍照是多了，但拍得好的可不多，还以为自己是老了呐，但看到姐夫拍的照片，又有信心了。”

在西湖饭店吃完饭，一行六人，又去了鲁迅公园玩。当几人沿四川北路一路走过时，在这明净的春光里，琬怡、语嫣和阿岚，还有觅波的衣着，似乎是合着这气息，愈发的靓，愈发的艳。走进公园，山势错落有致，水色连天，山水之间，堤桥相连。一路走来，湖心岛，北乌山，水边长廊，湖面上更是碧波荡漾。之后又是樱花园，松竹梅园。大明又是在举着相机，对着景色，以及这光景中的人拍个不停。

琬怡边走边看，对语嫣讲：“以前是叫虹口公园，现在改叫鲁迅公园，但想着周围的景色，应该没有太多改变吧。”琬怡环顾四周，在寻找着那块大草坪和茶室，心想，阿爸过去每次带着自己来，与姆妈和语嫣、阿岚见面的地方，自己和语嫣还有阿岚，在一起嘻闹玩耍着，曾经的一家人在这里短暂团聚。琬怡对语嫣讲：“刚才进这公园门时，还看到 18 路公共汽车站，似乎一切依旧。”语嫣讲：“当年这地方，可是与阿爸还有琬怡姐最后分手的地方，对于那时的经历，琬怡姐肯定还记得吧?”的确，眼前的这一切，又让琬怡感到毕竟是时过境迁，物是人非。

此时，传来觅波叫琬怡的声音：“妈妈，妈妈，大家合张影好吗?”琬怡顺着觅波的喊声，转过身去，才发现大明和阿岚已经选择好一个合影的地方。当几个人站好时，忽听阿岚在说着语嫣：“眼影都有些花了，粉底也有些掉落了，补一下妆吧。”语嫣讲：“刚才一阵风吹过，有些迷眼了。”阿岚讲：“啊，看到泪痕了，今天的妆化得浓了些，所以更明显了。”语嫣肯定是有所掩饰，但又无奈阿岚大声地说着。阿岚掏出化妆盒在替语嫣补妆。琬怡和觅波也凑过来看着。待所有人再重新站好，大明又审看所有人的位置与表情，并再三从镜头里确认后，摁一下照相机上的自动快门，然后跑到自己的位置。

合影后，阿岚带着觅波和飞章在草地上嘻闹着，大明则躬身在一旁拍着照。琬怡和语嫣站在远处看着。琬怡讲：“阿岚应该是性格开朗、心直口快的那种脾气吧。”语嫣讲：“阿岚的性格嬉闹惯了，不过，想来还是阿岚在忍受我不少的坏习惯吧。”琬怡讲：“是吗？”语嫣讲：“还有，姆妈去世后，幸亏阿岚在家里，家里才会热闹些。”听语嫣说着，琬怡既羡慕语嫣和阿岚的这份姐妹感情，但又想到语嫣和阿岚的各自境况，虽说现在的琬怡对于爱情与婚姻不再持年轻时的态度，但也不会去想一个人孤独终老的情况。琬怡不晓得如何开口去说这些。一旁的语嫣又讲：“我觉得姐夫心态也很好，整天乐呵呵的。”语嫣的话，打断了琬怡的所想。琬怡讲：“他就是从来没有烦心事的那种人，整天是吃得下，睡得着。”语嫣讲：“那是因为有琬怡姐呀。”

在公园门口分别时，琬怡递上了为语嫣和阿岚准备的礼物，每人一条围巾，给飞章准备的是一顶棒球帽。语嫣和阿岚都有些欣喜，连声说谢。飞章马上把棒球帽戴上了。语嫣和阿岚则送给觅波一款女式的皮带。

在回家的车里，琬怡连忙翻看着语嫣和阿岚送给觅波的那款皮带。觅波讲：“这可是意大利大牌呀。”琬怡讲：“我最担心的就是这些，请吃一顿饭可能并没有什么，但语嫣和阿岚总是这样破费，而且是这样大手大脚地花钱买礼物怎么能行呢？”大明讲：“琬怡才还了礼，这又觉得有点欠语嫣和阿岚了。送礼这事是有点难了。”琬怡讲：“毕竟语嫣和阿岚是送礼在先，选什么礼物给语嫣和阿岚，还想了半天呐，又不能让语嫣和阿岚觉得是在还礼，但礼物也不能太重了，变成互相在比较的意思可不行。”觅波讲：“妈妈选的两条围巾是不错，只是已经错过送围巾的季节。”琬怡这才意识到：“啊哟，别让语嫣和阿岚误认为是过季打折的商品了，觅波为什么不早提醒呢?”大明讲：“这也没什么，语嫣和阿岚应该也不会这样想，明年冬天就可以用上。”琬怡讲：“幸亏觅波替飞章选的棒球帽，否则真不晓得给小男孩买什么东西好。”觅波讲：“妈妈给自己的两个妹妹买礼物还这么伤神呀。”琬怡讲：“真的没想到呀，语嫣和阿岚会送这么重的礼物给你。”觅波笑着讲：“说明两个阿姨喜欢我呀。”

琬怡有些如释重负地讲：“安排了这么长久的一次饭，总算如愿。”大明问：“语嫣也没问起孃孃?”琬怡讲：“语嫣和阿岚都没问，估计也猜到了几分。真的要问起，也不晓得如何回答呀。”觅波讲：“姑婆也真是的，上一代人的恩怨，跟两个阿姨有什么相干，两个阿姨也不全都是姑婆的侄女吗?”大明讲：“不过，语嫣和阿岚今天还是挺高兴的。”觅波讲：“最高兴的还是爸爸吧，我可是一直看着爸爸在拍着两个阿姨，像狗仔队的人一样，一路跟拍，担心错过了什么最佳的瞬间。”琬怡对觅波讲：“是吗，觅波也感觉到了?”觅波讲：“感觉爸爸对妈妈和我，也不会这样追着拍的。”大明笑个不停。琬怡讲：“没想到觅波和飞章还能玩到一起，可见觅波还像个小孩。”觅波讲：“真要是有张长不大的小孩面孔倒是不错，显得年轻，就像阿岚阿姨说的，年轻什么都好。”大明讲：“觅波什么时候开始也变得这么老成了。”

琬怡盯看着觅波：“刚才还听见阿岚问你有没有男朋友。”

觅波讲："妈妈从爸爸那里听说了什么吧？"琬怡"嗯"了一声。琬怡已经从大明那里晓得女儿觅波和那个叫迪姆的德国男孩的恋情。对于已上大学的女儿，传出恋爱的情况，并不是不能接受，只是琬怡对于觅波恋爱的对象是一个来自德国的男孩，多少有些好奇和忐忑。大明跟琬怡说这事时，虽说也没有完全肯定这事，但琬怡听来，已觉得是十有八九的样子。自从听大明这样说了，琬怡一直想问问觅波，现在这种氛围正好可以问问。

琬怡笑笑问："那个德国男孩怎么样？"觅波讲："妈妈是问迪姆？"琬怡讲："还有谁呢？"觅波讲："乖小孩一个，每天在苦练中文。"琬怡讲："听说是特意来中国学中文的。"觅波讲："也就是随他的老爸老妈来中国玩玩吧，当初可是感到他挺单纯的，跟他接触多了，又感到好像比我还有主见，有时，真有点讨厌他老气横秋的样子。"琬怡笑着问："真是这么回事吗，想着现在这样岁数的男孩，总是稚气未脱的样子。"觅波讲："所以也有矛盾的时候，玩的时候，就喜欢他还是单纯一点好，所谓成熟，还不就是算计。"琬怡讲："迪姆的父母是干什么的？"觅波讲："原形毕露了吧，问好迪姆，开始问迪姆的父母了，真的开始进入丈母娘的角色了。"琬怡被觅波这样一说，笑了。觅波讲："迪姆的父亲是派到中国的企业高管，来中国有些年头了，母亲就是全职太太，平时爱做个面包蛋糕，送给周围邻居品尝，迪姆兄妹五人，排行老四，迪姆的大哥在自己家的农场里做事，这农场是他爷爷的，大姐和二哥都在上大学，就是迪姆和他的妹妹，随他的父母来了上海。”琬怡听了认真。觅波讲：“去迪姆家玩过几次，吃过他母亲做的蛋糕，也没觉得特别好吃。”琬怡问：“都见到迪姆的父母了？”觅波讲：“有一次，见到他们家的所有人了，还在一起吃了下午茶，迪姆的父亲也显老相，第一感觉，让人觉得是外国老农民的样子。”琬怡讲：“是吗？”觅波讲：“就晓得这么多，也不能回答更多情况了。”

此时的琬怡，听着觅波说着迪姆，但脑子里总会联想到王师太的远房侄孙。王师太的侄孙留给琬怡印象也是相当不错。琬怡也常会想起王师太所说的那句话：蛮配的两个人呀。但眼下让琬怡心里还是泛起小小的涟漪：觅波的这些事，怎么就不会主动来跟自己说说。

琬怡还想问什么，觅波又讲：“今天飞章可是跟我说了许多家里的事，说爸爸以前常有空陪自己玩，最近生意难做了，和小红阿姨都是整天忙着生意，也少有空陪自己，在家里有时感到很烦，常听到爸爸和阿爷阿娘吵相骂，吵相骂主要还是因为飞章的爸爸妈妈的一些事。飞章说，阿爷阿娘总是说爸爸的不是，说爸爸是被两个女人害的，一个自然就是飞章的妈妈，也就是阿岚阿姨，说阿岚阿姨好吃懒做，只晓得用钞票，只晓得玩，还说现在的小红阿姨也不是什么好人，说飞章爸爸，是被狐狸精迷牢了，以后也不会有什么好结果。”琬怡讲：“搞了半天，原来飞章平时不是跟阿岚住一起的？”觅波讲：“我还问了，喜欢那个小红阿姨吗，飞章说，谈不上喜欢，就是觉得小红阿姨对自己也是挺好的。飞章说，其实除了爸爸妈妈外，语嫣姨妈待他是最好了。”琬怡讲：“是吗，飞章会这样说？这小孩还会向着语嫣。”大明讲：“这倒是可以想象的。”琬怡讲：“只是飞章的爸爸忙着生意，小孩缺少自己父母陪伴，总是不好。”大明讲：“现在生意难做，想来沈德运这样的生意就更难做了。”觅波的这些话，让琬怡不禁想到，觅波与飞章的这些交流，又让自己对语嫣和阿岚的生活现状有了更多的了解。

三

凌零广告公司的所在地在闸北，一片原先工厂区里，一幢经改建后的厂房里。这一片原先都是机械制造或是化工原料的工厂区，虽说近些年这些工厂或是关闭，或是外迁，但琬怡总觉得这里的空气依旧有着昔日铸铁工厂特有的灰朦，空气里也是带有一种莫名的化工原料的气味。琬怡原先所在工作单位的地方，似乎从没超出过自家周围方圆十公里的范围。琬怡来凌零公司工作，不但工作单位一下子远了不少，每天开车上下班路上也堵得很，尤其是公司门前的那条路，竟然是坑坑洼洼的，晴天一身灰，雨天一身泥。虽说周围都已开始在大规模地开展环境改造，但琬怡毕竟现在每天都要面对。面对这样的工作环境，琬怡心里有不小的落差。

相比对工作环境的适应，琬怡在凌零广告公司担任创意总监，尤其是在这样规模的公司和团队中工作，也是倍感压力的。琬怡领导着一个创意部门，每天接手的广告及市场营销方案就有好多，好在团队中的每个人，都有很强的独立工作的能力。手下的这些人的职业经历也似乎都比琬怡来得长。起先，琬怡刚接手时，就感到有几个人对自己的一些建议不屑，甚至有些抗拒。公司里更有传言，琬怡是因为陈建栋的关系才得以坐上这个位子。琬怡有一段时间也是非常的苦闷，也曾有过怀疑自己当初的选择，不该听信了陈建栋的话。如果按着夏总的安排，回杂志社心安理得地去做一份工作，那里有自己熟悉的环境、熟悉的事情，一切应该也是得心应手的。好在陈建栋似乎察觉到了琬怡的情绪，陈建栋对琬怡讲："的确，周围这些年轻人不错，脑子都挺灵活的，点子也多，但都缺乏琬怡看问题的高度与宽度，更缺乏琬怡的职业素养。"

陈建栋的点拨与鼓励，似乎是让琬怡开了窍。当琬怡对于一些文案提出修改意见，甚至全盘否定时，再也不会顾忌别人的眼神，而是将自己的主张和盘托出，口气也是不容置疑的。一段时间下来，即便有两三个原来相当自负的人，也不得不放轻口气。有一个女孩叫小应，挺开朗的，办公室里属她的笑声最多。小应与琬怡蛮投缘的，从琬怡进公司的第一天起，小应便在私底下悄悄地向她介绍了不少部门里的人和事。当琬怡开始依着自己的主张，无所顾忌地开展工作时，小应是第一个私下叫好的，小应讲："别看这几个自命不凡的家伙，也就是欺生，想来也是蛮贱的，都忘了以往陈总对着他们的文案骂他们是猪脑子的时候。现在这样最好，钱总说话刚柔相济，也不在声高，又不怕你不听。"

应该说，一段时间下来，琬怡才感到团队所有的人在开始接受自己了。陈建栋对于琬怡的工作不仅仅是支持，更多表现出的是赞赏，而且这种赞赏是不加掩饰的。连小应也不止一次对琬怡讲："公司上下这么多人，难得有一个人，会被陈总这样肯定。"

当然，在凌零公司工作了一段时间后，最让琬怡感到困扰的肯定不是团队的管理或是客户的接洽，而是公司各部门的协调。若是在以前的汇众公司，公司内的相关协调，也就是夏总的一句话，这可能也是小公司运转的方式，而凌零公司的部门之间协调，就会产生许多程序性的问题。当然，若是陈建栋亲自协调，有些问题也会迎刃而解的，只是琬怡不可能将所有问题都上交陈建栋处理，尤其是陈建栋常会在大庭广众之下呵斥一些人，以及毫无遮掩地维护琬怡，这些都让琬怡不敢将与一些部门之间的矛盾去跟陈建栋说。琬怡想着，这可能就是大公司的通病吧。不过，公司有个副总叫蒋子旭，倒是个热心人，虽说是分管公司财务工作的，但只要听说琬怡所在的部门碰到了什么事，总会主动出面与相关部门打招呼，而且必定是笑呵呵地跟相关人员说明自己是来多管闲事的。当然蒋总出面，也是没有办不到的事，每每这时，也总让琬怡对蒋子旭心存感激。而此时的蒋子旭总会说一声："我管这些闲事还可以吧。"

相对于陈建栋整天风风火火地在外面忙着市场开拓，蒋子旭倒是整天就在公司里上下转悠，整天一副笑呵呵的神情。蒋子旭与琬怡相互熟悉了之后，也不把琬怡当外人，下午茶歇时，两个人，就站在茶水间里，也常会说些公司内的事。最近的几次茶歇，蒋子旭在琬怡面前，说了不少有关陈建栋的事，有生意上走麦城的，也有人情上的恩断义绝等。有一次，蒋子旭还对琬怡讲："陈总可是个才子呀，入广告行业之前，一心想成为一名画家，爱画女人像，有画面部特写的，有画半身的、全身的，或是穿衣的，或是不穿衣服的，反正画了不少的女人，当时身边围着转的女人挺多的，艳遇不少，绯闻也挺多的，只是后来没有和一个女人修成正果，至今单身。”蒋子旭娓娓道来，说话的口气，也听不出是对陈建栋的欣赏羡慕还是奚落挖苦。琬怡听着也只是浅浅地一笑。

当琬怡在融入周围人员时，也会时常想起原来的汇众公司，会想起汇众公司每天散漫的晨会，会想到每天夏总絮絮叨叨的说话，以及众人叽叽喳喳的各种神态，而此时想起，竟会多了一些亲切感，只是不知道夏总的近况如何。还是在几天前，王乐给琬怡打来电话，说起了夏总，说夏总现在到处在旅游。当时琬怡还问王乐做得好吗，王乐说也就是混混吧，一份工作还是需要的。琬怡又问起张萍可好，王乐就说，大家非常想念钱总。不过，这也只是一闪念的，琬怡还是很快就投入到紧张的工作中，或是让人冥思苦想的创意设计，或是与客户无休止的方案讨论。

相对总体业务上的顺风顺水，只是有一件事，一直让琬怡记挂心头，就是这桩北美内衣秀的业务。当初陈建栋得知这个北美内衣秀将来中国展演时，就一直非常关注。当时北京的一家公司捷足先登，然而并不具备务实操作能力的这家北京公司，又在四处寻找合作方，并且开出了很高的合作价码。陈建栋看中的是北美内衣秀的品牌效应，同时，也可以使公司的业务转型，更具业务的多样性。当时，琬怡刚进公司时，陈建栋便将这一谈判的任务交给了琬怡，不过北京的这家合作公司的条件最终还是让人难以接受，这才有了琬怡托人找关系，直接找到这家北美内衣秀的展演公司。

琬怡一个人去美国洛杉矶出差十天，与北美内衣秀的展演公司进行谈判。毕竟与北京的一家企业有意向在先，虽说牵头会谈的公司对凌零公司也是十分熟悉，溢美之词不少，但对方公司还是十分谨慎，所以谈的过程要比预料得艰难。根据琬怡的陈述，对方公司有意愿与凌零公司开展合作，但慎重起见，对方公司表示一切都要到上海实地考察后才能敲定。在几轮的会谈中，琬怡没有将美方公司的这个态度告诉陈建栋，其实陈建栋每天都发短信来问琬怡会谈的情况。原先陈建栋也是要和琬怡一起赴美谈判的，临到出发，陈建栋才取消了自己的赴美安排，说有重要的事。当时琬怡就心想，能有什么事比这次美国的业务接洽更重要的？不过陈建栋没说，琬怡也不便问。琬怡直到在美国的最后一天，签署了合作意向之后，才跟陈建栋汇报了谈判的最终结果。

虽说与北美内衣秀的展演有待最后的敲定，并且还有许多的细节有待推敲，但毕竟合作意向已签，琬怡也有一种轻快的感觉。当琬怡满面春风回来后，向陈建栋全面汇报了此次北美内衣秀的谈判结果，起初自然也获得陈建栋的肯定，只是在听了琬怡的谈判细节后，琬怡与陈建栋之间产生了分歧。依着琬怡去美国之前与陈建栋商定的方案，是考虑将北美内衣秀放在黄浦江浦东一侧的江岸边的会议中心，而琬怡现在跟陈建栋汇报说，准备将在黄浦江岸旁重新搭建秀场，离江岸可以更近一些。陈建栋问琬怡改动秀场的原因，琬怡只说是在谈判时临时起意，当然是为了获得谈判的成功，而实际效果也正是这个方案，一下子吸引住了美国公司。陈建栋听后讲："这可是要增加很多制作成本，而美方的预算是不可能增加的。"琬怡试图再作些解释，陈建栋又讲："你不该擅作主张。"看着陈建栋的脸色变得难看，琬怡也不想多辩解。

赴美能够签下的合同意向，对于琬怡来说，多少是对自己进凌零公司的一种肯定，然而，不曾想陈建栋是这个态度，琬怡似乎跌落谷底。

琬怡情绪有些低落，但在公司众人的面前，依然表现得不露声色。琬怡一直想着陈建栋平时对于自己的热情，甚至是呵护，想着当初陈建栋临时决定不去美国，自己可是背负着很大的压力，而现在算有个比较好的结果，可陈建栋急转直下的态度，倒是让琬怡有些受不了。琬怡再想陈建栋责备自己的这些话，知道陈建栋在为整个项目的最后能否盈利而担忧。陈建栋明确表示了不满，这在琬怡与陈建栋之间是从来没有过的。琬怡甚至会去想，陈建栋是在意项目的盈利，还是自己事先没有请示，或是两者兼而有之。琬怡再次回顾当初的谈判过程，更改秀场的想法的确有争取谈判成功的考虑，但又感到秀场放到江边，是个不错的创意。这之后，琬怡也是无数次地设想这个创意，描摹着未来的秀场，甚至也为自己的创意而激动。

这天，下班之后，琬怡与部门里的几个人一起去吃饭。这也是琬怡到凌零公司后另外一个新鲜的地方，就是每隔一段时间，部门领导总是要组织本部门人员聚餐。餐费有时从部门经费里出，也有大家凑分子，或是部门经理自掏腰包。当时琬怡初来，也是不知道这些公司习俗，后来还是小应私下提醒，并且说了其他的几个部门最近都在聚餐。之后，琬怡便也组织了本部门的聚餐，琬怡这才发现，平时在办公室里一言不发的几个人，聚餐时还异常活络，与琬怡交流的话也有些多了。当时琬怡心想，看样子这种聚餐还是相当有必要的，有利于几个人之间的沟通，或是调节部门的气氛。而聚餐之后，琬怡又推翻了自己的想法，原因还是非常的简单，部门里的几个人，聚餐过后还是一如继往地隔阂，互相拆台抱怨的事一件不少。虽说后来部门这种聚餐还搞过几次，但琬怡并没有对这种聚餐抱多少积极的想法，感觉聚餐时的气氛，纯粹是酒精营造出来的。琬怡从美国出差回来，部门里的气氛难得有些活跃，几个人还争相要琬怡说美国的见闻，小应更是趁此悄悄提醒部门好久没有聚餐了。琬怡虽说没有多好的心情，但也同意了。

部门的聚餐，陈建栋不知怎么也知道了，说也要来参加。在去餐馆的路上，小应跟琬怡讲："陈总可是很少自己提出要参加一个部门的聚餐。"其实琬怡这几天是有意在使些小性子，有几天不向陈建栋汇报工作，几次公司的会议上，也有意躲着陈建栋的目光。

聚餐是安排在市中心的餐馆里，负责订餐的小应已经了解琬怡的喜好，琬怡不屑于公司周围的那些饭店。陈建栋来了，并且还带了一瓶很不错的红酒来助兴，大家表面上都说欢迎，但似乎又有些拘束，毕竟是公司总经理在坐。等菜上来，陈建栋也是故作亲民，一再向众人邀酒。刚才有些拘谨的桌面，热闹了不少。琬怡知道，这又是酒精的作用。没过多久，陈建栋的脸也有些微红了。整个桌面上，也就是琬怡兴致不高。陈建栋和几个人也都邀琬怡喝酒，被小应挡了回去，陈建栋也有些起哄地问："琬怡真的不喝酒吗？"未等琬怡自己说，在一旁的小应抢先讲："钱总可是从来不喝酒的。"不过，小应的话还没说过，琬怡已经接过酒一口喝下，几个人一下子都惊了惊。

好不容易餐叙结束，正当大家在餐馆门口分手时，陈建栋对琬怡讲："喝过酒，开不了车了。"琬怡说自己也不能开车了，这时的小应却将琬怡悄悄地往前推了一把，并轻声地讲："钱总就陪陪陈总吧。"未等琬怡反应过来，部门里的几个人都已走远了。饭店的门口只剩下陈建栋和琬怡。

当琬怡再看陈建栋时，发现陈建栋已经一扫刚才的酒气，正一脸真诚地看着琬怡，目光也是少有的柔和。陈建栋讲："走走吧，车子明早再来取。"未等琬怡的反应，陈建栋又左右看了看马路，指了指一个方向讲："琬怡家应该在这个方向。"于是，陈建栋又是不容置疑地向前走去，琬怡只得跟上。

两个人沿着马路走着。此时琬怡还在想着陈建栋对自己的不满，想着这几天自己有意冷淡陈建栋，而脑子里又闪回到蒋子旭对于陈建栋的一大堆介绍的话。琬怡甚至心想，自己怎么就会跟着陈建栋一起走在马路上呢？琬怡不吱声地走着，陈建栋好像也是欲言又止。

两个人就这样走了一段路，在一个路口，陈建栋拦下一辆出租车。陈建栋讲："才看到琬怡穿着高跟鞋，这样一路走，一定很吃力的，还是坐车先回家吧。"琬怡只是淡淡地问一句："那陈总怎么走呢？"陈建栋讲："不用管了，我想一人走走。"琬怡又想说什么，陈建栋先讲："你有些任性了，这是我惯出来的吗？"琬怡听了，才浅浅一笑。琬怡还是在想着秀场的事，便问："陈总当初为什么取消去美国？"陈建栋顿了顿讲："不去美国，肯定是因为有比去美国更重要的事。"陈建栋帮琬怡拉开车门。琬怡想着这几天陈建栋为北美内衣秀项目的担忧，以及自己的情绪，就讲："陈总，即便意向合同签了之后，还是要拿具体的方案，北美的这家展演公司，过几天就要来实地考察，合同才会最后的敲定，届时还可以按陈总的想法来落实秀场的。"陈建栋讲："我想了一下，还是按你的设想吧。"

琬怡上出租车，车辆起步，琬怡在反光镜里看到的是陈建栋一人在马路上走着，略显孤独的身影，渐小。

琬怡回到家，大明还没睡。大明对于晚归的琬怡也不会多问什么，这也是习惯。不过，今天琬怡喝过一点酒了，明显的酒气，大明问琬怡怎么会喝酒了，和谁一起吃饭，又埋怨了几句，琬怡便讲："你也是难得说这样的话，以前一直感到，你好像从来不担心自己老婆在外头有什么事的。"琬怡的话，大明也就笑笑。

琬怡去凌零公司后，毛毛一直是非常关心，常来电话，无奈琬怡忙着出差，所以两人有一段时间没见面了。近几日，由于毛毛娘身体有点不适，毛毛住回娘家，来电话跟琬怡讲："你下班回家，若早的话，吃一杯咖啡也行。"毛毛在将要结束通话时，又压低声音讲："你最近是蛮忙的。"琬怡没听出毛毛话中有话。

一天夜里，琬怡如约在自家附近的一家咖啡馆与毛毛见面。咖啡馆离毛毛娘家也不远，沿街的店面，透着店内杏黄幻淡的灯光。

琬怡进店坐下，才点了咖啡，毛毛就走进店里。琬怡讲："我是难得早到。"毛毛讲："刚才出门，老娘问你好。只要说到你，老娘就有许多话要说，总是说琬怡最有出息，还说，从前常说人家不同，走出来的人就是不一样，现在看看有点道理。"琬怡问："你妈怎么会说这样的话?"毛毛讲："在气气阿爹，老头子重男轻女，以前总是宝贝两个儿子，现在爹娘生病，两个弟弟也不照看，我只好索性住回娘家，方便照顾。"

毛毛坐下，就有点迫不急待地问："去新公司里上班怎么样?好像比以往还要忙，还去美国出差了。"琬怡讲："到一家新的单位总会觉得有点压力，原来在出版社里工作，当时自己最年轻，所以什么话都敢说，什么事都敢做，后来到汇众工作，毕竟规模不大，好像也能很快适应，而现在的凌零公司，规模很大，业务范围也广，再一看周围，全是年轻人，心想，原来自己已老了。"毛毛讲："我才不相信你有这样的感觉。”琬怡笑笑：“真的。”毛毛讲：“其实你不说，我也晓得，见老的是我。我像娘呀，三十不到，头发就开始花白，到现在就靠染发了，不染的话，看镜子里的自己，也有点吓人。”琬怡讲：“看，两人一见面，就说这些丧气话。”

毛毛笑笑调转话题：“两个妹妹最近还有联系吗？”自从毛毛晓得琬怡与两个妹妹重聚之后，见面总是少不了这样的问话。琬怡就把最近去四川北路西湖饭店吃饭，与语嫣和阿岚团聚的事说了。毛毛讲：“两个妹妹固然不错，但至少应该有一个齐全的家才行。”琬怡讲：“看着语嫣和阿岚，我当然也会想到这些，大明还很起劲地让我问问，这个问题还真不晓得怎么问好。”毛毛讲：“大明比你心急。”琬怡讲：“见面时，大明被叫着姐夫，好像感觉挺好的，对语嫣和阿岚也是嘘寒问暖的，我都说大明了，对自己的亲妹妹也没这样关心的。”毛毛讲：“是吗，大明被叫着姐夫，肯定开心。”琬怡讲：“只是分开这么多年了，彼此心相还是不熟悉，多了点客气，而少了亲人相处的随意。”毛毛讲：“不过，你身为大姐，还是该关心一下两个妹妹。”琬怡讲：“你应该晓得的，我最不擅长这种事，也最怕这种事，好像一旦在这种事上说多了，就该确保别人幸福终身似的。”毛毛讲：“是蛮难的。”

片刻，毛毛讲：“上两天去参加过同学会了，说到你，我还是很自豪地介绍你的工作。”原先并不被同学待见的毛毛，现在似乎很热衷参加同学会，琬怡晓得牵头这个同学会活动的就是当年那个阿军。琬怡还清楚地记得，上两年一下子流行起同学会时的情景。有一次与毛毛见面，一上来毛毛就抑制不住兴奋地讲："昨天的同学会上，晓得我碰到谁了？"还未等琬怡猜，毛毛就迫切地讲："我碰到阿军了，已经是多少年没见过面了。我看到阿军就问，阿军还是在做裁缝吗？阿军说，早就不做了，早前就开了一家专门做外贸订单的制衣厂，手下工人也有百把个。再细看阿军，头势、衣着、谈吐确实不再是从前的小裁缝。"琬怡从来没有去参加过这类的聚会，所以以前同学的这方面信息也都是听毛毛说的，包括那个阿军的近况。毛毛讲："许多人问起你，你一次次不去参加同学会，起初可能还以为工作太忙，不过，现在大家可能也明白了，你并不想参加这类聚会。"琬怡清楚，所谓许多人问起自己，其实只会是那个阿军在问起，只是毛毛笼统说了。琬怡讲："原本在读书时，就没有多少往来的，现在又何必要装出一副热络的样子。"毛毛讲："要说也就是清高，当年在学校里时，别人在背后就是这样说你的。"琬怡在这个问题上并不想多说。

毛毛喝着茶，轻声地讲着："这次同学聚会，结束后，阿军送我回去，坐在阿军的轿车里，你猜我跟阿军说啥？"琬怡笑讲："这让人怎么猜呀？"毛毛讲："我跟阿军说，我经常会想起他从前的裁缝店。"琬怡讲："是吗，你会对阿军说这样的话？"毛毛讲："阿军说从前人家叫他小裁缝，现在应该是叫老裁缝了。显然阿军还在记恨我。"琬怡是晓得当初毛毛怎样回头阿军的，当时毛毛对阿军讲："你们家三代裁缝，不想再跟你养一个小裁缝了。"这之后，毛毛的这句话，一直是琬怡和毛毛说起阿军的笑资。琬怡问："后来阿军又说什么？"

毛毛讲："还能说什么，车到我家小区门口，两个人就分手了。"毛毛的神情有点伤感。毛毛又讲："我也就是能跟你说说这样的话，真的没第二个人可以说了。"琬怡讲："那你继续说。"毛毛幽幽地讲："不过，家里老公也晓得，我只有你一个好朋友，以往只要说是和琬怡一道出去玩，就肯放行让我出来。"琬怡笑笑。

咖啡馆里，音乐轻柔。毛毛讲："最好再让我谈一次朋友。"琬怡讲："你说什么?"毛毛讲："想想就是错气，现在天天是闷在家里，除了老公儿子，再也不可能认得其他的男人了。"琬怡讲："你到底想说什么?"毛毛讲："说来也怪，住回娘家，满脑子都会想着以前做小姑娘时候的事，你说怪吗？当时外头谈好朋友，回到自己家里，睡在床上，还在想着刚刚面红心跳的时候。再想想以前在娘家时，晚上出去吃饭玩什么的，根本不要跟谁说的，不像现在，出去一趟，要跟老公预先通报，事后汇报。"琬怡讲："老公是担心你。"毛毛讲："这次住回娘家，也总是会想到你，你倒是还住在这里，从没想过搬家，那时总是羡慕你的家里，钢窗蜡地，煤卫独用，冬天里，太阳光可以晒满一房间。当时总说是外国人的房子。"琬怡想到毛毛的娘家，终年是晒不进太阳的那种，过去琬怡总觉得从这房子里走出来的人面色也是黯黑。琬怡讲："毛毛现在住惯大楼房子。"毛毛讲："现在要是让我再谈一次朋友，我宁愿不住大楼房子。"琬怡讲："你实在太空了。"

咖啡馆里的蛋糕，色彩与香味诱人，毛毛点了一份。琬怡讲："你这是在馋人。"毛毛问："也来吃点?"琬怡讲："你晓得的呀，夜饭后我不会再吃任何东西。"毛毛问："要说女人就是作孽，不能像男人这样放开吃放开喝的。"琬怡讲："你又没少喝少吃。"毛毛讲："所以成了这个样子，没有男人缘。"琬怡讲："真是佩服你，总能扯到这些事。"毛毛讲："要说女人也是千辛万苦。年轻时千挑万选，就是想找个好男人，岁数上去，又担心容貌衰老，担心发胖，身材走样，女人总是会对男人存着一点这样的小心思。"琬怡讲："说谁呢?"毛毛讲："肯定不是在说你，你是公主的命，但偏偏又是要劳碌。"琬怡笑笑。毛毛盯看着琬怡讲："我有时会想到你，你自己是那么的优秀，工作的环境也是男人的天地，应该也是不缺少优秀的男人吧？周围也不会缺少对你有好感的人吧，难道就没有碰到过一个自己非常欣赏的男人?"琬怡讲："这是想说什么呀?"毛毛讲："上两天，也是这个时候，在回娘家的路上，看到你和一个男的在一道走，走到一个路口，男的相帮你拦出租车，两个人又在车子旁边还说了许多话。"琬怡听完笑笑讲："这是我们公司的总经理。"毛毛讲："啊，这下更有感觉了，何况是这么英俊帅气的总经理。"琬怡讲："瞎想瞎说了，我们是在谈工作。"毛毛讲："我是相信的，只是那个男人看到你动心也是再正常不过的事，帮你拉开车门，送你上车，好像还在不断地叮嘱，完全是一副吃煞爱煞的样子呀。"被毛毛这样说着，琬怡觉得好笑。毛毛又有些认真地讲："不管你是怎么想的，但还是可以一眼看出，那个男人对你是有想法的，从看你的眼光、两只手的动作、站立的姿式，统统可以看出来。”琬怡想起了什么，讲：“怪不得电话里，阴阳怪气地说我最近是蛮忙的。”

夜深，琬怡与毛毛走出咖啡馆，两人分手。

琬怡进家门，看到大明正在翻看着一大叠照片，大明听琬怡进来的声音，头也没抬就讲：“上次与语嫣阿岚吃饭，后来又去玩鲁迅公园的照片都印出来了。”琬怡讲：“真是清闲。”大明抬头问：“怎么啦？”

语嫣下班，一如既往地走在四川北路上。语嫣迈着不快不慢的脚步走着。当将要路过横浜桥时，语嫣习惯性地稍微加快脚步。那次与昔日恋人重逢的场面，时而会在脑中闪过。语嫣至今都觉得在这簇拥的人流中，被人叫住被人搭讪是件难堪的事。

语嫣走过横浜桥后，脚步也似乎迈得轻松一些。这时，从身后传来一声清晰的喊声："语嫣。"语嫣听得分明，转身寻声过去，看见汪承望正站在桥上的护栏边，朝语嫣在招着手。

汪承望依旧是那可亲的笑容，修身得体的西服。汪承望欣喜讲："果然，可以看到你。"汪承望大声地说着，也全无顾忌周围走过的人们扭头相看的反应。

语嫣只得折返紧走几步，来到桥上的护栏边。语嫣问："竟然这么巧，怎么会在这里的？"汪承望笑笑不语。语嫣又想起了什么："不对呀，曾经听你说过的，工作单位不在虹口，家也不在虹口的，是来办事路过的？"语嫣在杭州时，听汪承望说过，家和工作的齿科医院都是在长宁区的。汪承望依旧笑而不语，故作高深的样子。语嫣讲："自己说吧，我不想猜了。"汪承望讲："想着见你，也就来了。"语嫣讲："那怎么晓得我会路过这里的，万一我根本不走这条路怎么办?”汪承望讲：“晓得你家住在什么方向，晓得你的单位地点，又曾听你说过，上下班是走路的，想来必定是这条路了。”汪承望环顾桥的四周讲：“选的地方不错吧，这是你上下班路上的中间点，只是刚才，就只顾盯着马路对面了，差点错过在眼皮底下走过的语嫣。”面对汪承望的坦言，语嫣不晓得说些什么好。语嫣喃喃地讲：“就这样，在这马路上等一个人，也可能是等不到的呀。”汪承望讲：“万一今天错过了语嫣，明天我就再来。”

汪承望似乎还是沉浸在寻获语嫣的兴奋之中：“啊，好久没来虹口了，自从中学毕业，全家搬离虹口后，就很少到虹口来。从小就一直感到虹口有股特独的气息，那怕把我的双眼蒙住，只要一走到虹口，我的鼻子就能识别出来。曾经对这里的一切都是那样的熟悉，虽说有些变化，但还是能认出许多的地方。”

语嫣问：“这样找我有事吗?”汪承望讲：“只是想来看看你，心里一直在想，上次那脚踝受伤好些了吗?”语嫣讲：“早就好了。”

人流在身旁挤过，两人都不经意地转过身去，站在横浜桥的护栏旁，面对着俞泾浦的河面。汪承望讲：“看不到你，总会一直惦记着你是否好呀。”语嫣问：“这么远的路来这里，又是等了这么久，难道就仅仅是为了来看看我?”汪承望讲：“杭州回来，一直在想着你，所以一定要来看你。”

即便语嫣不问，汪承望不回答，语嫣在见到汪承望这一刻，便晓得汪承望的来意。

汪承望侧脸看着语嫣讲：“只是杭州回来时的分别有些匆忙，你也不肯留下电话号码。其实，同为一个行业，想要找到你的电话号码也不难的，但我还是想让你告诉我，有时，也就是想着给你打个电话，听到你的声音，问一声你是否好就足够了。”语嫣听罢，喃喃地讲：“是吗，我也有好的时候，也有不好的时候呀。”

自从杭州之行后，语嫣已是千万次地回想着自己与汪承望在宾馆里的那次肌肤之亲。语嫣也是千万次地问过自己，怎么就会迎合了汪承望当时的冲动，自己也会沉浸其中。语嫣感到自己内心也存在着不可理喻的一部分，语嫣甚至对于这种欢愉持完全否定的态度。当时让语嫣感到庆幸的是，虽说汪承望几次要交换电话号码，语嫣都没有同意，兴许就是那种激情之后，语嫣已经有所醒悟。即便是杭州回上海，也是各归各坐上大巴，而一到上海，语嫣几乎是冲下大巴，拦了一辆出租车就走了，有一点逃之夭夭的感觉。语嫣甚至感到汪承望双眼盯着自己乘着出租车远去。之后语嫣感到有些欣慰，只当是一个小小的插曲，而这些都已过去。但现在，汪承望又再次站在了自己跟前。

语嫣回到家，这一路上，都在想着刚才与汪承望在横浜桥上的短暂相逢。阿岚照例不在家。语嫣又是独自一人的夜饭。一如往常。

夜饭后，语嫣到前楼房间，此时的时间，睡觉还有些早，语嫣坐在床上，看着电视，电视里正在播着晚间新闻。不过，语嫣似乎也没看进多少的新闻内容。

这时，语嫣的手机短信铃响，是汪承望发来的一条短信："语嫣好，夜饭该吃好了吧，在干什么呢?"此时的语嫣盯看着汪承望的短信，想着刚才在横浜桥上给汪承望手机号码时，就想着汪承望肯定马上就会联系自己，只是没想到连夜也不隔。刚才汪承望站在桥上，说起了过去上中学时走在四川北路上的情景，又在问语嫣是否已经记起了有自己这个同学?可能对于语嫣来说，之前汪承望几次提到自己是语嫣的同学，完全就是为了接近自己，而自己在杭州已经鬼使神差地和汪承望做了那种事，但今天在四川北路横浜桥上，汪承望再次提到是语嫣的同学，这也只能让语嫣感到汪承望的笨拙。只是语嫣自己也感到不可思议地，或是有些拗不过汪承望再三的恳求，无奈地把自己的电话号码给了汪承望。此时，汪承望又发来一条信息："今天，还是非常地庆幸，在茫茫的人海中看到了语嫣。"语嫣看了几遍汪承望的短信。语嫣没有回复。

正当语嫣还在神情恍惚地想着这一切时，阿岚上楼走进房间。

阿岚讲："我在楼下叫了几声，没听见回音，而看着房间里还亮着灯，也就来看看。"语嫣讲："今天有点吃力，刚才可能有点瞌睡了。"阿岚讲："是吗?"

即便看着语嫣想睡的样子，但阿岚还是坐在语嫣的床边，说着今夜和些什么人在一起，在什么饭店里吃的夜饭，又是在说着什么八卦小道。

最近一段时间，语嫣从阿岚的话中判断，感到阿岚已经完全摆脱了那个北方男人张总的纠缠，不过，语嫣想着阿岚曾经提到这位张总出手大方的话，这又促使语嫣想到另外的一个问题。离婚后的阿岚毕竟没有工作，也没有收入，与沈德运离婚时，虽说家里的存款全归了阿岚，但看着阿岚平时的开销与做派，虽不至于缺钱，但还是让人担心坐吃山空呀。语嫣曾经担心过阿岚与那张总的交往会不会有经济上的考虑。有一次语嫣不禁问了一声："阿岚缺钱用吗?"当时的阿岚只是呵呵作答。

阿岚问："语嫣在听我说吗?"语嫣想到自己有点分心，但嘴上讲："在听呀。"语嫣从阿岚喜形于色的表情上，感到阿岚是有事相告。阿岚讲："今天饭桌上认识了一个男人，读工科的，现在是工程师，桌面上的人都叫他赵工，在一家研究所上班，就坐在我旁边，两人说了不少，这个赵工说话还挺幽默的，虽说也是人到中年，但显得年轻，并没有胡子邋遢的样子，看上去还是挺干净的。"语嫣看着阿岚的神情，立即就能感觉到阿岚又将有新的恋情发生。阿岚讲："我晓得语嫣想问什么，饭桌上我就问清楚了，这个赵工目前独身，曾有过短暂的婚史，也没有小孩。"阿岚似乎还沉浸在刚才聚会的兴奋中："跟读过书的人在一起，感觉还是不一样的，知识分子说话喜爱刨根问底，引经据典，只是我这没读过几本书的人，今后说话之前，也要想一下才行。今天临分手时，这位赵工还是主动问我要了电话。"

语嫣从阿岚的介绍中，感到这位赵工似乎是无可挑剔，至少阿岚的介绍是这样的。这时，阿岚又对语嫣讲：“今天你是怎么啦，心不在焉的样子。”语嫣对于阿岚这样的问话，也觉得诧异，心想自己并没有什么异常呀。阿岚将语嫣的手机往前推一下：“手机里短信进来很多，就不要看看?”语嫣有点尴尬地讲：“我等一歇会看的。”

待阿岚走后，语嫣翻看手机，只见汪承望发来的短信已有好几条，“虽说今天见到语嫣是很高兴的，但分别依旧匆忙了些。”“好想跟语嫣多说说话的，不过只要能见到语嫣已经是心满意足。”“怎么不回复啦?语嫣不方便回复吗?”等等，诸如此类。

语嫣翻看着这些短信，语嫣甚至有些懊恼刚才把手机号码留给汪承望，应该想到汪承望会是这样的。不同于阿岚手机整天响个不停，语嫣的手机平时似乎少有声响，显然，刚才不断的手机短信声响，阿岚已经有所察觉，甚至产生了疑问。语嫣当然不晓得如何去跟阿岚去说这些，难道去跟阿岚说，就在今天，在四川北路横浜桥上又被一个男人搭讪了，阿岚听完，必定是一阵大笑，而笑过之后，还有什么好说的，难道还要说出杭州的这么一段故事吗?

语嫣并没有打算去回复汪承望。

汪承望每天短信的连篇轰炸还是起到一点作用的。起先对于汪承望的短信，语嫣一直是沉默，汪承望没有气馁，继续问候的话每天发个不停，之后语嫣有了只言片语的回复，汪承望自然兴奋不已，更加短信攻势不减，与语嫣之间渐渐短信来往多了起来，两人借助手机短信交流了不少，而直到有一天，语嫣答应了汪承望出来吃一顿晚饭。

语嫣下班乘三站路的公交车，来到饭店附近。汪承望安排与语嫣吃饭的地方，就是在虹口区沿黄浦江这一侧的一个饭店。相对周围已经起来的高楼，和不远处这些沿江的老建筑，这个饭店的建筑显得就有些简陋了。

语嫣沿着黄浦路走来时，从远处就看到在饭店门口的停车场里等着的汪承望。语嫣走近，两人打过招呼之后，就走进饭店，汪承望已经预订座位。相对建筑外观的简单，饭店里面还是很有特色的，两人在临江的窗户边的一张桌边坐下。汪承望指着窗外的亲水平台上的桌椅，对语嫣讲："虽说已是春夏时节，感觉坐在江边还是有点凉的，好在坐在室内，外边的景色都还是能看到。"

的确，从窗户看出去，由于饭店所处的地理位置，黄浦江两岸的风景交相生辉，而眼前的江水似乎更是逼近，可以看到泛起的波光，以及波涛相击的声音。语嫣看着窗外，虽说脸上没有更多的表露，但内心还是相当欣喜：汪承望对于两人的聚会还是花了一番心思的。

饭店主营的是粤菜，汪承望每点一款菜，必是征求语嫣的意见，语嫣笑着说随便汪承望点什么，汪承望再问，语嫣讲："两个人，吃不多，少点一些，别浪费了。"汪承望又问语嫣："可以喝一点葡萄酒吗?"语嫣回答："要是一小杯的话，大概还可以。"而当这话一出口，语嫣自己都感到有些吃惊，语嫣平时根本不喝酒。

当菜和点心上桌，汪承望又为语嫣斟了一小杯葡萄酒。语嫣还是相当喜欢广东菜的选料精细，清而不淡。汪承望则介绍起了同为粤菜，则有广东烧味、潮州打冷和客家菜的说法。语嫣讲：“可能对于我们来说，就只晓得吃了，并不会将这三地的菜加以区别。”语嫣想着上次在杭州时，汪承望介绍起杭州菜时，也是滔滔不绝的。

此时，饭店里的客人有些多了，窗外亲水平台上也坐了不少的人。几对年轻的恋人分坐在几张桌旁，点餐吃菜聊天之余，还不时地拍着照片，有女孩子摆着各种夸张的姿态男朋友精心选择角度的，有男女合影更是摆出各种柔情动作的。语嫣似乎对其中一个女孩很欣赏，语嫣轻声地对汪承望讲：“这个女孩很漂亮，面形瘦小，身材也娇小，我还喜欢她的发型，简单柔顺。”汪承望讲：“这女孩多少有点语嫣中学生时的味道。”语嫣讲：“拿我寻开心了，我们那时可不懂怎么来打扮自己呀。”汪承望讲：“女孩子可是天生就懂打扮。当然各人喜好不同，因人而异吧。”语嫣讲：“只是再也回不去那个岁月了。”汪承望讲：“那个年代也不见得好，除了仗着年轻，做些没头没脑的事，剩下的只是无奈。”

语嫣发现此时汪承望看着自己的眼神，感到这眼光充满着期待。语嫣并不陌生这眼光，在杭州时就见过。杭州回来之后，语嫣也是常常想起汪承望这个眼光。未及语嫣有进一步反应，汪承望已将语嫣在桌面的手握住，而且不容语嫣有一丝一毫的挣脱。语嫣似乎感受到来自四周的目光，轻声讲：“周围人都看着，小青年谈恋爱，也不会在吃饭时拉着手，更何况我们这样的年龄，别人一看便知。”汪承望问：“便知什么啦?”语嫣讲：“自己去想。”

语嫣的话，还是起到了一些作用，汪承望松开了手。接下来两人还是边吃边说。只是语嫣一直感受到汪承望炽烈的目光，语嫣尽量回避着。饭店内灯光柔和温馨，播放着的音乐也是低声如诉。

这时的饭店里拥进了更多的人，感觉有些喧闹。汪承望便结账。

语嫣随着汪承望走出饭店，沿着饭店对面的一条小马路走着，小马路上也是簇拥着行人，和因为路堵而开不快的车辆。汪承望的脚步有些急，似乎想着尽快摆脱周围纷扰的场面，同时汪承望的手紧紧地握住语嫣的手，并且比刚才在饭店里那一刻握得更紧，好像有点担心语嫣会从身边跑开似的。语嫣也只能加快脚步，才能跟上汪承望。汪承望带着语嫣穿过这条小马路后，转个弯就到一家宾馆。

宾馆不大，还算精致。汪承望拉着语嫣进入电梯，语嫣想问汪承望这是干什么，但碍于一同进电梯的其他人，语嫣只能闭口，和汪承望一同看着电梯朝上运行时的数字跳跃。电梯到达，汪承望又拉着语嫣出了电梯，没走几步，汪承望就掏出房卡，打开客房的门，两人进入客房，还未及语嫣有进一步反应，汪承望已经将房门关上。

此时，语嫣才感到，汪承望刚才从饭店走出，一路走来，到走进这宾馆客房，所有的动作仿佛是一气呵成的，容不得语嫣有一丝一毫的犹豫。语嫣讲：“汪承望，原来你都事先安排好了。”语嫣的声音有点响，但未等语嫣再说什么，汪承望已经把语嫣紧紧地抱住了。语嫣继续讲：“你怎么就这么自信，我会跟着你来?”语嫣试图挣脱，而汪承望只会更用力地把语嫣抱紧。室内的空气仿佛凝固着，语嫣甚至感到有些窒息。

正当语嫣在竭力挣脱汪承望的怀抱时，汪承望的双臂也松开了，汪承望瘫坐在椅子上，神情一下子有些黯然。汪承望神情的这种急转直下，又让语嫣想起了当初在杭州时，汪承望也有些强行对待自己，而当感到语嫣有些抵抗时，又及时住手的情形。语嫣对此时的汪承望又心生怜惜，语嫣问：“怎么啦?”汪承望抬起头，声音有些轻柔讲：“一直在问语嫣想起我这个中学同学吗，只是想跟你说一声，其实在中学里，我一直感到，自己就是一个被别人忽视的存在，更何况是像语嫣这样漂亮的女生。语嫣那时是多么地清秀和冷傲，当时看语嫣，也只能是站在远远的，偷偷地看，眼睛就像一架摄影机，会记下语嫣说笑时的神情，然后便是在脑海里一遍一遍地回放，总想着有一天鼓起勇气，跟语嫣说句话，但终究没有。也就是在中学毕业的那年，家也搬离了虹口，之后，我又去了外地上大学，渐渐与往日的同学都断了联系。”语嫣看着汪承望的神情。汪承望讲：“时隔那么多年，本以为早已烟消云散的经历，但从碰到你的那一刻起，这样的一份记忆又被唤醒了。一个男生，个子瘦小，默不作声，班级里好事不会有他，坏事也轮不到他，他就是一个无声的存在，甚至所有人都不记得有这样一个人的存在。遇到语嫣，又再次证实了过去的记忆。”

对于汪承望出其不意，甚至有些颓丧的表露，此时的语嫣也是一片茫然，语嫣讲：“那时的汪承望，为什么不来找我说话呀。”

也就是这次的相聚之后，语嫣与汪承望两人才算是正式地走近。

语嫣和汪承望时常会去一些宾馆。宾馆里的客房，就犹如一个密闭的空间，不透丝毫外面的光亮，也没有了空气的流动，这空间不仅是隔绝了外面喧嚣的尘世，时间似乎也是被阻隔在外而停止了。宾馆里的气息的确让人迷恋。

汪承望的双唇轻揉着语嫣的面颊，轻轻略过语嫣的眼睛鼻子和双唇，在耳根部稍作停留，两人的气息都开始有些急促，彼此的气息也在缠绕着。语嫣是微闭着双眼，顺应着汪承望的引导，细细地体会着肌肤的感受。随着语嫣的身躯越缠越紧，随着语嫣气息的加剧，汪承望早已是不能守舍地长驱直入。汪承望是带着曾经对于语嫣的全部的迷恋或幻想，同时又是带着当下真实拥有的想法。即便是语嫣拉扯着被褥，试图遮蔽自己的躯体，但也是阻挡不了汪承望的直奔主题。

语嫣感受着汪承望炽热贪婪的目光，感受着汪承望汹涌澎湃的激情。语嫣感到汪承望就是沉湎其中。语嫣感受到汪承望激情的同时，也在感受着自己的渴望与顺从。癫狂之后，总有长长的静默。这之后，语嫣有时会有责怪地对汪承望讲：“啊，把人家搞得这么失态。”有时也会是喃喃地问：“难道只是对身体感兴趣吗?”

从最初汪承望厚着脸皮的再三约请，语嫣的一再回避，到有些半推半就地与汪承望见面，而现在，语嫣和汪承望是时常见面，每次都是在见面时，两人就商定好了下次见面的时间。

语嫣现在也是在期待着与汪承望的每次见面。相对于作为护士长的语嫣，上班时间的刻板，以及又爱将医院里各种杂事揽下的不同，作为主治医生的汪承望在工作时间上，显得要随便得多，每天看完预约的病人，一天的工作也就差不多了。所以汪承望每到约会的时间，也就早早出来，习惯安排好一切，等着语嫣下班后来。有几次，同为在齿科诊所工作的语嫣问汪承望:“单位里的几个医生，每天预约的病人都要看到很晚才下班的，你怎么就能这么早出来?”语嫣曾经听汪承望说起过工作日的每天预约量，应该还是蛮多的。汪承望讲:“医生首先还是应该多从病人的体验出发，设想一下，病人一直张着嘴，忍着口水，忍着疼痛，听着这机器嗞嗞的响声，内心里是多么的恐惧，而医生还在一边磨磨蹭蹭地干活，这可不行，所以一直对自己有一个要求，就是保证质量的同时，速度要快，干净利落。”汪承望说这些时，显得相当的得意与自负。

汪承望总是早早地从长宁区过来，来到相距语嫣的工作单位公交车一站路的地方，选了一家宾馆。最近几次，汪承望征求语嫣的意见，也就固定在这同一家宾馆见面，原因是这家宾馆的底层，有一家日本料理店还是不错，与其说是日本料理店里的菜肴不错，倒不如说是这家店显得格外的冷清。汪承望晓得语嫣喜欢这样人少的就餐环境。先到宾馆开好房间的汪承望，算着语嫣下班后这一路过来的时间，也就下到底楼的这间日本料理店里来等语嫣了。语嫣进宾馆，直接到日本料理店与汪承望见面。两人的夜饭，也就是日式的简餐。吃好夜饭，便到楼上的客房去了。

宾馆底层的日式料理店里，菜式并不多，以日式的简餐和烧烤为主。来店里吃多了，便把所有的菜吃遍了。语嫣和汪承望各自说出店里做得比较好的，或是喜欢吃的菜，逐渐地每次来连点的菜也固定下来了。坐在店门口一张几案前，一位老板娘模样的人，每次都会安排汪承望坐在里面一点的位子。过不多久，语嫣来了，老板娘还会非常客气地引位，一边走一边还会跟语嫣轻声讲："先生已经到了。"而待语嫣坐下，老板娘又会客气地向语嫣和汪承望问询道："还是这几个菜？需要换些菜吗？"显然老板娘已经记住了语嫣和汪承望每次点的菜。在得到答复后，老板娘便悄无声息地走开了。每次待老板娘走开，语嫣和汪承望都会相视一笑。这一笑，完全是冲着刚刚走开的老板娘。语嫣曾经不止一次地对汪承望讲："老板娘看人的眼光神秘兮兮的。"语嫣或讲："说'先生已经到了'，再正常不过的一句话，怎么到老板娘的嘴巴里，就变了味道。"诸如此类，语嫣每次来，总会在汪承望面前议论几句老板娘，而每当这时，汪承望总会笑着讲："语嫣是多心了吧。"而语嫣又要辩解一番："谁多心啦？这饭店也没什么生意的，店里也够清静的，还要安排坐在这个角落里干吗?”汪承望依旧笑个不停。语嫣也每次都会讲:“不是吗,老板娘肯定在猜这两人的关系。”

即便是有老板娘这一插曲,这也是两人见面时的轻松话题。一到楼上的客房里,汪承望总是有些迫不急待地想抱着语嫣,语嫣感到汪承望的渴望。有时汪承望连前戏都没有,直截了当的那种,语嫣似乎也只能顺应着。缱绻之后,语嫣心里虽有些责怪汪承望,但还是倾心与汪承望在一起的。语嫣喜欢这份云雨之后的宁静。客房里,静谧的空间里,总会让人充满遐想。

每次约定在虹口的宾馆里见面,当然是汪承望考虑到语嫣下班较晚,这样也就方便语嫣可以快一点到达约会的地点。每次两人的约会将要结束时,都会有些不舍。语嫣静靠在汪承望的胸前,嘴里喃喃地讲一声:“怎么啦,想着快些回去了吧?”汪承望基本是静默。语嫣又讲:“你就是在想着快些走,每当这时,话也不多了,还不好意思看时间。”语嫣这话说多了,汪承望即便想竭力否认,但看到语嫣的眼神,也就作罢。汪承望将语嫣拥入怀里,而这时语嫣却有些躲闪,口气也是诚恳:“回去吧,回长宁还有较长的一段路。”

每次两人见面,总感到时间过得飞快。两人先后步出宾馆。

语嫣乘上公交车回去,在摇晃的车厢里,语嫣其实也想着快些回家。语嫣顾忌着阿岚的多嘴,想在阿岚回家前尽量赶回家。语嫣与汪承望还从来没有在宾馆里过夜。

随着时间的推移,语嫣在感受到汪承望对于自己的迷恋的同时，又总是在提醒着自己：眼下的这个男人，只是在这一刻，暂时属于自己，或是对于自己也只是猎奇，以及男人贪婪的本性而已。语嫣更会去想着，这个男人做事耐心细腻，也应该是很顾家的样子，也是很会疼爱自己的家人，也一定是对妻子百般依顺的人吧。汪承望的妻子会是一个怎么样的人呢？漂亮吗？性格又会是怎么样？是做什么工作的？当年汪承望又是在哪里认识她的？又怎么追到妻子的？语嫣想着这些，只是从没开口去问过汪承望这些，似乎也是无从问起的。

在不见面的日子里，语嫣与汪承望的联系就是电话或短信。两个人白天工作都较忙，若是通电话，汪承望也会选择在下班后打过来。最初几次，接到汪承望打来电话时，语嫣还奇怪汪承望怎么还没有下班，想着约会的时候，汪承望总是早早就到了，所以语嫣会问一声："我们这边的医生都已下班了，你怎么还不下班？"汪承望则会说些诸如工作上碰到的一些杂七杂八的事。而语嫣渐渐地想到，汪承望可能就是想等语嫣此时有空才打来电话的，而过了这段时间，汪承望也是该下班回家了。

只是语嫣感到，汪承望在电话里，全然不像两人见面时那样的能说会道，许多时候，汪承望拨通了电话，并不言语。语嫣想象着汪承望此时孤身一人坐在诊室里，诊所里的人也应该都下班了，显得很安静。每当这时，两人似乎在电话中思忖着什么，之后便是语嫣会问汪承望："怎么不说话？"汪承望总是这样回答："只是想听听语嫣的声音。"两人在电话里的确没有什么具体的事要商谈，但汪承望在电话里的这种略带压抑的声音，还是让语嫣感受到了。语嫣甚至可以感受到汪承望情绪的低落。

相比这样的电话，有时两人的短信，倒是更便利些。彼此只要有空闲的时候，也就发个短信问候一下。语嫣绝不会先主动给汪承望发短信的。当汪承望每天晚些时候发来短信时，语嫣就会想着，估计此时的汪承望才有空发短信了。汪承望发来的短信，每天的内容也是大同小异，无非是问问语嫣："吃夜饭了吗?""夜饭吃的是什么?""夜饭后又在干什么?"随着汪承望的短信发问，语嫣便有了回复，语嫣短信的内容则广泛得多，诸如："想到你的提醒，要多喝茶，今天一上班便给自己泡了一杯。""今天路过了一家新开的西点店，买了一块慕斯蛋糕尝尝，感觉还不错，哪天见面，也带来让你尝尝。""回到家里，开灯不亮，晓得又是保险丝断了，摸黑将备用的保险丝换上，你说我行吗?"这些也可能都是两人隔空聊天的开始，接着便是聊着上次约会时没有说完的事，一句来一句往的，并不比当面交流来得差。有时也会抱怨着各自工作上的事，因为毕竟同为在齿科诊所工作，碰到的问题也是大同小异，都是有同感的话题。有时也会说着这个城市又有什么小道消息，或转发一段别人的文字，相互说着，想象着对方说这事时的神情举止，同为趣味相近的人，观点也是相近。有时也会说些此时的电视里在播放什么节目的话，于是语嫣也打开电视，彼此都在看着同一电视节目，在短信里也有了交流，往往也是会意地一笑。

语嫣想象着汪承望在家时的情景，而又一想，即便身旁有人，也根本不可能察觉的，就如同有几次阿岚在家时，语嫣也是这样和汪承望互动的。

当然，每天的短信更多的只是一种彼此的惦念，不过，渐渐地让语嫣感到，这似乎也不仅仅是一种记挂了。在某一天的早晨，语嫣急着去上班，突然就会收到汪承望发来的短信："今天要下雨，别忘了带伞。"语嫣回复："噢。"语嫣出门撑伞，就犹如汪承望就在身旁关注着自己，而且这种的关注一直围绕着自己。语嫣一直在寻找着一个确切的词，来描述自己的这种感受，就在这个雨天的早晨，语嫣感到有一个词，可以贴切地描述此时两人关系的境况，那就是：陪伴。语嫣甚至认为，即便是隔着空间，但这种陪伴也是那样的实实在在。当然这也只是一个闪念，语嫣的心里又会想到，汪承望又会怎么想呢？

随着见面机会多了之后，语嫣惊讶于自己什么话都会对汪承望说，甚至有点八卦了，而说的都是诊所里女护士间那些杂七杂八的琐事，同为在这样诊所工作的汪承望听了总是笑笑，至多会讲一声："原来这么安静的诊所里竟然是这么的热闹。"而每当这时，语嫣嘴上虽会说一句："你们当医生的自然轻松。"而在语嫣的心里，也更惊异于自己原来可以这么的啰嗦，这般的小女人。

当然，语嫣有些话，不是啰嗦了，这些话，放在以前，那是没有一个人可以说的，而现在，汪承望是最适合的听众。语嫣说到自己的家，说到了阿岚、姆妈与外婆，和才相认不久的琬怡一家，陆续听到的有关阿爸的一些事，以及还未曾谋面过的孃孃。当然，语嫣说得最多的还是阿岚，阿岚的脾气，阿岚与儿子飞章。语嫣惊异于自己可以这样坦诚地跟汪承望说着这一切。语嫣在说着这些时，也并不会顾忌汪承望有些什么反应。汪承望更多的时候，只是默默地听着。

自从姆妈去世后，语嫣下班回到家，多半时间阿岚也不会在家，原来可能语嫣一个人操持忙碌着家务，或是一人吃饭休闲，也没觉得有多少的寂寞，但随着与汪承望见面次数的增加，和差不多天天与汪承望隔着空间，凭着电话与短信交流，语嫣才感到这种时时有人牵挂、时时有人说话，是件多么惬意的事情。现在如果哪一天，既没有与汪承望见面，又没有与汪承望的电话与短信，语嫣会有些受不了的。只要是与汪承望有几天没有见面，语嫣见到汪承望，便总是娇嗔。汪承望晓得语嫣是含着十分的委屈，语嫣也是明白汪承望的心相，但都没有开口说穿或是探问，当下又都会有一些的伤感。

现在的语嫣，已经开始感到每次下班回家，家里的那种孤寂与清冷，与以往也是不同的，甚至感到平·克劳斯贝的歌声也是透着一种落寞与伶仃。

五

语嫣和阿岚照镜子，阿岚讲："看你的皮肤，我总觉得自己做面孔的钞票是掼到黄浦江里了。"语嫣讲："想说什么?"阿岚讲："与你一比，自己又觉得老了一点，你总是一点不变的，尤其是皮肤，娇皮嫩肉，香温玉软，又很紧致。"语嫣讲："你是成心让我开心。"阿岚讲："走出去的话，别人总还认为你是妹妹。"语嫣讲："真要像你说的就好了。最近照镜子，总觉得前留海头发变少了，眼袋深了些。"阿岚笑讲："有心事呀。"语嫣瞥了一眼阿岚，并没有接话。最近，语嫣照镜子，觉得自己也开始注重每天的化妆，渐渐也发现自己的一些变化，总是会想着阿岚曾经说到过的一些化妆要领，会去小小试一下。当然语嫣要的效果是浅尝辄止的那种。

这些天来，语嫣对于与汪承望的这份恋情，一遍一遍地确认着。只是原指望可以更多地花前月下，而现在每次就在宾馆里，语嫣是有点想法，就有几句暗示的话。

可能是暗示的话起了作用，也可能是汪承望也意识到什么，汪承望后来安排约会地点和时间上，都有较大的改变。譬如，在约会的地点上，语嫣与汪承望已经不局限在虹口。汪承望总会推荐一些饭店，而这些饭店也是在市区的不同地方。语嫣也想着自己一直是在虹口的两点一线，现在汪承望安排见面，倒是能够去不同的地方看看，所以也是多了额外的期待。在约会的时间上，由于语嫣是轮休的，每个月的休息日并不是固定的，汪承望的休息日是相对固定的。为此，语嫣每个月的轮休日排片出来之后，便发给汪承望，而汪承望则按照语嫣的休息日，来调整自己的排班，这样两人就可以有一同的休息天了。相对过去只有下班后的约会，现在两人在休息日也可以约会，两人在一起的时间也可以久一些。

一日，汪承望约语嫣到虹桥附近的一家宾馆吃午饭。餐厅是在这家宾馆的顶楼，吃的是素食的自助餐，也是汪承望很推荐的。语嫣和汪承望坐在巨幅的玻璃幕墙前，边吃边欣赏着四周林立的高楼。白天的艳阳照耀下，天高云低，可以看得很远。

语嫣讲："这一片，都很久没来了，以前在卫校读书时，到这附近的一家医院来实习的，没想到，现在有这么多的高楼了。"汪承望讲："高楼一多，显得拥挤，也没有了以前的宁静。"语嫣又想起什么问汪承望："这里应该是离你家不远吧?"汪承望嘴里应着，用手指了一指。语嫣看了看问："到底在哪里，自己家在什么地方也搞不清楚?"汪承望只得再次肯定地指了指方向。语嫣继续张望着又问："都是不错的楼房，你家肯定也是这种高楼吧，是在那个方向吗?"汪承望点着头。语嫣再次认真地张望着："还是看不到。"汪承望讲："肯定是看不到的，这里隔着多少条的马路，多少幢楼呀。"

当两人吃好自助餐，没走多少路，便来到附近的一家商务酒店。每次这样的约会，最后都会去汪承望在附近已经预订好的宾馆房间。可能因为是白天约会，午后与晚上两人都可以待在一起，有着大把的时间，所以汪承望也显得从容得多。

汪承望对于每次的相见，都做了精心的安排，从就餐的地方、闲逛的一些场所，以至于什么地方的一份甜品一杯果茶，更别提住宿的宾馆了。这些似乎都透着汪承望是个细密的人。语嫣也是能体悟到汪承望给自己营造的这个氛围，或是这份心意。

在这段日子里，语嫣又观察到了汪承望的另一个方面。譬如，语嫣和汪承望现在时常会逛些商场。这几年，市区里开出了许多新开的商厦，外资的或是合资的，也引进了一些新潮的或是经典的品牌。以前在这方面的资讯，可以说都是阿岚在说给语嫣听的，外面在流行一些衣着，是什么款式，什么面料，什么颜色，又是搭条什么围巾，或是拎个什么包包，穿双什么样的鞋。语嫣穿衣，从里到外，一年四季，包括化妆品，似乎大都是按着阿岚的眼光来的。而现在的语嫣，已经是非常喜欢由汪承望陪着，到各个商厦走走看看，逛百货公司时，汪承望更是会对语嫣挑选的各种衣服恰到好处地给些建议，这也是让语嫣深感意外的。有一次，汪承望强烈推荐了一款自认适合语嫣的衣服，语嫣当时有点犹豫，只是碍于汪承望的坚持也就买下了。回到家，给阿岚看，就连平时对于衣着有非常挑剔眼光的阿岚，对于语嫣的这身衣服也是肯定有加。阿岚讲："这款式和颜色，放在店里一大堆衣服中，真是难以看出好坏，而单独拿出，细细看看，发现是一种平实中暗含了惊艳，也是再适合不过你了。”阿岚还直呼：“你的眼光也变毒了。”闻听阿岚的话，语嫣内心是十分欣喜。阿岚的话也道出了语嫣的心思，感到汪承望不单单是会挑拣衣服，更是相当懂得自己的心思，而这一切又是无须言明，都在平时的只言片语中、一举一动中。

语嫣与汪承望逛商场也有另外一个插曲。起先，两人逛商场时，语嫣有看中的衣服，汪承望必会抢着买单，而语嫣不允许。虽说语嫣也是晓得齿科医生的收入，但语嫣还是跟汪承望讲：“两人在一起，吃饭住宿的开销已经是你承担，负担已经够重了。”语嫣这话，并没有止住汪承望抢着买单。语嫣又讲：“一对男女，在店里，买的是女人的衣服，男的抢着付钱，旁边人会怎么看？已婚的男人与女人已经很少会这样了，再说，有时还是买些女人私密的用品，男人去付钱更是怪的。”语嫣这番话，倒是起了作用。这之后，两人再逛商场时，汪承望也就只尽参谋的本份。不过语嫣倒是时有出手，替汪承望买了领带和皮带之类的。

有时，汪承望也会征询一下语嫣的意见，想去什么地方玩？语嫣说想看电影，或是去音乐厅听场音乐会，还有去大剧院看一场音乐剧。汪承望听后笑笑。其实语嫣对于自己说出这么多的想法，也是吃一惊，这么多年，语嫣也就是与阿岚偶或看场电影，音乐会或是音乐剧从未涉及。

对于再次准备走进电影院的语嫣，感觉有些隆重，看哪部电影、上哪家影院去看，与汪承望在短信里商量好久。两人走进电影院，影院的灯光暗下来时，竟然也有一些年少时进影院的兴奋。两人看好电影，还在兴奋地说着看电影的事，倒不是在说才看好的这部电影的剧情，而是汪承望回忆起当年读大学时的一段岁月："当时到外地读大学，什么都不习惯，环境气候，食物住宿样样不行，最不习惯的是同宿舍的同学，整天就是在喝酒抽烟打牌，搞得乌烟瘴气，不想混在这样的同学堆里，除了上课，也就只能整天一个人，当时学校旁有一家电影院，虽然破旧些，倒成了我的乐土，没事便朝电影院里钻，不管放什么电影。"看场电影，会引来汪承望这么多的感慨，这也是让语嫣有些窃喜，总觉得汪承望很少会说到自己以往的一些事。不过语嫣嘴上却讲："应该还有一位女同学陪着吧?"语嫣轻松的一句话，引来了汪承望竭力又认真地否认。

又是一日，语嫣约汪承望去淮海路上的太平洋百货。两人来到女装的楼层，迎面就看见一个品牌女装的专营店，正是阿岚经常跟语嫣提起的。语嫣便和汪承望进入店内。店里的人并不多，是那种适合慢慢欣赏，又可精挑细选的购物环境。语嫣沿着货架依次走着，就在接近试衣间时，语嫣猛地转过身来，背对着货架，然后拉了拉汪承望，就转身走出店面，语嫣在楼层电梯走去，汪承望一路紧跟问怎么啦，快走到电梯时，语嫣才讲："我看到阿岚了。"汪承望问："在哪里?"语嫣讲："在试衣间里，阿岚走进去试衣，在门口帮阿岚拎包的，估计就是那个赵工了。"汪承望有些惊讶地讲："是吗，有这么巧的事。"汪承望说着又对语嫣讲一声："等我一下，马上就回来。"没等语嫣拦住，汪承望折返进那间品牌女装店，而没过多久，汪承望又迅速地返回，这时正巧电梯到，两人进电梯，就在门关上的这一刻，语嫣又有一个转身躲避视线的动作。两人乘着电梯笔直向下，似乎这才稍稍安心。语嫣有些责怪地讲："要不是电梯及时，差一点让阿岚看到我们。"汪承望讲："我也就是想看看阿岚，走进店，就看一个女人和一个男人走出来，我估计是阿岚，只好连忙转身出来。"语嫣讲："怎么会想着去看阿岚?"汪承望讲："一直听你提到阿岚，所以想看一看，心想阿岚又不认识我，但又想到语嫣在电梯旁等我。"语嫣讲："这么说，还是我妨碍你欣赏美女了?"汪承望讲："阿岚走出店面，也是径直朝电梯间走来的，就是这么短的距离，阿岚也是应该看到语嫣了吧?"语嫣讲："阿岚近视眼，眼大无光。"语嫣和汪承望无心再逛太平洋百货，两人来到隔着两条马路的酒店房间里。话题，还是围绕着刚刚与阿岚的奇遇。

又是一日，语嫣和汪承望到大剧院看音乐剧。两人先在大剧院附近的一家广东烧腊饭馆见面。下班后过来，时间上有些急。吃了简单的烧腊盒饭，进入大剧院，入座，音乐剧就开始了。这两年，美国百老汇的一些经典的音乐剧被引进国内，听得懂听不懂英语都行，反正有中文字幕，熟悉的剧情熟悉的音乐才是关键。幕间休息时，语嫣和汪承望一同去休息大厅，一对年轻的夫妻带着一个小女孩正迎面走来，那位先生热情地朝汪承望打着招呼："汪医生和夫人也来看音乐剧啦?"汪承望连忙点了点头。当别人向汪承望打招呼的瞬间，语嫣本能地往汪承望的身后闪了一下。不过待汪承望与年轻夫妻寒暄后，语嫣已是神情自若地朝这对年轻夫妻点头示意着。那位拉着女孩的夫人跟汪承望讲：“女儿的牙齿还幸亏了汪医生，每次去诊所，汪医生总是那样的耐心周到。”汪承望则随和地讲：“不必客气。”汪承望又低头对女孩讲：“张张小嘴，让我看看。”汪承望看了之后，又对年轻夫妻讲：“小孩牙齿矫正是件挺麻烦的事，不过现在看还算可以，以后必定是口漂亮的牙齿。”此时，剧场内在报演剧又将开始，年轻夫妻和小女孩向汪承望和语嫣道别。那位夫人的眼光又看了看语嫣，不乏真诚地对汪承望讲：“汪医生的夫人，真是漂亮又秀气，一看就是很贤惠的。汪医生真有福气。”那天，音乐剧结束后，汪承望送语嫣到附近的车站，两人还在想着幕间的这一插曲，汪承望讲：“人家可是夸你年轻贤惠呀。”汪承望在说这活时，神情还十分得意与兴奋。而语嫣则有些忧虑地讲：“我们有点大意了，看样子以后不能到处乱走了，让汪医生丢人现眼。”

对于以往的约会只选择在虹口，很少会去其他的地方，当时是汪承望考虑语嫣可以近一些，下班之后，不必费多少时间，两人就可以见面。之后，两人在约会的时间和地点上有了更多的选择，语嫣也是期待的。但自从大剧院的这次的插曲，两人的约会地方又回到了虹口。语嫣心想，真要碰到熟人，问起，也会有许多意想不到的尴尬。语嫣也曾忌讳过常去的那家宾馆，离家或是单位也不是太远，所以从一开始就与汪承望约定要分头进出，考虑的也是避开熟人的视线。语嫣对汪承望讲：“虽说你所在的齿科诊所和家在长宁区，但诊所的同事和病患是遍布各地的，还有你各种朋友也不会少，虽说上海足够大，但碰巧遇见什么熟人的事还是容易发生的。”语嫣没有说出口的是，担心汪承望的家属也会听到看到。语嫣说了想法后，汪承望表面上还是一副满不在乎的样子，不过心里肯定在猜测着语嫣的想法，当即也是无话可说。这之后两人又是选择以往常去的那家虹口的宾馆。宾馆里，再次感受到了远离尘世的这份安宁，享受着缠绵之后的静谧时光。其实两人还是各有各的思绪吧，尤其是语嫣。

当又是这种固定地点的见面后，汪承望似乎有点不心甘情愿的样子。一日，汪承望发来短信，说那部曾期待的美国大片上映了，来问语嫣去看吗。语嫣回答说不看。汪承望在接下来的短信中有点纠缠的味道：“还是去看吧，也就看一部电影呀，至于吗?”语嫣还是回答：“要看，你可以一个人去看。”汪承望清楚语嫣的想法，讲：“分头进电影院好吗?”语嫣回答：“可以约一个时间，你在长宁的电影院看，我在虹口的电影院看，不就可以了吗?”汪承望回答：“不一样的。”

语嫣与汪承望商量着去杭州游玩一次。汪承望总是在提结缘杭州的事，而语嫣提到因为那次自己脚崴了，没去成的几个景点。计划周五下午乘动车去杭州，两人都请假半天，之后是周末的两天连休，周日下午再乘动车回上海，这样就能在杭州过两夜。

出发那天，语嫣和汪承望各自在单位里吃中午饭，之后又是各自到达铁路南站，见面后，一同登上去杭州的动车。

两人对于此次的行程充满期待。

汪承望预订的酒店在南山路附近，离西湖很近，又是背靠着太子湾公园。语嫣和汪承望到达杭州后，便先到酒店办理入住手续。酒店并不大，依着山势地形而建，青山环抱，又不失几分的典雅。

两人一进入客房，先是打量了一下房间，又俯视一下窗外的景色。近处的山形，街道，不远处西湖上的一抹天光。两人相视一笑，这一笑，包含着两人再次踏上杭州的计划得以实现，同时又有远离上海尘世的味道。汪承望将语嫣拥入怀中，两人长长地亲吻。汪承望有进一步的动作，被语嫣止住了："这不是在上海，没有必要心急。"汪承望觉得语嫣说得有道理，想着在上海，两人在宾馆里见面，虽说不会时常看着时间，但两个人又都想着不能太晚回家。

于是出了宾馆，朝着西湖的方向走去。

语嫣问："上次来我们住的宾馆，离这里远吗?"汪承望回答："不远，就靠近西湖那边。"语嫣讲："啊，我想起来了，吃饭的饭店，也应该就在附近，好想去看看。"汪承望讲："那就去看看吧，也到吃饭的时间了。"晚霞映衬下的西湖，金色的波光有些耀眼。

当在西湖旁的饭店里坐下时，窗外的夜幕已经降临，远眺西湖，渐暗的水天，浑成一色，已有星星点点的灯火在闪烁着。周围有两桌是旅行团的团餐，显得有些喧闹，而语嫣和汪承望似乎也没受影响。对于此时又能坐在杭州的饭店，两人的内心依旧有些兴奋，尤其是汪承望，一切都是溢于言

表："上次叫你来这饭店里吃饭，还反复做了工作，当时架子蛮大的。"语嫣讲："最后还不是跟着你来了。"

晚饭后，两人回到酒店。语嫣对汪承望讲："以前你出差在外，总要跟家里每天打声招呼，报个平安吧？你尽管这样做，也免得家里担心。"汪承望听了语嫣的话，拿着手机离开客房，去走廊里去打电话。待汪承望简短的通话结束后，再回到房间时，语嫣对汪承望讲："以后打电话，在房间里就可以了，并不要避开我。"汪承望连忙点头，脸上有一点尴尬。

也可能就是这样的一个插曲，使得原本有些急不可待的汪承望竟然有些惘然若失，坐在一旁有些沉默，这又让语嫣不得不主动靠上去，有点温存的动作，才使得汪承望重燃激情，要亲吻语嫣，语嫣拦住汪承望，汪承望讲："语嫣还有什么事？"语嫣讲："先去洗澡。"汪承望笑笑，也把语嫣一同拉进浴室。

沐浴后，自然是云雨一番。只是都想着不要再看时间，或是要回家，彼此都从容了许多，竟然又是多了几分缠绵。两人也是第一次一起过夜，彼此蜷缩在一个被窝里。

第二天清晨，两人登上宾馆后面的山上想去看日出，只是让语嫣和汪承望有些失望的是，太阳被浓厚的云层遮住了，所以并没能看到日出的景象。汪承望讲："预定这酒店，想着就是来看日出的，看来只能是明天早上再来看了。"

原本上午汪承望是安排游览上天竺、中天竺和下天竺，这也是这次游程汪承望最为推荐的景点，但据酒店的工作人员介绍，上山的路在维修，现在要去的话，将会是很堵的，耗时费力。汪承望想着毕竟来杭州游玩时间有限，便决定调整一下行程，汪承望讲："留点悬念，以后再来。"

这天上午，语嫣和汪承望去了杭州植物园。走进植物园，连绵起伏的草坪，一些非常粗大的樟树，盘根错节，遮蔽云天。有几个年轻人正在忙着帮一对新人拍照片，只是风有些大，吹散了新娘的头发和婚纱。语嫣尽情地看着这些青年，汪承望则是看着语嫣的神情。走过这一片，汪承望边走边给语嫣介绍着所经过的各种花园，有木兰山茶园，有百草园，有杜鹃桂花紫薇桃花等各园，汪承望指了指远处讲："要是冬天来，就可以到前面灵峰梅园去看梅花，也是很不错的。"当来到玉泉，语嫣看着池子里肥硕的锦鲤时，有点惊讶，汪承望买来鱼食，让语嫣喂鱼，鱼群纷至，语嫣不觉连连赞叹，汪承望被语嫣的欢声感染。玉泉的院落，更像是一座江南的园林，一步一景，古朴典雅。语嫣对汪承望讲："相当不错的地方，怎么以前会没来过呢？"

汪承望给语嫣拍照，语嫣坚决不要，汪承望只得拍了不少的风景。语嫣在一旁也时常帮着选景："这天色，光不行呀，能拍吗？"汪承望还是不时举着照相机拍着，有时想偷拍几张语嫣的照片，都让语嫣闪过去了，倒是语嫣拿过相机帮汪承望拍了几张。汪承望讲："又是不能明白的事了，语嫣为什么不爱拍照呢？"语嫣讲："最好的风景，自然只能是留在脑海里。"

下午，两人去了灵隐寺。这也是上次因为语嫣脚崴，而没有去成的景点。走在去灵隐寺的路上，两人的内心还是相当的虔诚。在灵隐寺里，看着周围熟悉的环境，语嫣讲："那年，也是夏天，和姆妈来这里，但这一路走到寺内，感觉周围是相当清凉的，没有现在这么多人。"汪承望虔诚地拜佛，语嫣在一边也不敢怠慢。

兴许是刚才语嫣提到自己姆妈的缘故，语嫣又想到要吃的几样杭州的点心。出了寺院，便找到一家吃点心的小店，点了藕粉、葱包烩、酥油饼。语嫣讲："那年姆妈来杭州，顶欢喜吃杭州的这些点心，姆妈后来生病住院，还一直说着在杭州吃过的这些点心。"吃着说着。邻桌的一对老年夫妻模样的人，吃完点心，搀扶着起身，从语嫣和汪承望身边走过。这一对老者，一副旅行者的打扮。语嫣望着这对老者远去的背影讲："他们是幸福的，至少这个年纪，还能走在一起，他们一定去过很多的地方。"汪承望讲："首先还得活着。"语嫣讲："恐怕都是活着，但就是找不到你了吧。"汪承望笑笑，而语嫣面色真诚地问："那时，还真的可以见到你吗?"

之后又去了六和塔。汪承望讲："当初在杭州开会时，原本约你来六和塔的，不想你的脚崴了，今天总算一道登上六和塔了。"此时的语嫣与汪承望都想起曾经在杭州开会时的相遇，和因为语嫣的脚伤而没能继续的游玩，以及被语嫣多次说起汪承望第一次"大胆非礼"的行径。语嫣讲："现在想来，当初在游玩九溪十八涧时，你的坏念头就有了，而第二天游好西湖，晚上又是请吃饭，又是叫喝咖啡的，一直是想着图谋不轨吧，我的脚受伤，更是让你有机可乘了。"汪承望呵呵地笑着。语嫣讲："我也是意志不坚定，这才成全了你。"语嫣现在说起这些事，完全是一种轻松轻快的语气。

语嫣和汪承望登上六和塔，临江俯瞰，感到天气阴沉，还沥沥淅淅地下起雨，没过一歇，竟然刮起很大的风，此时再往远看，四周的景物也有些模糊，唯能听到远处江水轰鸣的排浪声，似乎与这阴天的云雾在呼应着。再过一歇，更是暴雨与狂风一起裹胁着，扑面而来，气势凛凛，咄咄逼人。语嫣看着有点怕，催着汪承望快些下塔。

晚饭后，雨停了，云也散去不少，月光皎洁。语嫣提出要看电影，也就是汪承望曾经心心念念要两人一起去看而被语嫣拒绝的那部美国大片。于是两人查了信息，便来到湖滨路附近的一家电影院。电影结束，已经很晚，想着深夜的归途，两人是一个共同的地方，都有些欢跃。语嫣提议要走着回去，汪承望马上同意。

回酒店的这段路，几乎就是沿着西湖边在走。此时，沿湖的路已显得格外幽静，偶有汽车驶过，行人也并不多。在路灯的投射下，两人行走的影子，一直与脚步伴随，影子也是忽大忽小，忽前忽后。语嫣讲："想着就是这样，两人能够走在马路上，悠闲地散散步。"汪承望哼着歌曲，时而大步流星，时而环绕在语嫣的身边。在接近宾馆的一段小路里，汪承望突然从身后将语嫣紧紧地抱住，又侧过头来要亲吻语嫣，语嫣显然有些被惊吓到了，有些挣脱，有些躲闪。的确，汪承望与语嫣还从没有在露天场合里有过这样亲昵的举动。语嫣的声音也有些变了："做啥这么急呀。"不过，语嫣还是挽起汪承望的手臂，头靠在汪承望的肩上。在接近宾馆的小道上，汪承望再次从语嫣身后抱住时，语嫣便坦然地偎依在汪承望的胸前，彼此亲吻着。

回到宾馆，两人在一起沐浴，之后等不及到床上，在沙发上就开始了缠绵，接着再到床上，一阵的癫狂。即便在这两天里，两人都是在一起，但彼此依旧是如饥似渴。不过，想着明天就要回上海，之后也就回到各自的家里时，两人感到要回到现实之中了。语嫣讲："今晚不想睡了，就想这样和你一起说说话，说到天亮。"汪承望问："难道灯也不能关了?"语嫣讲："灯可以关，但你可不许睡着。"汪承望关了灯，房间里一下子显得格外的黑暗。汪承望紧握着语嫣的手。语嫣讲："从小就习惯和阿岚一起睡的。那年阿岚出嫁，一下子觉得亭子间也有些大了，才感觉到自己很怕这黑夜，连灯也不敢关。"汪承望问："那你现在呢?"语嫣讲："现在经常是一幢房子里，楼上楼下，就我一个人。"汪承望将语嫣的头揽在臂弯里。语嫣讲："还是在很小的时候，就觉得我们家和其他人家不一样，因为在我们家里，没有阿爸，虽然从来没有感觉到少了阿爸会少些什么，但我还是会忍不住去想阿爸会是怎么样的一个人。有一次，在家里的床底下，翻出了一部电唱机，还有几张黑胶唱片，当时外婆跟我说，这是以前阿爸送给姆妈的，后来我一个人悄悄地听了这些唱片，其中有一张就是平·克劳斯贝的唱片，一听就欢喜上了，想着阿爸以前肯定喜欢听。再想，自己听这唱片，就好比听到了阿爸的声音。当时怕阿岚多嘴，所以连得阿岚也没告诉，这也就成了我小时候唯一一件秘密的事。”语嫣说好，房间里又显安静，语嫣只感觉到汪承望把自己的手握得更紧了。两人有了片刻的沉默。语嫣讲：“小时候，家里有外婆，有姆妈，还有阿岚，家里全是女的。”汪承望讲：“我家也就我一个独子。”语嫣讲：“啊，那汪承望从小是被爹娘宠着的。”汪承望讲：“有什么好宠的，阿爸老头是一个官迷，天天想着做科长，平时跟我说得最多的两句话就是，男孩身上要有股匪气，这样才能成就霸业；男孩脑子又要有文化，这样才能坐稳江山。”语嫣讲：“有点意思的。”汪承望讲：“有什么意思，阿爸老头还常常训练我，练好铁脚板，到西郊公园去玩，要走得去。大冬天，要我洗冷水澡。阿爸老头，直到退休刚刚混上一个副科长。”汪承望的话，引得语嫣笑声不断。语嫣讲：“难得你会说些家里的事。”汪承望没有回答。语嫣再问：“是不是想睡了？”汪承望回答：“没有。”语嫣讲：“原来也常听小姐妹讲，冬天里要是不和自己的男人睡在一起，手脚都是冰凉的。”汪承望问：“那语嫣呢？”语嫣讲：“也是呀，一夜睡到早上，手脚还都是冰凉的，可惜现在不是冬天，否则的话，倒可以试试，让你帮我暖暖。”被窝里的汪承望又抱紧语嫣。漫漫的黑夜里，两人说着话，竟不觉已是后半夜。此时的汪承望又来了兴致，语嫣虽然担心汪承望的身体，但又觉得汪承望是违拗难挡，两人又是一番激昂，之后，两人都沉沉地睡去。

早上，待语嫣醒来时，窗帘的缝隙里透着明亮的光芒。语嫣从床上跃起，拉开了窗帘，太阳已经升得很高了。语嫣看着趴睡着不起的汪承望，笑着讲："昨天还信誓旦旦要看日出的人。"语嫣的话，并没有引起汪承望的反应，语嫣又觉无趣，也重回到床上，盯着看汪承望的脸。这时，汪承望突然扑来，又将语嫣抱住，两人又是一番缠绵。

下午，两人登上回上海的动车。

随着动车风驰电掣般地驶往上海，汪承望发现看着窗外的语嫣神色凝重。汪承望问："怎么啦?"语嫣回答："没怎么。"汪承望讲："想着明天又要上班，没劲了吧?"语嫣讲："才不会呢。"语嫣沉默片刻，才喃喃地讲："又去过杭州了，好吃的、好玩的都有了。"汪承望讲："你是想着这些呀。"语嫣又讲："重要的是两人能一起马路上走走，一起看电影，还能在一起睡到天亮，这在上海可都是不行的。"汪承望讲："以后还可以再来，挺方便的。"语嫣看着汪承望的双眼讲："是真的吗？还会再来杭州吗?"汪承望想说是真的，或是肯定的话，但看见语嫣双眼在流着眼泪，汪承望有些慌了，汪承望问："怎么不开心了?"语嫣讲："没有呀，挺开心的，谢谢陪着到杭州来玩。"汪承望依旧是不知所措。语嫣擦了擦眼泪，语嫣讲："真不想回去，还能陪我一夜吗?"

语嫣和汪承望回到上海后，都没有回家去，而是住进了常去的那家在虹口的宾馆。的确，在动车上语嫣的状态让汪承望有些不放心，所以当语嫣有这个想法时，汪承望也就答应了。

两人再同宿一夜，语嫣应该没什么事的，只须给阿岚发条短信就可以，即便不发也不要紧，事后说一声就行了。周五早上出门时，也是简单地关照过阿岚，说是单位里这两天搞活动，还在睡觉的阿岚也就“嗯”了一下，继续睡她的觉。这两天，语嫣和阿岚也没有联系过。想着阿岚就是这样粗线条的人，倒也省去了自己需要掩饰的一些做法。语嫣想着，单位就在宾馆附近，明天一早在宾馆里吃好早餐，去上班也是挺方便的。

相对语嫣的方便，汪承望也没觉得明天一早去单位上班会有什么问题，只要早点离开宾馆就行了。只是语嫣似乎听到过汪承望曾经在电话里对儿子说过今晚回去的话，语嫣想到现在情况有变，待住进虹口的那家宾馆后，语嫣问：“今夜还不回去，也要跟家里说一声?”汪承望连忙讲：“刚才坐在出租车上，已经给儿子的妈妈发了短信。”语嫣问：“是怎么说的?”汪承望笑笑：“就说没有买到今天的车票，要明天一早回去。”语嫣讲：“都怪我不好。”

还是在酒店底楼的那家日本料理店吃完夜饭，就回到楼上的客房。在客房里的两人，伫立在窗前，看着这城市的夜景。汪承望讲：“许多次来见语嫣，我总会先在房间里，也是这样看着下面的马路，我一直要看到语嫣出现在马路的转角时，才会下楼去餐厅里等语嫣。我欢喜看语嫣慢慢地走过来的样子。”语嫣讲：“站在这里看，马路既是熟悉的，又是陌生的，这些马路，经常走过，可以说出许多在这些马路上遇到过的事，似乎是闭着眼睛也晓得走在什么地方，而陌生的是站在这里看外面，觉得看到的一切，又像是从来没见到过的，好像是在偷看着什么。”

今天从杭州回上海的路上，汪承望一直在感受着语嫣略有些伤感的心情。汪承望问：“这又让语嫣想起了什么?”语嫣讲：“没什么，感觉人总是会忽视最熟悉的人和事。”汪承望：“想说什么?”语嫣讲：“啊，我是在瞎说，别影响了你的心情。”语嫣一直紧锁着眉头。

晚上躺在床上，想着至少又可以一起睡到天亮，心里似乎又有些安逸。其实在这三天的相处中，两人时时刻刻都在一起，语嫣也会看到汪承望的另一面。汪承望时而有一段时间的沉默寡言、神情落寞的样子。对于这个年龄段的男人有些心事，有些难以消解的烦事，依着语嫣的阅历，当然是能够理解的，没有倒是不正常。此次杭州之行，汪承望也向语嫣坦诚了一些个人生活方面的事，汪承望的儿子才九岁，另外，丈母娘也在一起居住。这几天里，汪承望也是挤牙膏式地，或是惜字如金般地说了这些事。语嫣并没有想过多地探究汪承望家里的情况。

面对着漆黑的空间，语嫣讲：“都说男女感情这事，时间久了也就淡了，尤其是男人。”语嫣又问：“两人在一起时间长了，你会不会腻烦?”汪承望不曾想语嫣会问这样的话，一时语塞。语嫣继续讲：“你估计也是这样的人吧，不要多少时间的，肯定是不再有短信，不再有电话，也看不到人影了。”汪承望有点明白语嫣整个下午到此时的心境，汪承望信誓旦旦地讲：“不会的，我一直会在你身边的，我喜欢你。你难道还没感受到?”语嫣讲：“也就是拣好听的说，哄人是吧，又能拿什么来保证呢?”汪承望叹息。语嫣讲:“其实，我什么也不想听你说。”房间里又显得相当的静寂。汪承望的双手摩挲着语嫣的躯体。语嫣讲:“这两天还不累吗?我们今天就这样说说话，平平静静地睡到天亮好吗?”汪承望还未等语嫣把话说完，已经向语嫣的躯体压了过来，一阵的耽溺，一阵的癫狂。

应该是后半夜时，一阵急促的手机铃响划破客房内黑暗与静谧的空间。

语嫣和汪承望都被惊醒。汪承望连忙开灯接听电话，电话里传来一个女人急切的声音。一旁的语嫣也显得紧张，看着汪承望焦急地听着电话。汪承望结束电话后，对语嫣讲:“是儿子的妈妈来的电话，儿子突发心脏病，正在医院里抢救。”语嫣问:“那你就快去医院吧。”汪承望讲:“我不是说我在杭州吗?”语嫣讲:“这都是什么时候了?现在快去，在路上想个理由吧。”听语嫣这样一说，汪承望马上起床穿衣，语嫣在旁边相帮整理汪承望的行李。汪承望飞快地出房间，语嫣叮嘱着:“路上小心。”

语嫣通过客房的窗户，看着奔出宾馆的汪承望，马上就拦到出租车。看着远去的出租车，语嫣才感到有些心安，想着至少汪承望马上就可以赶到医院。从刚才汪承望接到妻子电话的那刻起，语嫣一直在自责着，是自己强留汪承望过这一夜的。而现在，语嫣也开始担忧着汪承望儿子的病情。

此时的语嫣感到房间里格外的冷清，又是全无睡意。语嫣想着退房回家，虽说这里离家不远，但这后半夜回家，必是要惊到阿岚的，并且这种后半夜的夜路，自己也从来没有走过。想到这里，语嫣只能万般无奈地回到床上，语嫣整了整有些凌乱的被褥，当再次蜷缩进这被褥时，只要浅浅地吸上一口气，便会闻到汪承望残留的气息，这又使得语嫣想起了汪承望。不晓得汪承望现在怎么样了。

天微亮时，语嫣手机的短信铃响，是汪承望发来的短信："儿子还在救治中。儿子是有先天性心脏病的，病情时有发作。"紧接着汪承望又来一条短信："刚才走得匆忙，语嫣还好吗?"语嫣回复："你忙你的，我没事。"

六

清明节，语嫣和阿岚去无锡祭扫了姆妈的墓地。

转眼，又快要到姆妈去世一周年的忌日，又是到了江南这种梅雨季节，雨不停地下着，此时的气候也是让人湿闷难耐。

语嫣的心里一直在想着姆妈忌日的事该怎么操办。去年姆妈去世时，家里就是语嫣和阿岚两个人，虽说后来沈德运来帮了不少的忙，还有就是联系上了琬怡，琬怡和大明也来参加追悼会，但当时毕竟许多事，只能与阿岚一起商量着办，也是简单地应付了这一切。清明节去无锡扫墓，语嫣之所以没有叫琬怡一起去，也就是考虑在姆妈忌日这天，想与琬怡一家聚一下，既是对姆妈的一种追念，也是想到去年这时姐妹三人见面，不觉也有一年了。在去无锡扫墓之前，语嫣都已想好，当时语嫣想到，若是事事都叫琬怡，会不会让琬怡感到有些事多，虽说语嫣也在猜想着孃孃为什么不愿意露面的原因，不过随着姆妈忌日的到来，语嫣还是想着要与琬怡一家聚聚。

几天前，语嫣同阿岚商量了一下，当时商量的结果就是在姆妈忌日的这天，约琬怡一家，大家团聚一下，吃顿饭即可。语嫣讲：“想着这一年来，与琬怡姐一家的几次交往，琬怡姐和大明姐夫也都是比较随和的人，还有觅波也是挺乖巧的，与飞章也能融和相处。”阿岚讲：“你想怎么弄都可以，不过，千万别对琬怡大姐去说些亲情温馨的话，更别提一起共同缅怀一下姆妈的话。”语嫣讲：“诶，你总是说这样的话。”阿岚讲：“那语嫣要我说什么？”语嫣讲：“这次与琬怡姐见面，是否要提出我们也应该去祭扫一下阿爸墓的事，而这样一想，又感觉琬怡姐会不会责怪去无锡扫墓没有叫一声。”阿岚讲：“你又是一厢情愿。”

语嫣了解阿岚说话的方式或心思，也只是对阿岚笑笑，反正具体要去操办什么事，也总是语嫣的事。只是这两天语嫣还在思忖着，原本就想着姐妹在什么饭店聚一下，而现在语嫣的想法有点改变。

待阿岚夜晚回家，语嫣把阿岚叫到前楼自己的床边。语嫣问：“今天怎么这么早就回家了？”阿岚讲：“淑女装得蛮吃力的，从穿衣打扮，还有说话吃饭，再到每次约会时间的长短都要注意。约会时间短了，显得有些冷淡人家。时间长了，又显得太主动。”语嫣问：“噢，原来不是跟那帮狐朋狗友在鬼混呀？”阿岚讲：“说我跟朋友鬼混，我只是不说你，你最近一段时间总是神出鬼没的，好像也常不在家吃夜饭。”语嫣讲：“又在瞎说了。”阿岚讲：“有好几个礼拜天，我一觉睡醒，也不见你，肚子饿了，也只能忍着。”语嫣讲：“就不能自己弄点吃的，胃不好，还全都是我的责任。”阿岚讲：“其实我几次晚回家，见卫生间里还未散开的热气，语嫣明明是刚洗完澡，但看看你房间里的灯都已关了，想必是在装睡呢，心想，语嫣这是何必，我可是希望语嫣天天在外面玩，最好天天有约会。”阿岚有时的直言，总让语嫣有些吃不消。语嫣讲：“正是在说你呢，怎么倒说起我了。”阿岚讲：“好，好好，不说了，我也只是好奇心，你想瞒我什么呢？”

此时，语嫣手机颤动，手机有短信进来，阿岚更是笑出声，语嫣有些窘迫。自从上几次，阿岚在语嫣身旁时，语嫣的手机短信来时，铃声不断，所以后来语嫣就注意了，与阿岚在一起时，将手机的铃声调到震动档，但即便这样，还是被阿岚觉察到了。

语嫣还是想着刚才阿岚提到约会的事，又想到曾经在太平洋百货公司里匆匆一瞥，也算是看到过那个赵工一眼，只是也没有什么印象，便问：“约会怎么就生出这么多的感想，跟那个赵工到底怎样了？”阿岚讲：“现在才觉得这个年龄谈个恋爱有多难，想到的全是算计，许多习惯也是难以适应，不禁想到年轻时的恋爱有多么单纯。”语嫣笑着问：“阿岚可别又要说去做尼姑了。”阿岚讲：“越来越吃不准那个姓赵的，到底想要找什么样的女人？可能我的外貌还能符合他的要求，所以那个赵工动了念头，试一下而已。”语嫣笑讲：“又痴头怪脑了，吃不消。”阿岚略有夸张的神情讲：“真的，这个赵工，说起话来，慢悠悠的，是个糯米性子，可以一个人不声不响坐半天，你不说话，他也可以一句也不说，还有喜欢吃素，饮食讲究清淡，不吃烧烤，不吃辣的，说起养生常识也是一套一套的，还欢喜说，你这个习惯不好，你这个爱好要改，越来越像在听老长辈在说话。”语嫣笑讲：“阿岚倒是无肉不欢的，现在碰到这样一个人，蛮好的。”阿岚讲：“有什么好呀，更多的是无趣。”语嫣讲：“那阿岚想找一个什么样的人?”语嫣想到沈德运，想到那个北方人张总。阿岚讲：“看着人样子要好一点的，有一份像样的工作，收入还过得去，最要紧的家庭负担要轻一些，这样的人，好像都有人了，眼下这种挑剩的，一眼看上去就有各种各样的问题，还有男人到了这年纪，少有那种不邋遢的，想着这姓赵的人还算干净，工作也不错，家境也还可以，就接触接触吧。不过，在这样的男人面前，我更是守着底线呢，这种男人，你真的一上来就对他好一点的话，他倒会认为你轻浮，我虽说结过婚生过儿子，但照样在他面前守身如玉，洁身自好。”语嫣笑笑。阿岚又讲：“今天我跟那个姓赵的提到了飞章，我首先声明，当初离婚，虽然儿子是跟他爸的，只是保不准哪一天，儿子要回来跟着我住的。”语嫣讲：“是呀，现在沈德运和小红还没有小孩，今后有了小孩，飞章会有想法的，或是不适应的。”阿岚讲：“就是，所有问题要预先说清楚。”语嫣讲：“只是阿岚在这个问题上也不要多纠结，若飞章哪一天，不愿跟沈德运住，阿岚又觉得飞章和姓赵的一起住也不方便的话，就让飞章住在这里吧。飞章住这里，阿岚总该放心吧，当时阿岚带着飞章回来，姆妈是做好打算，你们两个都不走的。”语嫣说到这里，又觉得自己多嘴，以前也就是这些话题，和阿岚才闹得不开心的，语嫣只能收住后面的话。阿岚讲：“飞章今后愿不愿住这里，也就随他去了。”阿岚又讲：“这房子早晚也要拆，以后的事也不晓得怎样。”

楼下传来挂钟报时的声音。语嫣不想再继续这个话题，便讲："诶，我正好有一件事要跟阿岚商量。"阿岚问："什么事？"语嫣讲："就是姆妈的忌日，想着叫琬怡姐一家聚聚的事。"阿岚讲："请琬怡大姐一家吃饭的事，语嫣不是已经定了，是不是琬怡大姐不愿意？可能琬怡大姐以为，像是搭上个穷亲戚一样，隔三岔五的来套亲近？"语嫣讲："阿岚别瞎说，这事我还没跟琬怡姐说呢。"阿岚问："那又是什么事？"语嫣讲："我在想，请琬怡姐一家吃饭，若只是在饭店吃顿饭，是不是太简单了？"阿岚讲："语嫣想怎么办？"语嫣讲："我想让琬怡姐一家来家里吃顿饭。对于这个家，琬怡姐肯定没有印象了，让琬怡姐再回到这个家来看看，大概也是姆妈最大的心愿吧。"阿岚讲："这也就是语嫣的想法吧？前段时间，姆妈刚去世，琬怡大姐晓得，面上的礼数也就到了。这之后，每次也就是语嫣在想着联络琬怡大姐，琬怡大姐未必会是这样想。不要忘了，那边还有一个老祖宗。"语嫣听着阿岚说出"老祖宗"一词，晓得阿岚是在说孃孃，不觉笑了出来。阿岚讲："语嫣可别当我在说笑话，我可是真的仔细观察过了，那个年代的女人，真没几个会笑的，外婆是苦日子过得笑不出来了，姆妈根本就是不会笑的，我曾经的阿婆，沈德运的老娘，一天到夜就只晓得寻齁势，忘记笑了，估计那个孃孃，肯定也能算一个的。"阿岚的话，更是引得语嫣的笑声："沈德运的老娘，当初也算是碰到阿岚这个对手了。"

阿岚环看四周讲："还有，即便琬怡大姐答应来，我们这个家是不是也太破旧了，琬怡大姐能习惯在这样的环境里吃饭吗?”语嫣讲:“这个我也想过，只要简单收拾一下，大扫除一下就行了。”阿岚讲:“在家里吃顿饭，语嫣自然是好意，别人领不领情，也是另当别论，只是这买汰烧也挺麻烦的。”语嫣讲:“这个就由我来弄，阿岚高兴就搭把手，没空也不要紧。”阿岚呵呵两声笑:“这下够语嫣忙的。”语嫣又犹豫着讲:“还有一件事……”还未等语嫣把话说完，就被阿岚打断:“我晓得什么事，语嫣又在为送什么礼犯难了，语嫣总是穷大方，虽说每次送礼都是语嫣出的钱，但我看了也肉麻呀。就说上次琬怡大姐送的礼，也就是四平八稳的那种，而语嫣送琬怡大姐，送觅波的礼物，都是出手大方呀。语嫣才有多少的收入，有必要这样去巴结这种上只角的亲戚吗?”语嫣讲:“当初送琬怡姐礼物，还真是因为谢谢琬怡姐来参加姆妈的追悼会，而现在让我犯难的是，琬怡大姐也是这样的客气。”阿岚讲:“语嫣不必费思量，这次语嫣就不要准备什么礼物，就像是平常的走动，常来常往的那种。”语嫣讲:“这样行吗?”

琬怡接到语嫣的电话，邀请琬怡一家到东横浜路的家里吃饭。琬怡当然是感受到语嫣和阿岚这种安排的用意。

琬怡回到家，跟大明说了，大明便讲:“时间也真快，琬怡姆妈去世也要一年。”琬怡讲:“我工作一忙，也全都不记得了。上次语嫣和阿岚在西湖饭店请客吃饭，这次应该我们请客才对呀。”大明讲:“语嫣安排在家里吃，是因为琬怡姆妈忌日的原因，只是安排在家里吃饭，语嫣肯定会是很忙的。”琬怡和大明已经晓得一些语嫣和阿岚两人过日子的情况，家里基本上是语嫣在操持一切的。琬怡问：“那怎么办呢?”大明便出主意，说那天带点熟菜去，这样语嫣可以少弄一点菜了。琬怡觉得这主意好，第二天就打电话给语嫣，而且报了大明提到的几只熟菜。语嫣在电话里是再三不允，但拗不过琬怡的坚持，只得答应。

礼拜天的中午，天空淅淅沥沥地飘落着雨。琬怡和大明，还有觅波如约来到东横浜路。按着语嫣与琬怡通电话的说法，若是开车过来的话，停车会比较麻烦，所以让琬怡打车过来。当琬怡三人坐着的出租车在四川北路多伦路旁停下时，便看到阿岚和飞章已经在路口等着了。见面相互打过招呼。琬怡讲：“啊，真不好意思，雨天还让阿岚来等。”阿岚讲：“语嫣正在家里忙着呐，我也帮不上忙，在一旁还碍手碍脚的，所以还不如出来等你们。”琬怡讲：“是呀，想着你们肯定要忙的。”

几个人说着，便沿着多伦路走来。觅波看着四周讲：“这里的老房子也真不错，造型也别致。”阿岚又指点着几栋房子，向觅波介绍着，觅波欣喜地听着。路过鸿德堂时，阿岚对琬怡讲：“这里是教堂，姆妈最后几年常到这里来做礼拜。”此时正值礼拜天做礼拜的时间，教堂门口有不少的人，里面还不时传来唱诗的歌声。当几个人转进东横浜路，没走多少路，也就走到弄堂口，阿岚指着路的南面方向讲：“再往前走，就是俞泾浦。”

走进大弄堂，弄堂里显得安静。只是大弄堂的沿墙，墙面有些斑驳与脱落，路面也显得不平整，路过过家楼，更有些压抑。走过几排房子，然后又转进一条横弄堂，走过不多的几个门牌号和几扇门，便可看到弄堂到底的一扇黑门打开，原来是闻声开门出来的语嫣。琬怡、大明还有觅波，站在门口，与语嫣打过招呼。琬怡环顾这弄堂尽头的那堵高墙，还算完整的青砖清水的墙面，泛着片片青绿鲜苔，以及雨水侵蚀的痕迹。当琬怡的视线慢慢地抬高往上，越过这堵墙时，便可以看到上方的天空，大有豁然开朗的感觉。

随后，几人跨入门内，进入天井。语嫣问："琬怡姐还有印象吗?"琬怡讲："刚才从多伦路走进来，好像记得从前这条马路上应该是菜场，现在菜场没有了，反倒是陌生。而刚刚走进弄堂，尤其是走到弄堂底，再看到天井的大门，顿时觉得有了印象。"语嫣讲："还在很小的时候，听外婆说起过，琬怡姐小时候来外婆家，就喜欢坐在天井里。"

语嫣引着琬怡大明等人来到客堂间的一个低柜前，低柜上放置着姆妈的遗像和香案。语嫣对着姆妈的遗像轻轻地讲一声："姆妈，琬怡姐与姐夫，还有你的外孙女觅波，到家里来看你了。"琬怡向姆妈的遗像敬香，依次是大明和觅波，接下来是语嫣，最后是阿岚和飞章。当飞章在叩头上香时，语嫣对着姆妈的遗像讲："姆妈，今天飞章也回来了。"语嫣又对飞章讲："快叫外婆保佑我们飞章身体好，读书好。"语嫣在这整个过程，说话低沉，而只有在提到飞章时，声音显得轻快。

敬香之后，大家又来到天井里，在一只铁桶里烧起锡箔冥币等。大明在一边不时用一根铁棍撩拨着火势。一缕缕燃烧后的青烟飘向天空。语嫣仰望着青烟喃喃低语。琬怡默默地看着。飞章似乎觉得这烧锡箔和冥币是件很好玩的事，忙着往铁桶里撒锡箔冥币。在一旁的阿岚声音有点响：“这烟，对小孩的身体不好，飞章快到屋里去。”

简单的仪式过后，阿岚引着琬怡到楼上楼下几间房间看看。琬怡讲：“今年这个梅雨天，雨是落了不停。”阿岚讲：“这个天气也是齁势，这种老房子，到处觉得乌苏相。”

当来到楼上的前楼，阿岚介绍讲：“以前是姆妈睡在这房间的，现在是语嫣睡在这里。”琬怡讲：“这间房挺宽敞，光线也很好。”阿岚讲：“当初我带着飞章回来，姆妈是让我住这间房的，我坚决不要，我还是喜欢亭子间。现在想来，语嫣的本事可真大，要是让我睡在这里的话，想着以前这张床上睡过外婆，睡过姆妈，我可是睡不着觉。”琬怡笑笑。这时，语嫣端茶上来：“啊，在说什么呀，琬怡姐在楼上不下来了？”琬怡讲：“噢，对不起，只顾跟阿岚说话，还麻烦语嫣送茶上来。”阿岚讲：“正在说这张床呢。”语嫣讲：“是吗，这张床琬怡姐也睡过，曾经听外婆说过，当年姆妈生琬怡姐，琬怡姐当时身体很弱，外婆不放心，就把姆妈和琬怡姐接到这里坐月子，琬怡姐是在这张床上睡到满月的。”琬怡有些惊异地听着，反复打量着这张床。琬怡讲：“有这么回事呀？的确，以前也没听阿爸提起过。”阿岚也好像是第一次听说，神情也有点惊讶。

语嫣放好茶便要下楼去，琬怡这才回过神来问语嫣：“有什么要帮忙吗?”语嫣讲:“没什么事,就等着吃饭吧。”

琬怡目送着语嫣下楼。此时,从前楼的窗户望出去,雨已经短暂停息,天空还阴着。

琬怡和阿岚看着天井。天井里,飞章正在跟觅波说着哈利波特,飞章模仿着哈利波特的几个招牌动作,身上也透着一股哈利波特的灵气。觅波笑着听着。这时,语嫣拿了两杯饮料到天井里,将饮料递给飞章和觅波。语嫣又顺手轻柔地帮飞章擦了擦脸上的汗水。

楼上窗户旁,琬怡和阿岚正看着。琬怡对阿岚讲:“语嫣说话做事总是那么的细致周到。”阿岚讲:“啊,有时也真有点受不了语嫣的这种耐心。”琬怡讲:“语嫣就是这样一个安静的人。”阿岚讲:“即便是生活在一起,其实也是很难晓得语嫣的想法。”琬怡讲:“是吗?”阿岚讲:“估计琬怡大姐难以开口问语嫣吧,不晓得语嫣是怎么考虑今后生活的,真就这样一个人了?”琬怡笑笑。阿岚讲:“要说这种事呀,你才不晓得语嫣在想些什么。”琬怡讲:“有时想想单身也是可以的。”阿岚笑着讲:“呵呵,琬怡大姐偏心了,只关心语嫣。”琬怡这才意识到自己说漏了嘴,便与阿岚对视一下笑出声来:“诶,多嘴了,对不起阿岚。”阿岚问:“琬怡大姐是不是觉得我和语嫣都是挺难办的人呀?”琬怡讲:“这倒不是,总觉得阿岚是自有主张的那种人。”阿岚讲:“是吗,琬怡大姐有所不知,语嫣才是有主意,又是沉得住气的人。”

此时的大明,在底楼的客堂间闲坐,见语嫣来收拾着餐桌,便站起身来。语嫣将几盆已经烧好的小菜上桌。语嫣又在审视一下上桌的小菜，用筷子纠正着摆盘，似乎是在做最后的努力。大明不禁赞叹："语嫣烧的菜真是不错呀。"语嫣讲："姐夫可不许笑话，我就觉得自己是个笨手笨脚的人。"大明听着语嫣这样说，只是呵呵应着。语嫣从灶间里又陆续端出各种杯盏与菜肴，在桌上一一摆放，语嫣鼻尖上沁出的细细的汗珠。大明这才感觉到自己呆呆地站立在一边，只顾是看着语嫣在忙碌，连忙问："要我来帮忙吧？"

客堂间里的八仙桌，坐六个人，既不拥挤，也不显宽。

阿岚问大明："姐夫喝酒吗？上两次在饭店吃饭，想着姐夫因为开车的原因，都没喝酒。"大明讲："我从来不喝酒的。"阿岚讲："语嫣不晓得姐夫爱喝什么酒，还备了好几种酒。语嫣是从不喝酒的，看来今天只有我喝了。"语嫣讲："阿岚也少喝一点。"阿岚讲："我这喝酒还是外婆教会的，小时候，外婆总喜欢用筷子蘸点酒让我舔，那时常看见外婆坐在天井里，小方桌，一个人，一碟菜，一杯酒。"

桌上的几盆菜，有白斩鸡、红烧肉百叶结、葱烤鲫鱼、茄汁大虾、面拖梭子蟹、炒鳝丝，还有炒米苋和炒水芹两只蔬菜，汤是蛋饺肉皮汤。语嫣讲："都是小人家的一些家常菜，不晓得琬怡姐、姐夫，还有觅波能吃得惯吗？"阿岚讲："什么小人家呀，难道这里不是琬怡大姐的娘家吗？从前外婆和姆妈叫人到家来吃饭，总会说这样的话，现在语嫣也学了这腔调。"琬怡与语嫣相视一下笑笑。

阿岚看到红肠、鸭膀、盐水牛肉等几盆熟菜，语嫣连忙对阿岚讲："姐夫还买了这么多的熟菜呀。"大明笑着讲："可是语嫣也没少准备呀，原先想着让语嫣不要太累了。”琬怡讲：“难为语嫣了，说好少弄一些，怎么就会烧一桌的菜。”阿岚讲：“上两天，还看到语嫣眼睛盯看着天花板，在想着菜单呐。”语嫣讲：“阿岚也帮了不少忙，菜场超市去过几趟。”阿岚讲：“我这只是不动脑筋地跑跑腿。”语嫣讲：“飞章最喜爱吃炒鳝丝，以往外婆在时，飞章每次来，外婆都会烧的。觅波有什么爱吃的?”觅波讲：“我都爱吃。”众人举杯，气氛融洽。

琬怡吃着，偶有抬头看见，姆妈的遗像正对着自己，琬怡再次端详姆妈的遗像。遗像中，姆妈的双眼好像正注视着自己，眼光里是一种叹问，是一种期盼。想着姆妈的面容，这神情，这眼光，这一年来时有萦绕在自己的心头。琬怡又感到，姆妈的眼神正在扫视着整个饭桌上的人，只是饭桌上的人都只顾着自己吃着。姆妈的神情又多少显得有些落寞了。琬怡若有所思的神情，语嫣正好看到。语嫣往琬怡的碗中夹着菜。语嫣讲：“这个家，还从来没有这么热闹过。”

最后上的点心是粽子，还是语嫣自己包的，一下子引得琬怡一家三人齐口称赞，觅波讲：“味道真好。”大明讲：“小脚粽，卖相也好看。”琬怡更是赞叹道：“现在真没几个人会自己包粽子。”阿岚讲：“语嫣包粽子还是外婆教的，外婆也只教会语嫣，那年外婆回无锡后，家里每年都是语嫣包粽子，姆妈也只要吃语嫣包的粽子，说是吃惯了外婆包的口味。”语嫣讲：“端午节还有些日子，因为想着琬怡姐要来，所以就提早包了粽子，还包了不少，有大肉的，有赤豆的，想着是让琬怡姐带点回去。”

饭后，语嫣一个人在灶披间里洗着碗碟，水声，杯盏的碰撞声。大明来灶披间要帮忙，语嫣没答应。这时觅波与飞章正准备从灶披间的后门走出去，飞章说是到多伦路去走走，语嫣便让大明一起去，语嫣对大明和觅波讲：“最近开出了不少的店家，说是搞文化街什么的。”大明觅波还有飞章出门。

阿岚走进灶披间，阿岚扫视了一下水笼头旁待洗的锅碗瓢盆讲：“语嫣这几天忙个不停，起初是收拾房间，比春节前的大扫除还要彻底，后来是又买又烧，就为了这一顿饭的。现在还有这么多没忙完的事，还是我来帮忙一起洗碗吧。”语嫣讲：“别再脏手了，我一个人也就很快洗完。”阿岚说话的口气有点抱怨：“我这是心疼语嫣呀，偏要叫在家里吃。”语嫣讲：“再怎么说，让琬怡姐回来看看也应该的呀。”阿岚讲：“这也就是你自己的想法，别人未必会这样想，刚才我听你在说清明时去无锡扫墓的事，琬怡大姐至多是说声你们辛苦的话，也没提明年会和我们一起去扫墓。”语嫣讲：“明年还早呢。”阿岚讲：“我清楚你想得到一声琬怡大姐的回应，估计原本想说去祭扫阿爸墓的话也只能忍着了吧。”语嫣讲：“轻点。”阿岚冷笑讲：“没什么，琬怡大姐在客堂间里，一个人正笃悠悠喝着茶呢，怎么看，都像一个享福人的样子。”

阿岚眼尖地看到桌上放着的一大篮的粽子，阿岚问：“语嫣也真是的，真包了这么多粽子送琬怡姐呀。”语嫣讲：“诶，琬怡姐能吃到娘家口味的粽子，想想也是难得的。今早，我还做了不少的葱油饼，有甜口和咸口的，也让琬怡姐带回去。”阿岚讲：“你也真当别人会稀奇外婆的味道啦？只怕是住在上只角的人未必吃得惯。不是说了不要准备送什么吗？”语嫣讲：“琬怡姐不也是带来许多的熟菜吗？”阿岚皱起了眉头。

语嫣和阿岚在灶披间里忙完，便走进客堂间。琬怡站在天井里在打电话。语嫣和阿岚相视了一下。语嫣端出小核桃、瓜子、葡萄干等果盘，这时琬怡结束通话走进客堂间。语嫣给琬怡递茶：“琬怡姐可真忙，难得休息的，工作上的事还不停地打扰。”琬怡笑笑。三姐妹喝着茶，吃着零食，此时的客堂间里倒有几分清静。阿岚讲：“印象中，在家里，还少有这种闲散的场景。”语嫣讲：“我们三姐妹会这样坐在一起吃吃茶吃吃瓜子，姆妈肯定是想不到。”

女人之间的话题总是凭着眼睛看到，凭着直觉开始的。即便是自己的姐妹，看到碰上的第一眼时，开场的话题已经有了，刚才不说，是由于都在忙，忙着祭拜，忙着吃饭，还有男人小孩在一旁，现在正好，客堂间里就剩三姐妹了。

琬怡看着语嫣讲：“语嫣的头发染过了，暗暗的粟棕色挑染，看着舒服。”语嫣讲：“是阿岚帮我染的，我还担心，会不会太弹眼落睛。”阿岚讲：“明明语嫣挺喜欢的。”语嫣讲：“我还是喜欢琬怡姐这样中长的直发，只是感到不一定适合我的面架子。”琬怡讲：“我才在为这头发烦恼呢，上两天，还发现有白头发了，而这直发分明是遮不住的。”阿岚讲：“琬怡大姐是可以考虑换换发型，也可以去染染发。”琬怡讲：

“我就是偷懒，不愿在头发上耗费时间，每天早上急着上班，这样是最省力。”语嫣讲：“阿岚整天没事，就在弄头发，不但时常换发型，还时常换颜色。”阿岚讲：“我这蒸笼头，真是难弄，只能是短发，上次做的是美人鱼颜色，这次是冰蓝色，不过我还是觉得美人鱼颜色好看。”阿岚侧过脸来，让琬怡看头发。

此时墙上的挂钟正好报时。语嫣见琬怡在看着窗外的天井，便讲：“姆妈在的时候，一直担心这房子会被拆，说要是动迁都去郊区，真不晓得日子怎么过，现在至少出门没走几步就是四川北路。姆妈是习惯了这个地方。”阿岚讲：“拆了才好呐，外婆以前说过，当年自从外公顶下这房子后，家里就不太平。外婆还说，弄堂笃底，墙头截断，阴气汇拢，风水不好。”语嫣讲：“阿岚又在瞎说什么。”语嫣看着若有所思的琬怡，又讲：“只是这房子旧了些，也不曾翻修过，虽说几年前改造过卫生间，用上抽水马桶，但还是显得简陋。”阿岚讲：“这里早晚都要拆的，西面一大片，比我们的房子还要好的都拆了。”

琬怡环顾室内的家具，都有些老旧，而且各种家具款式并不一致，颜色的深浅也不一样，不过虽说这些家具是隔着年代，但保养得还算可以，只是暗红色的色调，使得房间内有些压抑。语嫣讲：“琬怡对这些家具肯定没印象了吧，我们从小起，这些家具就是这样摆放的，从不曾变动过。小时候听外婆说过，当年外公不学好，拿家里一样样东西，凡是值点铜钿的，包括家具送进典当行。解放后，旧货店里的家具多了，价格又便宜，外婆就常到旧货店里拣家具，所以这些家具并不配套。小时候还常看到外婆天天在揩着这些家具，漆面也算是光亮。外婆不在了，看到姆妈常常埋头在揩家具。”语嫣的叙说，引起琬怡的兴趣，再次环顾四周，好像外婆和姆妈就在跟前，客堂间里也是弥漫着过往的气息。琬怡讲：“外婆挑拣这些家具，眼光真的是不错。”阿岚讲：“要说也真是的，怎么这么多年就没觉得过。”三姐妹似乎都感受到了这些家具无声的语言。

语嫣记起什么，连忙从一个大的橱柜里开门取出一本相册，展开来，翻到一幅旧照片，黑白照上经人工上色。语嫣讲：“上两天，还翻到这张旧照片。”琬怡接过端看。语嫣在一旁简介讲：“这张照片，是那年外婆要回无锡乡下去时照的。我还记得那天刚放学回家，外婆和姆妈就领着我和阿岚，到四川北路的照相馆里照的，我和阿岚还带着红领巾呢。”琬怡讲：“那时的姆妈还很年轻，外婆也显得干练呀。”阿岚讲：“就是我和语嫣显得傻乎乎的，只会笑。”语嫣讲：“以前这幅照片，是挂在客堂间里的。”阿岚讲：“外婆去世没多久，姆妈就摘下照片，说不想让外婆整天盯着看。”

此时琬怡也从包里掏出一张相片，琬怡讲：“我今天也带来一张相片，那年是孃孃探亲回上海，我和阿爸，我们三个人在外面吃饭，就在饭店旁边的照相馆里照的，我那时拍照，习惯就是僵着面孔。”阿岚讲：“阿爸年轻时，真的很英俊的，那个就是孃孃吧？”琬怡讲：“是的，孃孃年纪大了，脾气有点难捉摸。现在看看当年这两张照片，不知不觉我们也到了阿爸和姆妈的年纪。”语嫣也凑近看着，又朝自己手里的那幅照片指了指：“这两张照片，照的时间该是差不多吧，同样的季节，相像的衣服，感觉原本就应该是在一起照的。”

两张照片在桌上被并排在一起。阿岚问：“不晓道阿爸是怎么认得姆妈的?”语嫣讲：“从小在这个家里，当开始明些事理起，阿爸是这个家里一个讳莫如深的话题，从不提起。”琬怡神情凝重地讲起：“其实许多事情，也都是这些年听孃孃说的。阿爸年轻时，身材高挑，剑眉明目，皮肤白皙，既有标准的美男子的阳刚之气，又是英俊帅气，风流倜傥，多才多艺，天资聪颖，虽说学的是工科，但又能吹拉弹唱，能诗善文。阿爸大学毕业后留校任教，后来，由于强调家庭成分，还有阿爷以往的一些事，哪怕阿爸再是好好先生，阿爸也受到牵连，受到影响的。其实，当时阿爸还是挺招女人喜欢的，只是在那个年代，嫁人时必先看出生，讲究成分，虽然当时社会上流行一句话，出生是不能选择的，道路是能选择。阿爸有过几次恋爱，一谈到结婚论嫁就不行了。”琬怡的述说，无疑深深地吸引着语嫣和阿岚。琬怡继续讲：“当时孃孃已经结婚，去了宁夏，阿爸的婚事也一直是让孃孃担心的事。阿爸姆妈是在一次联欢会上认得的，当时社会上，工作单位所在的系统里，常有那种联欢会，对于阿爸的家庭成分，姆妈明确是不会计较的。孃孃说，来上海参加阿爸的婚礼，场面是相当简朴，但人人都说新娘相当漂亮。孃孃还开玩笑跟阿爸说，给我找了这么年轻的一个阿嫂呀。阿爸要大姆妈十几岁。”

琬怡说到这里停歇一下。阿岚讲:“果然,任何的感情,开头都是美好的。”语嫣讲:“当时的情势,谁会想到,结局会是这样。”阿岚讲:“看上去即便都是不错的人,和外人都可以很好地相处,而跟自己人反倒不晓得该如何相处,或是样样事情都要斤斤计较一番,甚至还有些刻薄。”语嫣讲:“其实,这么多年看姆妈,阿爸的影响一直还在。”客堂间里,片刻安静。

语嫣调转话题讲:“啊,三人去了好一会,怎么还不回来,不晓得飞章会领着去哪里了?”阿岚讲:“有姐夫在,语嫣不用担心。”语嫣讲:“我觉得姐夫人很不错。”琬怡讲:“啊,其实也是个没趣的人,时常有说不上话的时候。”阿岚问:“琬怡大姐也会有这个感觉呀?”琬怡讲:“我们相差八岁,所以我时常说,我们俩有代沟。”琬怡的话引来语嫣和阿岚的笑声。阿岚问:“琬怡大姐是怎么认识姐夫的?”琬怡讲:“阿爸曾在大学和中专教书,在那动乱年代中,阿爸被下放到一家轮船修理厂劳动,大明从学校毕业也被分配到这家厂工作,阿爸是大明的师傅,是阿爸把大明领进家门的。”阿岚讲:“啊,真没想到,原来大姐的媒人是阿爸。”琬怡讲:“估计是阿爸怕我自己找不到‘对’的人吧。”阿岚讲:“诶,那姐夫可是入赘的。”琬怡讲:“从来没说过这话呀,估计听到会生气的。”阿岚讲:“诶,看得出来,姐夫才不会有什么脾气呐。再说,这样不是挺好的。”语嫣讲:“是呀,要是我们三姐妹在一起,估计阿爸要领回三个人了。”三姐妹笑声有点响。笑过之后,又一阵短暂的沉默。

语嫣看着桌上的照片讲："真是没有想到，阿爸是这样的人，心有这么细。以前常会想，阿爸长得是什么样子，现在算是看到了，也听到了。"

此时天井的门外传来大明、觅波和飞章的说话声。阿岚讲："刚才还在牵记这三人，现在倒是回来了。"

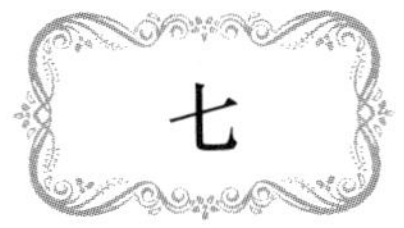

七

觅波放暑假。觅波每天的懒觉差不多都要睡到中午，爸爸妈妈都去上班了，这便由着觅波一个人胡乱地打发着时间。想着暑假这才开始，觅波已经觉得有些无聊。

临近暑假前，班里的几个要好同学，都在忙着安排暑期里的出游活动，或是勤工俭学的一些活动，更有学霸味道的一两个同学又在准备报什么培训课程。觅波一概地拒绝参加。按照觅波原来的想法，暑假里就想和迪姆在一起。迪姆一直想着去上海周边的一些江南古镇旅行。当觅波满心期待地跟迪姆商量暑假安排时，迪姆却说，暑期准备回德国去，明年在上海中文研修读完，准备回德国上大学，暑假里将去看看准备报考的几所大学。迪姆的话在先，觅波也没有什么好说了，想着迪姆是回自己的家乡，也是再正常不过的理由。当觅波把迪姆送到浦东机场，觅波甚至没有等到迪姆走进安检的大门，就与迪姆拜拜了。而走出机场候机大厅的觅波，顿感一阵热浪的袭来，夏日阳光的热辣，让人觉得心烦。

觅波与迪姆的相识，始于当初进那个业余剧社。迪姆好像是认识业余剧社的什么人，当时剧社考虑排演的一部戏中，正好需要一个外国人的角色，而迪姆又想着练习中文。业余剧社是有两个自封剧务与导演的男青年，负责日常的营运，这两个男青年白天都在高科技园区上班，业余时间来打理这个剧社，怀揣着崇高的戏剧梦想，一会儿说些斯坦尼斯拉夫斯基和布莱希特的戏剧理论，一会儿又在说新浪潮与实验戏剧之类的。剧社本来人就不多，觅波初进业余剧社时，就与迪姆混熟了。让觅波首先对迪姆心生好感的是迪姆的细心。在剧社排戏的过程中，其实什么活都要干的，尤其是初来的人，角色不会太重要，台词也不会多，所以往往要兼个提词或是管理道具什么的，这对于一贯是大大咧咧的觅波来说，就时常会发生差错。演员台上忘词，担任提词员的觅波，看着剧本也在走神，根本不可能提词。管道具的时候，面对一堆桌椅板凳、锅碗瓢盆，更是丢三落四。觅波几次的差错之后，时有招来年轻的剧务与导演的训斥。这之后，每每再有觅波做这些事时，迪姆都会在一旁暗中提醒。其实觅波最初担任角色，也老是忘词，或是忘了台步的位置，很少有角色可演的迪姆总是会充当觅波对台词的角色，或是帮着觅波熟悉台步。这也是让觅波对于这个异国男孩，有些另眼相看。当时觅波对迪姆讲一句："迪姆还真的懂一点戏剧表演的。"迪姆回答："要说表演，我最佩服是中国的梅兰芳。"而这一句话则更让觅波另眼相看。因为两个人都住得相近，所以每次剧社活动后，觅波和迪姆都是一起走，从这城市的东北区域到西南区域，回家需要先乘公交车，之后又是地铁。晚上的公交车或地铁上，都显得空荡，公交车外掠过的五光十色的街景，地铁里风驰电掣的呼啸声，都没有能影响到两个年轻人的海阔天空的畅聊。觅波也就是在与迪姆走在同一方向的回家路上，对迪姆有了初步的了解，迪姆随父母来到上海，喜欢中文，而觅波更惊异于迪姆学语言的天赋。两个人就这样走近。之后，除了业余剧社的活动外，两个人也会偶尔一起外出游玩，吃快餐看电影，如同周围的年轻人一样地约会。觅波带着迪姆穿街走巷，让迪姆看到这个城市更多的侧面。当然迪姆也向觅波打开了另外一扇窗，听着迪姆说些异域的一些风土人情，觅波觉得很好玩。此时的觅波，的确能够感觉到迪姆总是在想着亲近自己，觅波也对迪姆存在着好感，但仅此而已。在觅波的想法中，很少将自己的未来会与迪姆连在一起，而且有一次，觅波和迪姆差一点分道扬镳了。事情的起因是，原先一直做配角的觅波台词并不多，渐渐地表演能力倒开始显露，而当时剧务和导演这两人，也在尝试着在排练中轮换角色，最后再来确定角色分配。在排练中，觅波非常努力，所扮演的女一号获得了大家的肯定，包括剧务与导演也是相当赞赏，但在最后宣布正式角色的名单时，觅波只是获得女二号的角色。其实，在排练的一开始，就有传言说女一号的角色在剧务和导演的心目中早就定下了。觅波对于这个结果，当然是难以接受的，在一旁的迪姆不停地劝说。要说迪姆可能就是一个不会劝说的人，迪姆的一番劝说中，甚至还对那个女一号的演技大加赞赏，还认为觅波的表演还显粗糙，把觅波说得更加来气。这便有了后来觅波对迪姆的冷淡和不理不睬，为了躲迪姆，不与他排练后同行，常去惠姑家借宿，并且独自一人去了浙西探险。觅波从浙西回来后，有些改变主意，依着原先觅波爱憎分明的个性，早就离开剧社，而这次，觅波还是依照着剧社原先的安排，演完自己的角色，而且由于自己的尽心尽力，对于角色也赋予了很多表演的亮点。当觅波与业余剧社的众人辞别时，想着自己终于完成了这次演出，想着排练该戏的一波三折，觅波如释重负的同时，又觉得自己在这个剧社里是画上了一个完美的句号。也是在剧社的后期，觅波与迪姆算是进一步走近，觅波看着这个小老外，怎么就是一个随圆就方的性格。迪姆后来也离开了业余剧社。离开业余剧社的两人，虽说感情的进展也是磕磕绊绊，但还算是一路过来。觅波常住学校，周末才能回家来，对于每天都在倒计时等着周末，期待着与觅波约会的迪姆，渐渐地也让觅波有了一些新的感受。原先可能仅仅感到迪姆是一个不那么世故，或是周围人俗称外国人的脑子是方的，而觅波现在却认为，这种直观透明的思维方式才是最好，更何况迪姆的待人热情与真诚，与人为善，有时真能融化一个人，再则，迪姆有时稚嫩天真的个性中又不乏沉稳，至少觅波觉得现在这样的男孩还是很少见的。随着觅波的感觉发生着一些细微的变化，觅波的内心才真正开始接受了迪姆。

当觅波满心期待着与迪姆共度一个只有两个人的暑假时，迪姆回国去了。觅波现在想来，以前有几次看到迪姆在查阅德国的一些大学的资料，迪姆回德国上大学，这对于迪姆是顺理成章、也无须多作说明的事。只是现在觅波看来，迪姆明年就该回德国上大学了，两人也就面临着分别，对于如此重大的问题，为什么迪姆以前提都不提，只是这次要回国了，才轻描淡写地说想去看看德国的几所大学。此刻的觅波甚至感到迪姆热衷于与自己的约会，仅仅是这个年龄的男孩身上的荷尔蒙急剧膨胀，渴望跟女孩交往；或是一种消遣，就像迪姆参加业余剧社，只是为了练习中文，而迪姆跟自己，也只是多了一个场景练口语吧。觅波再想迪姆，会不会是自己大大咧咧的习惯，对任何事情都是漫不经心的态度，被迪姆误会了。

蜷缩在床上的觅波，懒散得不想起床，任凭自己的大脑天马行空，微张双眼，看到窗外明亮的阳光，只是室内空调的凉爽阻隔了室外的暑热。此时，迪姆发来短信，说到德国了，已经到家。觅波看着这短信，真想此刻就向迪姆挑明：迪姆回德国后，两人还能否继续交往？但这似乎又有违觅波的淑女矜持要领，最近的觅波常会想到“矜持”两字。觅波没有去回复迪姆的短信。

觅波从来没有过这样的体验：如何打发时间？觅波天天不出门，早饭不吃，一定要睡过午后。吃了午饭，又懒散地斜躺在沙发上看电视。电视节目也没什么可看的，尽是些无聊透顶的综艺节目。学校的书肯定是看不进的，连平时自己喜欢看的一些读物，觅波也不想看。觅波对什么事情都提不起兴趣。

大明下班早，回来至多问一声觅波中饭吃过吗，接着又在厨房里忙着夜饭。而琬怡回家，几次见觅波只穿胸罩三角裤在自己的房间里，也不避讳一下大明的眼光，便开始数落起觅波，“整天披头散发，也不晓得梳梳头，弄得像蓬头痴子。”“大热天，谁不天天洗澡的，人都快馊了。”“整天就是睡睡睡，人就像一堆烂肉。”“看看自己房间，东一摊，西一堆，也不晓得收拾。”觅波一反常态，对于琬怡的责备，一句也不争辩。琬怡类似的话说多了，觅波才会懒懒地回答几句：“我又没出过门，整天孵空调，哪来汗臭?”或是：“不睡觉，又能干什么?”觅波全不把琬怡的责备当回事，依旧是我行我素。

琬怡猜测着觅波现实情绪背后的原因。琬怡想着能否休假几天，选个地方，与觅波出去旅游。想到全家出去旅游，的确好几年没有过了，琬怡想着这几年自己总是忙。只是眼下的工作，琬怡有点无奈，那个北美内衣秀的展演筹备已是到了最为关键的时刻。此时想着出去旅游也是不太现实。琬怡又希望觅波针对自己的课业，利用暑假去参加个补习班什么的，真不希望觅波在大学里就是这样浑浑噩噩地混日子。

琬怡想着换种方式与觅波沟通。一天早上，琬怡去家附近的一家台湾人开的西点房里，买来奶茶和糕点，再就耐着性子，等着觅波懒觉睡醒。觅波醒来，看到奶茶与西点，脸上倒有近日少有的笑容。琬怡与觅波在窗台边喝着奶茶，吃着糕点。琬怡想着接下来该说些什么。觅波大口吃糕点和喝奶茶的样子，起先还让琬怡觉得觅波肚子肯定是饿了，但继而又看着琬怡吃相有点难看，有些忧心地讲：“狼吞虎咽的样子，难看吗?”琬怡又讲：“不是最担心吃胖，真的变胖了，人样子也要走样。”觅波继续大口吃着糕点，并讲：“反正已经被说成一摊烂肉了。”琬怡不曾想，觅波在这里等着自己曾责备过她的话。原本还想与觅波沟通几句暑期安排，琬怡当即无话。母女之间冷了场。

待大明回来，一进家门，便感到家里气氛的凝重，大明再想说什么，琬怡先是呛大明：“一清老早就跑到什么地方去了？”大明回答：“去跑步。”一家门三个人，当即又是无话。

妮子从琬怡家打扫好卫生回去，对孃孃说起觅波的近况，虽说妮子没有说具体发生了什么事，但孃孃还是有点担忧，所以一清早来到琬怡家。

孃孃直接走进觅波的房间，对还睡在床上的觅波讲：“觅波小时候，一到暑假寒假，也就是跟着姑婆的。”觅波起床，简单洗漱，就准备跟着孃孃出门。孃孃临走时，也就简单跟琬怡和大明讲一声：“让觅波去我那里住几天。”由于事先没有任何的招呼，琬怡和大明看着孃孃与觅波出门下楼，心里满是狐疑。

觅波跟着孃孃出门，先是去附近的一家咖啡馆，算是吃早点。早晨空气凉爽，咖啡馆环境清幽，只是觅波没兴致。孃孃看了一眼觅波讲：“觅波想一想，想吃些什么，想玩些什么，想买什么衣服，好好计划一下，觅波和姑婆好好地玩上几天。”觅波只是浅浅笑笑，并没有应答。孃孃看到刚才自己一说，觅波就跟着自己走，晓得是妮子昨夜已通风报信。现在祖孙俩一同坐在咖啡馆里，看着觅波懒懒的样子。昨天听妮子所说，就一直在猜着觅波这是为什么，今天看到，孃孃基本就猜中：小姑娘为情所困。

孃孃领着觅波进家门，妮子马上就迎了上来，妮子的神情显得非常高兴。觅波这才有点兴致。

已经有一段时间了，孃孃觉察到妮子和觅波是走得蛮近的，这不能用妮子去琬怡家打扫卫生时，两人有点交流，或同为这个年龄段的女孩来解释的。在孃孃的眼光里，觅波与妮子应该根本就没什么可交集的地方。从昨天妮子所说，孃孃心里多少还可以吃准，妮子是应该晓得觅波的心事，只是孃孃不想点穿。孃孃关照妮子中午饭不要烧了，到外头去吃。觅波听了，悄声问一句："中午吃饭可否叫上妮子一道去?"孃孃讲："这固然好，只是怕叫不动妮子。"觅波纳闷。

到了中午，出门要去饭店时，觅波叫了几声妮子，妮子推托有事没做完。觅波有点失望。觅波跟着孃孃，出弄堂口，左转弯。觅波还在想着妮子为什么不肯来，孃孃便开始抱怨起妮子，孃孃讲："从前是我要跟妮子分清爽，现在是妮子要跟我分清爽。"觅波问为什么，于是孃孃一五一十说起。原来，还是春节期间，妮子请假，用过其他的人后，孃孃才感到妮子的好，所以待妮子回来，与其说孃孃与妮子的感情增了几分，倒不如说是孃孃比以往更依赖妮子。妮子回来后，姑婆明确宣布，今后两个人同桌吃饭。这在过去，孃孃可是将家里的一切分得泾渭分明，主人是主人，下人是下人。然而，孃孃的好意，却遭到了妮子的反对，妮子回答孃孃讲："家里还是应该主仆有别，不能破坏规矩。"孃孃当时想着，是否自己过去有些话伤了妮子，但看妮子的言行，一如以往，并无两样。

嬢嬢说完，觅波若有所思地讲：“妮子这是在想什么呢?”嬢嬢讲：“总觉得妮子过好春节后回来，人有点怪了，原来话这么多，现在变得不声不响，好像整天心事重重。”觅波讲：“妮子都到这岁数，有点心事也正常。”嬢嬢笑讲：“觅波口气老嘎嘎的，倒像是比妮子要大好几岁，只是这妮子，心思太多，但毕竟来自乡下，只怕恋爱结婚没有这么顺利。”

没走多少路，便是一家宾馆。嬢嬢熟门熟路走进去：“这里的广东茶点还可以，在三楼。”茶楼入坐，嬢嬢让觅波点菜，觅波在菜单上勾划着。菜和茶点上桌，祖孙俩一边动筷一边说着话。嬢嬢更多的是在看着觅波在吃，嬢嬢讲：“那年回到上海，觅波的妈妈也和现在的觅波一样的岁数。”觅波问：“妈妈在我这个岁数是怎么样的?”嬢嬢讲：“那个时候呀，觅波的妈妈，就是文静，觅波的妈妈像觅波的外公，欢喜看书，一个人捧一本书，不声不响好坐一天，说起话来，细声细气的，做事也耐心，面孔上总是笑嘻嘻。”觅波听着。嬢嬢叹息道：“不曾想，琬怡现在的脾气会这么急。”

这之后一连几天，觅波与嬢嬢每天都到附近的几条马路去逛逛兜兜，饭店里吃饭，商场里看看，但觅波还是提不起兴致，嬢嬢几次替觅波看中衣服和鞋子，觅波都说不要。嬢嬢看着觅波总是这副无精打采的样子，又想到琬怡。琬怡出生的年代就是多舛，后来再想怎么，有时也会很难，进而又想到自己，更是蹉跎了大半生。嬢嬢又在犹豫着对觅波说些什么好，又觉得觅波从小就心气高，现在的天地也是足够大，只是许多事难以取舍，真正紧要的路也只有几步，心忧着觅波，小姑娘终于长到有烦恼的岁数了。

过后的一天，当孃孃再叫觅波出门去走走，觅波说："大热天，不想出门，还是在家里吧。"几天来，觅波的兴致一直不高。

不过，孃孃渐渐发现，觅波更是喜欢和妮子在一起说说玩玩，甚至感到两个人是很投缘。妮子可以不停手里的活，嘴上也不停地在跟觅波说着话。妮子在厨房间里洗菜烧饭，觅波会陪在一边。妮子在卫生间里洗衣服，觅波也会站在一旁。孃孃觉得奇怪，浑身不搭界的两个人，怎么就会有这么多话可以说。要说觅波的到来，妮子也有一些的改变，到吃饭的时间，觅波叫妮子上桌吃饭，妮子先是推却，但经不住觅波的几次三番地叫，妮子也就坐下一起吃了。只是真的在一张桌上吃饭，孃孃倒有些不适。

觅波与妮子相处，两个人除了叽叽喳喳地说着话，再有就是觅波跟着妮子学起了女工。妮子从家里拿来绷箍针线，觅波熟练地描摹图案，之后妮子教了几种针法，觅波绣起了花。又过几天，觅波又要妮子教织绒线，妮子又从家里拿来棒针和五颜六色的绒线，妮子说最简单的就是织一条围巾，妮子手把手地教着觅波。一旁的孃孃讲："在宁夏时，跟着别人也学过的，还替觅波的妈妈织过绒线衫，只是现在，谁还会去织呀。"其实对于觅波会跟着妮子学女工，孃孃还是有点想不明白。一日，觅波跟孃孃说，要跟妮子学烧小菜，孃孃一听，更是大吃一惊。孃孃嘴上又说起我们家的女孩，只顾吃的哪会动手这一套，但还是觉得觅波可能是暑假过得无聊，也就是三分钟的热度，便也就随觅波了。当觅波身穿围单，走进厨房时，妮子不干了：“大小姐一个，怎么能做这些？”妮子说到孃孃处，孃孃倒是开明：“觅波要学，随便她。”孃孃说好，觅波当即跟着妮子进厨房。

觅波跟着妮子学烧菜，起初也是闹出不少笑话，而没过多久，觅波似乎在学烧菜上开了窍，厨艺大增，学烧的几只菜，让孃孃和妮子也称赞说不错。

孃孃近日又在思忖着什么时候叫琬怡和大明来吃饭，而且要觅波来烧菜。孃孃当然晓得觅波和琬怡之间发生了什么事。孃孃还亲自定下几只小菜，孃孃认为，夏天人的口味偏好都是一些酸酸甜甜的菜。觅波是有些犹豫的，妮子在旁不断鼓励。觅波只得讲：“小姐姐说好，那就这样了。”觅波原来直呼妮子的名字，最近改叫小姐姐，叫声不断，叫得妮子开心不已。

孃孃让觅波打电话给自己的父母，礼拜天去建国西路家里吃饭。觅波电话打回家，真巧是琬怡接的电话，觅波说了吃饭的事后，在临搁电话时又讲一句：“到虹口东横浜路两个阿姨家去的事，我跟姑婆说了。”觅波的话一出，琬怡虽然噢了一声，但心里不免会想到，觅波怎么会跟孃孃去提这些？其实，一家三个人，应该都晓得孃孃对于和两个妹妹团聚的想法，所以从来也不须言明，最近几次与两个妹妹相聚的事，在孃孃面前只字不提。琬怡甚至会想，觅波是有意告诉孃孃的，还是说漏了嘴。

礼拜天，琬怡大明到孃孃家时，已经是临近中午。自从觅波来传孃孃叫吃饭的话，同时又说与两个妹妹见面的事也已告诉孃孃，琬怡心想，瞒着孃孃与两个妹妹见面，孃孃晓得后，肯定是有想法的。琬怡这一路走来，还在思虑着等一歇怎样回答孃孃的问话。

琬怡与大明进孃孃家的门，见孃孃从厨房里走出来，再往厨房里张望，就看到觅波在厨房里忙着。琬怡有些诧异就问："妮子呢？"孃孃讲："妮子今天休息，所以今天的小菜由觅波来烧。"孃孃的话更让琬怡和大明吃惊。孃孃见状讲："还不晓得吧，觅波跟妮子学烧菜，倒是烧了蛮像样。"琬怡与大明要进厨房看看，觅波索性把厨房的门也关上，隔门传来一声："你们等吃饭吧。"孃孃跟琬怡与大明讲："由着觅波吧，看来你们也不懂省点心的。"

琬怡与大明跟着孃孃进房间落坐。琬怡又问："妮子是怎么啦？现在还休礼拜天了？"孃孃讲："是我让她休的，整天陪着我这老太婆肯定也会嫌烦的。"孃孃又讲："妮子倒是没什么，是我在瞎担心。"琬怡讲："这又是听不懂的话，孃孃是在担心什么？"孃孃讲："早前，妮子看到王师太来搓麻将，总还是央求着王师太介绍男朋友，王师太也是意思意思答应着。妮子想嫁给上海人，我晓得王师太也只是嘴上答应，心里还是看不起从乡下来的妮子。以往来搓麻将的几个人，妮子都说过这样的话，开玩笑也好，真是这样想也罢，总可以晓得点妮子的想法，只是现在的妮子，这样的话也不说了，也不像以往脚头散了，整天心事重重的样子。"琬怡讲："妮子若是就这样，一心一意服侍孃孃岂不是好事?”孃孃讲：“这是两桩事情，妮子总要嫁人，妮子嫁人，只要还在上海，照样可以留在我身边，只是妮子现在这种状态让人心急，我有意让她歇歇，去散散心。”

觅波将菜一一上桌，说一声好吃饭了。琬怡和大明还在惊讶。大明讲：“觅波已经学会烧饭烧菜了，今后不愁独立生活。”孃孃看着，叹息讲：“毕竟不是早前的家里，有厨师，还有几个娘姨的年代。”觅波讲：“我学烧菜做饭的这几天，听姑婆说这样的话倒是无数次。”孃孃笑笑讲：“现在的问题就是怕有哪一天，觅波真要独立，当爸做妈的舍不得。前段日子，几个朋友一道吃饭，都问起觅波，觅波小时候他们都看到过的，有几个人还要替觅波介绍男朋友。这些朋友中，不乏好人家和大人家的，我现在只是听听，暂且不表态。”觅波睁大着眼睛讲：“啊，这倒是个机会，姑婆得好好留意才行。”琬怡讲：“觅波面皮也真厚，说起这种事，也是无所顾忌。”

琬怡想到了迪姆，同时又想到王师太家的那个远房侄孙。事实上，自从上次王师太安排觅波与自己远房侄孙认识之后，虽说对于两个年轻人关系进展不甚满意，但王师太一直还是寄予期望。只是对于琬怡来说，虽说晓得孃孃在王师太介绍自己远房侄孙上的态度，但琬怡更有说不出口的事，那就是觅波现在可能与那个德国男孩走得更近了。琬怡想到，要说现在觅波与迪姆在一起玩，依着迪姆今后飘忽不定的去向，很可能就是一场的游戏，但觅波暑假里的这个样子，也是让人担忧的，真不晓得觅波与迪姆之间又发生了什么事。不过，看到此时觅波对着孃孃嘻皮笑脸的样子，觉得觅波什么事也没有，或是在掩饰着什么。

饭菜还没吃几口，孃孃便提到虹口，孃孃讲："听觅波说起你们去虹口的事了，本来还认为那个语嫣总是欢喜多事的，现在看来，她倒是一个明事理，又蛮细心的一个人。觅波也对两个阿姨的印象都不错。"

孃孃的话，让琬怡和大明暗暗地有些惊讶，不过想来孃孃跟语嫣和阿岚也是从没接触过，也仅仅是凭借着对琬怡姆妈的看法。此时孃孃的率直，一下子倒让琬怡不晓得说些什么好。孃孃继续讲："现在想想，那个语嫣，还有那个阿岚，从小在这样的家庭里，也是不容易。"琬怡和大明不清楚觅波说些什么，会让孃孃的态度有了这么大的转变。

不过，孃孃的声音马上就变得低沉："那些年，琬怡阿爸是一再受冲击，工资也连续减少，琬怡的姆妈当然是受不了这些，天天跟琬怡阿爸吵呀闹呀。有一次，琬怡的姆妈甚至不顾年幼的琬怡三姐妹，离家出走，琬怡阿爸在寻找琬怡姆妈的过程中，几次去虹口琬怡姆妈的娘家，有一次正好碰到曾经的大学同学，说起琬怡姆妈的娘家，居然是非常熟悉的，说这一带，琬怡姆妈的娘家，也算有点小名气的。当年琬怡的外公吃喝嫖赌，还有吸毒，样样都占，早前祖上也算过得去的人家，只是到了琬怡外公手里，家中的财产十有八九进了典当行。都说四九年解放好，一夜之间，没有黄赌毒，不过，此时的琬怡姆妈的娘家，除了房子，已经是没什么家财了，琬怡的外公也没工作，潦倒生病，废人一个，不久就死了，一家的生计全落在琬怡外婆的身上，琬怡外婆只好外出做工。那个琬怡阿爸的同学，说起琬怡的姆妈，就说从小生长在这样的家庭里，也是担惊受怕惯了，从小就不合群，从来不跟邻居小孩往来，性格孤僻。后来，琬怡姆妈长大后，弄堂里的邻居们，除了暗暗惊叹这家姑娘的天生丽质外，更是经常可以听到她在家里大呼小叫的声音，有时半夜里，还有她嘤嘤啼哭的声音，一哭可以哭很长很长的时间，这一家人家吵架的声音可以传出几条弄堂外。而当有一阵，大家觉得弄堂里安静了，原来是这家人家的女儿出嫁了。"

此时的琬怡，因为已经重新回过东横浜路，故而孃孃的描述，似乎让琬怡真切地感受到在东横浜路这房子里所经历的这一幕又一幕。琬怡讲："其实虽说有三个小孩，按当时的姆妈的年龄来说，也是很年轻的。当时的社会环境，阿爸连遭冲击，姆妈确实是难以理解，更是深受打击的，加之原先娘家的这些情况，姆妈肯定是很痛苦的，日常的表现也可能有点狂躁，有点抑郁。"

琬怡这些年对于自己心理疾患咨询与治疗的过程中，也曾经想到过自己的姆妈。这么多年来，琬怡多少听到些对姆妈的各种议论，而岁月的更替，到了今天，琬怡更会想象姆妈当时的境遇。孃孃叹息："琬怡是这样认为的？只是这样，真是苦了琬怡的阿爸。"

孃孃继而讲："当年我已去了宁夏，与其说琬怡阿爸担心我，我是更担心琬怡阿爸，接二连三的运动，琬怡的阿爸已变得谨小慎微，也不与朋友往来。其实当初琬怡阿爸跟琬怡姆妈谈恋爱时，是有过犹豫的，既有担心当时的形势，又说琬怡姆妈脾气不太好，是我反复做了琬怡阿爸的工作，我说，人家小姑娘不计较我们的家庭成分，阿哥还要计较什么呢？是因为我一封又一封这样劝说的信，琬怡阿爸才同意结婚的。所以，一直以来，我真的是懊恼，总觉得是对不起琬怡阿爸的。”琬怡讲：“这么多年了，孃孃经常自责，自责的话说到现在。”

这天，琬怡大明临走，觅波也跟着要回家的样子。孃孃难得破例将琬怡三人送下楼去，送到院子的门口。孃孃对琬怡讲：“原来想让觅波在这里再住上几天的，不过，现在觅波想回家了，还是回去的好。”

觅波跟着琬怡和大明走着，似乎还都沉浸在姑婆刚才的回忆中。觅波讲：“当年妈妈还很小吧，已经经历这一切。”觅波的话充满着柔情。琬怡一下子不晓得该如何回答。琬怡想到，这些天来，母女间还没有好好说过话。

又过了几天，觅波接到迪姆的电话，迪姆的声音有些急，问觅波为什么不回短信，他发了很多的短信给觅波，一直不见觅波回复。觅波听着迪姆急切地问着这些时，心里便是窃喜。觅波问：“听到声音了，又觉得怎么样？”迪姆讲：“应该不错吧。”觅波想问迪姆什么时候回来，但话到嘴边，又咽了回去，还是迪姆自己说了几号会回上海。迪姆问觅波：“会来机场接机吗？”觅波回答：“不一定有空呀。”

一日，琬怡听到觅波在给孃孃打电话：“姑婆，上几天兜马路时，看到的那几件衣服，后悔没有买下来。”觅波的声音又是这样的悦耳。

八

北美内衣秀在浦东的黄浦江边，靠近陆家嘴的一个水岸码头内举行。在水岸码头内临时搭建起一个巨大的白色建筑，像一个撑开的大风帆。这便是北美内衣秀的秀场。在临时建筑内，搭建了走秀的舞台和观众席。舞台的背景就是水天一色的黄浦江的江景，以及对岸百年外滩的建筑群。

观众从沿江马路进入秀场，走在一条簇拥着鲜花的红地毯大道上时，随着步道逐步抬升，一步一景，如梦如幻，观众举目环看，无不为整个秀场所营造出的盛景兴奋不已。一些重要的来宾，款款走来，在签名墙上留名，或是摆着姿势留着影，接受着粉丝们的欢呼。观众席上更是座无虚席，人头攒动。

入夜，当秀场即将开幕时，也正值浦江两岸灯光开启，舞台现场与这城市的背景完美地融合在一起。

开幕时刻，所有的聚光灯都投射到黄浦江上，音乐缓缓地响起。远处一艘大型的游艇，正缓缓地驶来，所有的灯光聚到游艇上。游艇驶近靠岸，在游艇上众多的表演内衣秀的中外模特儿，挥手向岸上的观众致敬着，随后，模特儿们又迎着耀眼的灯光，款款地下船登上了舞台。音乐声将现场的气氛推向高潮。观众席里顿时爆发出阵阵的惊呼声。

这便是琬怡最为得意的北美内衣秀的出场设计。当初琬怡远赴美国，就是以这样的模特儿出场设计的创意，去游说这家北美内衣秀公司的。琬怡竭力地说服了这家美国公司，把舞台搬到室外，以黄浦江江岸为背景。同时，琬怡还要说服陈建栋，在黄浦江边搭建起这临时的秀场，因为这样要比简单地租个剧院，成本上会增加一大块。之后，从选择秀场的场地，到舞台背景的构思，到此时，从江上到水岸，在这水天浑成的舞台上，整个环境无一不是为了这一刻众多佳丽的惊艳亮相而营造的。当这一切得以完美呈现时，琬怡感到的是一种极大的欣喜与满足。

不过，琬怡并没有在自己的脸上表现出这种欣喜。当所有人沉浸在舞台上令人眼花缭乱熠熠生辉的内衣秀时，琬怡还要在现场指挥协调着很多事情，与美方公司的高层，与美方的主创团队，与场地方，与通讯保障方，与媒体，甚至是现场的安保。今天，琬怡所分管的创意部门的所有员工，也都到秀场来帮忙了。

当整个三个多小时的北美内衣秀完美落幕时，琬怡这才松了一口气。

随着观众的离场，琬怡开始又要忙着现场的撤展工作。这时，琬怡看到陈建栋和蒋子旭两人走来。刚才他们两个人一直坐在观众席上。陈建栋讲："精彩纷呈，目不暇接，琬怡的努力算是有了回报，应该说这是凌零公司迄今做过的最大的合作项目。"蒋子旭在一旁也讲："刚才也与美方公司闲聊，他们也明确地表示未来将会与凌零公司继续合作。"陈建栋又讲："当时琬怡看中这块地时，连水电都没有，谁又会想到，仅仅过去这些日子，今天晚上会有这么盛大的一个国外内衣秀的呈现。"陈建栋和蒋子旭两个人说了不少溢美之词。琬怡因为还有许多的现场撤展工作要做，所以也就跟陈建栋和蒋子旭匆匆地说了几句。

撤展的工作持续到深夜，当大部分工作人员和设备撤离后，场地上的灯光照明也随之撤去了，原来的秀场不但变得相当的安静，也变得漆黑一片。此时，远看浦江两岸，那些高大建筑上的景观灯光早已关闭，只留下稀疏的路灯，星星点点地散落着。这近似于浓墨黑魅的周围环境，更是映衬出月明星稀的夜空。

琬怡这时看到江堤旁还有一个人在徘徊着，其实琬怡早就看见了，只是现在琬怡才有空走上前去。琬怡招呼着："陈总还没走呀?"陈建栋转过身来，对琬怡笑笑讲："难得有机会，可以这样在江边走走，透透气。"琬怡走近江边，看到是暗黑的江水拍击着堤岸，感受到阵阵的凉意。陈建栋讲："整个撤展的速度真够快的。"琬怡讲："现在就剩这大白帆了，明天工程机械开进来，只要一天的功夫，这里完全就是一块平地了。"陈建栋讲："琬怡是想着尽快把场地还给人家，可能是我给琬怡的压力太大了。"琬怡笑了笑讲："就是呀，只要多耽搁一天，就是一天的场租费，不过，后面还有一大堆的事，所以想尽快结束这里的事。"

陈建栋环顾四周，问："琬怡接下来还有什么打算?"琬怡讲："一直看好深圳的几家公司的合作项目，这都需要一家家去走访，去商讨的，只是原来所有的精力都被北美内衣秀牵扯住了，所以这里一结束，便想立即去深圳。”陈建栋点头“噢”了一声。

虽说北美内衣秀的成功完成，了却了琬怡初到凌零公司时，陈建栋所布置的最重要的一件工作，也是琬怡在凌零公司内最想证明自己能力的一件工作。不过，当这项工作完毕，琬怡没有丝毫的停歇，又飞赴深圳去谈新的业务了。

正当琬怡在深圳逐个项目在看在谈的时候，公司里的小应打来电话。小应首先问琬怡：“公司里发生了一些事，不知钱总是否知道？”小应的声音显得谨慎。琬怡问：“什么事？”小应讲：“钱总真的不知道呀，办公室里的几个人，私底下在议论，钱总去深圳出差，而且去了多日，以为是去避风头。”琬怡有些急着问：“到底发生什么事了？”小应这才讲：“陈建栋辞职，蒋子旭上位。”

消息来得突然，未及细想的琬怡连忙中断在深圳所有项目的洽谈，赶赴机场。在去机场路上，琬怡接到陈建栋打来的电话，陈建栋语气平和地讲：“发生了一些事，我得辞去总经理的职务，希望我的离开，不要影响到琬怡的工作，琬怡好好干。”琬怡还想问些什么，陈建栋已经挂了电话。在从深圳回上海的飞机上，琬怡又想到北美内衣秀的那个夜晚，在江岸边望着星空的陈建栋，其实是有话要说的，只是没有说出口。

当琬怡再次走进凌零公司的大门时，公司上上下下依旧都在忙碌着，几间办公室里，还是那些伏案工作的人。会议室里，业务人员正开会在商讨着工作，给人的印象是公司的运转似乎一切正常。不过，琬怡还是感到气氛有些不对。

琬怡走进自己的办公室，小应马上跟进来。小应讲："钱总回来的速度真快呀。"琬怡讲："是呀，没想到走了几天，公司竟会出这么大的事。"小应问："钱总应该是得到确切消息了吧？"琬怡讲："我昨天在去机场的路上，陈总给我打了电话。"小应讲："真的没有想到，这次的董事会上风云突变，几家股东联合向陈总施压，最后陈总竟被罢免，陈总昨天离开公司的，还一一跟大家打招呼，许多人就只能这样默默地看着陈总离开。"琬怡问："我们部门的这些人现在怎么样？"小应回答："还算安心吧。"琬怡讲："那就好，马上开会，深圳的几家公司的项目，正等着听我们的创意方案呐。"小应讲："钱总这时还要开会？"琬怡问："怎么啦？"小应讲："我再多嘴几句，昨天陈总一走，蒋子旭立即找了两个部门的经理谈话，这两个部门经理都被免职，今天一早又一个部门经理被免职，这三位以往都是跟陈建栋走得近的人。"

琬怡正要说什么，办公桌上的电话响，琬怡接电话，传来的蒋子旭的声音。琬怡放下电话，对小应讲："是蒋总要找我谈话。"一旁的小应神情紧张。琬怡朝小应笑了笑。

琬怡走进蒋子旭的办公室，应该说就是以前陈建栋的办公室，不过，办公室内的陈设已经有了很大的改变，就如同这个公司，在这短短的几天里所发生的变化。

蒋子旭见琬怡走进，非常客气地让座上茶，寒暄过后，蒋子旭讲："我还一直在想着那场北美内衣秀，那个夜晚令我印象深刻呀，我一直支持我们的业务上作这方面的探索，虽说也有人说效益不如预期，但有哪一个项目不需要一个培育的过程，我非常看好这个项目，更何况，这一项目在市场的影响方面，也比我们多挣几个钱要重要得多。”琬怡没想到，蒋子旭是这样开始两个人的谈话。蒋子旭讲：“虽说钱总是原来陈总介绍进公司的，不过，我对于用人绝对没有任何的门户之见，公司内我也不会搞论资排辈，钱总虽说进公司的时间不长，但钱总的工作还是得到上下肯定的。”蒋子旭接着讲：“搞财务的人，思考问题喜欢四两拨千斤，喜欢资本的快速增长，讲究资金的效率，所以，公司未来的发展将会很快的。”蒋子旭以往也总是说自己是搞财务的，那时是一种谦称，意思是说自己是不管具体业务的，而现在蒋子旭再说自己是搞财务的，那是有统领全局的意味了。

蒋子旭又问了琬怡此次深圳之行的一些情况，又对深圳的几个项目的洽谈表现出浓厚的兴趣，鼓励琬怡抓紧落实创意方案，尽快与客户有个合作协议，并且嘱咐琬怡有什么需要支持的尽管开口。蒋子旭与琬怡的谈话时间并不长，总体表现出对琬怡的信任与支持。

当琬怡再回到办公室时，看到小应一直在办公室等着，一脸的忐忑。见琬怡面色平静，小应开口就讲：“看来我们这位蒋总还是识人头的。”琬怡问：“想说什么？”小应讲：“估计蒋总刚才与钱总的谈话，就是安抚一下钱总，要说这公司里，上上下下的人，可都认为钱总是陈总的人呀，都在担心着钱总。”小应说这样的话，琬怡的确也无可辨驳，只是笑了笑。小应又讲:“部门里几个人,都私下在议论,发生这么大的事,底下的人先前不知道,那是情有可原的,但很难想象陈总自己也会不知道。陈总是搞业务出身,大体上说,任何时候,都会把业务牢牢地抓在自己的手里,钱总既然是陈总的人,这段日子,钱总已经发展了这么多新的业务,理应这些业务信息就不会公开出来,而今天钱总在深圳签的这些合同,可见陈总对于自己的离开,事先是没有想到的,或是没有向钱总预先告知过。”小应接着又讲:“当然也有人八卦,说钱总可能早有察觉,所以才有深圳之行,待上海形势明朗,再回来,也省得做选择题了。”小应还准备继续说下去,被琬怡所打断:“乱七八糟,都说些什么呀?”

小应离开琬怡的办公室后,琬怡才得以安静下来。的确,小应刚才口无遮拦的一些话,虽说被琬怡止住,但琬怡心里清楚,此时公司内各类说辞满天飞,人心皆有浮动。琬怡想到了陈建栋,自己急着赶回上海,也没见到陈建栋。琬怡唯一觉得小应刚才的分析有些道理的地方,就是陈建栋在这一突如其来的变化前,难道会真的一点都不知情?琬怡马上否定了这一想法。琬怡想到早前去美国时,陈建栋突然取消行程,事后也只是轻描淡写地说一句“比去美国的事要大”的话。还有,那天部门聚餐,餐桌上的陈建栋还属于是正常,但之后将琬怡送上出租车后,琬怡看到的是一个明显情绪低落的陈建栋。琬怡又想起北美内衣秀结束后的那个深夜里,两人站在浦江岸边的对话,那天陈建栋是欲言又止。现在再细细想来这些场景,琬怡只觉得自己是木知木觉。要是陈建栋早已知道自己的处境，当琬怡在一家又一家地发展新客户时，会不会就有所暗示琬怡，或是直言这些业务今后是否能够带走？陈建栋的年龄与职业的经历，不可能就此不工作了吧。正如周围人都这样看，或是人们习惯这种思维方式，自己是陈建栋介绍进公司的，与陈建栋的关系也就不言自明。然而陈建栋为什么没有这么做呢？

琬怡又想到刚才蒋子旭找自己谈话，蒋子旭甚至有暗示琬怡，只要琬怡还是按照目前这样干，再过一年，在董事会上提名琬怡担任副总也是有可能的。

琬怡最终还是决定辞职，离开凌零公司。

自从陈建栋辞职离开凌零公司后，公司内的各类八卦议论甚嚣尘上，各路信息也是逐渐汇拢，要说有些小道，还是基本可以还原实际情况的。平时表面上一贯和善可亲的蒋子旭，已经是图谋多时，串通几家出资人的董事单位，以陈建栋对于企业转型不力为由，在董事会上搞突然袭击，罢免了陈建栋。这便是陈建栋被迫辞职的大致经过。当琬怡逐步接近事实真相时，辞职就成了琬怡唯一的选择。琬怡不愿与蒋子旭这样的人为伍。

琬怡跟陈建栋打了一个电话，把自己的想法告诉陈建栋。这还是琬怡当初在深圳赶往机场的路上，陈建栋打来电话告知自己辞职后，两个人的首次通话。当陈建栋听了琬怡准备辞职后，只问了一句："琬怡辞职，真的都想清楚了吗？"

琬怡和陈建栋约在西区的一家咖啡馆见面。其实说来，两个人分别的时间并不长，也就是琬怡去深圳出差至今，但两个人见面时，好像都有一种相隔了一个季节，或是更长时间的感觉。

陈建栋依旧是话音响亮："真没想到琬怡会这样，琬怡的业务能力正是蒋子旭所需要的。"琬怡讲："辞职已经是决定的事。"陈建栋讲："我现在倒是真担心凌零公司业务坍塌下来。"琬怡讲："陈总人不在公司了，还操心这些干吗？"陈建栋："我并不是为这些股东着急，资本总会找到地方的，其实与董事会的部分董事，为了公司的后续发展，也争论了不少，按照某些董事的意图，公司的主营业务也就是一个摆设，主要是为了融资，去搞资本经营，这样的话，还会把公司的业务当回事吗？可能也不会需要那么多的员工了，董事会对于我会采取什么行动，我是有预感的，一方面我还想据理力争，另一个方面，我还存在幻想，没有想到他们这么快就对我动手了。现在，我是为那些员工着急呀，他们可不像我，我可是一人吃了全家饱。"琬怡听了陈建栋的这些话，似乎再次对公司内疯传陈建栋离去原因的佐证，同时又感到陈建栋此时内心的焦虑，全然不是为自己。琬怡不由得对陈建栋再添敬意。

琬怡问："陈总再一个人，也是得吃饭吧？陈总今后有什么打算？"陈建栋讲："还没有想好，已经习惯原来紧张的工作节奏，现在得以安静地想想了，不过，就这舒闲几天的生活来说，我感觉是从未有过的惬意呀，在家里看看自己原来的画作，想着已经有多少年没提画笔了。"陈建栋笑着对琬怡讲："琬怡可别小看我，当初我要是坚持画下去，可能现在也是小有成就的画家了。”琬怡与陈建栋相处的这几年，的确从没听陈建栋提起过以往的职业或是个人生活，倒是蒋子旭曾经对琬怡说过不少陈建栋的事。

琬怡与陈建栋出咖啡馆，走在有些僻静的马路上。此时，马路上略显昏暗的路灯，映衬着黑夜深邃的天空。陈建栋讲：“很久没有能这样悠闲地在马路上走走了，很想好好地安静地画一幅画，或是看一场话剧，听一台音乐会。”琬怡又想起北美内衣秀的那个夜晚，面对着江面徘徊的陈建栋，那时，陈建栋背负很多，而现在的陈建栋真的释怀了吗？

在街边拐角的地方，陈建栋停下了脚步，对琬怡讲：“没有想到，自己到了这个岁数，还是一事无成，也没个有热菜热汤等你回去的家，应该是很失败的吧。”琬怡是第一次听到陈建栋用如此低沉的嗓音说话。

陈建栋似乎意识到什么，又换了一种口气问琬怡：“辞职回家，跟家里是怎么说的？”琬怡讲：“其实跟家里也没什么可以多说的，家人并不知道你曾经工作的状态，也不了解你的职业梦想，所以多说无益。”陈建栋讲：“的确，琬怡不说，家人也不可能知道琬怡曾经在职场上是多么的优秀。”

此时的琬怡，想着自己将要面对的一切，又看着情绪有些低落的陈建栋，不知说些什么好。琬怡讲：“这个天气，可是适合散散步。”于是两个人又沿着马路边的人行道走着。陈建栋讲：“琬怡想过辞职后的问题吗？”琬怡讲：“时间仓促，还没来得及细想，再说，我一个女人，也不必太要强吧。”琬怡的话有些故作轻松。

九

要说圈内的消息传得也真快。琬怡辞职才回家，原来汇众公司的王乐和张萍就来电话问琬怡怎么回事，琬怡只能一五一十地答复。才挂了王乐和张萍的电话，很久未曾联络的夏总也发来短信表示关心，琬怡回复感谢。琬怡好奇地问一句夏总现在在哪里？夏总在短信里答道："正在非洲的肯尼亚旅游，在马赛马拉的自然保护区里看动物迁徙。"与夏总的短信聊没几句，原来凌零公司的小应就来电话。其实琬怡回家这些天，小应几乎天天来电话，小应在电话里百无聊懒地说着现在上班没劲，又关切地问询琬怡此时在哪里，听到琬怡说在家里，小应最后总还会说一句："钱总真的就这样一直待在家里了？"

琬怡辞职，一下子也不可能马上去找工作，家里自然少了收入，原来对家里支出并不上心的琬怡也是有所顾虑的。大明只说了一句话："琬怡尽管放心在家。"对于琬怡来说，大明的话的确让自己稍有安心。琬怡以往也曾想到过对于家庭的共同责任，更多地体现在夫妻两人这份工作收入上，但自己也是忽视的，大明的工作自己少有过问起，大明的收入更是从没问过。琬怡就是这样一个少有婆婆妈妈，少有被家务事拖累的人。

琬怡在家，开始了真正悠闲的生活。早晨，不必再听着闹钟刺耳的声响，不必算着每一分钟的起床洗漱的时间，不必去想着这一天的工作安排与出差行程。琬怡现在可以睡到自然醒。每天的早点还是大明做好，琬怡也不会像以前这样吃得匆忙，或是根本不吃。餐桌边，琬怡与大明即便话不多，但也有几句的交谈。太原路上驶过的汽车偶有鸣喇叭声，也让琬怡想到自己不必再投入到每天如此拥堵的车流中，奔波在市区的各种场所。琬怡感到与以往最大的变化就是，以往整天都是话说个不停，而现在待在家里，一整天也没有几句话要说。觅波住校，周末才回家里。大明去上班，家里就显得安静，而琬怡已经是多年没体会到家里的这份清静了。

在家该如何来打发时间，琬怡从来没有想过这个问题。琬怡自幼受阿爸的影响，喜欢读书，后来杂志社的职业经历，也养成了阅读的习惯，而且这种习惯也是多年未曾改变。这些年，即便是琬怡工作再忙，出差时也总喜欢带本小说在身边，飞机上火车上便是最好的阅读时间。虽说这些零碎的时间，使得琬怡看书有些慢，但毕竟还是让琬怡满足了一下自己阅读的兴趣，所以，琬怡回到家里，第一便是想到要看好多好多的书，头脑里就有一份现成的书单。在接下来的这段日子里，每天大明去上班，琬怡可以不化妆，身着居家服，整天蜷缩在沙发里，看着小说。许多小说，还是在琬怡少女时代就阅读过的，此时重读，必是又体验了一回当初少女时代的心境。当然，琬怡也有许多全新的阅读，这些也是琬怡过去就曾感到过的阅读欠账。无疑，沉浸在阅读中的琬怡获得了极大的满足，饿了也就是几块饼干充饥，而这一直要到大明下班回家时，琬怡才会意识到又是一天过去了。

除了阅读之外，琬怡也会到附近走走。走出弄堂，走进太原路。四周的街弄，日渐茂密的梧桐树叶，衬着白天也显得安静。只是周遭的这些房子，都已显老旧，少了维修，斑驳的墙面，缺损的门檐，凹陷的地砖，难掩岁月的侵蚀。已经是很多年了，琬怡没有这样漫无目的地在这些马路上走走了，以往这般的情景，还要追溯到自己的小时候，那时阿爸领着自己就是这样走着。只是现在走在这马路上，琬怡感到已不是当年的这份幽静。曾经的那份幽静，与阿爸一起留存在了记忆中。

这样的日子过了一段时间，琬怡也终于有捧不住书，或是不想去周围马路走的时候，或是说琬怡也有突发奇想的时候。琬怡想着在家总还得干些家务事，想着自己厨房里的事干不了，打扫收拾房间还行。而妮子每周上门来两次打扫卫生，家里的环境卫生基本还是可以的。于是琬怡想到了觅波的房间，觉得有下手干活的地方。

觅波的房间，书桌上书橱里一片的混乱，自己从不归整，也不让人去帮忙收拾。于是琬怡一阵的出汗辛劳，觅波的书桌和书橱面貌马上得到了改观。而在行将结束时，琬怡在觅波的书桌抽屉里看到了一盒避孕药。这可是非同寻常的发现，琬怡看着这盒避孕药，呆立了半天。

夜里，大明回家，琬怡是暴风骤雨般的言语对着大明。

这也是琬怡多年的习惯，只要觅波有任何的问题，琬怡首先是会对着大明发火，其次才会是觅波。平时，大明的确要宠觅波明显一些，所以琬怡当然也就认为大明应该担责多些。琬怡发着火说着，大明也就如同以往这般，一言不发，任凭琬怡说着。

而琬怡一通脾气发好，才稍有冷静，琬怡可能意识到，女孩子这方面的事，可能做妈妈的责任要多一些。琬怡想到这里，对大明的口气也软了些："要说两个人做这些事，总还得有个地方吧？"大明依旧一言不发。琬怡继续讲："给觅波的零花钱也不多，迪姆也是一个学生，身上也不会有多少钱的，不至于还有钱去宾馆开房间吧？"大明未置可否地看着琬怡。琬怡继续讲："会不会这两个人都旷课，趁我们白天上班时来家里，对了，前一阵我一直出差，大明也是按时上下班，他们完全掌握了我们的时间，是有这可能的，还有，觅波也曾说起过，时常会去迪姆的家里。"这一晚，琬怡和大明商量好，待觅波回家，由琬怡好好跟觅波说说这事。大明再三叮嘱琬怡："有话好好说。"

在等周末觅波回家的这两天里，琬怡反反复复地想着该如何跟觅波说这些，推敲好的话默念好几遍，都烂熟于心。琬怡想到，此次对觅波已经不能只是一味强调关注学业的话。琬怡想说，觅波也是大人了，大人与小孩最大的区别，就是懂得保护自己，能够判断什么是图一时之快，什么是长远打算，从而学会选择。琬怡还想说，走到以身相许的这一步，此时关键的关键，应该想明白了，与这个德国男孩会有未来吗？迪姆真的适合自己吗？琬怡甚至感到，自己可以承认思想保守，但也一定要说服觅波的，任何的恋爱游戏，都是要婚姻这个结果的。

周末觅波按时回家，看到自己的书桌与书橱整理好后的样子，就有些嚷嚷：“干嘛整理成这个样子呀，找东西反而不方便了。”觅波可能也就是简单地说几句，应该也就没事了，但此时的琬怡，从觅波进门，就一直在盯看着觅波，这种盯看，几乎是在扫视着觅波的全身，甚至是周身的细微之处。也许是一瞬间的反应，当琬怡听着觅波的这几句话后，把已经想好的所有说教台词都忘了，而是冲到觅波的房间里，把那盒避孕药摔在觅波的眼前。琬怡讲：“什么东西找不到？是这东西吧？”觅波见此，当然反应也是激烈，觅波讲：“妈妈就不能尊重一点别人的隐私吗？”琬怡讲：“纵容干这些事，就叫尊重隐私吗？”此时的觅波也有些歇斯底里地讲：“原来妈妈在家，就是干些这样无聊的事。”

琬怡还想说什么，觅波已经冲出自己的房间。母女俩的说话声音惊动了在厨房里的大明，大明从厨房出来，明白发生什么事，只是觅波已经摔门出去。大明冲到窗口上去张望着：“觅波跑得真快，已经看不到人影，这事不是说了好好跟觅波说吗，怎么觅波才进门，就这样了？”琬怡这一腔的怨言顿时又发到大明的身上：“还想说是我的不是？”大明讲：“诶，都到吃夜饭的时间，觅波学校回来，都还饿着肚子。”琬怡讲：“还担心觅波会饿着肚子？”

这一夜觅波没有回家，而且一直不接手机，短信也不回。

琬怡和大明都有些担心。琬怡虽说躺在床上，但一夜没睡着，琬怡想到这几年觅波总是不让自己省心。琬怡又想到那年自己患心理疾病时，即便思绪繁乱，情绪不能左右，而当时自己的脑子里想得最多的是觅波，担心着觅波。不曾想，现在与觅波竟会是这样的相处。

大明想着觅波负气出走，可能会去孃孃家里过夜。一清早，大明去孃孃的家里，但觅波没有去。想着又没寻到觅波，又惊动了孃孃，琬怡有点责怪大明。大明之后又去学校里找觅波。琬怡继续在家等消息。孃孃晓得觅波出走后，中午时也来到琬怡家。孃孃进门，大明刚巧也从学校回来。琬怡与孃孃都急切地问觅波的音讯，大明讲："休息日的学校宿舍里，冷冷清清，一个人也没有。"孃孃又问："觅波又会去哪里?"琬怡和大明都想到迪姆这个人，想着此时觅波会不会和迪姆在一起?

这时，家里的电话铃响，大明接电话，传来妹妹小惠的声音："哥哥，一定很着急吧，觅波在我家。"大明讲："啊，怎么会去小惠家了?"小惠电话中讲："觅波昨夜就来了，本来我马上就想打电话的，觅波不让，觅波的情绪一直不稳定，所以有些担心，也不敢离开觅波，只能一直陪着。现在也是偷偷跑出来，给哥哥嫂嫂报个信。"小惠没有手机，家里的电话觅波不让打，小惠是在外面公用电话亭打的电话。小惠电话里所说，琬怡和孃孃也都已听到。大明将电话递给琬怡，琬怡对电话中的小惠讲："觅波每周回来，总是要带去替换衣服的，明天晚上也是该去学校的。"小惠在电话里讲："这事嫂嫂放心，我会帮觅波准备好的，明天我也会尽量劝觅波去学校的。”

小惠的电话，无疑让琬怡大明还有孃孃放心些。搁下手中电话的琬怡讲：“觅波怎么会去小惠的家里？”

孃孃看了看琬怡，讲：“想着现在着急，为什么当时就不能好好说话呢？我在觅波这年龄的时候，娘已经死了，家里只有一个阿哥，没有人会跟你说这些体己的话。琬怡也是这样，到觅波这个岁数，只有阿爸在身边，这些话，纵是阿爸也是说不出口的。而现在，多少好呀，琬怡完全可以好好跟觅波说的，倒是不会说话了。”孃孃有些喋喋不休，不过，这些话的确是这个家里最不愿去揭开的话题。

孃孃看到琬怡那张疲惫的隔夜的脸，不禁又有一点怜惜。孃孃缓缓地讲来：“想到当年的琬怡，琬怡小的时候，自己偶有回上海，只要看到琬怡，总会联想到自己在宁夏的遭遇。虽说当时晓得自己男人的想法，即便离开了上海，还始终会想到自己是这个大家庭的长房长孙，但自己想到是，不能说是嫁错男人，但跟着来到宁夏肯定是错了。当时现实的境遇，宁夏的生活不晓得什么时候是个头，也是容不得自己错上加错，似乎只要是离开了上海，有些事就不敢去想了，连得世间最平常不过的家里得女添丁，也变成奢望。夫妻间似乎也没讨论过这个问题，自己便是自作主张。后来琬怡阿爸离婚，一家人分了两摊生活，不过当时回到上海，至少还可以看到琬怡。”

孃孃的这些叙述，琬怡过去也曾听孃孃提起，晓得是孃孃心里挥之不去的痛苦，今天听来，更觉沉重。而琬怡进一步想到，阿爸去世后，孑然一身的孃孃回到上海，与琬怡之间，就像母女这般，在琬怡身上有着孃孃对今后生活的全部想法。后来，家里有了觅波，更是含着孃孃的许多期望，而现在琬怡与觅波的状态，肯定让孃孃担心了。

后来，一连两个礼拜的周末，觅波都没有回家，而是从学校直接去了小惠家里，又在礼拜天夜里，直接返校去。大明只得把觅波的替换衣服全都送到小惠家去。想着觅波这样去打扰小惠一家，小惠夫妇的生意肯定是会受到影响的，大明嘴上不停地在说着觅波不太懂事的话，但眼见小惠夫妇还有他们的儿子一副乐此不疲的样子，好像很期盼觅波的到来。

觅波每次去惠姑家，小惠马上就来报信。大明从电话里听出，觅波就在小惠身边，似乎也并不避讳小惠给家里打电话。小惠在电话里最后都会轻声说："会做通觅波思想工作的，让她早点回家。"大明犹豫着是不是要到小惠家，去和觅波见一次，但小惠似乎不愿意大明这样做。这些天来，大明有电话和短信给觅波，觅波还是有回音的，只是对于大明劝说回家，还是很抵触的。孃孃也有电话给觅波。对于姑婆的电话，觅波还是非常开心，说了不少的话。对于姑婆要求回家的说法，只说了一句："不想看到她。"孃孃晓得觅波在说谁，就讲了觅波一句："有这样说妈妈的吗？"

而这样的僵局持续一个多月，直到有一天，妮子说想去看看觅波，大家都觉得有些诧异。妮子去了一趟觅波的学校后，回来说一声："觅波这个礼拜肯定回家。"孃孃琬怡还有大明，都是觉得蹊跷，连问妮子怎么回事，而妮子的回答是答非所问："第一次走进大学校园，觅波带着到处走走，还去学校餐厅里吃饭，真是不错。"

一天，毛毛得悉琬怡辞职，上门来琬怡家。

毛毛进门就讲："电话听说琬怡辞职，真是吓我一跳。"琬怡便将辞职的过程说了一遍。毛毛听后讲："要说现在外面做事也真难，吃一口饭真不容易，场面上要应付各种各样的人，公司里面，几帮几派，人前人后，人心隔肚皮，所谓职场竞争，就是尔虞我诈，心狠手辣。再说，毕竟还是男人家的天地，女人做得再辛苦，也没人同情，女人做得好一点，还被人家指指点点，嘴巴长在人家身上，这也是没办法的。琬怡真的没必要这么辛苦。"

毛毛一连串说话，中间没有停歇，琬怡竟然插不上一句话。不过，一直以来，有关职场上的一些事，琬怡并不想跟毛毛多说，想着毛毛又能了解多少职场的情况，无奈毛毛看到的是这样的结局，只得忍着毛毛的碎嘴。

琬怡脸色有点难看。毛毛这才收住话，有些慌张地问："琬怡这是怎么啦?"琬怡讲："诶，回到家里，一下子家里也变得不太平。"于是琬怡便将觅波的事，跟毛毛说了一遍。毛毛讲："要说这事，还是处理得有些不对。就是呀，别说我十八岁进店时，店里店外一道玩的朋友不少，男朋友也是连续谈几个，少不了都要做点越轨出格的事。就说你，也是二十岁时，阿爸就把大明领进门，对琬怡说可以谈朋友了，现在觅波都二十一岁了，琬怡倒是反对觅波交男朋友。”琬怡讲：“没有反对交男朋友，而是反对早早地做这种事，从前阿爸关照，夜里都是很少出门，即便出门也是早早回家的。当初阿爸管得紧，过去也没感到什么，现在想想都是对的。”毛毛讲：“怎么才觉得琬怡这方面是这么放不开的，琬怡还拿觅波当那个年代的女孩来管。”琬怡讲：“再说，觅波回家，嘴上是叫我一声，眼睛根本不朝我看，气人。”毛毛叹息，缓了缓讲：“看样子，琬怡在外头风风火火做惯的人，真的不适应待在家里。”琬怡讲：“是有一点，家里看不惯的事情还有许多，发现大明平时在收集各种超市的打折券，还担心过期，排好使用日期，真的没想到，一个大男人也会到超市里买东西时，掏出一堆打折券。”毛毛讲：“这么多年，琬怡真是不食人间烟火。家里过日子，不管多么有钱，能省则省，就像我们家里，一家人围坐在一起，最开心的话题就是什么地方卖什么东西在打折，哪怕想吃顿饭，也最好能找到打折的地方。”

毛毛来过家里后，晓得琬怡现在有空，就时常会打电话给琬怡，约好一道出去玩。两人说是出去玩，其实也就是陪着毛毛兜百货公司，或是饭店里吃饭，咖啡馆里吃咖啡，足浴店里按摩。以前琬怡上班忙，见面相谈的时间总是有限，尤其是毛毛，积攒着许多的话要说。现在琬怡与毛毛是经常见面，琬怡觉得毛毛可以口舌不停，琬怡是耳朵起茧。毛毛能说的永远是家长里短，偶尔听着，觉得新鲜，多听也是无聊。想着毛毛还是与从前一样的热心，琬怡只得忍着，只要毛毛来叫出去玩，琬怡还是会出去。

不过，有一件事毛毛一提出，当即遭到琬怡的拒绝，那就是毛毛又来邀请琬怡参加同学聚会。毛毛已经几次提到同学的聚会，现在听毛毛说起同学聚会的口气，有点神气活现，毛毛俨然已经是同学聚会的核心人物，很受欢迎的。琬怡不晓得，现在的毛毛在众同学面前，又会怎么来介绍自己的近况，毛毛没说，琬怡也不会问。只是对于毛毛的邀请，琬怡是不假思索的回头。之后，毛毛又来问："阿军问起琬怡，说有空叫我们一道去他的公司，拣外贸订单多余衣服。"琬怡旁观毛毛说起阿军，总觉得有几分矫揉造作、搔首弄姿的味道。琬怡想到当年当面撕掉阿军纸条的尴尬，想也不想地就回掉了毛毛转述的阿军邀请。

琬怡回绝阿军的相邀，毛毛是有点不悦，但并不妨碍毛毛继续叫琬怡外出。一段时间里，琬怡常与毛毛兜百货公司，琬怡拣衣服眼光也是挑剔，试十件也难说有一件中意的，而每每都是毛毛收获最多，尤其是拉卡时的兴奋样子，原本两人兜马路，变成纯粹是陪毛毛购物了，看着毛毛左右手拎着购物袋，琬怡也不好意思空着两手，只得相帮拎。还有，每次无论是吃饭和喝茶或咖啡，毛毛都是抢着埋单，言必称："琬怡现在没工作，又没收入。"初听毛毛说这样的活，还觉得带有一分体贴，但毛毛这样的话说多了，琬怡觉得毛毛是带有点炫耀的味道。琬怡便开始有点懒得再与毛毛外出。琬怡有意识地躲着毛毛。

琬怡的一再推却与回避，毛毛还是时常会来电话。琬怡便想到毛毛是有点不轧苗头。毛毛电话里越发尖利的声音，而且言语中对琬怡的现状表现出一种关心与关切，琬怡听来觉得有点不舒服，甚至有点反感，心里又觉得毛毛岂止是啰嗦。之后，毛毛又心血来潮说要减肥，要去健身房办张卡，来电话邀琬怡一起去，更是被琬怡回绝。

孃孃家的麻将桌上有三缺一时，现在也会来叫琬怡。琬怡也是奇怪，琬怡去孃孃家里搓过一次麻将后，孃孃家里的牌局竟会常是三缺一。孃孃电话一来，琬怡只得硬着头皮去，想想孃孃来叫，不能随便推却。好在离得不远，琬怡接到电话，马上便可以到建国西路孃孃的家里。

最近王师太一直在上海，所以来孃孃家里搓麻将，时常可以看到王师太。王师太偶有缺席牌桌时，张师母就会说着丁老师："丁老师只要王师太不在，打牌总是心神不宁。"丁老师谦笑。张师母又讲："我认为丁老师只会喂王师太的牌，现在看来，丁老师也蛮帮琬怡的。"丁老师讲："琬怡难得救场，总是要客气一点。"琬怡讲："丁老师是看我打不来牌，在提醒我。"

琬怡还是喜欢王师太来搓麻将，王师太依旧是话最多的人，几个人当中，琬怡还是觉得与王师太最讲得拢。牌桌上，琬怡还喜欢听王师太与孃孃的没头没尾的那些经典回忆。王师太讲："当年穿惯旗袍，一下子穿上列宁装总觉得怪，走在马路上，穿列宁装的，要朝穿旗袍的多看两眼，穿旗袍的也要朝穿列宁装的多白几眼，互相看不惯。"孃孃讲："当时两个人，总要争论半天，是旗袍好看，还是列宁装好看。后来两个人，又都将列宁装改良一番，倒是不敢穿出去了。"琬怡问："为啥？"王师太讲："叫只会做旗袍的裁缝师傅改列宁装，改的效果只会是挺胸收腰，裤子也是包紧。"孃孃讲："我是不管，棉布的衣裳，天天还烫得笔挺，照样穿出去。"王师太讲："我才不去现世，列宁装丢给家里的娘姨穿，我还是旗袍出门。只是后来马路上穿旗袍的人越来越少，才觉得周围世界已经变了。"琬怡听着，不觉笑出声来。

不过，现在琬怡与王师太同坐，总还是有些心理负担的。以往王师太还是一门心思想着远房侄孙与觅波的事，牌桌上也时常会提到这位远房侄孙现在发展得如何，一会是又去什么地方公干，一会儿又是去开什么会，反正王师太有关远房侄孙的信息源源不断。琬怡当然晓得王师太的这些信息是说给自己听的，只是琬怡觉得很无奈，家里让琬怡焦头烂额的事，又不能在这台面上说的。琬怡也不看好觅波与迪姆的未来，只是这些事，是不会跟外人去提起。台面上的孃孃，似乎也与琬怡有着默契，也是不搭腔。王师太每到最后，总是有些悻悻地讲："也不清楚现在的小姑娘要找什么样的男孩。"琬怡闻言，只得无奈而又有些歉意地笑笑。

一日，孃孃来叫琬怡出去吃饭，说是王师太请客，王师太还特意传话来要琬怡一定去。吃饭的地方在南京西路上的一幢大楼里，香港一家老字号的粤菜馆。走进饭店里，便是传统粤菜馆的那种以红色为主的喜庆装饰，红墙红灯笼红桌红椅等。店堂里有些拥挤，有些嘈杂。走出走进的服务生皆操着广东普通话。

王师太在包厢内安排一张大圆桌。琬怡落坐，环看桌面上众人。做东的王师太今天自然是盛装，吸引着众人目光，纷纷说好。琬怡注意看了一下孃孃的目光。孃孃与王师太隔着两个位子。孃孃先跟王师太打过招呼。王师太的身体朝孃孃这边靠靠，脸色和悦地夸赞孃孃今天佩戴的项链与耳环，再从服饰说到人的气色，溢美几句。孃孃同样对王师太今天的妆容表示出欣赏。琬怡见此情景，不由想到，场面上，孃孃肯定不想输给王师太，所以今天出门时，精心妆点，还让琬怡横看竖看。琬怡又似乎感到了时空的穿越，好像又看到孃孃和王师太，两个人从十几岁时就是这样打量着对方，或是言不由衷地夸赞着对方。想着这两个人，从年少时到今天，就是这样的相处，琬怡觉得蛮发噱的。

桌面上自然热闹，王师太今天兴致奇高，说话的声音也略高："以前总觉得上海的粤菜馆的味道不太正宗，甚至还不如美国的一些唐人街的粤菜馆，那里的粤菜，都是几十年这样做着，甚至菜水单子几十年也没啥变化。不过，这次回上海，倒是发现几家新开的粤菜馆，味道真是不错。"菜陆续上来，都有说这里粤菜不错。

台面上热闹进行着。吃饭吃到一半时，王师太让琬怡陪着上洗手间。在去洗手间的一路上，王师太对琬怡讲："还是羡慕琬怡的孃孃，每次看到琬怡的孃孃跟琬怡说话，总觉得琬怡的孃孃在发嗲，琬怡也是耐心细心。"琬怡讲："王师太女儿肯定做得还要好。"王师太讲："诶，不想提女儿，纵是女儿再优秀，生了三个小孩，还要每天忙工作，那个老美女婿，大少爷一个，家里什么活都拿不起。我也是帮不上忙，眼不见为净，所以，女儿也没空顾我。”当要出洗手间时，琬怡看到王师太又在镜前补妆，琬怡在一边很是欣赏地看着，在镜中四目相对。王师太讲：“正要跟琬怡说件事。原来替觅波介绍的远房侄孙，我也问过了，看样子两个人是不来电，时髦说法，只能做好朋友。”王师太说着从包里掏出一张照片，王师太讲：“是我娘家表姐的孙子，相当不错。”琬怡看照片，男青年显得眉清目秀。王师太又讲：“其实，这个男孩，我也是看着长大的，聪明稳重，上几年，大学毕业，自己应聘去一家大公司，操练了几年，今年才刚刚进入自家家族企业，你家觅波也是乖巧，两个人应该蛮配的。”

琬怡真的没想到，王师太要自己陪着上洗手间，原来是要说这事，看样子，王师太一心想给觅波做媒。王师太又讲：“接触一下便晓得了，还是相当正派的一个人，并不是现在社会上常在传的富二代纨绔作派。”其实，琬怡看男青年相片，内心也是有好感的，不过，此时的琬怡，未置可否地看着照片，心想真的不晓得如何来回应王师太的热心。王师太又讲：“让觅波去看看男孩的照片，我现在也是想明白，现在小年轻想法多，许多事情爹娘也难做主，这事也不急，觅波总还是学业为重。”琬怡有时喜欢王师太，就是觉得王师太还是有善解人意的一面。王师太此时的几句话，一下子就化解了琬怡的尴尬。王师太笑着讲：“诶，看我们俩，在化妆间里说这事。”

这天在回家的路上，琬怡开车。孃孃问琬怡：“王师太又在跟琬怡说要给觅波介绍什么人吧？”琬怡讲：“孃孃也听说了？要说，这男孩子也是挺不错的。”孃孃讲：“这王师太真不晓得哪能一回事，觅波好像只能嫁给她们王家的人？”琬怡讲：“王师太也是好意。”孃孃不再作声。不过，此时的琬怡脑子里又想起才刚刚结束的与觅波的那场冲突。

语嫣下班，回到东横浜路的家里。

厨房里，一个人做着自己的夜饭。阿岚还是整天忙在外面。简单的饭菜，语嫣一人吃着。显得静寂的客堂间里，CD机里播放着音乐，轻声环绕，几张新的CD片，还是汪承望过去送的。语嫣的作息似乎又回到过去，唯一有变化的是CD机里播放的不再是只有平·克劳斯贝。

待语嫣吃好夜饭，一切都收拾好之后，又感到一阵阵的腹痛。在卫生间里，语嫣待了好久。又是来例假的几天里，总是腹痛难忍，尤其是到了晚上，夜深人静时。更多的时候，语嫣只能是忍着，实在撑不下去时才会吃止痛片。

自从上次杭州回来，汪承望儿子因心脏病紧急住院抢救的这件事后，语嫣就没有与汪承望再见过面。语嫣总是会想起那个与汪承望从杭州归来的夜晚，当时这手机的铃声，至今想来依旧是那样清晰。继而是汪承望慌乱地穿上衣服奔出宾馆。语嫣把汪承望当时的境遇，与自己的任性，多少有些联系起来。汪承望之前虽说没有去谈及过儿子的病情，但语嫣还是陷入深深的自责。赶到医院后的汪承望，马上来短信说明了年幼的儿子的病情。不过，当时的语嫣最想问的一句话是，汪承望是如何向自己妻子去解释的，原本说自己还在杭州，而接到儿子突发急病后，又即刻现身到达医院，当时任何的交通工具，无论如何都不可能在这么短的时间内从杭州到达上海的。尽管语嫣一直在想这个问题，但汪承望没说，语嫣也不可能去问。待儿子抢救过来后，汪承望给语嫣发短信中说到儿子的病情："儿子的这种情况自然也不是第一次，在儿子出生的那一刻起，我就备受煎熬，开始了漫漫求医的征途，一切办法用尽，现在只能是祈求上苍，期待医学科技的快速发展。"语嫣想到，这些天，汪承望应该是与妻子一起守在医院吧。

不过，对于汪承望所发来的短信，语嫣的回复就是很简单，基本上就是一句："你忙你的，我没事。"之后语嫣就很少再回复汪承望的短信。

语嫣对待汪承望短信上的态度，汪承望马上就能察觉到。待儿子转危为安后，汪承望去上班，给语嫣的短信来得更加频繁了。"语嫣工作很忙吗？怎么连回短信的时间都没有？""语嫣身体好吗，杭州之行是不是太累了，有什么不舒服可要告诉我，别硬撑着。""语嫣，为什么不回短信，有什么事不开心吗，是在生气吗？""那天半夜里，接到电话，儿子突发急病，我走得匆忙，也没跟语嫣好好打招呼，把语嫣一个人丢在宾馆里，语嫣是不是在责怪我。""语嫣能不能回复我一句话，语嫣一声不响的状态让人焦急，语嫣到底怎么啦？"汪承望连续几天，发了多条这样的短信，语嫣没有再回复。汪承望的短信几乎是在哀求："语嫣什么时候有空，我想到虹口来，我们俩好好谈一次好吗？"

几天过去后，没有等到语嫣任何回复短信的汪承望，肯定是在猜测着语嫣的一些想法。不过，汪承望每天短信依旧。汪承望在短信里讲："杭州的照片出来了，要么是只有风景，但我知道这风景旁边应该就是语嫣，要么是我自己，冲着镜头在傻笑，但我知道镜头的后面是语嫣。""这些天总是想着和语嫣在一起的时候，想着语嫣说过许多话，我喜欢听语嫣说话，更喜欢听语嫣的笑声。上班时，许多工作忙碌着，然而一到下班，就会觉得很茫然，想着过去，此时可能是去虹口的路上，想着有语嫣在等着我，就感到十分的兴奋。""语嫣这是怎么啦，真的不清楚到底发生了什么事，让语嫣就这么不愿和我说话。""在我的心里，总是在深深地呼唤着语嫣，不能接受语嫣此时的态度。"又是一些时日过去，汪承望最终等来语嫣的还是那条短信："你忙你的，我很好。"

一天下班后，诊所里的人基本都走了，只有语嫣独自还在忙碌着。电话铃响，语嫣接电话，正当语嫣要问找谁时，对方已经急切地在问："语嫣在吗?"语嫣马上就听出来是汪承望的声音，语嫣没有说话。可能汪承望也已感觉到是语嫣接的电话，汪承望讲："是语嫣吗，有时很想打语嫣的手机，但担心语嫣工作时不方便，想着还是依着原先的习惯，这个时间打这个电话。"语嫣没有接口，想着以往汪承望就是喜欢在这个时间打电话，语嫣现在的猜测是汪承望在家也是不方便的。电话里的汪承望继续讲着："很想听听语嫣的声音，语嫣还好吗，语嫣这是怎么啦，我们见面吧，我们好好谈谈，语嫣难道忍心我们的关系变成这样，语嫣怎么不说话，语嫣在听吗?”语嫣轻轻地放下了电话。当电话铃再次响起时，语嫣再没去接电话。

在以后的几天里，下班后，电话铃也会有响起的时候，语嫣都没有去接电话。而汪承望每天的短信依旧，内容也基本相同。

又是一天，语嫣下班，走在四川北路上，在要经过横浜桥时，语嫣倏然看见汪承望正站在桥上的护拦边上，左顾右盼。汪承望显然是在等下班途经此地的语嫣。语嫣有些慌乱地随着过马路的人群走到对面。可能是这川流不息的人群，阻碍了汪承望的视线，即便是汪承望站在横浜桥上，虽说是视野开阔，倒是语嫣先看到他。而此时，站在暗处的语嫣将汪承望看得一清二楚，相对于先前还时常在一起的两个人，虽说是分开些时日，而语嫣再看汪承望，犹如隔了长久岁月这般。语嫣静默地望着远处的汪承望，希望找到分开这些时日后，在汪承望身上所发生的变化。

此后的数日，下班后的语嫣依旧走在四川北路上，只是在途径横浜桥时，语嫣都会留意着汪承望会否出现，小心避开。的确，汪承望出现过几次，每次都是在桥上东张西望，魂不守舍的样子。

夏天就这样过去了。语嫣还会不时收到汪承望的短信，当然短信的内容还是原先的那些希望见面，希望两人和好如初的这些话。较之汪承望频繁的短信，语嫣的态度使汪承望感到极度的失望。其实，相对于汪承望的失落，语嫣也是纠结，尤其是那几次汪承望出现在四川北路横浜桥上的情景，总是会萦绕在脑中。语嫣有些心软了。汪承望再来短信时，语嫣怔怔地看着，竟然会觉得自己是否过于冷酷了。不过，语嫣依旧回复汪承望："你忙你的，我很好。"

一天语嫣下班回家，刚进家门，就听到阿岚在厨房里招呼着语嫣："马上可以吃饭了。"听到阿岚的招呼，语嫣有些吃惊，阿岚这个时候可是难得在家，而且阿岚说已烧好夜饭，就等着回家的语嫣吃饭。这让语嫣更是吃惊不小。

语嫣满腹疑惑地走进灶披间，阿岚见语嫣走进连声讲："语嫣只须坐在饭桌边等着。"语嫣听着油炸的声响，闻着油锅里飘着的香气："呵，阿岚是在炸猪排吗?"阿岚朝语嫣笑笑，开始从油锅里捞起猪排，阿岚讲："想着让语嫣一进家门，就能吃上，所以算着语嫣该到家了，才开始炸的。这猪排可得趁热吃。"

在客堂间的饭桌上，还有两只阿岚烧的小菜。炸猪排上桌，阿岚先替语嫣的那份猪排淋上辣酱油。语嫣尝了一口，不禁称赞起来："味道真不错，阿岚可真行呀，原来也能做一手的好菜。"阿岚讲："都是在报纸上美食栏目上看的，配料和步骤一个不少，我就是依着操作，根本不用动脑筋。"阿岚自己也尝了一口，阿岚讲："真得表扬一下自己，这味道可是跟西餐馆里的差不多。"语嫣讲："我还是在想着阿岚今天是怎么回事，这么好的兴致，都能烧菜了?"阿岚讲："这样不好吗? 以前姆妈老说我什么都不会做，直到现在，有时在家，也要下班回来的语嫣烧饭给我吃。"语嫣讲："阿岚这样固然好，但总会让人觉得意外，真没有什么事吗?”阿岚讲:“没什么事，以后我会学着烧很多的菜，语嫣回家，尽管吃现成的。”以语嫣对于阿岚的脾气性格的了解，心想这也可能是阿岚的一时兴起，过不了几天，还会是老样子。不过语嫣嘴上还是应着阿岚的话，语嫣讲:“只要阿岚不觉得吃力就行了，那我就吃现成的。”

相比平时语嫣一个人吃夜饭，今夜的饭菜肯定是丰盛，姐妹俩吃菜吃饭说着话。

语嫣讲:“我都忘了说了，今天我给琬怡姐打过电话，在电话里说了不少。”阿岚讲:“琬怡大姐可是难得有空闲呀。”语嫣:“琬怡姐已从那家广告公司辞职了。”阿岚讲:“是吗，琬怡大姐去这家公司可没多久呀，肯定碰到什么事，都说现在职场难做，不过，感觉琬怡大姐可是个闲不住的人。”语嫣讲:“只是琬怡姐这一辞职，把我原先的想法给打消了。”阿岚问:“语嫣有什么想法?”语嫣讲:“我原先想着琬怡姐外头人头熟，让琬怡姐帮着阿岚找份工作的。”阿岚讲:“语嫣有这样的想法，可是让我大吃一惊，是不是语嫣嫌我在家吃饭不给伙食费?这样吧，我从下个月起付给语嫣伙食费。”语嫣晓得阿岚的脾气，连忙讲:“好了好了，不是也没说出口嘛，想着总是自己的姐姐呀。”阿岚讲:“也只有语嫣会这样想。再说，我也从没去过什么公司里做事呀，我又能做什么呢?”语嫣只是笑笑，不想争辩。

语嫣又讲:“琬怡姐还说起孃孃，说挑个时间，大家聚聚，孃孃若是身体允许，也会来的。”阿岚讲:“还是小时候听外婆说起过，我们有个孃孃，当时就说是支内去了很远的外地。”语嫣讲：“听琬怡姐说起，孃孃当年回到上海，一直就孤身一人生活，平时也就是琬怡姐一家在照应着，想必琬怡姐和孃孃的感情很好吧。”阿岚讲：“当时外婆还说，阿爸和孃孃可不是一般的家庭出生，应该是有点底子的。语嫣常与琬怡姐联络，晓得语嫣心想的，只认为语嫣是为了这份亲情，而不晓得的，只认为我们是穷亲戚，好像有意要去巴结有钞票的人家。”语嫣讲：“阿岚是不是想多了？”阿岚讲：“但愿是我想多，住在上只角的人也看不起住在我们这样地方的人，虽说现在这样的话听得少了，但我们这样年纪的人，还是会这样去想的。”语嫣讲：“诶，没想到，阿岚也会有这么多的心思。”阿岚讲：“虽说琬怡大姐带信说，孃孃也同意出来见面了，但上次一起吃饭时，我还是听得出的，琬怡大姐对于上辈人的事也不愿多说。”

语嫣看了一下墙上姆妈的遗像讲：“有时也会想到，要是这些年，家里没有发生什么事，阿爸姆妈还是生活在一起，我们三姐妹又会是怎么样？”阿岚讲：“是不是我们就应该是家住在上只角，也可能是有钱人家的阔小姐，即便是那个年代，想必也是瘦死的骆驼比马大，我们走出来，也会学着琬怡大姐一样，常用眼角瞟人，心里还会讥笑着别人，当然，最重要的是，我和语嫣现在可能也不会为钱烦恼吧。”语嫣笑着讲：“不过，现在这样也蛮好的，阿岚可不要不知足。”阿岚讲：“还不是语嫣先说的。”

语嫣和阿岚边吃边说着，的确姐妹俩也好久没有这样惬意地说说话了。语嫣讲："琬怡姐还问起阿岚，我把阿岚跟那个赵工在谈恋爱的事也说了，可以吗？"阿岚讲："无所谓啦。"语嫣讲："看阿岚在家不出去，倒一下子让我担心，最近也没听阿岚说起赵工的事。"阿岚讲："说是这个年龄做任何事，都是在还过去的旧账，现在觉得有点道理。"语嫣问："这又是怎么回事？"阿岚讲："也没什么。这个赵工，即便现在这样谈着恋爱，也是少有热情浪漫的时候，当然，我生日什么的，或是过个节什么的，姓赵的都有送礼，表面上什么都过得去，只是让人感到，这姓赵的每做一件事，每用一分钱，好像都是算计好的，不多不少。"语嫣问："阿岚是不是觉得赵工这个人？"阿岚讲："语嫣可别多想，我就等着赵工开口提结婚的事，若是他不提，我肯定要提的。"语嫣"噢"了一声。

阿岚又讲："只是有一事总让人想到就心烦。"语嫣问："什么事？"阿岚讲："铜钿银子呀，姓赵的这个人也就是挣点死工资的，没多大的本事，也已到了这个岁数，估计今后也不会有多大的发展。和沈德运离婚时，虽说当时家里的存款都归我，但也不经我花呀，这三年多一过，现在怎么都感觉像个穷人了。"语嫣讲："阿岚这样用钞票的确不行。"阿岚讲："现在这个家里的全部开销都是语嫣的，姆妈生病时语嫣也是贴进不少的钱，而我又是一直赖在语嫣身上。"语嫣问："阿岚又在想什么？"阿岚讲："再有，这几年，飞章的抚养费我都没有给过，原来只是跟沈德运怄气，也觉得自己是心安理得的。现在感到飞章长大了，可不能让飞章觉得做妈妈的亏欠他什么的，今后飞章有什么花钱的地方，我也不想开口问那个姓赵的拿。想着以后要花钱的地方会很多的。”语嫣点着头。阿岚讲：“所以，这一段时间，总在想着如何挣钱。”语嫣笑着问：“阿岚感到日子过得不容易了。”阿岚讲：“想着自己以前也就只是开过酒吧，除此之外，什么事都没干过，不过现在酒吧也难做，听说沈德运的酒吧也不行了。想过开饭店，投资有些大，地方也不好找。我总想着要干点什么。”语嫣讲：“看样子阿岚真的想干些什么了。”阿岚讲：“以前尽是玩，日子倒也过得滋润，只是这样的日子不会长呀，想着以后的日子，心里总是有些不托底。”语嫣讲：“阿岚就应该是这种无忧无虑的人呀。”阿岚讲：“现在才有些后悔，自己把钱都乱花了。”

此时墙上的挂钟在报着时间，语嫣和阿岚不约而同地看挂钟。语嫣讲：“啊，跟语嫣说说吃吃，都已这么晚了。”阿岚讲：“语嫣平时都一个人吃夜饭，应该也是草草了事吧。”语嫣讲：“姆妈刚去世这一段日子，一个人吃饭是有些不习惯。”阿岚讲：“都怪我，每天都在外面瞎玩。”语嫣讲：“阿岚在说什么呀？从小阿岚就喜欢在外面疯玩，哪一天，若阿岚一直待在家里，我倒要慌了。”

阿岚讲：“琬怡大姐来电话，难道就没有问问语嫣的近况吗？”语嫣讲：“我有什么好说的？”阿岚讲：“语嫣的面色有点难看。”语嫣讲：“这几天又是那个来了，昨夜又是一夜的痛，害得我根本没有睡好，睡不好觉，今天眼袋又明显许多，是不是更显老了？”阿岚讲：“要说显老，还是我吧，面孔上手上的皮肤就没法跟语嫣比，一想到年老的样子，就不敢往下想了。”语嫣讲：“我们俩可都要好好的。”阿岚嗯着，又侧过身来，几乎是直面看着语嫣讲：“从小，我有什么事，好的，坏的，都不会瞒着语嫣，而语嫣总是很谨慎地说着每句话。过去，总感到语嫣就是这种内向的性格，才导致做任何事都是犹豫不决。”语嫣有些诧异地问：“阿岚这是怎么啦，怎么会说起这些？”阿岚讲：“其实不管语嫣再怎么掩饰，我还是能觉得语嫣不开心，语嫣心里有事。”语嫣躲避着阿岚直视的目光：“阿岚在说些什么呀。”

在接下来日子里，阿岚果然没有食言，只要夜里不外出，就会烧好夜饭等着语嫣下班回家。

现在每天夜饭的饭桌上，语嫣都在听着阿岚的挣钱计划。阿岚去过好几个地方，看着别人的一些生意，也在咨询着一些朋友的意见。阿岚计划的方案是开一家咖啡馆，虽说现在咖啡馆不少，但阿岚觉得去咖啡馆消费的人更多。一旦想到咖啡馆，阿岚的想法就不少，想着关键是要开一家有特色的咖啡馆。阿岚开始忙着选址，忙着请人设计店面店堂。每天夜里的饭桌上，语嫣和阿岚的一顿夜饭会吃上很长时间，阿岚侃侃而谈，语嫣欣喜地听着。

语嫣听着阿岚的各种天马行空或是奇思妙想，心想，阿岚真要开始做事了。语嫣心安不少。其实在这些日子里，每当看到阿岚神情欢喜地在做自己的事时，语嫣都会想到自己，想到汪承望。

又是一日，下班后的语嫣忽然产生了一个念头，语嫣甚至没有回家去收拾一下行李，而是急急地拦下一辆出租车去火车南站。感觉平时下班后马路会是很堵的，但这天的路况真是出奇顺畅，语嫣很快便到达火车南站。在售票处买了一张当次去杭州的动车票，检票后进入月台，就看到去杭州的动车。

在即将登上动车时，语嫣给阿岚打了一个电话，当跟阿岚说现在就要去杭州时，阿岚当然是吃惊，语嫣马上说是单位同事一起去，阿岚这才将心将疑地说一句："那玩得开心，散散心也好。"想着阿岚难得为自己在担心，语嫣的语气便故作轻松："没事的，你放心。"

当语嫣上了动车，列车就驶离站台。语嫣看着窗外，随着列车速度的加快，眼前的各种建筑和马路，还有下班时的车流人群在匆匆略过，此时已经是万家灯火。语嫣这才稍稍地松一口气，想着自己下班时，脑子里才一个闪念，明后天正好是有两天的轮休，想着怎么打发，就想到杭州，而且这么快就来到火车站，登上了列车。这多少和语嫣平时的行事方式还是有很大的不同，语嫣自己都有些吃惊。

动车车厢里灯光不那么明亮，除了风驰电掣的列车运营的声音外，车厢内也显得安静，乘车的人并不多，语嫣周围的座位也都空着。语嫣看着车外，漆黑的一片，什么都看不清。

语嫣想着明后天可以尽兴地去杭州玩一下，虽说是临时起意，但以往有好几个休息日，语嫣在家，闭门不出，甚觉无聊，真的想出门，又觉得一个人不晓得到什么地方去好。虽说家里还有阿岚，但毕竟阿岚有自己的事，而且兴趣未必相同，也并不能跟阿岚玩到一起去，尤其最近一段时间，阿岚已经有感到自己的一些情绪波动，也表现出对自己从未有过的关心，但语嫣总感觉，即便是姐妹之间，也不可能无所顾忌地交流，也不可能任由自己的情绪发泄。

动车很快就到达杭州。语嫣叫一辆出租车，来到曾经与汪承望住过的太子湾附近的那个酒店。语嫣到酒店一问，酒店还有剩余的房间。刚才这一路上，语嫣还在担心，由于没有提前预约，不晓得有没有房间，上次来时，都是汪承望一人操持着这些。当听到有房间，语嫣心里安定了许多，想来，若这里没有房间，真不晓得接下来去哪里找住的地方，而且已经是很晚了。

语嫣进到房间，虽说不可能是上次与汪承望来时住的同一房间，但从窗口看出去，外面的景致大致相同。

此时，语嫣感到肚子饿了，心想下班后是直奔车站，车到杭州又是直奔宾馆，直到现在还没有吃过夜饭。语嫣来到宾馆的底楼，走出宾馆，想着到附近去找找饭店。语嫣似乎有印象，上次来时曾经看到过，在宾馆的附近，有几家营业到深夜的小饭店。但出了宾馆，语嫣又有些犹豫，看着宾馆通向外面马路的这条小道，琬怡有些担心，毕竟此时已经是夜深，小道又黑且长。语嫣只得退了回来，在宾馆的小卖部买了方便面，还有毛巾牙刷内裤什么的，临时起意来杭州，什么都没有带。

语嫣在房间里泡着方便面，方便面的辛辣香味，顿时充盈着整个房间。静谧的房间里，多了语嫣吮吸面条的声音。

语嫣看了看手机上的时钟，想着此时汪承望又会在干什么？夜深人静，汪承望应该就是在家陪着儿子吧。直到现在，语嫣有时看钟点，都会想到汪承望此时会在什么地方，会在干些什么。语嫣和汪承望相处的时候，两人时常联络，当然也就对两人日常的作息有了很多的了解。以往汪承望也是这样，汪承望会非常准地掐算好时间，发来短信给语嫣，也总能猜到语嫣此时在干些什么。当时，语嫣会更多地想到，这便是两个人的默契。语嫣又想到，汪承望此时会想到自己吗？纵是汪承望再会想到自己，也不会想到自己此时在杭州吧。

汪承望至今还是执拗地发着短信，试图联系语嫣，即使语嫣不回复，或回复依旧是那么几个字。此时的语嫣的确想发短信给汪承望，说此时自己在杭州，就住在两人曾经住过的酒店里。语嫣甚至猜测着汪承望接到短信后会是怎么样，汪承望一定会立即赶来杭州。语嫣也只是想想而已。

语嫣洗漱完毕，到了床上，语嫣又拍拍被褥，心想，今夜一定要睡好，明天才有精神去玩。

第二天的早上，语嫣起了很早，一个人迎着微露的晨光，登上宾馆后面的山顶。山顶上已经有几个也在等待日出的人。语嫣挑了一个位子，放眼望去，这并不太高的山峰，尽能一览众山和不远处的西湖。此时太阳已经开始跃升，周围几个人都在欢呼。上次和汪承望来时，也没能看到日出，所以这次语嫣一定要看看这里的日出。

语嫣在宾馆里吃过早饭后，便乘车去三天竺。三天竺分了上中下三个寺庙，首先车到山上最高处的上天竺游玩，然后顺着山势往下走，就可以游览中天竺和下天竺。这也是上次与汪承望来时想要去的地方，上次来时，由于在修路，交通有点问题没有去成。以往语嫣也没有去过三天竺。

这是一个风和日丽的秋日，语嫣乘车直接到达上天竺。虽说是适合出游的季节，但整体环境还算清幽雅致，游客并不多。语嫣一路走来，游完上天竺，又到了中天竺，之后一路下山，便来到下天竺。虽说是一路的闲逛，并不需要看着时间赶路，但到下天竺，语嫣还是决定歇息一下。

寺前有一条清溪，语嫣就在这清溪旁一块石头上坐下，偶有几个村姑打扮的人会来问一声："香烛要吗?"之外便少有人从这溪边走过。溪水的清新气味，夹杂着凉风，就在语嫣的身边略过，让人感到一阵惬意。才在溪边没歇息多久，语嫣就感到凉意，虽说是秋天，但刚才从这山路一路走来，还是感到有些汗涔涔的。语嫣进到法镜寺，看到几个尼姑从旁走过，语嫣细看，尼姑的脸上，明显留有山野上的光照以及风霜吹过的痕迹，但只要细细地看，还是会感到在这些尼姑的脸上所特有的书卷气。语嫣环顾四周，感到这寺院也有些破旧，再看寺院的介绍，这寺院竟是始于东晋年间。语嫣虽说缺少这些历史知识，但也感到是年代久远，这便想到了汪承望，要是汪承望在一旁，肯定又会说上很多，语嫣已经是很熟悉汪承望那种侃侃而谈的样子。语嫣在寺庙里吃了斋饭，之后下山。

晚上，语嫣又来到湖边那个饭店，那个曾经与汪承望两次光顾过的饭店，汪承望认为这家饭店杭州菜做得相当地道。语嫣坐下，接过菜单，感到一个人来吃，菜是很难点的，左右都是多。语嫣在竭力地想着，上两次和汪承望一起来时，什么菜会更合自己的口胃。

当语嫣点完菜，喝着茶等菜之机，看到不远处的桌上有一个男人坐着，背对着语嫣，而语嫣感到这背影很像汪承望。语嫣心里不由抽紧。再看，这衣衫，格子花纹相间的，深蓝与浅蓝的颜色也是再熟悉不过的，还有，那人低头看手机，头在左右摇晃的细微动作，也像极了汪承望。语嫣再想，汪承望也曾说过，喜欢杭州，常会来杭州玩。语嫣此时甚至会想到，眼前若是汪承望，待他转身，看到自己的话，自己又会作何反应？汪承望又会作怎么的反应？其实上次杭州回来后，语嫣与汪承望的关系现状，语嫣是反复地思量，语嫣总觉得那个夜晚，自己的任性差点耽误了汪承望儿子的病情，还有，也就是汪承望因病住院，总会让琬怡想到汪承望与妻子与儿子一起生活的场景。正待语嫣在想这些的时候，又看见一个少妇领着一个小女孩坐到那张桌旁，那人站起，给小女孩拉座位时，正好是侧身，语嫣这才看清，那人并不是汪承望。而在接下来的用餐过程中，语嫣还不时打量着那桌上的三个人，想着那该是一家人吧。

夜饭后，语嫣又去逛了饭店附近的那家百货公司。语嫣原本是要去看电影的，就是上次和汪承望一起来这里看电影的这家，但到售票处一看，当场次的电影票已经卖完，下一场的话，语嫣又担心散场太晚，还有这独自回去的一段路。语嫣便逛起同电影院一起的一家百货公司。想着来杭州也是突然，衣服也没多带，又想到，也好久没兜过百货公司了，上次兜百货公司，还是和汪承望一起。语嫣在女装部兜着，有几件衣服看中，但又有些犹豫到底该选哪几件，这又想到了汪承望，想着汪承望若在一旁的话，又会挑哪几件呢？

买完衣服，语嫣出百货公司，一看到天色，急着回宾馆。走在回宾馆的路上，又是路过西湖边，天已是暗黑，周遭的环境，更是映衬着孤身一人的语嫣的身影。以往与汪承望两人在西湖边散步，步伐显得悠闲与轻逸，而此时的语嫣则是加快了脚步。

当走到宾馆门前的那条小道，语嫣再次感到小道的幽静。上次与汪承望一起夜归，汪承望曾在这里，把语嫣一下抱紧。此时的语嫣又想着，与汪承望相处的岁月中，汪承望总会给自己制造一点小惊喜小浪漫，表面上语嫣总有抵触，但心里还是很受用的。想来与汪承望的相处过程中，最大的受用还是汪承望能够忍受语嫣全部的情绪发泄，或是有些无理取闹。语嫣也曾暗暗地吃惊，原来自己也会这么任性。此时的语嫣甚至会想到，汪承望也是在忍受着自己。语嫣想到这里，不觉黯然。

语嫣进宾馆的房间，感到一天游览下来，也有些累。端坐在梳妆台前，语嫣看着镜中的自己，想着此时自己一人在杭州游玩，即便感到旅程有些孤独，但还是庆幸来到杭州。依着语嫣计划，明天是去六和塔这边游玩，上次与汪承望来时，由于风雨大作，所以也没有好好游览，而现在语嫣的想法是，要不要再延长两天。

正当语嫣刚刚躺下，还在琢磨着明天行程时，手机铃声响，语嫣一看是阿岚打来的，语嫣接通电话，便传来阿岚有些气急，有些低沉的声音："今天体检，情况不太好呀。"

语嫣闻听，人便一下子坐起，想着今天是阿岚去体检的日子呀，这还是语嫣替阿岚预约的体检，原来都想好是陪阿岚去的，怎么就忘了这事，还一个人跑到杭州来了？

下篇

阿岚与沈德运是小学，初中和高中的同学，如果还要追溯，两人在幼儿园时就在一起了。沈德运的家离阿岚的家也不远，就在山阴路上。

当时在学校里，男女同学很少说话，性别仿佛就是天然的屏障，在男女同学之间画出一条泾渭分明的边界线。要说也有特别的，就是阿岚与沈德运的交往好像不受这条游戏规则的影响。阿岚与沈德运从小喜欢玩在一起，当时上学，总是要途经四川北路，小学在四川北路的南面，而上初中和高中，学校是在四川北路的北面。应该是上小学就开始的，沈德运时常会到多伦路四川北路的路口等着阿岚，两人一起上学去。两人进入中学，阿岚每天上学，途经山阴路四川北路的路口时，沈德运就几乎是天天立在那里，早早的就等阿岚。那时，两人在一起可以做的事不少，从早上上学路上，两人相互递着各自的早点开始，在学校里相互帮着抄些笔记或作业，下课后，两人也是必定要等着一起走的。譬如，有一阵子，沈德运迷上篮球，放学后总要打一歇篮球，阿岚就会在风雨操场门口等着。阿岚有一段时间，课后参加校文艺队的排练，沈德运也会坐在教学楼的底层出口等着。放学路上，有时两人会走进书店文具店，沈德运爱兜书店，阿岚喜欢看文具店各种小玩艺，两人相互陪着，可以看上许多时间。有时两人也会沿着四川北路上走着，各种店家里兜兜转转，那时的四川北路就犹如一个万花筒，总会让年少的阿岚与沈德运感到新奇。还有，四川北路两边的无数小路与小弄，就像蛛网蔓延，沈德运尤其熟悉一些逼仄的小路小弄，拐进去，既有曲径通幽，又会豁然顿阔，阿岚就是喜欢跟着沈德运这样漫无目的无所事事地游荡着。若是哪天下午不读书，会与几个同学，一起去虹口公园或体育场周边的一些地方去玩，那时这些地方都是偏僻与冷清，但阿岚和沈德运喜欢。两人习惯这样来消磨在一起的时间，而且是一定要玩到天色渐暗，才会各自回家安歇。当年的阿岚与沈德运，彼此就是这样简单地相处着，或是两小无猜，或是天设地造，整天喜欢粘在一道。

阿岚与沈德运天天上学或下课走在一起，周围的同学似乎也是见怪不怪，或是习以为常。阿岚和沈德运的个性，也都是极富号召力的那种，阿岚在女同学中自不必说，沈德运在男同学中的人缘同样如此。当时的情景，阿岚与沈德运的这种关系，虽说大家都习惯，但依旧是男女同学两大阵营的共同话题。阿岚与沈德运似乎在同学中也从不顾忌什么。有一次，在下课后的教室里，留着长发的阿岚，不晓得怎么把头发给弄散了，阿岚非常顺手地将扎头发的皮筋往沈德运的手上一递，沈德运马上非常熟练地把阿岚的头发挽好扎上。两人的这种默契，着实让周围人看得暗暗惊叹，产生丰富的联想。阿岚和沈德运之间的一些不经意的动作，总会在周边这些同学中引起小小的骚动，都是到了情窦初开的岁数。

不过，毕竟还是在这个年代里，人们还是很不习惯少男少女的这种交往。在初中时，班级里新来一个班主任女老师，女老师是教语文的，戴着深度近视眼镜，体态丰满，不苟言笑，面色冷峻，班级里的同学给她起绰号叫牛奶瓶。班级里的一些风言风语，传到牛奶瓶的耳朵里，她决定要找阿岚和沈德运谈话。牛奶瓶班主任找谈话可是非常严肃的一件事，阿岚和沈德运都有些心虚惶恐。谈话开始时，牛奶瓶透过厚厚的镜片，上上下下打量着阿岚和沈德运，半天不说一句话，面色严肃，有点审讯的阵势，这让阿岚和沈德运心里更是紧张。班主任打量完后，开门见山就问："两个人是不是早恋了?"之后，便是喋喋不休地一顿说教，声音尖利，要阿岚与沈德运认清自己的错误，就此一刀两断，痛改前非。班主任让阿岚先回答，阿岚不晓得该怎么回答，旁边的沈德运抢先开口，帮着阿岚解围："我们是表姐弟，阿岚是我表姐，阿岚叫我妈是叫阿姨，我叫阿岚的妈妈是叫姨妈。"沈德运出其不意的回答，班主任肯定是愣住了。沈德运的回答也差一点让阿岚笑出声来，不过阿岚还是配合默契地讲："虽说我是姐姐，但从小受尽沈德运的欺负，在幼儿园时，只要午饭是吃黄芽菜，沈德运就会把菜倒到我碗里，老师不让剩菜，一直吃到我吐为止，还有，在读小学时，沈德运将书包弄丢了，这之后，天天背着我的书包回家，他回家没事，而我有一天，我被我妈妈发现书包没了，接下来发生什么事可想而知。"这一天，班主任的谈话就这样收场。阿岚和沈德运兴高采烈地走出校门，甚至有些雀跃。阿岚讲：“沈德运以后要叫我姐姐。”沈德运讲：“当时情急之下编的这些话，怎么就会说成这样，让阿岚占便宜了，而且还跟着一大堆的控诉。”阿岚讲：“这些事情，可都是实话呀。”

只是好景不长，班主任分别联系阿岚和沈德运的家长来学校。之后沈德运回家，马上受到疾风暴雨般的训斥。自认为家教甚严的沈家爹娘，当然不容儿子有这种情况的发生，告诫同时，还要沈德运写检讨书写保证书，不再和任何女同学往来。沈家爹娘在发火时，沈德运的五个姐姐也在一旁帮腔，火上浇油，家里大呼小叫的声音响彻整幢楼，大半条弄堂都能听到。要说沈家也是蛮怪的，沈德运是独子，而且是排行最小的，小儿子应该是家里最疼爱的，但沈家的情形正好相反。沈家爹娘对五个女儿，从来都是娇惯放纵，五个姐妹的脾气一个比一个要难弄，说话的声音也是一个比一个尖利。轮到沈德运的出生，应该是沈家总算盼来一脉香火的传承，但沈家爹娘的做法，却是一反以往对待五个女儿的那种态度。对待儿子，从小开始严做规矩，不容有任何娇宠，有时还不是娇惯的问题，简直是严苛，只要沈德运在外闯点祸，回到家里，沈家爹娘及五个姐姐齐上阵，偏要教训得沈德运在家不敢出声，房门不敢再跨出一步。旁人看不懂，就说一句：“男小囡，哪有不调皮捣蛋的，何至于这般苛责？”此话一出，沈德运的娘便跟人掏心掏肺：“也是无奈呀，沈家几代都是单传，老祖宗有传话，家里男丁，只能是严加管教，粗陋调养，否则脉细难活。”旁人听了，虽觉诧异，但看沈德运的爹爹，也是一副唯唯诺诺的样子，即便已是儿女满堂，似乎也不改以往的秉性。沈德运几个姑姑，也个个是狠角色，想必沈德运的爹爹从小也是这般的境遇。再说沈德运的娘，想当初，想要在这样的家里施展开，还真要有点手腕和本事。当年沈德运的娘嫁进来时，在领教了几位姑子的厉害后，非但不输几个姑子，还胜过几分。沈德运五个姐姐也是皆得自己的娘和几个姑姑的真传。想来这沈家也就是女人的世界，沈德运枉为几代几房的单传，从来没享过独养儿子的宠溺。每当沈德运在外闯祸，无论大小，沈家爹娘除令沈德运写检讨写保证书，还须得用大字报形式抄写，贴于自己床边，每天早夜复读谨记。

沈德运在家日子不好过，阿岚同样在家不好过。班主任跟阿岚姆妈告状后，阿岚的姆妈顿觉非同小可，回到家里，也是叱责声不断。以往这个家里，这样的声音就不少，不过，以往总是姆妈一个人的声音，而这一次，阿岚有回嘴："我就是喜欢沈德运，又怎么啦?"阿岚的话，无疑使家中的争吵声音升级，而待阿岚叫出："我以后还要嫁给沈德运。"阿岚的姆妈有些气急败坏："你现在就可以嫁给他。"阿岚回答："对了，这倒提醒我了，只有嫁人，才能离开这个家，我现在就去问问沈德运。"阿岚说着要拉天井的门，准备走，被语嫣拦住。这之后，姆妈与阿岚，为了这个沈德运，是时常争吵。

即便来自学校里牛奶瓶班主任与双方家庭的压力，阿岚与沈德运的关系还是一如既往，即使两人中的谁，不想在同学面前表现得像以往这般的随意，但也顾忌着对方的感受，或是在向彼此表明一种心境，两人依旧还是像过去这样的相处。要说变化也是有的，似乎这外界的压力在提醒着，两人也才意识到：原来彼此已经是恋人。走过原来相处只是单纯的玩闹这一段，现在应该更进一层，至少阿岚觉得，自己看沈德运眼光有些许变化，以前可能还是说不清道不明的，现在渐渐地清晰起来。阿岚感到，自己就是喜欢沈德运细长的个子、白皙的肤色、有些深陷的大眼睛。只是阿岚又觉得，与沈德运高个子形象形成反差的是，沈德运的性格里，有懦弱的一面，许多时候还须阿岚推着他往前走。

真正对于阿岚和沈德运关系构成打击，或是令两人各自家庭风暴再度升级的是进入高中后。阿岚与沈德运已经是整个学校出了名的“早恋典型”，班主任从来没有放弃过对阿岚与沈德运的教育，进入高中之后更甚。阿岚与沈德运在初中时，学习成绩都还是可以的，两人都不属于用功的人，凭着一点小聪明也就足以应付，但到高中后，情况就起了变化。牛奶瓶班主任眼看不能让阿岚和沈德运改悔，为了周围同学少受影响，便决意让整个班级的同学孤立阿岚与沈德运。一段时间里，阿岚与沈德运都觉得上学无趣，也就时而以各种名目请假，甚至就是无理由地旷课，两人又都受到校方的警告，之后两人虽说少有请假或旷课，但即便坐在教室里也是无心听课，只盼着快点下课放学，学习成绩更是一落千丈。阿岚与沈德运也与同学少了往来，两人的课余相处，也开始避开周围人的视线。

当然，随着学校里的这种状况的发展，阿岚与沈德运各自在家里的日子也不好过。

阿岚仍然是天天很晚回家，姆妈是伤透心，嘴上是决意不再管阿岚，但纷争还是时有。阿岚与自己姆妈时常有大吵，一阵吵后，就是互不理睬。隔在中间的语嫣，常要劝慰姆妈，而阿岚天天晚回家，还要悄悄替阿岚留着夜饭。

此时的沈德运，不晓得是阿岚的主意，还是终于认清自己在这个家里的处境，开始反击反抗。其实沈德运的反抗与逃避也没什么区别，沈德运开始住到自己阿爷家去。沈家的爹娘肯定是竭力反对，沈家几个姐姐更声嘶力竭，但这一次，沈德运显示出少有的硬气，而最为关键的是沈德运的阿爷发声音，众人也只得让步。

沈德运的阿爷，对于这个家，总喜欢说是雌老虎当道。阿爷好不容易等到老伴过世，也是不耐烦子女儿媳孙辈的种种侵扰，想躲个清静，便搬到早年上辈人在欧阳路留下的一处房内独住。这之后，除了逢年过节，沈德运的阿爷便与几个子女少有往来，山阴路与欧阳路算是离得近，但走动不多。沈德运的阿爷此时年事已高，老眼昏花，时而糊涂，但唯有对沈德运逃离自己家里的想法，表示出相当的支持，而且沈家阿爷更是一不做二不休，将沈德运的户口也迁进欧阳路的房子里。至此，沈德运就与爹娘家少了往来。

自从沈德运住到自己阿爷家里起，阿爷就将自己每月的退休工资交给沈德运，沈德运便开始学做大人，操持家里的一日三餐。每天放学，也很少像以往这样在四川北路上闲逛。

沈德运与阿岚来到欧阳路的房子里，买菜烧饭是最重要的事，沈德运好像是一上手就会这些家务事，阿岚在旁边陪着。要说沈德运的阿爷，也真是糊涂，首先是搞不清沈德运在读书还是已进厂上班，只觉得自己孙子人已长得足够高大，应该对家里有所担当，所以，对孙子当家也就一百个放心，每天只等三餐，其余之事一概不问，并且对于天天上门的阿岚，总是眯花眼笑，还常问自己孙子，什么时候可以结婚养小孩。要不是阿岚还顾忌着自己姆妈的态度，要不是沈德运顾虑着家里就是一间房间，阿爷就在眼门前，沈德运早就想让阿岚在家里过夜了。那个时候，在学校里，或是阿岚在自己家里，时常会碰到一些不开心的事，但在欧阳路的房子里，尽是两人的快活。

阿岚与沈德运好不容易等到高中毕业，两人的成绩自然都没兴趣去参加高考，也就正式开始游荡在社会上了，两人似乎是从未有过的解脱。更重要的是沈德运的阿爷还活着，现在也不再是阿爷每月将退休工资交到沈德运的手里，而是沈德运每月拿着阿爷的退休工资卡，到银行里去领钱就可以了。除了阿岚每夜再晚，还是回自己家外，两人俨然是一对小夫妻过日子。每天早上，阿岚依旧像上学时这样出门，只是方向不再是学校，而是沈德运的家里，路也是离得不远。阿岚一到，两人便上小菜场，边买小菜，边吃早点，再帮阿爷带回重阳糕条头糕赤豆糕等，阿爷就欢喜吃这些点心。两人有的是时间，菜场也兜得从容。回到家里，沈德运厨房间内忙碌，这点还是很像沈家的男人，沈德运的爹爹也是如此。

阿岚只是在房间里看电视，跟阿爷说说电视节目。午后，阿爷午觉，阿岚与沈德运就好活络一点，去四川北路上兜兜商店，买买东西，看场电影，吃点冷饮或小西点。有阿爷的退休工资，不见得有多宽裕，但也不会拮据。有时阿岚与沈德运也会走得远一些，但到快吃夜饭的时间，肯定是速速回家，阿爷要等夜饭吃的。要说沈德运和阿岚服待阿爷还是相当尽心的。阿爷已经腿脚不便，再是眼睛白内障，开刀也不见效，眼睛看出去，最多是影子，所以终年几乎是躺在床上，偶然下床在房间里走走，还好有沈德运负责一日三餐，知冷知暖地问着，还有阿岚常在一边说话消遣，阿爷也常有笑声。阿爷夜里认人，常要叫沈德运，于是两人天黑从不外出。房内三人，相互帮衬，竟也维持。

沈家爹娘，还有几房姑姑，几个姐姐，还是守着原来的习惯，平时也几乎不来，逢年过节会来探视，桌上放下一些钱，或是营养品与水果。沈家爹娘对于此时情景，肯定也有感触，可能当初不曾会想到，儿子离家，阿爷接受，愤恨不已，而现在，自己的阿爹，幸亏有儿子在照顾，要不是这般，非但现在要亲力亲为，夫妻间的龃龉，与几房姐妹之间也会生出多少是非。沈德运还是这样，跟自己爹娘不多搭腔不多噜苏，而阿岚此时见沈德运爹娘，或是一众的姑姑与姐姐，也不再回避，除几句不冷不热不亢不卑的招呼外，就到楼下的天井里，等着人走。一则房间原本不大，又挤进这么多人；二则来人也不会多待。一众人来，房间里总显嘈杂，还好时间不长，房间里又是安静，阿爷也似乎是如释重负，眉头也会舒展开。

其实，沈德运一直希望阿岚能够留宿，以往沈德运和阿岚亲热，只得在卫生间和厨房里，而上一年，沈德运已将房间内的组合橱柜调向，置在房间中央，使房间分割成两个空间，另支小床，与阿爷分睡，阿爷居里睡大床，沈德运居外睡小床。有时夜里，房间里关灯，阿爷早早就睡，沈德运与阿岚在外间小床上亲热，有时折腾出一些声音，但似乎不影响阿爷，阿爷鼾声依旧，其实，阿爷的耳聋比眼疾更甚。沈德运多有挽留，阿岚不想这样，虽说房间内分了两个空间，但阿岚认为还是在一个房间内，阿岚依旧每天回家，第二天一早再来。

这样无忧无虑的日子终有时日，沈德运与阿岚高中毕业的三年后，阿爷去世。沈德运是极其的悲伤，想着是阿爷给自己一个太平的家，可以少听爹娘与姐姐们的多少责难，而最关键是，阿爷的家，也是沈德运与阿岚一个温馨的小天地。

阿爷的去世，最大的问题还是在经济上，其实高中毕业后，两人再没向各自家里拿过钱，每月也就是在开销阿爷的退休工资。即便这两年，物价涨得有点快，但还是过来了，而现在一下子断了阿爷的退休工资。不过，沈德运显然还没有这方面的忧虑，因为阿爷还有替沈德运考虑的。阿爷临终时，有一小包交予沈德运，小包打开，是阿爷的几张存折，存折数字，依阿爷每月退休工资推算，也能有几年的用度。待阿爷的丧事办好，两人才有空去银行更改存款户名，看着银行存款数字，不觉欣喜万分，两人速速报名去黄山庐山的旅游团，还北上北京，南下广州旅游了一大圈。

待旅游回来，阿岚便经常留宿在欧阳路，偶有回东横浜路的家。回家去的话，碰到姆妈，总是有几句不开心的话，之后，阿岚总是避开姆妈在家的时间，回去取点衣物。待衣物取得差不多，阿岚便觉没有再回东横浜路的必要，渐渐很少回家。只是语嫣会隔一段时间打电话给阿岚，来问问阿岚还好吗，让阿岚常回家去。

之后，沈德运准备装修房间，准备买新家具，两人自然而然地想到结婚之事。相对于沈德运的积极规划，此时的阿岚已显出一些忧虑。阿岚讲："沈德运幸亏有一个好阿爷，一直是担心着沈德运，以前，纵是每月手头再紧，阿爷从不曾动用过存款，留了下来，想着沈德运的将来。"沈德运觉得阿岚想阿爷了，便讲："阿爷在天上，还会保佑我俩的。"阿岚讲："再有阿爷保佑，也得我们自己去做点什么，否则不是坐吃山空？"当即，阿岚与沈德运说清，房子可以装修，但两人都必须去找工作，待两人找到工作后，阿岚才会同意结婚。沈德运考虑一下，基本同意阿岚的想法，只是说，现在装修房子比较麻烦，请人上门施工一大堆的事，家里留着阿岚看着，自己先去找工作，阿岚的工作待结婚后再去找也不迟。阿岚想着也有道理，也就同意了。

当即装修房间的施工队上门，只要钞票付出去，速度是很快的。阿岚每天就是盯着施工现场。沈德运也兑现当初自己的承诺，每天出门去找工作。不出两个月，房子装修好，新家具也到位了。相对于装修房间的顺利，沈德运找工作就没有那么顺利。不过，也就是这两个月，沈德运外头跑下来，倒也跑出一点明堂。沈德运回来跟阿岚商量："现在流行娱乐业，四平路上台湾城晓得吗，每到夜里，门口车水马龙。"沈德运当即说起有一家开在三星级宾馆里的酒吧，正好有人要盘出，价格还是适中，似乎业务也不愁。阿岚听说盘下来价格，算着阿爷留下来的钱款一下子要出去大半，再加上对于酒吧业也是不熟，不晓得生意会如何？纵然阿岚心里有再多疑问和不安，但还是支持沈德运去做。之后的事，似乎也验证沈德运当初的判断，酒吧生意不错。两人也马上结婚。

沈德运开酒吧，另有一番算计，就是阿岚也不用另找工作，夫妻俩每天在一起忙碌着酒吧里的生意。

改革开放，国外及港澳台来了不少人，带来境外的一些娱乐方式与消费习惯，同时也唤醒一批老上海人对于曾经上海滩玩乐的一点念想。其实才兴起的一些娱乐场所，也是粗陋，这倒不是说硬件简单，实质上是不懂娱乐场所如何来做，光凭外国电影里的场景，加上几个国外来客的说辞，和自己随意的发挥。单说这酒吧，装修风格，尽是宾馆路数，因为最初酒吧统统是开在宾馆里。沙发、灯光、调酒台是必须外，其他都是应景或是跟风的。有一阵子，上海酒吧流行乐队，一下子就风行，萨克斯或是键盘手吃香，用电声乐演绎欧美流行曲。又有一阵子，流行驻场演唱，市面上的几个酒吧歌手就抢手了，歌手一个夜里，会串几个场子，哪家酒吧请到这些歌手，等于场子客满有了保证，客人会跟着歌手来。热闹过后，酒吧又开始追求优雅舒适，清新悠扬的音乐，设置小型的舞场，还有各种小食餐点等，甚至供应起宵夜馄饨面条之类的。

沈德运与阿岚的酒吧，也是不能免俗的，其实也不是免俗不免俗的事，当时这些开酒吧的，也只晓得跟风，当时的消费也是跟风。每天沈德运最辛苦的工作，就是踏着黄鱼车去批发市场，将成箱的低价红酒和整桶啤酒，还有大瓶的可乐和雪碧运进场子。到酒吧营业时间，沈德运主要管的是后厨，酒和饮料就像在发牌。生意到高峰时，冰箱里来不及制冰，这也是沈德运着急的事。阿岚招呼着几个临时招来服务员，忙着递酒送饮料。这几个服务员，统统是周围几条弄堂里从农场回来待岗的女人，要说是临时招来，是因为这些才回城的农场职工，还在等着街道分配工作。不过，这些女人也真能吃苦，酒吧生意好，应接不暇，天天忙到后半夜，考验的是体力。阿岚不晓得从什么地方听来人家酒吧的生意经，等店堂里生意爆满，拥进人最多时，空调悄悄升温两度，客人更加热血沸腾，更加口渴难耐，趁机可以多卖酒水，这是酒吧最高经营机密，每天也只有阿岚自己见机行事。当然，沈德运和阿岚也是辛苦，一天忙好，浑身酸痛不想再挪半步，也就经常宿在酒吧里。不过，每天酒吧打烊，两人纵是再辛苦，清点当日的营业款还是最开心的一桩事，两人大有钞票点到手酸的感觉。对于这段日子里的生意，在之后的日子里，一直是为沈德运和阿岚所津津乐道。

生意旗开得胜，钞票来得如此轻松，沈德运与阿岚两人更是会犒劳自己。两人到酒吧上班，或是出门在外，不再会去挤公交车，皆是扬招出租车。以往只是阿岚欢喜买衣服，现在阿岚买衣服的眼光变得更是挑剔，同时也帮沈德运置办一年四季的全新行头。家里的家用电器统统是进口货，这些年流行什么，家里是必添，也总是会让一条弄堂里的周围邻居眼热不已。市面上流行穿金带玉，两人更是乐此不疲，只是阿岚眼光挑剔，但每有所获，必是精品。两人时常还会去一些酒楼饭店，中餐西餐自助餐，广东早茶日本料理，必要尝遍。两人都欢喜旅游，要不是酒吧生意走不开，两人早就全国各地到处走了，眼下两人只好相互安慰，今后有的是机会。两人的日子，随着生意的成功，竟有几分穷奢极欲。

可能是一切来得有些太容易，也可能是一种冥冥之中的安排，钞票点到手软手酸的日子终不可持续。沈德运盘进这酒吧两年后，酒吧与宾馆的租约也就到期了，宾馆明确要收回，不再续租。沈德运想到平日里的生意，宾馆里的人都看在眼里，有点眼红也是再所难免，于是提出可以增加租金，但是宾馆方还是一口拒绝。想来这也是无奈的事，租约到期，沈德运和阿岚只得撤离。于是两人又在欧阳路的房子里，过着无所事事的日子，不过，此时的两人，倒是一点也不担心生计。想着酒吧生意的这两年，每天几乎泡在酒吧里，于是两人又去报名旅行团，北上哈尔滨，南至海南岛，又是兜了一大圈。

回到上海，又是歇息一段日子，两人才想起正事。沈德运讲："想想还是只有做酒吧，一是其他生意也不会，二是不晓得还有什么生意可以拿水变成冰，就可以卖钞票。”沈德运又讲：“酒吧还是要开在宾馆里，基本客源有保证，进宾馆的客人还是有一点身价的。”沈德运说着自己的打算，阿岚也有自己的心思：近两年，已听说有商品房好买了，欧阳路的房子虽是可以，也只是一间，想着两人在一起，一晃也已多年，也是到了养小孩的时候，而一想到养小孩，好像许多的花费在等着。两人都在盘算着，要说女人和男人的心思还是有点差别的。

沈德运接下来的一段日子里到处寻找酒吧经营地方，不曾想，连续寻找多日，一直未果，沈德运开始有些焦虑，心想难道一夜之间，酒吧这套生意经人人都晓得了？沈德运这一找，竟然找了半年多。之后，沈德运找到一家新建的三星级的宾馆里，只是地方有点偏，在市区的东北角，而且由于是新建宾馆，酒吧内的所有设施都要经营方添置，当时沈德运和阿岚也没有多少犹豫，只想着快点投入经营，钱就会来了。待酒吧内一切弄停当，开门迎客，才发现客人不多，想着毕竟是新建的宾馆，地段也偏，客人还不熟，只得慢慢来。沈德运和阿岚起先还是淡定，但渐渐也有些不安，客人不上门，场租水电人工等成本一样不少，沈德运现在对于开支这一块已经是锱铢必较，但还是每月在往里贴钱，这生意便有些难熬了。

当沈德运再到外头同行处去多方打听，方知市面上还是有蛮大的变化。酒吧业一改原先消费的人群有点猎奇，有点显摆的消费习惯，转向更趋理性的消费。一些酒吧已经是转经营风向，可能原来酒吧过于热闹，现在的酒吧基本转向安静，即便有点背景音乐，也是轻悠，强调酒的品尝，必设调酒师，调酒师不但要有专业的技术功底，而且还要有相当的表演天赋。沈德运说好，阿岚点头，两人说干就干。酒吧柜台里新添了不少进口洋酒，洋酒品名繁多，名字拗口，沈德运整天背着这些酒名。同时，聘的调酒师也到位。正当阿岚想着生意马上就可反转时，沈德运又是神色有些忐忑地讲："一桩事情，还没有跟阿岚提起，外头酒吧还有陪酒这一说。"沈德运接着一番细说，阿岚听后，再看看自己酒吧里的几个农场回来的女人，身材个个是柏油桶，想想是要没生意了。阿岚也是干脆人，想好便做，先是打发几个农场女人，又通过同行中间人，引进五个陪酒小姐。虽说五人皆来自外地，但广东话上海话，乃至简单英语都会说几句。在谈好酒水提成后，阿岚明确五个人平时就是自己管着，更是言明，除陪酒之外，其他事情一概不能涉及，违者就开除。陪酒之事毕竟会让人联想，相当敏感。与此同时，沈德运对酒的品质把控也做得认真，讲究诚信。连续几方面的改变，酒吧的生意虽然不能跟以往比较，但也逐步有点起色。

在酒吧生意稳定之后，阿岚便想着要生个小孩，原先阿岚总指望能够买套房子，小孩在新房子里生下来，但现在看来不现实了，家里的存款当时全用在新酒吧的装修上，并且一段日子的经营上出现亏损，也填进去不少，但生小孩之事毕竟不能再耽搁下去。阿岚怀孕，身体显形，想着沈德运一人已经够忙，便将几个陪酒的小姐妹的管理和堂口的管理托给平时跟自己走得较近的陪酒女小红，升小红为领班，阿岚这才安心在家待产。

阿岚生下飞章，双方娘家皆大欢喜。其实在沈德运与阿岚结婚时，两人各自跟自己娘家的关系都有改善。两人的娘家，当初都因反对自己子女早恋，才与子女关系疏远，而待两人修成正果，彼此也都接受。虽说两人与各自的娘家有点心结未解，但还是有了走动。飞章的出生，阿岚的姆妈和语嫣肯定是开心，而沈德运的爹娘更是激动。沈德运的爹娘还有几房姑姑和几个姐姐，现在也是一反以往对待沈德运的态度，对待飞章是疼爱有加，只是阿岚想着飞章自己带，沈德运的爹娘也就插不上手。飞章尚小，阿岚脱不开身，阿岚平时里酒吧也就去得有点少。阿岚有时会来酒吧，也只是看看，想着酒吧经营还算正常。

只是后来，有传言说沈德运与小红好上了，起先阿岚还不相信，想想沈德运平时言行无异，再想想自己平时一直没亏待过小红，自己去养小孩的一段日子里，更是对小红信任有加。直到阿岚发觉银行卡里莫名其妙少了钱，再去追查，才吃准沈德运和小红的关系。沈德运讲："钱是借给小红，回四川买房子。"阿岚听着生气伤心，想想自己家里房子还不曾买，沈德运倒是借钱给小红买房子。阿岚一气之下，辞退小红，继而跟沈德运打起冷战。

阿岚的性格纵然是不可能原谅沈德运的，只是这欧阳路的家里留有阿岚太多太多的回忆，嘴上要强的阿岚，心里不免也是挖塞。而离婚之事一拖几年，虽是沈德运有心挽回，有意拖延，阿岚也是想着自己和飞章的将来。阿岚想着这些年与姆妈之间的是是非非，就不愿回到自己的娘家，更不愿让飞章回到这个家里，于是才有了最后的安排：阿岚把飞章留在沈德运的身边，而自己则是万般无奈地回到娘家。

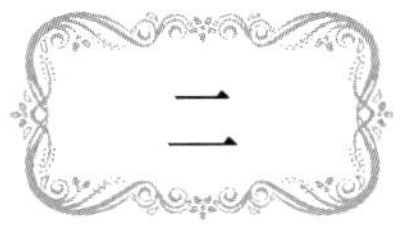

阿岚因为肝脏恶性肿瘤做手术，在医院里住了一段时间，才回家调养。

时至今日，语嫣还是时常在自责，自己忽视了阿岚平时的一些病征，以至于阿岚的病情到了如此严重才被发现。当语嫣从杭州赶回来时，语嫣和阿岚面对病情诊断书时，都是惊慌失措，抱头痛哭。当时阿岚反复讲："买了这么多年的彩票，从来没中过奖，想不到现在是中大奖了，我怎么那么倒霉，真是霉头触足。"阿岚经历了最初几天的痛苦煎熬，后来情绪渐趋稳定，住院和手术也渐渐能够应对。阿岚讲："兴许这就是命，外婆早就说过，这东横浜路的房子风水就是不好。"

阿岚越是这样说，语嫣的内心越是苦痛，当着阿岚的面，这又不能流露。在这段日子里，语嫣常常以泪洗面，想哭还要背着阿岚。阿岚住在医院里时，语嫣只能在楼道里或是去卫生间里哭一场。阿岚住院手术期间，语嫣是公休请假，全天陪护在阿岚的身边。待阿岚出院，语嫣就请了一个保姆阿姨，白天到家陪护，语嫣才得以正常上班去。即便语嫣上班，但想到阿岚一人在家时，语嫣也会关在办公室里悄悄揩着眼泪。夜里回家，也只有在阿岚睡下后，语嫣独自低声抽泣，不敢发出更大的声响。

阿岚病情刚刚确诊时，语嫣是当即就告诉沈德运。语嫣的确需要有一个人能够商量一下，而这个人也只能是沈德运。当沈德运得悉，也是一下子显得慌乱。沈德运难以接受，但之后镇定下来，渐渐理出头绪，又去了几家医院反复咨询，与语嫣商议着接下来阿岚治疗的每一个步骤。语嫣心想，到底是男人家，处变不惊。

阿岚住进医院，沈德运赶到医院，只是阿岚不愿意看到沈德运，而且情绪有点激动。阿岚有点怪语嫣，并且告诉语嫣，今后凡是自己的病情一概不要再告诉沈德运。语嫣只得点头。

阿岚手术的那一天，沈德运也到医院，只是没有在病房里出现。阿岚被推进手术室后，沈德运和语嫣是一同守候在手术室外。自从语嫣将阿岚患病一事告诉沈德运，继而又是阿岚拒绝沈德运的探视，沈德运一直是很沮丧的样子。沈德运表示："阿岚这个脾气，自己肯定不能在病床旁边服待阿岚，也只能辛苦语嫣。"

阿岚住院期间，沈德运每天下午或是晚上都会来医院，只是不能在病房里出现。沈德运来了，短信联系语嫣，语嫣便下到住院大楼的底层。沈德运无非就是来探听一下阿岚每天的病情，语嫣便如实相告。语嫣有时也会托沈德运带些陪护上的东西，毕竟自从阿岚住进医院后，语嫣就不曾离开过医院。只是沈德运每天都来，又进不了病房，而且即便与语嫣见面，说说阿岚的情况，这个时间也不会太长。而语嫣晓得，沈德运来医院有时会待很久，一个人无所事事地坐在住院部底层的大厅里。语嫣对沈德运讲："有事的话，会短信告诉的，真的没必要天天来。"沈德运回答："在医院里待着，就像是陪在阿岚的身边。"语嫣又讲："现在时间也是生意最忙的时候，沈德运一直在医院里，不是耽误了做生意?"沈德运回答："生意有人盯着，再说，现在生意也大不如前，不太忙。"沈德运说生意有人盯着的话，语嫣就想到了那个叫小红的女人。

当沈德运听说阿岚可以进食后，更是天天夜饭前，送来各种小菜和煲的汤。阿岚有问语嫣，这些菜是谁做的，语嫣只得随便说一声，说是在医院旁边的小饭店里买的。只是语嫣看阿岚吃着这些饭菜，心想阿岚是够粗心的，对于曾经自己家里的饭菜，味蕾的记忆难道一点都没有？每次语嫣将盛菜的那些玻璃碗盒之类的，再交还给沈德运时，沈德运都会问阿岚吃得怎么样，或是阿岚还想吃些什么。当从语嫣那里得到肯定答复后，沈德运又是一副心满意足的样子。语嫣心想，幸亏有沈德运的帮忙。每次语嫣目送沈德运出病房大楼时，总觉得沈德运的背影有点落寞。

还是在住进医院前，阿岚是自己打电话告诉飞章的。在手术之前，语嫣就想让飞章来医院，而阿岚担心医院里的环境对小孩不好。阿岚手术之后，身上插着各种管子，也不希望让飞章看到，所以当阿岚稍感术后有些恢复，可以下地走路时，语嫣也顾不得医院的环境，和阿岚商量着让飞章到医院里来。

飞章一人出现在病房门口时，阿岚和语嫣都流下了眼泪。飞章刚进来时，怯生生的，可能是母子俩多日没见面的缘故，或是医院病房里还有其他的病患与陪护的原因。语嫣讲飞章："大男孩了，看到妈妈还不好意思。"语嫣又是推推飞章："快，去跟妈妈说说话。"

趁着飞章陪着阿岚的机会，语嫣又下楼去端来沈德运送来的饭菜，今天沈德运准备的饭菜，也比平日来得多。语嫣将饭菜端到阿岚的病床边，阿岚看一眼饭菜讲："小菜买得有点多了。"语嫣讲："今天我们三个人一起吃饭吧。"于是，三个人围着阿岚病床上的小桌吃了起来。要说飞章就是乖巧，或是沈德运有过关照，飞章一句也不提是爸爸烧的小菜。

飞章来医院，可能是阿岚住院以来最为开心的事。飞章这次来了之后，一连几天在夜饭前都会准时出现在病房门口。不过，飞章每次来，一起吃好夜饭后，阿岚总是会催着飞章快些回家去，叮嘱着回家做作业。其实，这也是一个无须言明的事，每次飞章来，阿岚也清楚，晓得是沈德运送来的，沈德运肯定就在楼下等着。有一次，飞章跟阿岚讲："爸爸问我，等妈妈出医院，愿不愿意住到妈妈家去，爸爸又说，担心我住在妈妈家，会影响妈妈的休息。"

阿岚出院，沈德运早早就来医院结账。沈德运对语嫣讲："晓得阿岚平时的开销，所以治病所需费用，我会全部承担的。"阿岚住院开刀，的确花销不少，阿岚从来没有进过正规的企业单位，只是买过一些社会保险之类的，所以医疗费能够报销的并不多。虽说阿岚住院前，语嫣也考虑到这些，想替阿岚出这些钱，但阿岚说自己还是付得起这些钱的。沈德运把这些钱付了，语嫣也没有跟沈德运多客气，想着阿岚治病才刚开始，以后用钱的地方会很多。只是语嫣感到，沈德运所付医疗费这事，不晓得该如何告诉阿岚。语嫣晓得阿岚排斥沈德运，而且现在更甚。

每个周末，沈德运都会把飞章送来住两天。看着日渐长高的飞章，阿岚此时的心绪肯定是不比从前。想着自己患病以来，最不放心的就是飞章，更是担心着飞章的将来。这在以前可是从来没有过的。阿岚对飞章讲："欧阳路到东横浜路，才有多少路呀，飞章完全可以自己来呀。"飞章回答："爸爸习惯送我。"阿岚盯看着飞章，总希望把飞章每时每刻的瞬间，都深深地印在脑海里。

除了周末两天飞章来家里，在其他的时间里，语嫣白天去上班了，也就阿岚一人在家。虽说白天有帮佣的阿姨上门的时候，但阿岚与帮佣阿姨话也不会太多。过往喜欢热闹的阿岚，现在是寂寞难耐。

一日，阿岚又翻开当时准备开咖啡馆的几张设计图纸，上面还留有许多细细密密的修改地方。阿岚又翻看着去过的几家咖啡馆讨教时的笔记，各式西点各式咖啡的制作记录是满满当当，还有各种西点咖啡的效果草图也是眼花缭乱。当时确定开咖啡馆，是全力以赴，已有几处的选址，只是需要比较，想着周围的环境，想着租金与投入，想着可能的回报，当时满脑子已是咖啡馆的经营。之前阿岚陆续听到不少有关沈德运的酒吧消息，基本晓得沈德运的生意也不怎么样，原先总觉得飞章今后全靠在沈德运身上，现在看来也不现实了。想到飞章的将来，这也是阿岚想着做生意想着挣钱的初衷之一，想给飞章与自己挣个未来，而这一病，似乎一切都改变了。渴望挣钱的想法依旧，但晓得这一病要花费很多钱，替飞章操心着将来也成空想，现实的处境已是有心无力。阿岚想到这些，有些气短，有些沮丧，有些懊恼，甚至怨恨自己。

阿岚住院手术前，没有告诉任何的朋友。只是经常出席朋友间活动的阿岚，一下子没了踪影，大家总是有点担心，后来还是被大家晓得了，这便络绎不绝地有人来医院探望阿岚。当这些被语嫣称为狐朋狗友的人，聚在一起时，就如同阿岚曾经描述的那样，七嘴八舌地说个不停，病房里一下子热闹不少。在一旁的语嫣，既是欣喜地看着他们，又担心会影响阿岚的休息。

有一个夜里，那个北方人张总，闻讯也来了。当时，病房里的病患大都已休息，整个住院大楼都显得安静。那位张总，双手提着各种保健品礼盒和水果礼篮，边打听着阿岚的床位，蹑手蹑脚地走进病房。张总坐在阿岚的病床边，神色凝重，关心的话说了不少，真挚诚恳。之后，阿岚出院前，张总又来探望，又送了不少价格不菲的吃食，透着殷殷关切之情。只是阿岚看着这么多的礼物，有些不安讲："怎么好意思让张总这样破费呢?"张总摆摆手："阿岚总是见外。"张总两次来，都看到语嫣，会讲同一句话："阿岚的姐姐，看上去，倒是与想象的一样，曾经电话里听到过声音，想着就应该是这样的人。”张总走后，语嫣对阿岚讲：“那个北方人张总，长得人高马大的，显得粗相，但说话做事倒是细巧，总觉得滑稽。”

阿岚这些朋友前来探望，可以稍稍减缓阿岚对于病痛与治疗的各种烦闷。但语嫣感到，这些来人，终是走过场而已，几句关心的话，也难使阿岚走出患病的心理阴影与负担。待这些人走后，阿岚躺在病床上，显得落寞，脸上除了有刚经历手术后的痛楚，更多的是神色黯淡。语嫣想着过往的阿岚，一切都是溢于言表的。

在最初被确诊病情时，语嫣就问过阿岚，那位赵工是否晓得。想着阿岚曾经提到过与赵工恋情的话，想来阿岚这一病，真不晓得会发生些什么事。听语嫣问这话，阿岚只是说了一句暂时不想让他晓得的话。而在语嫣看来，这又是如何瞒得了的事。

其实提到那位赵工，对于阿岚来说，也是烦事一桩。虽说是这个年龄的恋情，可能是少了一些花前月下，多了一点现实生活的思考，更有生活习惯的彼此适应。其实阿岚与赵工相处，风淡云轻时，说什么都是可以的。当时阿岚初看赵工，觉得赵工就是那种上海市面上家境可以家教甚严的人家走出来的人，自己也有不错的受教育的经历，再有一份安稳的工作，与周围人既能安然相处，又是保持着一定的距离。即便与阿岚明确了这层关系，交往的过程中依旧带着几分绅士的样子。当然这些都是适合初看，随着接触多了，只要说到彼此的关切点时，那位赵工说话总是显得谨慎，之后又是一番的心思，尽现各方面的算计。两人在外吃饭玩乐，赵工会对所有的选项，去什么饭店吃饭、去什么地方买东西等，总有一番用心的选择。在阿岚看来，就是有点吝啬，小家子气，阿岚真是有点看不惯。虽说一开始与赵工熟悉的时候，就听赵工介绍过家中情况，有一个姐姐，外甥女也很大了，父母常年与姐姐一家同住，所以，赵工基本上就是一个人居住。阿岚与赵工初识时，就晓得赵工家住市中心地段。一段时间后，阿岚有意想多了解一下赵工家的居住环境和家境情况，但无论阿岚如何兜着圈子说，如何试探，赵工就是三缄其口。阿岚就有点气恼，给赵工面色看，两人的关系有段时间就有点僵。不过，后经阿岚明确提出，赵工倒是马上邀请上门。阿岚觉得赵工就是这种很腻的人，总要自己主动才行。赵工的家就在河南中路旁的一条小路上，离外滩不远，是那种老旧的大楼房子，电梯也是狭小，尽是显得有年头的老旧。电梯上去，在七楼，楼道暗黑。进门，早先的三居格局，还有过道厅。最为显眼的是，客厅里，包括过道里的吃饭桌椅，皆是成套的红木家具，填满整个空间。虽说是老旧款式的家具，透着年份，不过保养得当，又显得扎足。卫生间厨房还是显得宽敞。阿岚一圈兜下来，唯一觉得奇怪的是两间房间都放有一张大床。赵工连忙解释讲："虽说父母早就不在这里住，但从没有去动过这些。这种宁式大床，卖掉倒是可以值几个钱的，但父母是不舍得的，只能这样放着。"另外，因为多少年不曾装修，所有的地板或地砖也是有点残缺，墙面也是起壳，几间房间各有几处墙面与天花板上渗有水迹，有着霉点，设施也是老旧与老化。不过，阿岚觉得，相对一个男人家的居住空间，收拾得还算干净。阿岚感觉这种老式的大楼房子的房型还是比较周正的，尤其层高也是可以，只是窗户看出去，与对面的大楼，只隔了一条的小马路，楼与楼之间有点压抑，想来终年也不会照进太阳。赵工连忙开电灯："有时白天也是要开灯的。"阿岚心想，虽说是大楼房子，又是好地段，上辈人中，也算是有一点的家底，只是世事的变迁，现在再看，总觉得难说好。赵工的家，还是与阿岚曾经的想象较为接近。赵工在一旁说着这些家具，逐一娓娓道来，话音不高有点兴奋，谈着曾经几次房子装修的事，大意也就是如何维持着现在的这个样子，不会去多做改变。听着赵工的介绍，阿岚脱口而出讲："最讨厌这种红木家具的深红发乌的颜色，尤其房间里光照已经不够，会更加觉得阴森。"阿岚更有嘲笑地口气讲："是否这房间里的一切都是保护文物?"赵工听阿岚的一番直言，脸色有点尴尬。不过，这之后阿岚又是去过几次赵工的家，两人总是在外面吃好饭，再去赵工家，进门后两人在房间里坐坐，吃吃茶，见天色夜了，时间晚了，赵工便将阿岚送到车站，阿岚一人乘车回家。这样的交往也有了一段时间，起初阿岚想着踏进姓赵的家里，担心会发生男女之间的这些事，阿岚是有意躲着，但几次去赵工的家后，每次都像第一次去的这般情形，赵工真的就是守着规矩，阿岚又有点腻烦这个赵工。依着阿岚的心想，此时的赵工最好有什么越轨之举，自己也正好顺势提出结婚的事，阿岚可能已经不指望赵工来提两人的这档事了。不过，阿岚始终没有等来赵工的任何举动，两人的交往也变得是白开水一杯，波澜不惊，有点耗有点拖的味道，这与阿岚的行事作风完全两样。这之后有一天，阿岚在朋友聚餐时碰到一个人，这人与赵工走得比较近，也晓得阿岚与赵工之间关系的现状，便讲："要说赵家过去这些家财，还算是弹眼落睛，但放在今天，又能算什么，但这位赵兄好像还是生活在那个年代里。曾经结过一次婚，据说当时离婚差一点这些家当不保，这不是要了这位赵兄的命了。"听了这人一番话后，阿岚才算明白，过去总认为赵工是一番精于算计的样子，现在看来问题更大。阿岚有点厌烦，心终已衿。阿岚很多时间，还是习惯将赵工的有些做法，去跟沈德运比较，而这种比较的结果是显而易见的。只是现实的环境，总是在做某些暗示，想着女人终要有个归宿，这又似乎让人有些气短，一度还想着迁就。阿岚在还未确诊自己患病之前，有相当一段日子，一直在想着自己跟赵工的事。阿岚正在犹豫之际，自己身体出现状况，阿岚住院开刀前，就给那位赵工写去一封信。阿岚给赵工的信中，并没有提到自己的病情，只是说到两个人之间不太适合。这也确是阿岚所想。当阿岚把这样的一封信寄出之后，也是另外的一番感觉上心头，心想，原本这封信，只是两个人这份感情有个了断，而现在一下子病倒，这封信，便是有点决绝的味道。想来那位赵工也是相当现实的人，阿岚当然不愿意赵工来拒绝自己。不过，阿岚将这封信寄出去之后，并没有收到任何的回音，其间阿岚在医院里又住这么长的一段日子，而那位赵工，不要说有回信，甚至手机电话和短信都没有。阿岚想到，自己当初写回绝信时，还着实动了一番脑劲，既要把话说清，又要措词婉转，还曾担心伤了这位赵工，但不曾想，那位赵工一点回音都没有。阿岚想着那位赵工，竟然一点也不怜惜两人的感情，或来问问阿岚的真实意图，更别说会来乞求一下。这也是阿岚始料不及的。只是这么多天过去之后，阿岚又是细思极恐，想来与那位赵工，也是在朋友的饭桌上认识的，阿岚生病住院，朋友中早就传开，应该也会传到那位赵工的耳朵里。阿岚觉得，此时的赵工该是在庆幸吧。赵工这样不闻不问的态度，平时心气再高的阿岚，也是气短半截。阿岚的思绪一旦想到这里，便想到还好是自己先拒绝了赵工。

躺在两楼的亭子间里的阿岚，任由自己的思绪这样地想着。当初回到娘家，多少的不适应，常常就会想到过往的岁月，自己只是习惯跟沈德运在一起，要说这种记忆，更是长久。想来，与沈德运彼此朦胧的岁月初始，便有了两人都无所顾忌的说话方式，谁说了上一句，也就会猜到对方的下一句，习惯了彼此的每个眼神，每个动作。阿岚以往从来没有想到过，周遭会发生这么大的事，会与沈德运分开。那段在欧阳路最后几年的日子里，阿岚既想着不能原谅沈德运，但又有离开沈德运无所适从的感觉。之后，无论是与那个北方张总的胡调来解解恹气，还是与那位赵工的恋情都不能使阿岚摆脱过往。就说与赵工的相处，虽说是用了真心，想投入一场恋爱或是准备结婚来救赎，但最后都是这样的收场。想来，身体的状况，更是上天冥冥之中的安排。

在一个午后，阿岚刚有睡意，忽闻手机铃响，阿岚接听，传来的是赵工沙哑低沉的声音："阿岚还好吗?"还未及阿岚的回答，就又传来赵工无法自己的抽泣声和断断续续的说话声。原来，赵工刚接到阿岚的绝交信时，心里的确生气和赌气，闷闷不乐了一段日子里，常把自己关在家里，跟从前的一些朋友也少了往来。直到最近，在马路上巧遇一朋友，说起阿岚的患病，方知真相，才明白阿岚的一片苦心。赵工在电话里，反复说着阿岚是不想拖累自己的话。赵工说到深情处，原先的抽泣竟然变成嚎啕。这下轮到阿岚来劝慰这位赵工，心想，还从来没有碰到过这么会哭的男人。阿岚听赵工的电话，竟然听了很久，而且电话听完，更是自顾自怜，不觉悲从中来。

夜里，语嫣回家，阿岚就把赵工的来电，以及之前自己的信，一五一十地告诉语嫣。语嫣问："那个赵工会来探望阿岚吗?"阿岚讲："急着想来，被我回头了，我不想让他看到我现在这样的病容。"语嫣讲："阿岚又何必这样?"阿岚笑着讲："现在真的觉得去做尼姑才是最好了。"

不过，赵工的这个电话后，阿岚的情绪似乎开朗了一些，曾经也在为阿岚情绪低落而发愁的语嫣，有了一种从来没有的感觉：阿岚虽说嘴上从来不在乎那个赵工的，但心里还是计较着赵工的态度。而语嫣这样一想，又不觉为阿岚的身体抱屈，否则现在的阿岚说不定正要结婚了。

阿岚手术出院后，语嫣才将阿岚情况告诉琬怡的。对于琬怡来说，这一切的确是事发突然。琬怡闻讯，便登门探望。

琬怡刚在客堂间坐下来，语嫣忙着沏茶，阿岚已经从楼上的亭子间走下来。眼看阿岚的身体毕竟虚弱，琬怡连忙迎上去："阿岚不必下楼呀，我会上来的。"阿岚讲："我已好多了。"语嫣讲："阿岚上两天都能独自去鲁迅公园里走走了。"琬怡讲："这太好了。"

琬怡眼见阿岚坐下时，手习惯性地捂着伤口部位，就问了手术的一些情况，又说了不少宽慰的话。琬怡还问起阿岚的起居与饮食，旁边的语嫣便是一一道来。语嫣有几次提到飞章："飞章也很想妈妈，周末总会来住两天，家里就会热闹一些。"

琬怡还带来孃孃对阿岚的问候。对于素未谋面的孃孃的关心，语嫣和阿岚还是相当感谢的。琬怡讲："就是最近一段时间，孃孃身体也不太好，常是卧床休息，想来也是这个岁数，大意不得。近些日子常去孃孃家里。"语嫣问："孃孃身体怎么啦?"琬怡讲："没什么大碍，只是一些老年性的常见病。"语嫣讲："孃孃幸亏有琬怡姐这样照顾着，待阿岚的病好些，我们也该上门去看望孃孃。"琬怡应了一声。

语嫣问："在电话里还听琬怡姐说忙着开公司的事?"琬怡讲："在做些前期的市场调研，原本想着是件简单的事，当真的去做的时候，才觉得事情真多呀。"一直没有怎么说话的阿岚，这才开口讲："琬怡大姐就是一个干大事的人。"琬怡讲："阿岚可不要这么说，我也只是想试试。"阿岚讲："能自己干点事，那是多好呀。"语嫣晓得阿岚一直在想着开咖啡馆的事，现在的情况，阿岚肯定失望。

琬怡坐了一歇，又不愿多提阿岚的病情，而其他的话又不晓得说什么好，便讲："阿岚这样陪我们坐着，也不能休息了。"琬怡便要起身告辞。临走，琬怡递给阿岚一只大的信封："一点心意，也不晓得阿岚想吃什么，还是阿岚自己去买吧。"阿岚晓得信封里装的是钱，坚决不收，与琬怡之间推来推去几个来回，还是在语嫣的圆场下才收下。

语嫣陪着琬怡走出天井。语嫣给琬怡打了招呼："阿岚过去还是挺随和的，现在可能生病的原因，脾气变得犟了。"语嫣多少感到，刚才阿岚不愿接受琬怡的信封，会担心琬怡觉得阿岚不仅仅是客气。琬怡只是含笑。

在横弄转进大弄堂时，琬怡和语嫣都停下脚步，琬怡再次轻声提起阿岚的病情，可能觉得刚刚在家里，不便问深问细。其实琬怡不问，语嫣也有将阿岚治疗的情况进一步相告的想法。只是语嫣说着说着，又不免抽泣起来。琬怡的面色也是格外凝重。

琬怡听着语嫣说着，又想着此时的阿岚，件件事情已是离不了语嫣，想着语嫣还得正常上班，更是有感于语嫣的辛苦："阿岚还是挺乐观的。这个家也幸亏有你，现在倒是你让人担心，你面色会这么差，会不会太累了？又觉得你心事重重，真没有其他的事了？"语嫣讲："真没有。"

语嫣将琬怡大明送到弄堂口。在分别时，语嫣又一次讲："谢谢琬怡姐特意过来。"

冬日深夜的东横浜路，几分肃静。琬怡要转进多伦路时，回头看到语嫣还站在那里，便喊一声："语嫣快回家吧。"

送别琬怡，语嫣回家进到客堂间，阿岚已把琬怡刚才留下的信封拆开，里面是一厚沓的钱。阿岚对语嫣讲："琬怡大姐给了这么多钱。"语嫣故作轻松地讲："琬怡姐当然是疼爱阿岚呀，电话里一说，就急着赶来。"阿岚讲："当时语嫣要告诉琬怡大姐，我还反对呐，只是想着，琬怡大姐会不会嫌我们家事多。"语嫣讲："阿岚住院手术，这事必是要告诉一声琬怡姐，不然，琬怡姐反倒认为我们生疏了。"阿岚没有回答语嫣，语嫣就问："阿岚这是怎么啦?"阿岚讲："总觉得不该收琬怡大姐的这份礼。辛苦语嫣一趟，把这钱去还给琬怡大姐吧。"语嫣有点吃惊："阿岚，这哪能可以呢?"阿岚冷笑讲："想来原本就是不相干的两家人家，为什么一定要沾亲带故的这样往来，对于琬怡大姐来说，是多出的事情。"语嫣讲："阿岚总是怪我联络上琬怡姐。"阿岚讲："我肯定是被琬怡大姐嫌弃了。"语嫣讲："阿岚不要说这样的话，噢，今天琬怡姐还提到孃孃，琬怡姐和孃孃也是一片好意。"

斜躺在沙发上的阿岚，沉默不语地盯看着天花板。语嫣问："这是怎么啦?"阿岚看了看语嫣："噢，估计你也嫌弃我了。"语嫣讲："阿岚到底想说什么?"阿岚讲："自从我住院开刀，到现在出院回家，你每天下班回家，即便白天工作再忙再累，总还是要强打起精神，担心我一天恹气了，陪着我说些开心的话。等我睡着之后，又要开始忙着明天的许多事。为了我的营养周全，每天都会定下菜谱，采买的事必是不说，即便有些菜白天阿姨会做，你还要关照再三，担心不合我的胃口。还有中药煎药之类的事，也是烦难的事，担心阿姨偷懒而减了药性，每天夜里自己熬药。你每天差不多要忙到很晚才能休息。”语嫣讲：“你为什么就不能理解大家的这份心。”阿岚讲：“除了你，我的确理解不了其他的人。”语嫣讲：“你的脾气，让我说什么好。”语嫣这样一说，阿岚便不说话了。

有顷，语嫣问：“你还是在想着这事?”阿岚缓缓地讲：“我想着怎么去还琬怡大姐的这份人情。”语嫣一声：“诶。”语嫣没想到阿岚对于琬怡上门探望是持这样的态度。

夜深人静，只有窗外渐起的北风的声响。阿岚上楼去休息了。

灶披间昏暗的灯光下，语嫣正在帮阿岚煎着中药，灶上药罐里的中药冒着微微的热气，中药的气味弥漫开来。琬怡想着刚才阿岚所说，又想到了刚才送别的琬怡。

在阿岚住进医院手术前，还发生了另外一件事。由于手术需要输血，当时验得阿岚的血型，语嫣去办理输血手续，语嫣也是初次得悉阿岚的血型，一下子有些发愣。因为语嫣是晓得自己血型的，曾经卫校读过书，语嫣非常清楚自己的血型与阿岚的血型的矛盾之处，只是当时阿岚手术要紧，语嫣一人忙里忙外，也没空去多想。刚才在送琬怡到路口时，语嫣真的有一点冲动，想问问琬怡有关血型的事。阿岚术后，与琬怡通电话，今天琬怡来探望阿岚，语嫣都是含着自己的这件心事。最近这段日子，语嫣时常想着了解一下这血型之事。其实，想来能问的人也只有琬怡了。不过，语嫣还是没有问出口。就在刚才，送别琬怡时，琬怡所表现出对自己的关切，语嫣还会想到，自己的心事是不是全挂在脸上？眼看着琬怡离开，语嫣是呆呆地站在弄堂口。

此时的语嫣想着这些，流下了眼泪。

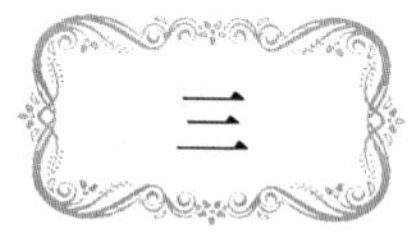

三

孃孃今天叫琬怡去家里。

琬怡沿太原路朝建国西路方向走着。

冬日里马路上，一片肃穆。曾经的枝繁叶茂，树荫蔽天，或是铺满飘落的树叶，焦黄的，碎屑般的绵延不断，这些已经都消失，只剩光秃秃的枝杈，眼睛看出去少了许多的羁绊，原先白天都有些许暗的街景，一下子亮了不少。对于琬怡来说，这是再熟悉不过的街景，原先工作时，虽说也会时时留意时节的变迁，给这四周街区带来的变化，但很少会敏感于这空气里的气息变化，更多的只是匆匆地路过。这段赋闲在家的日子，也是难得，可以这样静心地感受一下。不过，琬怡此时想到自己又会是很忙碌了。

这一路上，琬怡在猜着孃孃有什么事。其实近两年，每到冬天，孃孃常会咳嗽不止，冬天的气候，有时会将一些老年性慢阻肺的症状凸现出来，这也是过去在宁夏风沙气候落得的病根，所以孃孃一到冬天便少有出门，也很少听到孃孃外出的各类聚会，即便有几位老友来叫什么活动，孃孃也是推却，闭门不出，孃孃家里也少有搓麻将的聚会。虽说琬怡觉得孃孃的身体并没有什么大碍，不过毕竟是到了这个岁数，还是留意些好。这些年，孃孃常说日子过得安稳，但琬怡晓得，孃孃这是与当年去大西北支内的日子在做比较。想来，这些年中，让孃孃惊心或是忧虑的事也是有的，从最初孃孃竭力反对琬怡与大明的恋情，琬怡便晓得孃孃在自己身上是含着多少的希望，虽说之后，孃孃还是接受了琬怡与大明的婚姻之实，但琬怡明白孃孃内心的不甘不愿。不过，后来琬怡心理上的疾患，孃孃似乎有些认命的味道。琬怡是看多了孃孃过去处变不惊的场景，但当琬怡有一段时间精神起伏不定，在与孃孃独处时，所表现出的不可理喻的状态时，孃孃是有点惊慌失措，说话也变得哽咽，不停地揩着眼泪，是孃孃说服了琬怡去心理咨询和治疗的，而且孃孃在处理这一切时，还精心地避开了大明和觅波。这些年来，孃孃似乎也是与琬怡一样，都是不愿意去提及当时的这段日子，而心里可能会时时想着琬怡的身体。

这几年，孃孃年事渐高，琬怡是想着要让孃孃少操点心，但现实总是事与愿违。就说上次琬怡与觅波发生冲突后，孃孃晓得觅波与那个德国男孩的恋情后，也说了不少担忧的话。还有，虽说孃孃至今还未与两个分离多年的侄女见过面，但孃孃的态度从最初抵触来自虹口的所有信息，到现在逐步接受，琬怡是看在眼里的。在上些日子，琬怡将阿岚的病情告诉孃孃，琬怡在跟孃孃说了阿岚病情的同时，也说了不少对于语嫣担忧的话。孃孃听后，先是无语，之后是长长地叹息。孃孃早前已经晓得语嫣与阿岚生活的现状。

琬怡登楼，踏进孃孃的房间，没有看见妮子。孃孃在里间休息。琬怡问起妮子，孃孃讲：“也难得放妮子的假，妮子说过几次，想去徐家汇的商场里兜兜。”琬怡讲：“莫不是妮子已经在谈恋爱了，只是妮子对于自己这事，从来也不开口说一句。”妮子到了这个岁数，一举一动旁人都会朝这方面去想。孃孃有点叹息讲：“真想象不出，妮子能找什么人？同乡人在上海打工的倒是不少，只是妮子能看上人家吗？”琬怡笑笑。

才坐定，孃孃就问：“琬怡开公司的事怎么样了？”琬怡讲：“都已打算好了，不过当真去做的时候，还是有不少的困难。”孃孃讲：“想想女人真没必要做得太辛苦，但又想想，琬怡是不会安稳地待在家里的，琬怡是个做事的人。”琬怡想着孃孃还要说什么。孃孃接着讲：“要说该是家里的男人在外多做些事，但大明也就是这样一个人，过去也没能多读些书，现在混成这样算是好的，以前也有看不惯大明的地方，甚至会去想，你的阿爸怎么会给你找这样一个人？按理说，我们家是不会接受大明这样人家出来的人的，其实也能体会琬怡这些年的委屈，就说生活习惯，终不是一路。世上再好的感情，最后也是对付不了人的各种习惯。”琬怡没想到孃孃会说这些。琬怡又想到当年孃孃竭力主张自己去英国留学的事，当时自己又是怎样违逆了孃孃。孃孃看了看琬怡的神情，继续讲：“不过，这些年看大明，觉得大明安稳，不惹事，这也许就是琬怡阿爸当年看中大明的原因吧。”琬怡没有回答。

孃孃问琬怡：“听说琬怡为了筹划开公司，在和大明商量着准备将浦东的房子出售？”琬怡听了吃一惊，想着此事也只是在与大明和觅波商量，怎么就传到孃孃的耳朵里。琬怡马上就想到此事肯定是觅波跟妮子说的，这又不由地有些抱怨觅波，什么事都会跟妮子去说。琬怡问：“是妮子跟孃孃说的?”孃孃再问：“可有这事?”琬怡讲：“还在跟大明商量，原本也想着要跟孃孃说这事的。家里的吃穿用度，尤其是觅波的各种开销，家里这些年也没存下什么钱。”孃孃讲：“想过觅波吗，觅波今后会找个什么样的人，全是无数的，但就现在看，觅波的脾气性格，万一今后婆家也要和阿婆阿公挤着过怎么办？即便觅波回到娘家，跟琬怡也是过不到一块去的，倒不如把浦东的房子留着，今后由着觅波去吧。”孃孃的话，说得明白明确，要说琬怡也不是没有想到过，就说这几年房价涨的情况，把房子卖了也有些可惜。孃孃又讲：“多少年了，也不会想到过，我们家还会有人再去做生意，要是这事放在过去，琬怡的阿爸肯定反对。哪怕是十年前，我也会反对的。”琬怡能理解孃孃所说，孃孃所说明显地是指祖上的一些事情。要说琬怡也曾想到过，孃孃可能会反对自己开公司，反对的理由也只会是一条，那就是担心琬怡的身体。不过，今天孃孃并没有说这些。

就在琬怡疑惑的时候，孃孃拉开大橱门，拨去吊挂的衣物，朝暗角里一指，琬怡一看，是一只小皮箱。孃孃示意琬怡拎出来，琬怡一试手，感觉到皮箱的沉重。当琬怡费劲地拖出皮箱时，才算看清，是一只不起眼的皮箱。说是不起眼，主要还是皮箱过于老旧，皮色暗灰，但细看，包角把手皆还尚好。琬怡将皮箱置于桌上。孃孃轻拨密码锁，密码锁发出清脆的声响。孃孃讲：“到底是美国货，多少年数了，还是这么好用。”

当孃孃打开皮箱，除去上面所铺的一层薄绒毯，呈现在眼前的，原来是满箱的金条。琬怡大吃一惊。孃孃讲：“琬怡不曾看到过吧，这就是传说中的大黄鱼，统统是旧制十两的。”琬怡拿起一条细看，号码、成色、重量一一列明。孃孃又从一只信封里取出两份中国银行的美金存折，琬怡瞥了一眼存折的数字。孃孃看着这些金条和存折，对琬怡讲：“开公司缺钱，我倒是想起这些。”面对这一箱的金条与美金存折，琬怡肯定好奇。

孃孃讲：“刚解放时，琬怡的阿爸还曾托朋友寻关系，想去索回琬怡阿爷被抄没的资产，但当时谁会去理隔朝隔代的账。后来来了运动，琬怡阿爸说，还好没要回这些家产，否则现在倒要担心事。”琬怡想起当年曾随阿爸去看老房子的情景。不过，琬怡还是疑惑眼前的这些金条与美金存折。

孃孃讲：“解放前，琬怡姑父家，在南市有半条马路的房产，虽说解放后归公，但家里的排场依旧。当年，琬怡的姑父，曾经也是名门的大少爷，从前吃喝玩乐哪样少过，只是后来，一心想着挣脱当时的大家庭，积极报名去宁夏。但是这大西北的戈壁风沙，生活工作的艰难，马上就改变了一个人。很难想象，琬怡的姑父后来变得整天是不说一句话，日子过得一筹莫展，全然没有年轻时能说会道的样子，只有家属大院里放露天电影时，才会有些兴致，早早地就吃好夜饭，搬只小凳子，去广场里等着看电影，电影看好回来，还会说一声，只有看电影这事，还有点像在上海过的日子。后来，上海夫家被抄，多多少少财产统统散失，上上下下的人也被扫地出门，一个大户人家就这样倒了下来。当时阿婆在上海也待不下去，到宁夏来投靠儿子。阿婆来到宁厦，也完全是像变了一个人，在上海时，连家里都是少有下楼，整天只管吃素念佛，而到了宁夏，却喜欢去邻舍隔壁串门，学着当地的生活，无论怎么看，都是相当乐观的一个人，后来阿婆病重，临终前，阿婆打开这只箱子，对我说，这些年，委屈你了。阿婆走了之后，我才意识到，当年阿婆的那份定心，全是有这份财产垫底的。阿婆走后，我和琬怡的姑父想了很久，都没想明白阿婆是怎么运筹这些事的。阿婆可能早早就觉得市面上的风气不对，已经做出安排，躲过了当时的抄家。后来又觉得上海终是比较危险的地方，才会千里颠沛，把这只箱子带到了宁夏。”孃孃说到这些，神采飞扬：“后来，我和琬怡的姑父也有点庆幸在这大西北，躲过了上海最乱的几年，在这些日子，我们也像过去的阿婆一样，只要守着这箱黄金和美金存折，心里就踏实了，也不觉得大西北的日子过得艰难。”不过转瞬间，孃孃说话的声音又是有点低沉：“只是琬怡的姑父，没能等到可以回上海的这一天。这些年，我一直没有忘记阿婆的临终交代，这些金条和美金的用途只能是救急救穷，而不能是奢侈度日。阿婆关照过，上辈人吃过的亏不能忘记，说今后的日子还是少些面子的事为好，天总有不测风云之时。”

琬怡默默地听着，孃孃一下子说了这么多，有点如释重负的感觉。琬怡这才问：“孃孃今天拿出这只箱子又是为什么？”

孃孃抚摸着金条讲：“这些年来，我也一直在看，要说上海当年的一些大人家，曾经也是山外有山，天外有天，而到现在，不见得都是显山显水的，只要有份心安就可以了，与现在市面上的暴发户完全是两种路数。其实这些年，我除了阿婆留下的一些细软自己在用之外，这些金条一根都没动用过。时常还要去中国银行结算美金利息。曾经也有过冲动，还不如将美钞取出来，把金条兑换了，再来好好安排我和琬怡一家的生活，现在市面上诱惑也多，琬怡也不必那么辛苦，但每次都是想到阿婆的关照，也就没了其他的想法。”

孃孃盯着琬怡看，郑重地讲：“想来也到这个岁数，我把这事就交代给琬怡了，今后便是琬怡作主，眼下能够帮到琬怡也是最好的，只是琬怡也要守好这份家财，也要像当年阿婆关照的这样。”孃孃说好，将皮箱往琬怡面前一推。

这天琬怡离开建国西路孃孃的家里，才明白孃孃是有意支开了妮子。

孃孃拿出一箱金条和美金存折，解释了家中一段隐秘的过往。不过，琬怡并没有完全按照孃孃的想法来做。琬怡将一箱金条和美金存折还是留在孃孃家里，即便孃孃已交代了今后的种种安排，琬怡并没有想改变孃孃保管的现状。其次，琬怡要开公司，需要一大笔钱，而现在浦东的房子不想卖了，琬怡便与孃孃商量，琬怡开公司，前期费用都由孃孃出，孃孃作为公司的实际出资人。至于孃孃的这笔资金从哪里来，全由孃孃定夺。琬怡想到，即便孃孃拿出一些黄金去变现，或是美金去兑换，自己所需要的前期资金，也只占孃孃的那份资产的很少一部分。琬怡就这样跟孃孃算是商定好了。

公司开业前期资金落实后，琬怡便是马不停蹄地开始工作。先是跑工商注册这一块，原先的汇众广告公司已经注销，所以对于琬怡重开汇众公司的想法，在具体操作上，也就是新开企业，这倒是更加简便。公司工商登记完成，出资人一栏，只写孃孃一人的名字。琬怡还去了先前汇众公司租借的办公楼的地方，原先汇众公司租借的三楼的那个层面，正好租户又搬离，琬怡便租了下来，这也遂了琬怡的心愿。当琬怡再次走进这曾经熟悉的办公室时，一种亲切感油然而生。琬怡似乎感到一切的顺畅，冥冥之中，有股力量正在助推着自己。

琬怡有自己开一家广告公司的想法，最初还是与陈建栋商量的。在彼此都辞职的这段日子，琬怡与陈建栋还是保持着联系，偶尔发发短信，不过仅限于一般的聊天，所以对于琬怡提有事面谈时，陈建栋还是猜到了几分。陈建栋还是那爽朗的笑声，还是一副逍遥状。琬怡开门见山说了想法，陈建栋讲："从认识琬怡的第一天起，就觉得琬怡是干广告的料，这些年，我一直在说这句话。"琬怡讲："这话用在以前，是陈总在鼓励人，而眼下要说是干广告的料，用在陈总身上，再贴切不过。"问陈建栋在忙什么，陈建栋只是说在画画，陈建栋讲："远离江湖，重拾画笔，自己又变得很安静了，想着原来的自己，不知什么时候起，变得这么急躁不安。"而当琬怡向陈建栋探讨开设广告公司的具体思路时，陈建栋又似乎有些不安地问："琬怡真的想干?"陈建栋思虑片刻，便开始分析现实的广告经营的环境、新的广告理念、新技术在广告上的运用，当然，也谈到不少广告业当前的困难。陈建栋似乎回到以前侃侃而谈的状态。琬怡听来，深受启发，心想，虽说陈建栋现在赋闲在家，但对于广告业的状况还是相当了解。陈建栋一席阔论之后，再问琬怡："还想干吗?"而未等琬怡回答，陈建栋又讲："啊，我可能是杞人忧天，有钱人家的阔太太，用来消遣而已。"琬怡有点反唇相讥："我可没有陈总这么自在，我现在整天就是想着挣钱养家。"

之后，琬怡与陈建栋又见多次面，聊了很多。有一次，琬怡更是顺势邀请陈建栋复出，琬怡说得相当诚恳，希望得到陈建栋的帮助，陈建栋倒也是爽快答应，而且马上就替琬怡规划起业务发展的路径，这让琬怡感到兴奋，想着有陈建栋的助力，今后公司的发展可能会顺利些。不过，紧接着琬怡又有些的犯难，在自己未来的公司里，又怎么来安排陈建栋的职务呢?陈建栋似乎觉察到琬怡所思，笑笑讲："琬怡别想多，我只是来帮帮你，不要职务，不取分文，你就安安心心做个老板吧。"自那次琬怡与陈建栋聊完之后，更是促使琬怡下定决心。后来，琬怡便开始了公司开业前的准备工作，而陈建栋已经开始拜访一些熟悉的客户。

一日，琬怡召集起原来汇众公司的一些人，其中也有王乐与张萍，凌零公司的小应也闻讯赶来。琬怡在筹办公司时，便向这些前同事们进行了通报，许多人当即表示愿意回来，原来大家现在在各自公司里，十个倒有八九个不太如意，都是非常怀念原来汇众公司的氛围。这些人一进原来的公司，自然是兴奋不已，欢声笑语不绝，仿佛一下子又回到汇众公司从前的时光。

有人问起王乐和张萍："打算什么时候结婚呀?"有人更是起哄："真的是距离产生美，原先整天在一起，两人没走到一起，分开之后，倒是走到一起了。"又有人讲："这下又在一起了，那又会怎么样呢?"而此时的张萍也是非常坦然地讲："现在得看住他，免得朝三暮四的。"琬怡也是笑着看这两个年轻人，心想，以前自己也是不知怎么去撮合，真没去关心过这事，还好两个年轻人还是走到一道。

今天来的人中，唯一不是原先汇众公司的就是小应。也是在前段日子，琬怡跟小应在电话里说了自己的想法后，小应仅过十分钟就回电，说已经递交辞职报告。今天小应虽说初来，但小应的性格，也是很快就融入到这集体中。

重聚后的喜悦，又使大家不约而同地想念起夏总。琬怡拔通夏总的手机，告诉夏总大家又在一起了，又回到原来公司的地方，汇众公司已经重新开业。夏总听了连声说好。琬怡问夏总："现在在哪里?"夏总讲："在南美旅游，此时正坐船在亚马逊河上。"夏总说起亚马逊河上的风光时，声音显得异常的亢奋，这跟以前夏总吞吞吐吐地说话完全是判若两人。琬怡跟夏总通电话，其实周围人也都听到了。王乐讲："夏总一年倒有一半时间是在周游各地，让人羡慕呀。"

就在这时，陈建栋走了进来。除了小应之外，大家是第一次与陈建栋见面。之前大家都已晓得陈建栋也算是加盟汇众公司，只是原先有许多人，只知其名，而从没见过。陈建栋环顾办公室讲："还是在很久之前，来过这里一次，是来见夏总的。"与大家见过面后，琬怡便引着陈建栋走进过去夏总的办公室，琬怡讲："这里是陈总的办公室。"陈建栋讲："这可不妥，琬怡应该坐这里。"琬怡讲："我还是喜欢坐在原来的办公室。"这时，从其他办公室又传来那些人的欢声笑语。陈建栋讲："这里挺热闹的，看来琬怡不光是个做生意的老板，更是个有情怀的人。"琬怡问："陈总想说什么？"

琬怡约毛毛在岳阳路一家牛排店吃饭。想着赋闲在家的日子，毛毛常来约自己兜马路逛商场与吃饭，到后来，琬怡是有点厌烦与毛毛外出，对于毛毛来叫，有点推托。虽说两个人还时有电话，但的确有一段时间没有见面了，想着今后又是种种的忙，琬怡主动约毛毛见面。

饭店里坐下来的两人，喝茶点菜。不过，多日不见毛毛，琬怡一眼看到就觉得变化明显，毛毛变得苗条了。琬怡刚想夸赞毛毛的身材，毛毛先讲："健身的效果还可以吗？我真担心这里两块肉也会小下去了。"毛毛指了指自己的胸口。琬怡浅浅一笑讲："你锻炼的效果是蛮好的。"毛毛讲："诶，以前的衣服都不能穿了。"毛毛又说起上两天去淮海路的百货公司清仓打折，自己又去淘了不少衣裳，只是毛毛说这些话时，全没有以往的那种兴奋，再问，原来有一件毛毛相当欢喜的衣裳没有买到，说话的声音竟有点悲戚："这件衣裳真的是配人的，总觉得是最适合我了。”琬怡笑着讲：“一件衣裳没买到，毛毛就会伤心成这个样子?”毛毛这才意识到自己有点失态。琬怡讲：“毛毛真是好福气，生活中，别人可能顾不过来的事还有很多。”毛毛讲：“是呀，晓得琬怡忙的都是大事情。”毛毛说话的声音有点揶揄，这在以前可是很少有的。琬怡问：“毛毛这是怎么啦?”

与毛毛多日不见，见面刚说几句，就不晓得说什么好，还是毛毛找话问：“琬怡的两个妹妹现在怎么样了?”毛毛已经在电话里听琬怡说起过阿岚的病情。毛毛又讲：“琬怡其实也是很担心两个妹妹的。”琬怡讲：“阿岚的脾气性格，一看就是固执的人。语嫣也是，什么话都只说一半。真的与语嫣、阿岚在一道时，我总是在动脑筋，想着说些什么话好。”毛毛讲：“琬怡可是大姐呀。”琬怡讲：“我们这种姐妹关系也是特例吧。”毛毛讲：“我说琬怡，只是适合工作，想着琬怡又到公司里上班的样子，一说起工作来，一定是很来劲吧。”琬怡浅浅一笑：“毛毛是想说我什么呀?”毛毛讲：“琬怡还是一副不食人间烟火的样子。”其实想来，这么多年来，自己在毛毛面前可以无所顾忌地说什么，也从不担心毛毛会怎么看待自己，即便自己脾气最坏的几年，毛毛也是觉得正常。琬怡此时这样想到。

两人吃菜喝饮料。琬怡又说了筹备开公司的一些事。毛毛讲：“你又要忙了，又要和那位陈总共事，虽说曾经只是远远地看一眼，但印象深刻。”琬怡讲：“看到过一眼，就八卦到现在。”毛毛笑着讲：“我只是在替你着想，这个陈总不要工资，又是没有名份地替你这样做事好吗？”琬怡讲：“这也是我最为难的地方呀。”毛毛讲：“陈总现在自然不会多言语，一心也就想着帮你把业务做上去，只是业务做上去了，陈总才会把自己的想法说出来，到了那时，该不晓得如何办了。”琬怡问：“毛毛想说什么？”毛毛讲：“人无非为钱或为情，但像陈总这样的人，只可能为情。”琬怡讲：“没明白你的意思。”毛毛讲：“听不明白吗，琬怡有离不开陈总这一天的，到那时，便是感情与事业皆难放弃。”琬怡讲：“真是佩服毛毛，任何事，都可以放到男女关系上来。”

吃完饭，两人走出饭店，没走多少路，就是街心花园，普希金的雕像。毛毛讲：“小时候与琬怡常来这里玩，当时觉得这里很安静，现在热闹不少。”两人就这样默默地走着，快人快语的毛毛也一下子变得安静。

琬怡问：“最近还有同学聚会吗？以前一直听毛毛说起的。”琬怡是没话找话。毛毛讲：“这同学聚会，阿军不想着搞，终是搞不起来的。”琬怡讲：“那个阿军是怎么啦？原来同学聚会不是蛮起劲的？”毛毛讲：“还不明白？以往每次同学聚会时，阿军都是托我带信给你，只是你不肯赏脸。”琬怡讲：“难道同学聚会不搞了，还是因为我的原因？”毛毛讲：“只有我这样寿头寿脑的人，还会起劲地去参加，其实阿军组织同学聚会，明明是在牵记着琬怡。”毛毛的话让琬怡吃惊不小，连忙问：“毛毛怎么会说这样的话？”毛毛讲：“这也是我最近才想明白的一桩事，阿军心心念念地搞同学聚餐，又是邀请去他公司拣外贸落单的衣服，其实就是想看到你，阿军每次都会提到你，你一直不露面，阿军肯定失望。这一切我都是看在眼里的。现在我才想起来，以前在学校里，阿军跟我们俩走近，应该是冲着你来的，只是阿军家的情况，你是不会正眼看一眼阿军的。阿军后来会跟我谈朋友，只能说我是你的替身，按现在的说法，就是备胎。琬怡明眼不说，还有点把我推到阿军这一边，想着就是看我和阿军的笑话。想想我是真的傻，当时要嫁谁，还让琬怡来拿过主意，还好最后没嫁给阿军，否则替身要做一辈子，这日子怎么过？不过，我脑子总归不好跟你去比，我还一直兴冲冲地想着去参加同学会，想着看阿军，其实阿军的全部心相，就是为了让你看看现在自己的腔调，要扎台型。我真是拎不清。”毛毛说着流下两行眼泪，琬怡不知所措：“毛毛怎么会这样想……”

天色已晚，两人还站在岳阳路上的街角。毛毛讲：“琬怡晓得吗，小时候我最开心的事是什么？”琬怡讲：“陈年老古董的事，谁还记得呀？”毛毛讲：“当时在学校里，琬怡就只跟我一人玩，这便是我小时候最开心的事。当时家里的娘说，琬怡的家境，终是和我们是两路人，而我总是暗地里庆幸，幸亏是这个年代，才能和琬怡做成好朋友。”琬怡喃喃地讲：“毛毛今天是怎么啦？”

四

汪承望一直还想着与语嫣恢复联系，时常还会发些问候的短信，只是语嫣回避着。

一天，汪承望打来电话，语嫣不经意地接了电话。汪承望显然有些意外，又有些欣喜："语嫣总算接电话了，语嫣还没有下班呀，好久没听到语嫣的声音。"语嫣没有回答。汪承望继续讲："语嫣总是不肯见面，语嫣还好吗？"

其实此时的语嫣，听到汪承望的声音，也是思绪万般，百感交集，吞吞吐吐地讲："发生了一些事情。"语嫣简单地将阿岚患病一事说了。汪承望听后讲："没想到会发生这么大的事。这段日子，语嫣肯定很辛苦，又要工作，又要照顾阿岚。"语嫣只是应了一声。汪承望当然能够感受到语嫣的心境："语嫣还好吗？我们见个面吧？"语嫣还是拒绝了汪承望见面的请求。

搁了汪承望的电话，语嫣想着，就是那次与汪承望杭州回来后，事情似乎是接二连三：汪承望接到儿子突发疾病的电话，之后便是与汪承望的关系似乎是跌落回现实。后来就是阿岚这一病，住院开刀等，自己是穷于应对。现在既有为阿岚的病情伤感，还有纠结着那份血型报告。语嫣想着那份血型单会有几种可能，想着有多个自圆其说的可能，但最后还是回到与阿岚血型矛盾的原点上。语嫣想着眼前诸事，竟然没有一个人可以去说说的。

夜里，已经是很晚，语嫣加完班回家，在途经四川北路俞泾浦桥上时，被汪承望叫住了。语嫣没想到才与汪承望通完电话，汪承望就会出现在这里。

汪承望讲："刚才电话后，想着语嫣肯定是在单位里加班，所以估计会在这里看到语嫣。其实，真没敢奢望会遇到语嫣。"语嫣讲："刚才搁了电话，我就有些后悔，不该跟你说这些。"不过，毕竟是时隔那么久的相见。语嫣讲："想起来了，前段日子，你也是在桥上，像是等着什么人，当时看到，就远远躲开。"汪承望讲："我还能等谁？只是见不到语嫣的日子里，一个人无聊，来这里走走也好的。"语嫣无语。汪承望又讲："语嫣瘦了。"

久别重逢的语嫣和汪承望，就站在横浜桥上，面对着俞泾浦的河水说着话。此时的四川北路上才褪去一天的喧闹。语嫣打量着汪承望，发现汪承望竟然也有些苍老了，两鬓已有少许的白发，借着月光，白发的光亮越发显眼。不过，语嫣讲汪承望："怎么这样看人的，几天没看到，是不是觉得我又见老了？"汪承望只是笑笑，之后脸色有点凝重讲："上次还是在太平洋百货里看到过一眼阿岚，当时还好好的，有说有笑的一个人，不曾想，竟会是这样。"语嫣讲："这也是没办法的，想来人也是无奈的。"汪承望讲："只是语嫣辛苦了，也没有一个可以替代语嫣的人。"语嫣问起汪承望儿子的病情，这是语嫣看到汪承望，首先想到的。汪承望讲："还是那样，常要去医院，在很小的时经历过两次手术，没有能彻底解决问题，再要动手术，医生说要等到十一二岁。”语嫣想着汪承望面对着儿子的病情，也是背负很多，就如此时的自己，也要面对一些事情而无法回避。

黑夜下的俞泾浦河水，泛起着波光，缓缓地流动着，显得宁静。汪承望盯着河水，讲：“已经是好久没有这样在一起了。在见不到语嫣的日子里，常会自语，语嫣现在在干什么，语嫣还好吗?”语嫣听了，流下眼泪。语嫣主动靠近汪承望，汪承望也是揽紧语嫣的身体。

那天还是汪承望催促着语嫣快些回家，担心阿岚一人在家的情况。

也是这次见面后，语嫣和汪承望完全恢复了以往的那种联系。

语嫣想着不再去纠结汪承望的任何事情，想着汪承望就如同眼下的自己，能说的和不能说的，或不想说和不愿说的事一定有很多。在不能与汪承望见面的日子里，两人也就是短信或是电话，语嫣现在会主动发些短信给汪承望。语嫣从汪承望每天发来短信的字里行间，感受到汪承望对于见面的期待，而眼下语嫣每天下班都是急着回家要照顾阿岚，两人并没有办法见面。

一日，汪承望想着见到语嫣，就又来到横浜桥，等语嫣下班。语嫣收到汪承望的短信，晓得汪承望已在横浜桥上等。语嫣走在四川北路上，远远就看到站在桥上的汪承望。见面，汪承望讲:"晓得语嫣牵记家里的阿岚,所以不会多耽误语嫣的时间,就是见一面,说几句话就可以了。"语嫣看看手表讲:"那就一道走一段路吧。"于是两人沿着俞泾浦旁的堤岸走上一段路,不过,没走多少路,汪承望就有意折返,陪着语嫣转到多伦路的路口,汪承望止住脚步,与语嫣分别。汪承望临分手时讲:"以后想着见语嫣,这个办法也可以。"语嫣讲:"你赶过来这么多路,就为这短短的见面时间?"汪承望讲:"能见到语嫣已经是心满意足。"

这之后,汪承望就常来横浜桥上等语嫣,两人会站在俞泾浦的堤岸边,说说话,看着四周楼房众多的窗户里透着的光亮;两人还会沿着俞泾浦旁走上一段路,手挽着手,身边时有车辆驶过和人群走过。当然,这种见面时间也不会长,两人便朝着多伦路的方向走去。一次,汪承望送语嫣到多伦路路口时,对语嫣讲:"让我再送一段语嫣吧,就送到东横浜路路口。"语嫣点头,讲:"觉得这样走走也蛮好的,你是这样觉得吗?"汪承望讲:"嗯,只是没说几句话就要分手了。"路过一棵较粗的行道树旁,汪承望突然拥抱了一下语嫣,语嫣慌张挣脱,怪着汪承望:"当心别人看见,都快到家门口了。"汪承望讪讪,语嫣讲:"当这里是杭州啦?"汪承望讲:"语嫣还记得呀。"语嫣讲:"嗯,只是才说这样走走蛮好的,你就这样了,诶。"语嫣止住脚步,讲:"回转去吧。"汪承望讲:"嗯,我要看着语嫣转进东横浜路。"语嫣讲:"今天就让我看着你转进四川北路。"

待阿岚康复一段时间后,语嫣想着并无大碍时,便主动发短信给汪承望，问有空见面吗，语嫣提到两人早前常去的那家宾馆。汪承望自然是迫切地想见。

汪承望还是跟以前一样，早早到达宾馆，待语嫣快要到的时候，就到楼下的日本料理店里等着。两人也像以往这般吃日料简餐，之后到楼上的房间。语嫣讲："走进宾馆底楼的日料店时，老板娘很客气地打招呼，先是说多久没有来了，接下来就是神秘兮兮地说，先生已经在等着，还是在老位子。"汪承望听了笑了起来。语嫣讲："要是在以前，我真的是挺反感这种虚情假意的问候。不过，现在我倒是觉得老板娘挺亲切的，更感觉她能记着每个客户也是挺不容易的。"汪承望讲："是的，老板娘还清楚地记得我们常点的这些菜。"语嫣讲："以后我们还是换一家宾馆吧。"汪承望问："为什么？"语嫣讲："就是不想再看到老板娘这个人。"汪承望更是疑惑："这倒是有些不懂了？"不过，到了下一次汪承望在犹豫着换宾馆的事时，语嫣却讲："还是原来这家吧。"

现在两人见面，彼此首先都会问一声对方的情况，语嫣会问起汪承望儿子的情况，汪承望则会问起阿岚的情况。

两人再度耳鬓厮磨，柔情缱绻，过后，又是静寂的房间，灯光微亮，两人又似乎回到了从前的时光。当然，这种相见，要比在横浜桥旁匆匆见上一面来得从容得多。两人又回忆起两次杭州游玩的经历，语嫣也说起独自一人去杭州的经历，引得汪承望大惊失声，语嫣得意地介绍起自己一人在杭州的游历。想着现在两人的情形，都不可能这样走远了，言语中又是透着无奈。汪承望还会像以往这样，喜欢在语嫣耳边絮叨。汪承望讲："语嫣每天夜里，还是在听平·克劳斯贝尔的歌?"语嫣回答："现在听得少了，都是在听你送我的 CD 片。"汪承望讲："一直想跟语嫣说，语嫣爱听阿爸留下的唱片，其实那么多年来，语嫣一直是在想着见到阿爸和姐姐吧。"语嫣回答："你又在充学究。"汪承望回答："我不是跟语嫣说过，当年读大学，心理学课程的分数最高。"语嫣讲："你到底想说什么?"汪承望讲："语嫣自己说的，现在一直在听我送给语嫣的 CD 片，说明语嫣躲着不联系的日子里，还是想着我的。"

现在语嫣在与汪承望交欢时，总有那种过去的记忆含在里面，好似熟路，但又夹进新的滋味。这种新旧的感官一并袭来时，语嫣也是暗暗地吃惊，竟是比以往放开许多，语嫣感触良多。语嫣的内心更有一种遁世的味道，想着此时的时空，便是可以隔绝一切世事，这在以前也是有这种感觉的，现在则更甚。这又让语嫣对当下有了更多的渴望与激情投入，语嫣心想，汪承望应该也是这样吧。每当这时，语嫣又都会想到，与汪承望重新走到一起的心境，觉得自己的不可思议，这就犹如当初自己在杭州时，与汪承望有了第一次这般。重续前缘之后，语嫣还是有些隐约地感到，与汪承望在一起时，不再是从前这样，两人可以无休无止地欢娱，这与两人的关系是无关的，现在两人相处在一起时，彼此既有暂时忘却烦恼，欢愉的时刻，也有怀着心事，长长静默的时候。在语嫣看来，汪承望和自己一样，此时都是背负着很多。语嫣还是会不由自主地感受到汪承望的情绪。

想着家里还有阿岚在等着，两人也是不能在一起待很长时间，每次见面，互相提醒着时间。语嫣做汪承望的思想工作："总不能像以往这样，无所顾忌地玩，你也该多顾顾家了。"以往都是语嫣一个人回家去的，现在汪承望总是会叫出租车送语嫣，想着能让语嫣快些回到家里。当车到多伦路路口时，汪承望刚想说什么，语嫣先讲："什么时候见面，还是等我的短信吧。"汪承望点头，又有些犹豫地："其实我想说的是，语嫣家里有一个生病的阿岚，我这样一直叫语嫣出来，是否好呀?"

与汪承望相处的这一段时间里，每次看着汪承望，语嫣都想开口说说自己与阿岚血型的事情，这事时常在煎熬着语嫣的内心，但每次语嫣最后都是欲言又止。语嫣想着与汪承望短暂的相处时间，就不想让这种话题所打扰，语嫣更不想让自己的情绪妨碍到汪承望。

这样的日子又过了一段时间，语嫣和汪承望虽说见面不多，但两人还是时不时地能够见面。

一天，汪承望来约语嫣去黄浦江边的一家粤菜馆吃饭。语嫣感到诧异的是，汪承望约的地方，不是在宾馆里，汪承望还特别写明，两人以前曾经去过这家粤菜馆。语嫣有些忐忑地发短信问："有什么事吗?"汪承望短信答："见面谈。"

江岸的景色依旧，只是与上次来这里时季节已是不同，气息也是两样。语嫣如约来到饭店。语嫣想着上次来这里，与汪承望吃完饭后，被汪承望拉着匆匆地穿过两条马路，来到预先开好的酒店客房里，当时汪承望的举动可是把语嫣给惊懵了。

语嫣入得饭店里，汪承望坐在靠窗的桌旁，语嫣想着上次两人也就是坐在这张桌子。汪承望早就把菜点好，语嫣一到，菜便上桌。可能两人都是无心眼前的菜肴，语嫣只想听汪承望说什么事。

汪承望开口讲："想跟语嫣说件事。"语嫣看着汪承望，心想果然有事。汪承望接着讲："我妻子是青岛人。她的父母是在一家大型的国企单位，居住的环境就是连着厂区的职工大院，反正站在什么地方，能够看到的全是这家厂。那里的职工子弟，从小学到中学，上的是厂里的职工子弟学校，有病了，去的是厂里的职工医院，看场电影，也是在厂职工俱乐部，到市区去玩，也是坐着厂里的班车，许多职工的子弟长大了，都是进厂接父母的班。丈母娘家有五个姑娘，上面四个姑娘全进了父母的工厂做工人，嫁也嫁给了同厂的工人。最小的五姑娘，从小读书很好，是家里的骄傲，五姑娘在很小的时候，就发过誓，今后绝不会进这家厂，嫁给这家厂里的工人，后来，五姑娘考取了上海的大学，大学毕业后又在上海找了工作。我是在一次去青岛旅游的火车上，认识这位五姑娘的，一来二去，五姑娘就成了我的妻子。"语嫣讲："有点千里姻缘一线牵的味道，原来你还有过这样浪漫的恋爱故事。"汪承望讲："家里，起先因为是儿子的病情，一直牵动着所有的人，丈母娘也是特意来上海照顾。这几年，为了儿子的病，夫妻关系也变得紧张了，妻子常常回青岛，上两年把工作也辞了。丈母娘总是说自己的女儿，从小就是心气太高，太要强了，一心就想着离开家，要去很远的地方，但是抗不过命呀，可能是适应不了外面的水土。三年前，妻子就想着带着儿子回青岛去，当时我是不同意的，想着儿子的病，应该是在上海治疗比较好，但这次妻子是下定决心要带着儿子回青岛。”语嫣讲：“青岛离上海也不远，汪承望还可以常去青岛看望呀。”汪承望讲：“前几天，我们去办了离婚手续。其实我们俩早就决定要离婚，但就是因为儿子的病情，和两个人各自的一些状况，这事就拖到现在。”语嫣有些惊诧。汪承望继续讲：“是呀，眼下我显然不能撇下他们不管，所以我请了长假，想去青岛，帮他们安顿一下。”

接下来的饭桌上，两人似乎不再言语。汪承望看着语嫣的脸色，显然有些不安：“语嫣这是怎么啦?”语嫣问：“汪承望什么时候去青岛?”汪承望讲：“如果手里的几件事办得顺利的活，下个星期就要走。”语嫣闻听，便是默不作声。汪承望讲：“去青岛可能会耽搁一段时间，但我尽快会赶回来的。”语嫣讲：“想着去青岛会有许多事，汪承望根本不该心急呀。再说，他们也离不开汪承望。”语嫣的话，让汪承望有点着急：“语嫣怎么会这样想?”显然此时的汪承望不晓得如何是好。语嫣讲：“刚才汪承望所说，我在想，是不是我妨碍到汪承望。”

那天，语嫣记不清楚最后是怎么与汪承望分手的，只晓得自己一个人漫无目的地走着，七转八弯，后来是转到四川北路。沿着四川北路一直走，走到鲁迅公园，路过多伦路路口时，语嫣也没想转弯进去，语嫣不想马上回家。此时，汪承望的短信不断："语嫣这是怎么啦?""刚才语嫣的情绪让人不放心呀。"语嫣只是看看，并没有去回复汪承望。

又过了一些日子，语嫣收到一条汪承望发来的短信："已抵青岛。语嫣还好吗?"语嫣回复汪承望："你忙你的，我很好。"

五

语嫣在齿科诊所上班时，由于头一晕，跌了一跤，当时语嫣并没有感到什么，但晚上回到家里，依旧晕眩，又是差点跌倒，然后由阿岚陪着去医院急诊。医生查了之后就说是血压偏高，当时医生讲："可能是因为紧张和疲劳引起的。"医生叮嘱多休息。语嫣吊了三天针才有好转，每次阿岚都要陪着语嫣去吊针，但语嫣坚决不允。阿岚讲："我已经是这样了，语嫣可千万不能病倒呀。"近些日子，阿岚对于语嫣的状态开始有些担心，阿岚更是想到，果然是自己拖累了语嫣。

阿岚自感身体好些，便回头了帮佣的阿姨。语嫣下班回家，阿岚已经是烧好夜饭。语嫣有点吃惊，想着医生曾经叮嘱过阿岚要静养要多休息的话，总觉不妥。阿岚讲："我身体也养得差不多了，现在家里能省则省。"语嫣还想着要请回帮佣的阿姨，但又想到阿岚的脾气，只得留着慢慢说了。

想着以往这些事，都是语嫣在关心阿岚的，现在有点反过来的味道。阿岚再细细观察，发现语嫣有时总会一人发呆，神情忧郁，在阿岚看来，语嫣是心思太重。原先是语嫣担心着阿岚的情绪，帮助阿岚排解由于病痛带来的苦闷，而现在是轮到阿岚在提醒着自己去这么做。阿岚的这些心想，语嫣当然也是有所察觉。

语嫣和阿岚两人现在有了更多相处的时间，语嫣下班回家，吃好夜饭，就会与阿岚坐在客堂间里说着话。阿岚讲："有这样的感觉，与语嫣在这屋檐下，这么长久地两人相处，能够每天这样说说话的日子，真要追溯到年幼的时候了，在这之后似乎就很少有过。"语嫣讲："记得当年阿岚上初中时，放学之后，就很少会闲在家里，高中时候的阿岚，已经是与沈德运打得火热，更是很少在家，之后，阿岚开酒吧，结婚和生子，忙着生意忙着家事也忙着玩，更是难得回东横浜路来。"阿岚讲："那时，差不多都是语嫣每隔一段日子，会打电话给我，提醒着该回家看看了。"语嫣讲："于是阿岚会带着沈德运和飞章来东横浜路，不过也是匆匆来回，也真没多少时间可以说说话的。"阿岚笑着："是这样吗?"语嫣讲："就是。阿岚即便离婚回到娘家，也总有各种忙碌与玩乐的事，在家的时候也不会很多。"阿岚点着头："这倒是，语嫣没少说我。"

只是阿岚的性格是直爽惯了，这种略带有安慰的说话，语嫣也是明白，语嫣是最敏感的人。而到阿岚讲出一句："与语嫣真的好久没有这样开心地说说话了。"语嫣更是觉得，阿岚还是原先的说话腔调更适合自己。而此时，语嫣既有希望阿岚还是原先的阿岚，又体会到阿岚开始在意一些自己的感受。语嫣心想，此时自己内心的纠结，阿岚怎么会猜得到。

一日，语嫣在饭桌上把家里的那本老旧的照相本摊开，还有许多这几次与琬怡等人团聚时拍的照片，以及上次琬怡送来的爸爸和孃孃的几张旧照，竟然会摊满一桌，语嫣将这些照片一一排列，仔细端详。阿岚下楼来，走到桌边，语嫣没有觉察。语嫣还拣了几张新旧照片，对比着。阿岚问：“语嫣这是在干什么呀，几张照片摊了一台子，倒是像在摆测字摊头。”语嫣转头看阿岚，随口讲：“在相面，阿岚眉高必是早婚，我是眉低，所以婚姻困难。”阿岚笑讲：“什么时候开始，语嫣也会说这些乱七八糟的东西了。”语嫣讲：“阿岚别说，有时还真有一点道理的，就我们家来说，谁与谁会更像一点呢?”阿岚看过去，语嫣已把外婆、姆妈、阿爸、孃孃，还有姐妹三人的照片一字排开。阿岚看照片，摇摇头说：“看不出什么明堂经，感觉是琬怡大姐跟阿爸和孃孃更要接近一点。”语嫣笑着指指：“阿岚与琬怡姐不是更加相像吗?”阿岚讲：“语嫣又想说琬怡大姐和我一样，恋爱婚姻都有些早。”

阿岚开始猜测，语嫣看这些照片的目的。不过，阿岚更愿意只当语嫣是因为无聊，在消磨时间。然而，阿岚后来又看到过两次语嫣一人在看这些照片，而且是看得仔细看得认真，阿岚不觉心生疑惑，开始捉摸语嫣的心思。

又是一个周末，飞章来东横浜路的家里住两天。阿岚午休后，走到前楼的窗边，原本只是想开窗透透气的阿岚，听到楼下天井里语嫣跟飞章的对话，语嫣问：“飞章以后还会记得姨妈吗?”飞章回答也是平常：“当然记得。”语嫣又讲：“以后姨妈不在这个家了，飞章还会来找姨妈吗?”语嫣的话，着实让阿岚感到有些莫名。未等飞章回答，语嫣又像是自言自语：“只是姨妈跨出这门，不晓得可以去什么地方。”阿岚听了，更是觉得奇怪，想想，要说也是自己身体有病，今后未知，怎么倒是语嫣会说出这样的话。阿岚对语嫣的担忧也是更多了一层。

阿岚的性格自然不会将自己的心思全都隐藏起来。一天夜里，阿岚与语嫣两人坐在客堂间的饭桌边，饭刚吃好，语嫣打算收拾桌子，阿岚出其不意地讲："我曾经多次地想到过，现在的我，没有了语嫣会是怎么样的？而一想到这里，我就有些后悔，后悔曾经觉得语嫣为我做的任何事都是理所当然，后悔曾经还刻薄地对待语嫣，而语嫣总是对我耐着性子。"阿岚说这样的话，语嫣感到惊讶："阿岚这是怎么啦，今天怎么会说这样的话？"阿岚讲："我总是感到自己在拖累着语嫣，语嫣每天忙完工作，还要忙家里的一摊事，以前我是懒得管，而现在是有心无力，很明显，语嫣也已经是不耐烦了，可能自打我离婚回到这个家就烦我了吧，现在更加是了，只是语嫣嘴上不说。"阿岚情绪似乎越说越激动，甚至有些气急了。

语嫣真不晓得该如何回答阿岚好。彼此沉默一段时间，语嫣缓缓地说出了阿岚那份血型报告的事。

阿岚听了，既有些惊异的脸色，但口气又是平静地讲："原来语嫣是在为这事烦恼。"阿岚又问："这血型验得会不会有错？"语嫣讲："阿岚的血型肯定没错，也一直担心自己的血型有记错，心里也最希望是错的，但我后来又去验过血型，再次验正了一下。"阿岚问："结果呢？"语嫣讲："结果还是这样。"阿岚看着语嫣问："这会是什么情况呢？"阿岚再扭头看墙上姆妈的遗像。有顷，阿岚讲："我现在有点理解了，为啥姆妈曾经对我是一百个看不顺眼，处处要给面色看，更是经常对我说些难听的话。”语嫣讲：“阿岚要是这样去想，我真的后悔说这事，怪我多嘴。”阿岚讲：“那语嫣是想要什么答案呢？”

阿岚给琬怡打来电话，说想来琬怡的公司看看。琬怡有点吃惊，阿岚还是第一次给琬怡打电话，以前要是有事，都是语嫣联系琬怡的。

阿岚如约来到琬怡的公司。琬怡陪着在公司里转了一圈，然后到琬怡的办公室里。阿岚的神色与步履，还算轻松，只是妆化得有点浓。琬怡看在眼里，也是明白浓妆可以隐去阿岚原本有些苍白的面容。

琬怡问：“阿岚身体怎么样？最近在忙着公司里的一些事，也没空去看看阿岚。”阿岚讲：“自我感觉良好，医生也说情况还是可以的。”琬怡讲：“那太好了，不过，阿岚还是要注意休息才行。”阿岚讲：“嗯，上段日子，琬怡大姐还专门来东横浜路看我，真是太谢谢了。”琬怡讲：“诶，姐妹之间说这些话就见外了。”阿岚讲：“我也是在家感到有点闷，才想着出来走走。”

阿岚近似调皮地在琬怡的椅子上坐了下来，拍着琬怡的办公桌讲：“让我也过过做老板的瘾。”琬怡笑笑。阿岚讲：“琬怡大姐的公司真是不错，以前满脑子尽想着挣钱，刚才这样转了一圈，才算明白该是如何挣钱，或是钞票应该怎么来的。”琬怡讲：“没有阿岚想得这么简单。”阿岚讲：“那是肯定，要说我还真没有读过几本书，从来就是一个无业游民，也没在什么单位里干过，一直感到在什么公司里被管着，朝九晚五的，什么话能说，什么事不能做，也是有点受不了的。”阿岚在琬怡的办公室里漫无边际地说着。

不时有公司的员工进门来向琬怡请示工作。琬怡便对阿岚讲：“要不去附近的静安寺里走走?”阿岚讲：“好的呀。”

虽说从公司走到静安寺的路不多，但与阿岚这一路走来，琬怡还是有些后悔的，虽说路不长，但阿岚毕竟身体还是虚弱，有点担心阿岚的体力。

其实，自从晓得阿岚患病以来，琬怡曾去探望，后来又去过电话关心，包括刚刚看到阿岚踏进公司的这一刻，每次看到阿岚，每次听到阿岚的声音，琬怡都想到过自己罹患心理疾病时的心情。当时心里是妒忌走在马路上所有健康的人，虽说眼前的阿岚，与自己曾经的疾患完全不同，但心里想的应该是一样的。琬怡当然清楚阿岚现在正面对着什么，正经历着什么，琬怡甚至可以想到阿岚在医院里所经历的所有细节：众多的病患挤在医院里密闭的空间里，为挂一个专家的门诊号，为找一个专家能够亲自操刀。医院的病房里，更是时常上演阴阳两隔的悲剧。即便在术后，又是四处寻求康复良方，生怕错过什么而抱憾。医院里那一张张病患的脸，一双双病患的眼睛，更是让人印象深刻，又是熟视无睹。此时面对阿岚，琬怡当然不会提起自己曾经的疾患，也不会去提及自己所经历的一切，因为多少的日子过去了，琬怡感到才做回正常的自己，包括周围人看自己的眼光。琬怡是决意不在任何人的面前提起自己曾经的经历，然而此时看着阿岚，却想到自己曾经的过往。

进入静安寺内，看着已有点气喘的阿岚，琬怡连忙寻到一个比较少人经过的台阶，席地而坐。

午后的寺院，显得安静，环看寺院四周高矗的楼宇，寺院的内园就犹如深山谷底这般。琬怡讲："这些年，这里好像一直在修缮，不过，香火一直还是很旺。以前刚离开出版社到广告公司时，工作上常有不适应的时候，我就会一个人来这里坐坐，心里就会好过许多。"阿岚讲："琬怡大姐也有这种时候？"琬怡讲："只是现在想想，当时遇到的事，可真不算事了。"阿岚讲："是吗？刚才真想去烧炷香的，但转念一想，像我这样临时抱佛脚的，可是对菩萨是最大的不敬呀。"琬怡转过身来，盯看着阿岚："阿岚现在感觉好一点了吗？"

阿岚晓得琬怡是明白自己有话要说，来静安寺是换了一个说话的场景。阿岚这才吞吞吐吐说起一些对语嫣担忧的话。阿岚临到嘴边要说话时，才觉得该选择一下什么词好，阿岚自感从来没有这样不流利地说话。琬怡的眼光始终看着阿岚，也会附合几句："诶，也在担心语嫣会不会太辛苦，又要工作，还有家里的这些事。看来，什么时候也要跟语嫣说说了。"琬怡当然也在揣摩着阿岚说这些的用意。

至此，阿岚才下了决心，说出有关血型的事，以及语嫣的疑虑与忧心。阿岚说完后问琬怡："当时爸妈分开时，我和语嫣都还很小，什么事都不会记得的，琬怡大姐应该已经记事了？"

琬怡面对阿岚所提之事，心里也是一紧。阿岚又有些咄咄逼人的问话，琬怡一下子又不晓得如何回答。琬怡讲："要说记事么，可能是有那么一点，但阿爸也是很少会说些过去的事，尤其是跟姆妈有关的事。这样吧，我去问问孃孃，不晓得孃孃还能记得多少事。"琬怡在说这些话，明显有些躲闪的味道。

阿岚感到，琬怡有些推脱，但并没把话说死，所以也不便再问下去了，更何况琬怡说了要去问问孃孃。对于孃孃，阿岚更是无从说起，也只有听琬怡怎么去问了。此时的阿岚感到与琬怡说话，是隔着距离的。

阿岚起身，邀着琬怡在寺院内走走。禅房花木，余钟磬音。阿岚饶有兴趣地在寺院里逛着。

两人走着，琬怡或是更有兴趣在一旁看着阿岚。阿岚已是瘦弱的身体，但带有几分娇气的说话声依旧。虽说已是几次见过阿岚，琬怡总觉得阿岚的不可捉摸，琬怡甚至推测着阿岚这么多年的人生经历，不过，琬怡也觉得蛮难去设想的，毕竟不是在同一时空环境中长大的，也只能凭现在的情况去推论。

最后在寺院门口，琬怡将阿岚送上出租车。目送出租车远去，琬怡也明白了阿岚来闲逛一番的真正目的。

这天夜里，琬怡回家，琬怡对大明讲："刚才一下班就去孃孃家里。"琬怡将今天阿岚来找说起血型之事，以及刚刚与孃孃商量的结果说了一遍。

大明也是有些吃惊地听完。大明讲："原来琬怡家是这么有故事，琬怡姆妈的故世，三姐妹的相认，才是故事刚刚开始，剧情还在继续。"琬怡讲："大明真当是在看戏了。"琬怡的情绪，一下子又让大明正色起来："这么多年，也从没听琬怡说起过这些事的。"琬怡讲："都是些陈年旧事，又有什么可提的。"大明问："现在跟孃孃怎么商量的？"琬怡讲："还能怎么样，事到如今也只能从实说了。今天阿岚来一问，我是没有任何的思想准备，要是说了什么，又担心不合适，所以才跟孃孃去商量的。"大明讲："也只能如此。"

琬怡神情有些忧郁："只是担心说出来之后，又会发生些什么状况，一想到这样，还是当初姐妹不相认，也就没有现在这样难办了。"大明讲："不过，琬怡想到过吗，若是语嫣和阿岚没有遇上琬怡，姐妹俩碰到这事，更是无解，结果也是更难料。"琬怡讲："只是现在这事怎么开口去跟语嫣和阿岚说。"

此后的两天，琬怡正在犹豫着如何去跟语嫣和阿岚说这事时，语嫣给琬怡打来电话。语嫣在电话里首先提到阿岚来琬怡公司的事："上两天，阿岚跟我说起去琬怡姐公司的事，担心阿岚不知轻重的说话，打扰了琬怡姐。"语嫣显然是认为那天阿岚找琬怡问话，是过于莽撞，所以语嫣的口气，有打招呼的成分。

这边琬怡正犹豫着有些话能否在电话里说，而那边语嫣也有意调换话题，语嫣讲："目前阿岚的病情稍微有些安稳，历经了手术之后的身体，也有些恢复，阿岚的饮食起居也算正常，只是曾经的阿岚整天就会疯玩，现在完全只好在家静养，担心有点不适，近些日子，有时还会有几个朋友上门探望，阿岚每次晓得有人要来，总是会打起精神，早早就化好妆等着，阿岚还是非常在意自己给别人的那种感觉的。现在只能是祈祷着奇迹的发生。”琬怡想起什么，问：“阿岚与那个恋爱的对象现在怎么样了？”语嫣讲：“好像阿岚不愿意拖累人家，最近也没有往来。”琬怡“噢”了一声。

电话里片刻的沉默后，语嫣讲：“今天给琬怡姐来电话，是想商量一下阿岚生日的事。”经语嫣一说，琬怡才晓得语嫣来电话是另外有事。语嫣说到阿岚几号生日，语嫣打算着要给阿岚过个像样的生日。

琬怡当然晓得语嫣的用意。语嫣讲：“想过很多替阿岚过生日的形式，想着不能太简单，但也顾忌着阿岚的体力，原本还想着多叫几个阿岚平时走得比较近的朋友，但看看阿岚自我封闭的情景，难以猜测阿岚的心思，估计会反对。最后想的就像以往我们三姐妹团聚吃饭这样，只是在挑选地方上，尽可能有个宽松的环境。”语嫣的想法，当然得到琬怡的赞同。

语嫣与其是来说与琬怡商量，其实语嫣都已想好，只是来跟琬怡确认一下，或是算来邀请琬怡一家参加。语嫣在电话里最后讲：“家里在上海也没有什么亲戚可以走动的，若真的只有我和飞章给阿岚庆生的话，担心过于简单，所以想着来邀请琬怡姐一家，又给琬怡姐添麻烦了。”琬怡讲：“姐妹之间，还提什么麻烦的话，都是应该的。”琬怡在说这句话时，是加重了语气。语嫣显然是听懂琬怡话中的弦外之音，电话里又是出现一段静默，两个人都没再说什么。琬怡清楚，此事的语嫣也一定因为血型之事，内心有些煎熬，只是语嫣没有把这些话说出来。

又过去几日，琬怡给语嫣打电话："孃孃也要来的。"

六

阿岚生日的团聚吃饭，就安排在郊区朱家角古镇的一家酒店内。

这天大明借了一辆车，特意去接语嫣，阿岚和飞章。一路上，语嫣不停地感谢着大明："还是姐夫想得周到，特意来接我们去，担心我们三人去挤郊县的汽车，肯定是吃不消的。"就在大明的车到达酒店时，琬怡开的车也到了，琬怡的车里坐着孃孃、觅波和妮子。

琬怡与觅波，还有妮子陪着孃孃下车。琬怡连忙介绍着，语嫣和阿岚迎上去，同时叫一声："孃孃。"孃孃马上就能分清语嫣和阿岚，眼神略显关切，在语嫣和阿岚两个人身上反复端看："都好呀？阿岚也好呀？"语嫣连忙扶着孃孃的手臂讲："都好，都好。"孃孃环看，有些感慨地讲："今年的冬天感觉特别冷，现在算是过去，人也都缓过劲来了。"阿岚将飞章推上前，跟孃孃介绍，又让飞章叫人，飞章叫："姑婆。"孃孃自然欣喜，亲了亲飞章，随后从包里取出一个红包，递给飞章，算是见面礼。大明在一旁不停地拍着照，生怕错过什么。

酒店离古镇不远，远远地望过去，天色已近暮色，街衢绵亘，灯火千家。

一行人由大明引着，进入酒店，向餐厅走去，孃孃走在最前面。孃孃今天出场，承袭一贯的装扮，衣香鬓影。孃孃的衣装容颜，孃孃的言笑举止，对于初次见面的语嫣还有阿岚，先是有些暗暗惊叹，后是两个人的眼睛更是紧紧地盯看。在去餐厅的路上，阿岚轻声地对语嫣讲："这就是传说中的孃孃呀。"语嫣讲："想起从前外婆的描述。"

穿过酒店里的连廊，一行人又拾级而上，酒店的餐厅在二楼，走进已经预订的包厢，包厢内的窗户看出去，临着古镇，街景概全，声音盈耳。

孃孃坐上座，三姐妹分坐两旁。觅波和飞章要坐在一起。大明和妮子坐在紧临包房门口一侧，方便照应。琬怡讲："孃孃也是一直期待着看到语嫣阿岚和飞章。"觅波讲："刚才在车上，妮子还说，想着今天要来，姑婆昨夜睡觉都没睡好。"孃孃指指妮子，对语嫣和阿岚讲："这是妮子，跟了我好些年。"语嫣讲："听琬怡姐说过。"这时妮子递药上前："姑婆，该是饭前吃药。"孃孃应着吃药，又对妮子讲："今天就坐在一起吃饭。"妮子回答："好的，我都已坐下。"孃孃又对语嫣和阿岚讲："上了年纪，也不全是体力的问题，这记性也不好，全靠妮子记着。"

孃孃又看着飞章："阿岚的儿子长得白净，看着也是斯文，跟觅波坐在一起，这姐弟俩，让人看着就是喜欢。"孃孃的话自然在语嫣和阿岚的脸上产生不同的效果，琬怡看了看她们俩。阿岚讲："今天是因为姑婆在，所以还算守一点规矩，否则早就没耐心了。"孃孃讲："觅波也一样，从小让我惯坏，女孩子家少了一点腼腆，还有点脾气，不过读书还行，飞章读书还好吗？你们的外公可是个喜欢读书的人。”阿岚讲：“飞章也就靠点小聪明，我有时真的会想到聪明面孔笨肚肠这一说法。”觅波讲：“姑婆也是难得没趣，说这些干吗?”孃孃对身边的语嫣讲：“我才说两句，觅波就嫌我烦了。”语嫣浅浅一笑。琬怡讲：“孃孃可是喜欢热闹的人，今天真是难得呀。”

孃孃示意妮子把几盒包装好的礼盒捧上来，琬怡依次递给语嫣、阿岚、觅波和妮子，琬怡讲：“这是孃孃为了今天特意准备的。”孃孃讲：“诶，今天带来一些衣料要送给大家，大明男人家就没有了，还有飞章也是没有的。”妮子眼尖，已看到盒上有自己的名字，讲：“啊，我也有的？谢谢姑婆。”孃孃讲：“从箱子里翻这些衣料时，是让琬怡来帮忙的。”琬怡讲：“每盒里有两块衣料，盒上都有名字。”孃孃讲：“衣料的颜色都是我和琬怡替你们选的，不晓得这颜色看着喜不喜欢?”孃孃又对语嫣和阿岚讲：“别小看这些料子，都比我的岁数要大。”琬怡讲：“这些都是孃孃的父母，也就是我们的阿爷阿娘，当年给孃孃准备的陪嫁。这么多年来，孃孃保存这些衣料，可没少花精力呀，这也是孃孃的一份心意。”

琬怡打开包装盒，灯光下，绸缎绚丽的色彩有点晃眼。琬怡讲：“我给自己选的是这个色彩。”语嫣和阿岚继而也拆了各自的包装盒，有点惊讶地看着。孃孃拿起语嫣的盒里的一块衣料，递到语嫣的手里：“摸一下试试，这可都是上好的丝绸呀。”语嫣讲：“是的，又是柔软，又是滑爽。”阿岚看着自己那盒里的衣料："做什么款式的衣服好呢?"阿岚又看语嫣的那盒衣料讲："语嫣这块料作的颜色可真好看。"语嫣讲："阿岚若觉得好看，可以换呀。"觅波和妮子都将衣料披在身上试着。妮子的两块绸缎，一块是大红色为主色调，一块是翠绿色，都是相当鲜艳的。琬怡问妮子讲："这颜色喜欢吗?"妮子讲："我喜欢。"觅波讲妮子："这颜色，做新娘的衣裙正合适。"妮子怪嗔地翻了翻白眼，引得众人的笑声。孃孃讲："可能还都是喜欢素一点的颜色。"

分完丝绸衣料，几个人又算坐定。此时小菜也就陆续上桌，都是当地的湖鲜。窗外水乡的景色，也契合了这满桌的菜肴。觅波与飞章也是多日不见，话语不少。不过，觅波想着妮子会拘束，不停地替妮子夹菜。阿岚神情轻松地吃着，琬怡和语嫣看着都觉得欣慰。就在几天前，在电话里，语嫣还对琬怡说过，阿岚最近总觉得各种饭菜都是食之无味，而今天看来，阿岚的胃口不错。

孃孃的眼睛扫视桌面上的众人，后又眼光停留在语嫣和阿岚身上："也是难得这样的聚聚呀，要说到过去，从前也是一大家子的，噢，那时我还很小的时候，即便你们的阿爸也大不了多少，不曾想，后来这一大家子的人都散了。这么多年来，要说在上海，也难这样凑上一桌吃饭的亲人。"琬怡讲："孃孃说的是什么年代的事了。"孃孃笑笑："诶，说到过去，语嫣和阿岚两人，我也只是看到过一次。那些年，即便探亲回上海，还有规定的，所以上海也是难得回来一次。有一年回上海，阿岚刚出生，语嫣还很小。"桌面上片刻的安静。

大明有意扯开话题，给孃孃介绍着桌上的菜，不厌其烦的样子。这景这菜触发孃孃的兴致，孃孃既有对菜肴赞不绝口，又有夸赞语嫣选这么好的一家酒店。语嫣讲："我只是有个想法，跟琬怡姐一说，琬怡姐就让大明姐夫来操办，要说还是大明姐夫最辛苦。"琬怡讲："大明闲着也是闲着。"觅波讲："对于这种事，我爸是最起劲了。"琬怡和语嫣的座位之间是隔着孃孃，两人同时背过孃孃，低声接耳，琬怡讲："平日里，大明还是跟孃孃的话多，对我也没有这么耐心。"语嫣听罢，莞尔一笑："姐夫的脾气也真的好。"琬怡和语嫣的对话传到孃孃的耳朵里，孃孃便侧身对语嫣和阿岚讲："一些亲戚朋友里，都是晓得的，在家里，我总是向着大明的，琬怡有时脾气也犟，觅波更是因为晓得爸爸疼她，反而欺侮她老子，我可最不愿看到大明委屈的样子。"

席间，阿岚去上洗手间，语嫣连忙陪着。阿岚走到酒楼外的连廊处，便不走了，扶着栏栅看着四周。语嫣笑着问："不是说要去洗手间吗?"阿岚讲："我只是想出来透透气的，坐得时间太长了，有点憋闷。"语嫣想到阿岚的身体，关切地问："阿岚有什么不舒服吗?"阿岚笑着讲："语嫣别紧张，我只是觉得人家一家门，其乐融融，怎么看，我们都是硬挤进去的感觉。"语嫣讲："阿岚怎么会这样想的?"阿岚又讲："今天算是见到祖宗了，还赏赐了两块绸缎，我们这算不算是认祖归宗？只是说到这两块料作，都经过上两辈人的手时，有点吓势势。"语嫣讲："阿岚别瞎三话四，今天大家可是特意聚在一起给阿岚庆生呀。”阿岚讲：“也就是语嫣在想着这么办吧?”两人静默片刻。语嫣低声对阿岚讲：“回包厢去吧，不管阿岚怎么想，今天这场合，阿岚可别胡言乱语，算是我求阿岚了。”

语嫣和阿岚回到包厢。琬怡的目光从语嫣和阿岚的脸上掠过。

窗外，黑夜里的古镇，灯光装点，完全是另外一幅的景象。觅波和飞章都对夜色中的古镇表现出浓厚的兴趣。宴席到了最后，上生日蛋糕，大家唱起生日歌，歌声欢快。在这氛围下，阿岚也总算是神情夷愉，边搂着飞章，边吹灭蛋糕上的蜡烛。语嫣在一旁暗暗地擦拭着眼泪，琬怡看见，握了握语嫣的手，算是安慰。大明提议合张影。眼尖的阿岚看到大明手里的照相机：“姐夫又买新相机了?”大明嘿嘿笑笑。觅波在一旁讲：“现在马路上常见跑步族，还有就是挂着长枪短炮，到处喜欢乱拍一通的人，我爸两样可全占了。”大明摆弄一下自拍，几个人欢快的神情便被定格。

待拍照结束，大明说要到街上转转：“古镇的夜景肯定很漂亮，想多拍些。”觅波和飞章也要一起去。觅波还不忘叫上妮子，妮子还有些犹豫。孃孃讲：“去吧，去吧，平时都跟着我这个老太婆了，也是发闷，难得出来走走的。”

几人一走，便是留下孃孃和姐妹三人。琬怡讲：“他们一走了之，撇下了我们，那我们怎么办呢?”琬怡又问孃孃：“孃孃还行吗，要不我们也去镇上走走?”孃孃讲：“我也正想着去走走。”琬怡讲：“离这里不远，有个茶馆还是不错的，以前我去过，要不我们去那里喝茶?”语嫣和阿岚都说好，于是四人出酒店，沿着古镇的街巷慢慢地走着。阿岚有些自言自语：“好久没有这样走走了。”语嫣挽着阿岚的手臂。

夜晚的古镇，石板路变得深黑，高墙窄巷，路灯幽暗，穿街绕路，四人徐徐走来，留有脚步声。没走多少路，便来到贯穿整个古镇的那条河边，上桥，站在桥上，古镇的夜景尽收眼底。下得桥来，有一长廊，茶馆就在旁边。琬怡领着进入茶馆，在窗口边坐下，点茶上茶。靠窗的语嫣和阿岚，凭栏看着河水。孃孃与琬怡也是相当惬意的样子。

不过，此时的语嫣和阿岚，心里多少有些明白，是大明支开了其他的人，来这茶馆喝茶也是琬怡有意为之。

茶桌上的烛烛，闪发着幽暗的光亮，契合茶馆里安静的氛围。孃孃看了看语嫣和阿岚讲：“在你们的爸妈离婚前后，发生了很多的事，这么多年也断了正常的往来。”语嫣阿岚马上想到，孃孃这话就算是开场白。

孃孃讲：“琬怡都跟我说了，那时候的许多事，琬怡也是年幼，未必清楚，尤其是你们的爸妈分开后，这些事也就不会提起。”语嫣和阿岚都看着孃孃。孃孃讲：“当时发生了一件事，有一对夫妻，应该说是你们爸妈共同的朋友，夫妻俩都是英年早逝，留下一个才出生的女孩，托付给你们的爸妈。这个女孩就是语嫣。”三姐妹都静静地听着。孃孃继续讲：“只是那个年代，运动不断，我们家的家庭出生，使得你们的阿爸一再受到冲击，当时的环境，许多人既是不明真相，也很难理解的，你们的姆妈肯定也是感受到了压力，不断地抱怨你们的阿爸，你们的姆妈还道听途说了一些东西，说你们阿爸生活作风的问题，便对你们的阿爸横加指责，发展到后来，夫妻完全反目，是你们的姆妈向你们的阿爸提出离婚的。但是，离婚之后的几年里，你们的姆妈还是三不罢四不休，一直在闹，到处说你们阿爸生活作风的问题，你们的阿爸根本不可能抬头做人，大学里不让待了，只好去中专学校教书，到后来，中专学校也待不下去了，你们的阿爸最后竟是去了工厂做工人，这才有了你们阿爸下决心，与你们完全断绝往来。说来这种事，在那样的年月也是正常，只是你们的阿爸一辈子背负着这些的痛苦。”琬怡接着讲：“爸妈离婚后，有一段时间，阿爸还会领着我去虹口公园，去看姆妈，还有语嫣和阿岚，不过，后来连这每月一次的见面也没有了。当时真不晓得大人之间正在发生这么多事，阿爸在我面前从来没有提起这些事，很难想象阿爸当时是一种怎样的心态。”孃孃讲：“不过，不管家里发生怎么样的变故，这个家里还是相当欢迎语嫣的到来。当初你们爸妈离婚时，还抢着要语嫣的抚养权，只是语嫣还太小，你们的外婆担心你们的阿爸不能照顾语嫣，所以就说服了你们的阿爸，把语嫣留在你们姆妈的身边，因为有外婆可以相帮照顾。”孃孃在说这话的时候，眼睛一直看着语嫣，其实琬怡和阿岚也是注视着语嫣。

过了片刻，阿岚幽幽地讲一声：“孃孃可能是记错了，这个人应该是我吧？”孃孃疑惑地讲：“这怎么可能记错？”语嫣连忙止住阿岚，并对孃孃讲：“阿岚这是在顽闹。”阿岚正色讲:“语嫣可别说我是胡言乱语,我总觉这个人应该是我。”语嫣眼睛盯看眼前的茶水,流下眼泪:“阿岚要这样说,我更加难过。”阿岚讲:“语嫣把我也惹哭了。”孃孃和琬怡看着语嫣和阿岚,不晓得再说些什么好。

茶桌上,四个人静默了很久。茶馆里原来轻悠的背景音乐声,也觉得有些刺耳。窗外,河水拍击着堤岸的声音,此时听得真切。

这时从河对岸传来觅波的喊声。坐在茶桌旁的四人纷纷回过头去,只见大明带着觅波和飞章,还有妮子正从河的对岸走过,觅波与飞章正摆着各种造型,让大明拍着照片,而之后,又是招呼着妮子也来拍照。几个人都是神情轻松而欢快,甚至有些聒噪,尤其是觅波。

茶馆里喝茶的几人,看到这一幕。阿岚讲:“以前还曾担心过飞章性格,会不会太孤僻,现在看来,也是能和大家玩到一起去的。”琬怡讲:“要说觅波原来可是个很安静的人,现在怎么觉得也是很会闹的。”语嫣讲:“飞章喜欢跟觅波在一起。”孃孃看着,略有所思。

待众人汇合。阿岚说还想继续玩一歇,觅波也有兴致。琬怡和语嫣不晓得该如何,最后还是大明讲一句:“机会难得,就再玩一会吧。”阿岚遂愿,语嫣只得陪着。孃孃说要去睡觉,琬怡便说要陪着,妮子也只得跟着回酒店去。觅波唤着妮子,服侍孃孃睡下后来找大家玩。

河上刮来风,让人感到寒意。阿岚讲:“听说这里的酒吧不错，去看看吧。”大明走到众人的前面，边走边忙着拍照。没走多少路，语嫣和阿岚就落在后面。

阿岚对语嫣讲：“刚才茶桌上的话，可是听清了吗？同是父母，作为孩子，也不能去指责谁，但听孃孃说到姆妈的这些事，总觉得不是味道，肯定是添油加醋，这样说姆妈有点过分了。”语嫣连忙嘘一声，担心走在前面的大明和觅波听见。阿岚讲：“你总是不让我说话。”语嫣讲：“都是我不好，是我惹出这些话的。”阿岚讲：“瞎说什么呀。”

几人来到一酒吧。一进酒吧，阿岚的兴致格外好，要了一瓶朗姆酒和汽水果汁等，阿岚将两杯果汁推给觅波和飞章：“觅波和飞章就喝果汁。”随后，面对整齐排列的一杯杯的汽水，阿岚熟练地将朗姆酒掺入汽水之中。阿岚倒酒的动作，以及摇杯的动作，显得非常地优美。大明在一旁看得有点发呆。阿岚将调制好的一杯酒，推给大明：“姐夫喝吗？”还没等到大明回答，阿岚已将一杯酒一口饮下，接着又举起一杯要饮。

看着阿岚大有一醉方休的样子，一旁的语嫣想到阿岚的身体，连忙劝阻。语嫣的劝阻，反倒是引来阿岚将一杯酒推到语嫣跟前，阿岚的眼光也是直视着语嫣：“今天，语嫣也应该喝酒。”语嫣犹豫着，阿岚又是举杯饮下。阿岚拿着空酒杯在语嫣面前晃动着：“语嫣不喝的话，我就这样一杯接着一杯地喝。”语嫣连忙举着杯子，连声讲：“我喝，我喝。”阿岚欣喜地与语嫣碰杯，然后双双饮下。

才刚饮下，阿岚又拿起两杯酒，将其中一杯递给语嫣。

一旁的大明连声劝道："这喝得有些快了。"阿岚看了一眼大明的酒杯讲："这年头，最看不起男人喝酒的样子。"阿岚一个劲地劝着语嫣喝酒，阿岚与语嫣又是双双喝下一杯。放下酒杯，语嫣有点推却，连声讲："不能喝了，不能喝了。"阿岚又递给语嫣一杯酒，语嫣讲："阿岚这样喝酒可不好，飞章一旁在看着。"阿岚讲："就让飞章看看，他妈以前就是这样在酒吧里卖酒的，也让飞章早一点懂得，生活有多不容易。"阿岚又央求着语嫣举杯，脸色少有的温存，声音也是轻柔："我们姐妹俩，也从来没有这么喝酒过。"语嫣讲："我可从来没有喝过这么多的酒呀。"阿岚讲："语嫣才晓得酒是好东西吧。"阿岚与语嫣又是举杯喝下。而这一杯喝下后，阿岚和语嫣似乎变得更加兴奋，更是连连干杯。

阿岚依着酒吧里的背景音乐大声地哼唱，还跳起舞。受此感染，觅波也跟着跳了起来。阿岚欣喜地与觅波同舞："觅波跳得太好了。"觅波讲："阿岚阿姨才跳得好呢。"相对于阿岚与觅波热辣的舞姿，语嫣则坐在一边，默默地喝酒。

桌上的汽水与酒喝完了，阿岚又唤着要酒，表示不再兑汽水喝。大明想着劝阻，但又觉得是无济于事。此时的阿岚与语嫣都已喝得有点多了，但还是不停手里的酒杯。阿岚还在不停地讲着："这酒怎么回事呀，是白开水呀，喝不醉人。"

又是过了一段时间。酒吧里的音乐从原先有点亢奋的爵士乐，变成了低缓的背景音乐。时间已是进入了后半夜，阿岚和语嫣还是意犹未尽。待酒喝得差不多时，大明的一再劝说下，几个人才出了酒吧，想到要回酒店。

阿岚的手里还拿着喝剩的酒瓶，行路都有些不稳，语嫣也是如此。这时，妮子来了。觅波问妮子："怎么才来呀。"妮子讲："姑婆睡不着，又不停地说话，我没敢走开。"妮子见语嫣和阿岚有点喝醉，连忙上前要扶，阿岚连忙推脱讲："我们可是穷人命，不习惯别人的服待。"妮子只能退于一旁。

一行人沿着镇上的河边走着，觅波走在前面算是领路，而大明走在最后，不停地大声提醒着："小心旁边的河呀。"

没走多远，阿岚和语嫣便坐在河边的石栏上，阿岚又在喝着酒瓶里的酒，语嫣则不停地呕吐着。此时的河道上，渐起的浓雾，又散开去，雾气慢慢地侵蚀着四周。

这时琬怡走来，觅波先是看到，就问："妈妈怎么会来的?"琬怡轻声讲："还不是被你爸叫来的。"琬怡见语嫣和阿岚的状况，又是连声责怪大明："有得这样才叫我来，大明早该劝着不要喝成这样呀。"大明只是摇摇头并没有言语。

阿岚听到便讲："琬怡大姐当然不会懂得这酒的味道。"阿岚说着又转身，将双脚荡在河面上，众人都有担心，但又不敢上前劝阻。阿岚讲："半夜三更，坐在这河边，也是难得。"琬怡劝道："阿岚的身体才好一些，不该这样喝酒呀。"阿岚讲："草命一条，能有多少的顾忌。想当年，外婆回无锡去了，东横浜路的家里，就只有姆妈语嫣和我，当时的社会风气，弄堂里总有几个不二不三的人，像我们这样没有男人的家，总被人家欺负。当时的姆妈也是胆小怕事，而只有我是三不罢四不休的，偏要弄个明白。"语嫣讲："那时弄堂里发生些什么纠纷时，家里也只有阿岚会不顾一切地冲出去。"

琬怡呆呆地听着。阿岚讲："那时的琬怡大姐，正住在上只角的家里，悠闲地过着富家小姐的日子吧。"琬怡想到此时身边的众人，便是俯身轻声对阿岚讲："我们以后再说这些事好吗？现在还是先回酒店吧。"

阿岚起身，独自一人便往前走去。语嫣挣扎着想站起，飞章连忙去扶。几个人又朝着酒店方向走去，转进小巷里，离酒店不远了。小巷里格外安静，唯有这几人踏过青石板的路面，脚步声在小巷里回荡。

琬怡轻声叮嘱妮子："不要跟姑婆去说这事。"

七

琬怡重开汇众公司，起先是担心有没有业务可做，琬怡和陈建栋整天去跑客户，渐渐地业务有了起色。现在汇众公司的业务，无疑与凌零公司展开正面的竞争，一来许多的业务就是琬怡和陈建栋带来的，二来凌零公司也有两位人员加盟到汇众公司来，所以，即便琬怡不想出现与凌零公司这样的对峙局面，但几乎不可避免。尤其是陈建栋的营销策略上，似乎是紧盯着凌零公司。

当业务逐渐增多时，公司里的人干劲很足，办公室里也是欢声笑语不断，一段时间以来，公司里总是洋溢着这样的气氛。琬怡想着自己这些日子殚精竭虑所谋划的事，开始得以实现，当然也是兴奋。

要说把公司内这样欢快的气氛推向高潮的是王乐与张萍的婚礼。王乐与张萍的婚礼，公司上下所有的人都去了。夏总接到邀请，相当高兴地前来参加。见到久违的夏总，琬怡更是感慨万分。这天，连平时与大家走得并不近的陈建栋也去了。

婚礼现场无疑也变成了公司的联欢会。大家不停地唱着歌，喝着酒，酒都有些喝多了。在张萍与王乐跳完一支舞之后，有人竟然起哄要琬怡跟陈建栋也跳一支舞，陈建栋也有意借着酒劲，迈着舞步朝琬怡走来，琬怡连连摇头摆手，陈建栋竟然有些不依不饶的，就在这时，小应上前，连声讲："钱总累了，还是由我代劳吧。"随即小应有着几分妖艳的舞姿，带着陈建栋满场地走，获得了很多的喝彩。舞毕，小应走到琬怡跟前，悄声地对琬怡讲："以后再碰到这种情形，我可不会代劳了，否则扫了陈总的美意，我可得罪不起。"小应说着又汇入人流疯闹去了，留着琬怡在一边发呆。虽说这只是一个小插曲，也就这样过了。不过，那夜整个团队所呈现出的融洽氛围，似乎也是琬怡想要的。

然而这样的日子并没有持续多久，当业务的增长逐渐形成规模时，人手就显得不够，琬怡要应付的事情也就多起来，想着员工队伍的重要性，琬怡又忙着亲自面试新人，逐一考察，接着人员聘用，员工薪酬等一大堆的事。多年来，琬怡也养成事必躬亲的工作方法，现在可能更是发挥到极致。只不过，这一件件事，在琬怡看来，似乎都要比广告的文案创意和市场营销要来得复杂。

当看着销售额逐月在上升时，琬怡是既喜又忧，喜的是市场逐步被打开，忧虑是资金管理，而且这种担忧也是与日俱增的。因为许多的业务都是垫资的，当初开公司，自己所筹得的资金已经用去大半，琬怡现在已经不是想着能挣多少钱的事，而是想着如何确保每月按时发出工资的问题，开弓没有回头箭，想着现在公司里这些人员的开销，想着这房租与水电费，即便眼下的业务全都盈利，还似乎难以保本。琬怡清楚，这就是一个企业成长的培育期，熬过这一阶段是关键。

另外一事也是让琬怡深感为难的，那就是陈建栋。琬怡创业，陈建栋给予了极大的支持，目前公司将近一半的业务，也都是陈建栋引进的，陈建栋的确是非常投入地工作着。然而，陈建栋还真的不取分文报酬，而且在外与客户应酬的各种费用也不拿来报销，全都是自己付账。公司发薪，起先的两个月，当琬怡通知陈建栋领工资时，陈建栋一看工资表就拒绝了："琬怡自己不发工资，我又怎么好意思领工资。"后来琬怡也给自己列了工资，并且将陈建栋的工资高出自己好多，陈建栋一看，还是一副不乐意的样子："少了一些了吧？"琬怡只能讲："是少了一些，但眼下公司也只能给这么多。"陈建栋笑着讲："有时真讨厌琬怡毫无幽默感，我这是说笑。"陈建栋一而再，再而三地拒领工资，让琬怡感到非常为难。

就在琬怡开始忧虑这些事时，一日，琬怡接到一个电话，起先，电话里传来的声音让琬怡感到很陌生，对方笑了起来："琬怡真是的，才离开公司多少天呀，连我的声音也听不出呀，我是蒋子旭。"琬怡这才想起来，连忙打过招呼。不过，琬怡非常纳闷，蒋子旭怎么会打电话给自己，转念一想，肯定是因为业务竞争方面的事。接着，蒋子旭便讲："琬怡肯不肯赏光吃顿饭，想跟琬怡探讨一下业务上的事。"琬怡本能地想加以拒绝，然而蒋子旭似乎是有备而来："不要拒绝，同为一个行业内，彼此沟通一下，还是很有必要，肯定不会让琬怡吃亏。"琬怡是抱着忐忑的心情去赴蒋子旭的约请，其实一路上，琬怡还在犹豫着是否要去。蒋子旭说好就一个人来，让琬怡也一个人去，所以当琬怡走进餐厅时，看到蒋子旭一人坐在那里。两个人面对而坐，简单的寒暄过后，蒋子旭也就直接了当地讲：“今天约琬怡，琬怡肯定在猜，我为什么问题来而，琬怡会有很多的想法，不过，我才不会为几个出走的营销人员或流失的业务来找琬怡，只要琬怡觉得好就可以了。”蒋子旭故意停顿了一下，琬怡戒备心理的趋使，只想听蒋子旭还会说些什么。蒋子旭接着讲：“琬怡的公司虽说日渐入轨，但琬怡也清楚公司眼下的问题，如果我没说错，琬怡现在是在担心资金的问题。琬怡别担心，琬怡公司里没有人会透露任何情况，琬怡公司的注册资金，是公开信息，一查便知。琬怡现在的客户单位，业务信息也是公开的秘密。我毕竟担任那么多年的财务主管，所以马上就能猜到一些问题。”蒋子旭说到这里，琬怡心里一紧，尤其又是清楚蒋子旭的为人。不过，琬怡还是不动声色地讲：“蒋总过于操心了，蒋总不可能看到别人手里所有的牌。”蒋子旭笑笑讲：“琬怡手里纵有多张牌，后续资金的来源可是个大问题。有时我也真奇怪，陈建栋算是在真心帮琬怡吗，这个行业现在的风险这么大，尤其是正在经历的世界金融危机，外企广告的业务量也是明显的萎缩，现在谁真的会拿出真金白银往里投?”

的确，去年开始席卷全球的金融危机，现在对各行各业已经有所影响，这也是现在生意圈里常被提及的话题。琬怡不再接蒋子旭的话。蒋子旭接着讲：“我倒是真心来帮琬怡的，若是投钱入股，琬怡肯定不干，说不定哪一天公司的股权就有风险。这样吧，我让银行贷款给琬怡，这一点，琬怡也应该清楚我在银行方面的运作能力，想必琬怡也是清楚，单凭琬怡现在的公司到银行借钱，肯定没人肯借的。”蒋子旭说完，看着琬怡的反映，琬怡问道：“让我感兴趣的不是贷款，而是蒋总为什么要帮自己的竞争对手。”蒋子旭讲：“啊，我远不止在贷款方面，今后在业务上也可以开展合作，两家人家的竞争，也不要搞得伤筋动骨的，当然我做这一切，也是有条件的。”琬怡问：“蒋总说说看？”蒋子旭略有低沉的口气，慢慢讲出：“条件就是一条，有几个共同的对手，看看我们如何来携手来应付。”琬怡仔细想着蒋子旭的话，想来蒋子旭并没说出约请的真正目的，要说蒋子旭目前真正的对手只能是自己和陈建栋。

与蒋子旭见面后，一连几天，琬怡在公司里都没有看到陈建栋。陈建栋这几天都在外面忙业务，琬怡是晓得的，只是此刻的琬怡想到，该是将自己目前公司碰到的困难向陈建栋和盘托出的时候了。快到下班的时候，琬怡在公司里还是不见陈建栋，便打陈建栋的电话，说有事商量要见面。陈建栋说正要陪客户去吃饭，要么与客户吃完饭后，在一家咖啡馆见面。琬怡便说好。

琬怡与陈建栋在咖啡馆里见面。陈建栋讲：“今天这顿饭还是挺有收获的，回笼了两笔款子。”陈建栋显然又是多喝酒了。琬怡讲：“我正要跟陈总说这个问题，有关公司的资金。”陈建栋讲：“我晓得的，现在业务上来了，资金的压力也大了，所以我抓紧在催款，只是远水救不了近火。”琬怡问：

“那怎么办呢?”陈建栋讲:“只能放慢一些业务的节奏，加强回款。”琬怡讲:“是不是我有点自不量力了?”陈建栋看琬怡，才感觉琬怡今天神情凝重，甚至是有些恍惚。陈建栋慌忙安慰:“琬怡可千万不能说这种泄气的话，整个公司都在看着你。”琬怡讲:“其实这些天来，我一直有担心，时常半夜里醒来，想着公司里这些问题。”琬怡的情绪极度低落。

陈建栋随即坐到琬怡的身旁，紧紧地握住琬怡的双手，继而将琬怡紧紧地拥抱。陈建栋拥抱着琬怡，彼此感受到怀抱的体温，感受到对方的眼神与气息。不过，这只是个瞬间，或是片刻，琬怡本能地惊醒过来，继而有个推挡的动作，甚至还有个挣脱的动作。琬怡有点慌乱地，轻声地讲一声:“咖啡馆里还有其他的人。”

琬怡这个推挡和挣脱的动作虽说不是很用力的，但陈建栋应该明白琬怡的意思。琬怡还是不露声色地坐着，想着是不是刚才自己示弱的几句话，或是情绪上的宣泄，继而触发了陈建栋这方面的感觉。琬怡只能是这样的反应。但是接下来的事，琬怡不曾想到的是，陈建栋竟然声泪俱下地讲:“琬怡怎么就不懂我的一片心呀?”琬怡从没有看到过陈建栋这种情景，而且是身处这样的环境，一下子倒觉得有点难堪，但又想到，陈建栋刚才应酬喝过酒，兴许是酒精在作怪。

琬怡只能无语地陪坐着，想着让陈建栋的心绪稍有平复。两人就这样静默地坐着，各怀思绪地听着咖啡馆里的音乐。之后，是陈建栋提出要走了，琬怡便结账起身。在咖啡馆门前，两人分手时，陈建栋讲:“琬怡真是个没有情趣的人，其实，我多少次想到过这个问题，但我总是努力说服自己。”陈建栋说完便走，琬怡还是茫然，看着一个走远的落寞的背影。

琬怡漫无边际地在马路上走着，还在想着刚才的一幕，周身似乎还能感受到刚才陈建栋的拥抱，有点轻柔，有点屏息。琬怡竟然还感受到自己被拥抱时，胸部有那么一点的敏感，琬怡觉得不可思议。这些年，似乎还从没与人这么亲近过。前些年的那场心理上的病症，若还有什么后遗症的话，那就是琬怡一直感到，自己的身躯就是僵硬的一块铁板，从来不会再有与人亲近的感知。琬怡又担心，就在刚才的一瞬间，陈建栋会感觉到些什么。而想到陈建栋，以前陈建栋的各种形象都开始萦绕在琬怡的脑海里，陈建栋的自负自得、自鸣得意、意气风发，即便是低谷时，也散发着孤身自傲、浑然洒脱的样子。琬怡是独独没有看见过陈建栋会这般的声泪俱下。琬怡甚至幻想，同样说出这些话时，陈建栋应该就是那种霸道的，不容有一丝一毫地质疑抵抗的那种。不过，这也只是一个闪念。

第二天，陈建栋没有来上班。第三天，陈建栋还是没有来上班。第四天，陈建栋依旧没有来上班。琬怡有些慌了，连忙拨通陈建栋的手机，但手机关机着。而此时公司里的员工，似乎也感觉到发生了什么事，都在私底下议论着。

时间又过去几天，公司里的这些人，原来的窃窃私语，也变成公开的议论，甚至有人直接来问琬怡：“陈总不来公司了吗?”连小应也悄悄地跟琬怡讲：“人们当然关心陈总来不来上班，但更关心琬怡和陈总之间发生了什么事。”琬怡嘴上讲：“能有什么事？”但心里确实对于此时的陈建栋的作为是难以理解的，难道仅仅是那个咖啡馆之夜？

这些天来，琬怡时常会想到那个咖啡馆之夜，想着陈建栋握着自己的手，继而又是拥抱自己，想来陈建栋对自己是否存了一点心思。琬怡这一想，思绪更是汹涌，想到陈建栋对于自己业务上的引导，以及对于自己时有任性的包容。想到自己的创业，陈建栋更是全力以赴。这两年多来，陈建栋在自己面前始终是保持着谦谦君子的形象，但琬怡清楚，陈建栋对于自己欣赏的目光中，是含了多重的意思，自己以往总是回避着，或就是想着要有这样的距离，或就是在营造这样的氛围。无疑，陈建栋的失态，有点坏了这种平衡。琬怡这样一想，心里不免有些怨陈建栋。

然而，公司的许多事不可能等陈建栋，为了应对资金的紧张，琬怡亲自开会布置缩量垫资与加强资金回笼的工作。在开会之前，琬怡想着这些举措下去，业务难做是显而易见的，营销人员可能会反对。当琬怡说完之后，听取营销人员的意见时，大家并没有表示什么，只有张萍欲言又止的样子，琬怡也是视而不见。会议之后，琬怡突然想到，当初夏总治下的汇众公司，当时也遇到资金紧张。琬怡甚至感到，眼下的自己是不是就像两年前的夏总，公司风雨飘摇，夏总苦危支撑。又想到上几天，陈建栋说即便加大资金回笼，这也可能是远水难救近火。一旦想到这些，琬怡的心里便是一紧。

约半个月之后，陈建栋来到公司，坐在琬怡的面前。琬怡看陈建栋，神情焕发，并没有丝毫颓势，这与琬怡的想象完全相反。未等琬怡开口，陈建栋先讲："来跟琬怡打声招呼，谢谢琬怡这段时间的照顾，我决定离开琬怡的公司。"其实陈建栋消失了这段时间，琬怡逐渐地有了陈建栋最终会离开的心理准备。在这些天里，琬怡的心里同样也想着要留住陈建栋。不过，琬怡又不时会想到那天陈建栋在咖啡馆里声泪俱下的表白，想着两人的关系今后又该如何相处。琬怡有些犹豫。

此时，对于陈建栋的决定，琬怡一上来当然是拒绝："这个公司离不开陈总。"陈建栋向琬怡摆了摆手："琬怡不必再说什么了，我好不容易下定决心。"被陈建栋拒绝，琬怡不知再怎么说好。陈建栋长叹一口气："其实琬怡后续缺资金，最简单的办法，就是我入股，或是我去拉些人来入股，想必琬怡也不会反对，从琬怡创办这公司开始时，我就有这个想法。只是琬怡的许多做法，我不能完全认同，就说琬怡聘用的这些人，只要是原来汇众公司的，无论能力高低，琬怡是照单全收。我曾经说过，琬怡是个有情怀的人，而这是办企业的大忌。"听完陈建栋的这番说辞，琬怡便问："陈总未来怎么考虑?"陈建栋讲："与几个朋友商量了一下，我准备自己下海，未来我们可是竞争对手。"

当陈建栋离开时，琬怡呆坐在办公室，坐了好久。想着陈建栋刚才一副完全没事的样子，轻松的神情，而自己这些天来，却很多的心思用在陈建栋的身上，其实刚才有些话也是到了嘴边，只是不知该如何说。琬怡继而心里抱怨，这下轮到陈建栋在回避着自己，一贯思维敏捷，善于察颜观色的陈建栋怎么就觉察不了自己倚重之下的另一番心境。这一段的日子，与其说陈建栋的出走，是有点搞乱了公司的业务，而不如说是搞乱了琬怡的心。

之后的一些天里，公司的面上还是呈现出按部就班，一切正常的景象。其实这些天来，琬怡是格外留意这些，只是在留意着别人的时候，琬怡也感到自己无所事事的状态，并不是无事可忙，而是事情太多，琬怡有些懒得去理这些问题的头绪。以往公司里有什么事，琬怡都会跟陈建栋商量，事实上，也只有和陈建栋可以商量，而今，琬怡碰到问题，只能是一个人呆想，甚至会想到，要是陈建栋在的话，这些问题该会怎么处理。

下班后，公司里其他的人大都走了，显得格外的安静。窗外夜幕降临，楼宇里的灯光与马路上行驶的车辆灯光，构成了一动一静的景象。琬怡盯看着这街景，不愿离去。琬怡脑海里翻腾着，下一步该怎么走。

连续出差，不停地业务洽谈，琬怡总感到身不由己，想着还有更重要的事，但有些事又不能不顾。时常是忙着外面的一些事，又顾忌着公司里的事，而呆在公司里，又想着外面诸事。这便是琬怡现在工作的常态，琬怡有点用繁忙的工作来麻醉自己的味道。不过，只是一想到公司里资金问题，内心的担忧就会聚集。

的确，现在的琬怡几乎时时处处都在想着，公司该如何经营下去，公司里所有的这些问题盘桓在琬怡的脑海中。陈建栋的离开，原先才积累起来的业务，意味着将被分离，琬怡现在有点恨陈建栋了。琬怡天天在了解公司资金的情况，应该说资金的压力是不小的。一段时间以来，资金问题越发严重，甚至是影响到业务的开展，琬怡很是悲观。琬怡甚至在睡梦中也会惊醒，接下来就全无睡意，通宵失眠。琬怡想到孃孃的这些投资，开始担心血本无归。琬怡又想到孃孃曾经提及过有关“救急救穷”的话，想来自己所做的一切，皆是有违了用这些钱的意思。睡意袭来，困乏的身体，脑子还停不下来。

有一天早晨醒来，琬怡认定了一个目标，就是自己的公司一定要贷到款，要找到这么一家银行，还要找到一家肯担保的公司。琬怡翻遍自己的名片，希望从中找到人脉线索。依着一丝的线索，琬怡不停地在拜访，而且这些事，琬怡并不想让公司内任何人知道。当然这种事，并不好做，不光是整天奔波在外，还处处遭到拒绝。琬怡想着，自己整天在低声下气地求人，放在过去，肯定是不会干这种事的，想来也是无法。最近，琬怡联络了几家肯担保的公司，条件有些苛刻，但琬怡还是愿意试一下。琬怡又联络到一家外资银行，是通过几层的关系才找到这家银行经理的。电话打过去，电话是由秘书接的，说经理在国外开会，回国的日期尚未定。琬怡又想到那句远水救不了近火的话，不知自己的努力最终是否能行。

这天，琬怡进公司，才在办公室坐下，打开电脑看到，有几份创意设计的方案遭到客户的退稿，这意味着合同也会被取消，马上叫来几个当事的员工，竟然还相互推诿，让琬怡有些冒火。这些天来，每当碰到这样的情景，琬怡总会想到陈建栋临走时，曾经说过自己办公司是有一种情怀的话。其实，琬怡现在也开始怀疑自己了。

正在想着陈建栋的这些话时，有关陈建栋的事就来了。陈建栋新的公司已经组建，原先凌零公司的两个业务骨干，当初也是冲着陈建栋跳槽来的，现在也要跟着陈建栋去了，两个人的辞职报告才递到琬怡的桌上，陈建栋的电话也就打来了，还是一如既往的爽朗声音，跟琬怡解释着："还是跟琬怡打声招呼，两个人想辞职来我这里，我做了不少的工作，让他们别这样。"陈建栋说得恳切，琬怡只是应了一下，跟陈建栋也没多余的一句话。搁下电话，在两个人的辞职报告上批"同意"两字。此时琬怡的心中，不仅仅是有点恨陈建栋，琬怡已经彻底地将陈建栋当竞争对手看待了。

处理了两个人的辞职报告后，琬怡又从公司财务那里，了解了下公司实时资金的一些情况，故作轻松。最近琬怡很注意自己在众人面前的姿态，尽量不要将自己的压力传递给其他人，以免动摇军心。回到办公室，小应跟着走进来，让琬怡签发几份文件。琬怡签好，小应并没有走，而是在琬怡的桌前坐了下来。小应讲："钱总这几天脾气可有些大了，到处在训人，这可是大家从未见过的，其实大家心里都清楚，钱总现在面临的压力。"

这样难熬的日子又是过了一段，琬怡公司的贷款总算批下来了。不过，还是幸亏有蒋子旭的帮忙。原来琬怡苦等的那位外资银行的经理归来后，虽说也是有人打招呼，还有担保公司，但银行经理还是对琬怡公司不放心，闲谈之中，琬怡提到自己以往的经历，说到凌零公司，外资银行的经理提到蒋子旭，琬怡只得给蒋子旭打电话，蒋子旭与外资银行经理的一通电话，贷款就解决了，贷款期限是一年期的。应付眼前业务基本无虞，琬怡想着至少好喘口气了，又主动约请蒋子旭吃了一顿饭，表达谢意。饭桌上的蒋子旭讲："已经听说陈建栋另立门户了，琬怡现在清爽，只有我是真心帮琬怡的。"不过，琬怡听来，总觉得蒋子旭可能就是要的这样的结果：离间自己与陈建栋。

一日，陈建栋打电话来，想约琬怡吃饭。陈建栋还在想着两个营销人员的出走的事，想跟琬怡打声招呼。琬怡在电话里回答陈建栋："没空。"

八

一日。觅波接到了妮子的电话，妮子在电话里向觅波哭诉着，两个人曾经担心的事还是发生了。

觅波连忙从学校赶去妮子租住的房子里。当觅波走进简陋房间时，妮子正在以泪洗面。见觅波赶到，妮子的情绪更是激动。觅波开口就问：“为什么不跟他联系？”妮子讲：“他现在在家里已经是够难了，不想让他再担心。”觅波讲：“妮子这样不见人也不是办法呀。”妮子讲：“我现在在想，是不是我本来就错了，根本不应该跟这样人家的人好上，弄到现在这个样子，或是根本就不应该还留在上海，可能还是回河南老家去好些。”觅波讲：“妮子这是怎么啦，现在可不能退缩，临上轿子，可不能后悔呀。”妮子讲：“想着后面还有很多事，真不晓得该怎么去应付。”

原来今天的午后，久别的王师太登门，孃孃也是惊讶，见面就问：“从美国回来，怎么也不打个电话来呀？”不过，孃孃见王师太敛容屏气，一下子又不晓得发生了什么事。王师太径直走进房间坐下来，妮子端茶递水，王师太不发一声地上下打量着妮子。妮子也是知趣，上完茶后便就退去。待妮子走开，王师太随即将房门关上，孃孃与王师太两个人说了一歇话后，房门开开，王师太便走了。以往，孃孃有客人来，临走时，妮子也是要相送的，而这一次，王师太临走，妮子没有再出现。听着王师太下楼的声音，孃孃才叫妮子："躲啥，有什么心虚的事呀?"此时，孃孃的脸上刷了浆糊。接下来，孃孃一顿的训斥，竟然把妮子说跑了。

想到姑婆生气的样子，觅波只得把电话打给妈妈。

当天夜里，琬怡和觅波来到建国西路孃孃家里。此时的孃孃正躺在床上，余气未消。孃孃看到觅波进门，便讲："觅波也是，今天晓得叫自己妈妈一起来了?"觅波不言。琬怡讲："我也不晓得发生了什么事，觅波打电话说，妮子离开姑婆家了，所以我才急着赶过来。"孃孃讲："什么事问觅波呀?"琬怡问觅波："难道是觅波与妮子让姑婆生气成这个样子?"觅波的声音变得有点高："妈妈可别乱说，根本就没有什么事的，要说有事，也是你们大人脑子在作怪。"

见觅波的声音拔高，琬怡不晓得再问什么。孃孃这才缓缓地讲："今天王师太上门是兴师问罪来了，说自己的远房侄孙，与你们家的妮子谈上朋友了，想想，介绍人也只有觅波。"琬怡疑问："王师太的远房侄孙?"孃孃讲："就是英国留学回来，在陆家嘴上班的那个人，原本介绍给觅波认识的。"琬怡讲："啊，是那个人呀，觅波倒是怎么会想着把妮子介绍给他呀?"觅波讲："跟他出去过几次，每次只要说到吃就来劲，尤其喜欢上海菜，还说对自己未来的老婆就一个要求，下得了厨房，会烧一手好菜，于是我说，你找错人了，我可最讨厌进厨房了。但转念一想，就对他说，有一个现成的人，不晓得感不感兴趣，于是把妮子领去他家，妮子就烧了三菜一汤，也就是糖醋排骨、炒鳝丝、炒素和鱼片汤，吃了他大说好，对妮子的人也是很满意。”琬怡讲：“他是在找保姆，这是算什么口味。”孃孃讲：“王师太从美国回来，去远房亲戚家里，远房亲戚正为自己儿子的婚事发愁，还拿出两人的照片，王师太一看，心里一呆，婚照上不就是妮子吗？再问，远房亲戚说，儿子找了一个外地人，谈了有一年多，儿子又是缺心眼，也从来没到女方家看过，只晓得在河南，现在急着要结婚，家里是吵翻天，但也没办法，只好迁就儿子。”琬怡讲：“怪不得王师太是要上门来问罪了。”孃孃讲：“王师太说，远房的侄孙还算乖巧，对爹娘瞒去与觅波，还有妮子与我们家的这层关系。王师太说，要是亲戚晓得是怎么回事，她的面孔也不晓得搁到什么地方去了。”琬怡讲：“王师太是要难做人的。”孃孃讲：“王师太说，关键还是门不当户不对呀。”觅波讲：“这个王师太说这话是什么意思，都是什么年代了。”琬怡讲：“觅波做了这事，还要去怪人家王师太。”孃孃讲：“刚才我也把妮子狠狠地说了一顿，妮子千不该万不该背着我去谈朋友，更何况明晓得有王师太这层关系。”觅波讲：“姑婆还没有这么凶地对待过妮子，妮子吓得跑开，哭着给我打电话。”孃孃讲：“妮子还有什么可生气的，马上要嫁给上海人了，而且是上海的大户人家噢，恐怕现在正得意着。”觅波讲：“妮子和那个男的确定关系后，曾经想过辞了姑婆家里的做事，那个男的也是这个想法，但妮子想着姑婆需要照顾，换个人她都不放心，春节里，妮子是和那个男的出去旅游一次，姑婆不是对临时用的人总是不满意，闹出了这么多事，妮子说，只要姑婆不嫌弃，哪怕结婚后，也会来照顾姑婆的。”孃孃问：“妮子真的是这样说的？”觅波讲：“其实，妮子和那个男的谈恋爱时，两个人在一起怎么都好，但自从提到结婚，男方家里父母出场后，妮子就犯难了。对于婚礼，男方家里又不肯将就，酒宴更是讲究排场，妮子和那个男的真是一筹莫展。妮子说，真要是河南乡下娘家来一车子的人，自己也不敢去想象会怎么样，所以直到现在，还没跟自己娘家说这事。”孃孃讲：“总是底气不足呀。”琬怡讲：“这倒是难为妮子了。”孃孃的脸色稍有缓和。琬怡问觅波：“妮子现在在什么地方？”觅波讲：“妮子刚才哭着打给我电话，我让她去找那个男的，妮子说，不想再增添那个男的麻烦了，虽然男方家同意结婚，但烦心事不少，妮子甚至想着还是回河南算了。”孃孃讲：“这可怎么好。”琬怡讲：“觅波快打电话给妮子，让她快些回来，告诉她，这里就是妮子的娘家，有什么事回来商量。”觅波讲：“妈妈这才算说对一句话。”

觅波打电话给妮子，妮子很快就回来。妮子进门，扑倒在地，孃孃上去，连忙扶起妮子：“姑婆是老糊涂了。”孃孃抱着妮子，两人哭作一团。琬怡也在一旁劝慰妮子讲：“姑婆也是不舍得妮子出嫁呀。”觅波则在一旁，兴奋地拍着手：“妮子应该从这里嫁出去。”孃孃讲：“我们家是要忙了。”

妮子的婚事，接下来便由孃孃全盘操持。琬怡和大明受孃孃的委托，先期与男方的父母电话沟通了一下。男方家长正苦于未与女方家长见过面，便马上发出邀请，提议双方家人先见个面，见面是安排在市中心一家饭店里。孃孃亲自出场，琬怡、大明陪着，还有觅波也一定要去。一家人衣着庄重地去饭店。妮子始终是跟在后面，似乎众人忙的不是她的事。

就餐的饭店，也是豪华至极，透着男方父母对于此次见面的重视。在就餐过程中，孃孃作为妮子的实际监护人，与男方父母商谈了女方陪嫁与婚庆细节。孃孃在谈笑间，化解了男方父母的担忧，也让妮子与王师太的侄孙免去了原先的尴尬。在宴请最后，服务员送来结账的单子，孃孃示意大明去埋单。孃孃对男方家人讲："还是我们来结账吧，也聊补我们联系晚了，孩子也是多有不周之过，而亲家已经为孩子们的婚事做了那么多的事。"

就餐后，男方父母邀请孃孃等一众人去家里坐坐。此时双方已是相当融洽。男方竭力邀请，并说家就在离吃饭的饭店不远。见男方父母相当诚恳，孃孃才应了邀请。

男方家就在靠近长乐路上的几栋新建的公寓大楼里。公寓大楼所在庭园，绿花映翠，喷水池也是相当气派。男方家占居高层区域的一个楼面。男方父母领着众人逐一参观了所有的房间，还特意介绍今后用作儿子新婚的房间。孃孃与男方父母热络地看着说着，一些故旧的传闻，一些曾经的身世，再是四周的马路与建筑，以及从前人家一些做派，只要说到这些，孃孃的话就会很多。男方父母对孃孃也是折服，一切也是溢于言表。

琬怡瞥了一眼妮子和那位王师太的侄孙，两人虽说是跟着众人在一起，但话并不多，两个年轻人的神情还是带有几分的腼腆和忐忑，尤其是妮子，可能才经历的风波，全然没有想到剧情会发展到现在这个样子。琬怡今天在饭店里，就是很留意王师太的侄孙，虽说原来也只是见过一面，那次还是王师太带着这位侄孙来与觅波相识，琬怡曾经对于王师太的这位侄孙留下很好的印象，真是希望觅波与王师太的侄孙走近，只是没有想到是今天这样的结果。琬怡站在阳台俯视着四周，虽说是新建的高层大楼，倒是与四周的并不高大的传统建筑还算是和谐。

妮子的婚礼就这样定了下来。现在孃孃看妮子时的神色也发生了一些变化。孃孃觉得妮子出嫁，这言谈举止皆是代表着孃孃的调教，以前教妮子如何去做事比较多，这也是孃孃得意的方面，而现在真是要将妮子调教成一个大家闺秀了。孃孃抓紧每天的空闲，对妮子说着从前大人家媳妇进门的种种要领，所谓是下得了厨房，更要进得了厅堂，这张面子是如何重要；还有今后身居这样的人家，又要如何做到“不多说一句话，不多走一步路”，如何应付上下及左右内外。孃孃是说得起劲，但妮子还是一脸懵懂，孃孃也时有气馁，不过，看着妮子努力的样子，孃孃还是不停地说着。其实，孃孃的话，更多地在说着自己小时候娘家的一些做派，以及当初嫁到夫家时的盛况，孃孃说着说着，就会沉浸在自己的过往。

一天，孃孃又在调教着妮子时，琬怡正好在旁边。琬怡看着妮子的神情举止，突然发现妮子的脸上光生不少，这便又想到妮子当年进门时，满脸的雀斑，想来这雀斑也不是粉霜能够完全盖过的，这几年，偶尔注意一下妮子的这张脸，的确是会觉得雀斑少了一些，只是今天再看妮子的这张脸，岂止是雀斑不见了踪影，不晓得什么时候起，妮子已经是换成现在的这张光生圆润的脸了。琬怡想到自己平时也是忽略了，又想到确实是一方的水土养一方的人。琬怡不禁轻声自语："这可真是现代版的灰姑娘故事。"这时觅波正好走过，听到琬怡的自语，便讲："真的难以想象，在今天的社会里，妈妈还存有这样的想法，姑婆也是，为什么要灌输给妮子这些东西?"琬怡再想跟觅波说话，觅波一脸不屑地走开了。

距离妮子结婚的日子里，孃孃想着妮子毕竟是从这个家门嫁出去的，在帮着妮子置办嫁妆时，也是动足脑筋，采买所有的物品也不肯将就，孃孃花费了不少钱，更是将琬怡和大明差得头头转。觅波也没闲着，忙着相帮妮子选新娘妆和新娘礼服的款式等。

迎亲的这一天，建国西路孃孃家的花园里，也铺起长长的红地毯，男方家来了十几辆接亲的轿车。妮子临出家门，更是在姑婆面前长跪不起，泪眼婆娑，一声声地叫着"姑婆"，叫得孃孃也是眼泪不断。孃孃也是感慨："妮子进这家门时，也只有十五岁，黑黑瘦瘦的一个人，你娘跟我说，只要给口饭吃吃就行了，哪想到今天出落成这样，竟要出嫁了，往后的路全要自己走了。"孃孃说着说着，也是流泪，竟然不能自已。琬怡在一边，也有感触，陪着伤感。觅波在旁不断提醒着妮子："当心，才化的妆"。觅波穿着伴娘的纱裙，脸上的喜悦也要多过做新娘的妮子。

婚礼的现场，有点奢华，有点喧嚷。妮子挽着大明的手臂，踏进婚宴的大厅，此时的妮子身着大红的夹袄和翠绿色的长裙，一根五彩的宽腰带，显出身段窈窕，妍丽妩媚，行走之间波光流动。这衣料，正是上次在朱家角吃饭时，妮子分得的绸缎做的。大明把妮子领到新郎面前，嘱咐了几句新郎，竟然哽咽。在婚宴双方家长致词的环节，琬怡代表女方家长致词。

孃孃平时出席各类聚会，都是盛装，今天更是刻意，绿鬓红妆，丰容靓饰。孃孃与身俱来的那种气质神韵，尤其适合这样的场合，熠熠生辉。王师太也参加了酒宴，与孃孃、琬怡等人是隔着几桌，相互之间远远地点了点头，算是打过招呼。可能王师太至此还没有搞明白，剧情发生了怎样的逆转。

酒宴中，琬怡特意走到王师太身旁，琬怡悄声招呼：“来跟王师太赔个不是，觅波真是太不懂事，想必给王师太添了不少的麻烦。”王师太讲：“我是有点老糊涂了，还想着一个不适合，再相帮介绍一个给觅波。”琬怡讲：“王师太这样讲，我更觉得对不起王师太的美意。”王师太讲：“这个场合，原本属于觅波的，有点可惜了。”琬怡讲：“真是吃不透现在女孩的心思。”王师太讲：“今天最风光的，还是琬怡的孃孃。这就好比，红楼梦里贾母身边的丫鬟，谁敢小看。不过，这妮子，一打扮，倒也蛮登样的。”琬怡讲：“其实心里还是在为妮子担忧的，妮子的一切才是刚开始，今后会遇到什么难处也是可想而知。”王师太讲：“想了一道去了，否则世上哪有这句话，善始者众，善终者寡。进了这样的人家，妮子只不过是调了一份人家做保姆。”琬怡讲：“诶，觉得自己是有点多操心了，妮子也是存了心思与心机，才有了今天，真没想到妮子，这一年多来，不声不响的。”王师太讲：“现在倒是想想，上些天到琬怡孃孃家里去，说的这些话，也有点失态了。”琬怡讲：“我们家的觅波也是，永远不会体谅到父母的一份心。”琬怡的话也有点伤感，王师太连忙讲：“有时真的是没办法，做父母的只有等待，接受所有的可能。”琬怡讲：“再想对王师太说声对不起，心里真的过意不去。”王师太讲：“琬怡别再说了，儿孙自有儿孙福。”此话题就算过去。

琬怡回到酒席的座位。琬怡看着新娘妮子与新郎一道逐桌向宾客敬酒，看着妮子欢快的笑脸，琬怡心想：才是不久前，妮子是哭着不能应对这一切，还曾试图逃避回河南老家，而现在，好似云开雾散，见得阳光，一脸无忧。而想到这里，琬怡又瞥了一眼在妮子身旁的觅波，心想，真正缺心眼的应该是觅波吧？此时的觅波正在随着众人起哄着新郎，觅波这个伴娘也是当得尽心尽责，竭力地护着新娘妮子。琬怡怎么看此时的觅波与妮子，有点角色的颠倒，只是若是觅波做新娘，妮子可是连伴娘也是不配。琬怡看觅波，不觉又想到王师太刚才那句“儿孙自有儿孙福”的话，想到现在的觅波，跟着那个德国的男孩迪姆，真真假假，不淡不咸的已谈了一段时间的朋友，说穿了，也就是玩闹，真是让人发愁。这倒也不是琬怡对于眼前的这个婚礼多有遐想，如同刚才王师太所提该是觅波的婚礼，或是门当户对的这些话，其实那个王师太的侄孙能选择妮子，琬怡基本上已对这样的男人有了定论。此时婚宴上又是一次小小的高潮，开香槟酒，切蛋糕。琬怡感到自己置身在这样的环境里，竟然有点伤感。琬怡想到了自己，想到当初自己怎么就会完全听命于阿爸，而眼前的觅波怎么就一点也不像自己。

在回家的路上，孃孃还是在念叨着妮子："想想这妮子，也是和我们家有缘，这些年来，妮子的娘亲也是少有关心的，要是妮子的娘亲连续会来信或是打电话，那肯定是来问妮子要钱的，妮子是躲还来不及。"大明讲："孃孃还是担心妮子呀。的确，这些年，妮子全靠孃孃这样照应着。"琬怡讲："放心，妮子才不会吃亏呢。"过了片刻，孃孃又说起了刚才的酒宴："今天王师太明显不开心"觅波讲："王家婆婆又有什么不开心的呢？她还不是总想着跟我们家攀亲结缘的。"琬怡讲觅波："觅波怎么可以说这样的话。"孃孃讲："今天王师太可最不愿意想的就是这个呀。"觅波似乎还沉浸在刚才婚宴的气氛中："妈妈今天致词应该加分不少，原来这就是做领导的优势。"孃孃笑着讲觅波："觅波怎么不说说自己的老子，妮子出嫁，大明说话就不流利了，哪一天，觅波要是出嫁时，大明还不要哭天抢地啦?"孃孃的话，引得大家都笑了。

替妮子准备嫁妆，以及妮子的婚事，前前后后忙了一阵，也就过去。觅波作为伴娘，又陪着妮子小夫妻俩，到河南妮子的老家去举办了一次婚礼。觅波回来后，给大家说了不少妮子在家乡婚礼上的奇闻异事。为了妮子的事，觅波忙碌了多时，待这些事忙过之后，觅波这才想着自己也有不少的事。

迪姆即将回德国去念大学。迪姆与觅波已经商量好了，迪姆一回国，就帮助觅波申请大学，可能觅波先要读半年的语言方面的预科，然后才能转入正常的课程读书，觅波现在大学里所取得的学分全都可以转入。觅波将在明年的春夏之际去德国读书，虽说还有半年多的时间，但要准备的事有许多。

在迪姆回国前，觅波将自己未来的计划向姑婆，琬怡和大明说了。想到迪姆就要回国，琬怡和大明有意与迪姆见一面，琬怡想在外面的饭店里，只是纠结着是中餐还是西餐，大明想请迪姆到家里来，环境氛围可能更适合这样的见面。觅波听了，同意让迪姆与家人见面，只是反对琬怡和大明这样的操办，并且称由她来安排见面的事。

之后没几天，觅波便安排姑婆，琬怡和大明与迪姆的见面，见面的地点就在复兴西路上一家咖啡馆里，每人一杯咖啡一块三明治。咖啡馆内逼仄的环境，琬怡当然难以理解觅波为什么会作这样的安排，觉与迪姆见面，应该在更正式一点的场合，想来觅波就是不喜欢琬怡和大明来安排这一套。

迪姆随和，要比觅波话多，又觉得都是精心准备的那些话。一杯咖啡的见面时间也就过去了，觅波便说两人还要去看电影，似乎这次的见面也只是看电影前顺带的。之后，便是在咖啡馆门口与迪姆道别。孃孃用英语，对迪姆说了几句拜托照顾觅波的话，迪姆不断地点头应承着。

在回去的路上，琬怡对觅波这样的安排有些不开心，只是孃孃在场，琬怡不便抱怨，但脸色有点难看。孃孃看一眼琬怡，讲："想着这个叫迪姆的，能够与觅波相处一年多，该是会迁就觅波这样脾气的人吧。"孃孃又对琬怡讲："琬怡是不是不舍得觅波走远？"琬怡回答："才不会呢。"孃孃讲："觅波还年轻，总不见得永远就守在我们身边。"

按琬怡的想法，孃孃才是最不舍得觅波走远的人，但琬怡又想到了当年那个竭力要自己去英国读书的孃孃。当时，孃孃也是说这样的话，只是当年孃孃让自己出国的理由，与此时的觅波出去的缘由正好相反，同意觅波去德国读书，多少有点撮合觅波与那个迪姆的关系。自从觅波明确宣布去德国留学后，琬怡就时常会忆起当年自己准备去英国读书时的一些心境，想必，此时的孃孃也在想着这事，只是因为大明在一边，孃孃才没有提这些事。

自从觅波决定要去德国读书后，家里似乎都为觅波去德国开始做着准备。有关德国的一些话题也常会说起。一家人开始关心起德国的天气，德国的社会经济，德国的社会治安，德国的一些习俗与风土人情。

觅波现在努力补习着德语。觅波补习德语的学校在市东地区，离开惠姑家不远。只要读书的日子，觅波从学校出来，常去惠姑家里吃夜饭，然后再去德语的补习学校上课，就像是当时在业余剧社那样。觅波常去惠姑家，自然带回惠姑家的许多最新的消息。

一天，觅波又对大明说起在惠姑家里听到的事：“姑父准备再次出海了，说现在菜场里的小摊头，惠姑一人就够了。我当时就问惠姑，菜场里一个人真的忙得过来吗，平时看到的是两个人都忙得够呛呀。惠姑笑着说，船到桥头自然直。”大明讲：“觅波不该对惠姑家的事指手画脚。”觅波讲：“若是姑父一个人去找个地方清闲偷懒，我当然要说。不过，姑父算了家里一本账，我也就没话说了。姑父说，眼下菜场里的小摊头，也就刚够家里糊口，现在儿子在读大学，开销很大，今后还得给儿子买房结婚，花钱的地方不少，所以姑父说，趁着身体还行，就再去做做吧。”大明噢了一声。觅波讲：“不过，姑父说，现在远洋运输好像也不太景气，跑远洋的轮船也少了，不少公司都在亏损，跑远洋也不再是高工资，年轻人都不愿意去跑远洋，所以姑父才觉得有机会。”大明听完后讲：“你姑父这事肯定想着很久了。”觅波又讲：“说起航海的故事，姑父总是会滔滔不绝，惠姑也听得入迷。我问惠姑，以前没听姑父说起过吗？惠姑说，都听了无数遍。”大明默不作声地听着。觅波问大明：“爸爸不会再反对姑父去跑远洋吧？爸爸年青时的志向也是去跑远洋，爸爸就从来没有想过去实现自己的理想？”大明讲：“当年要面对的事太多了，也不可能有什么更多的选择，一个男人要承担的责任有很多，不能由着性子乱来呀。”

又是一天，觅波从德语补习学校回来，对大明讲：“今天又去惠姑家了。惠姑说，附近这一带棚户房子都在动迁。惠姑又说，将来家里若是动迁，无论分配房子或是钞票，都会给爸爸一半的。”大明问：“是吗？”觅波讲：“可能感到爸爸当年就像上门女婿，自己的娘家总感到还是欠着什么吧，所以惠姑才这样想的。”大明又问：“是你惠姑这样说的？”觅波讲：“是我猜的。”大明笑着讲：“觅波乱说什么呀。”

琬怡最近常听到觅波去小惠家，觅波在说一些惠姑家的事时，琬怡总是非常留意。自从上回得悉觅波参加业余剧社，常去惠姑家时，琬怡就觉得是一件相当不可思议的事。现在觅波除了学校读书，或是补习德语外，周末总会待在家里，很少外出活动。对于在妮子出嫁这件事上，琬怡所表现出的态度，觅波好像是挺赞赏的，所以现在觅波与琬怡母女之间的关系亲近不少。琬怡竭力寻找着与觅波的共同话题，当然也会说到迪姆。琬怡还有一个发现，觉得现在大明的话明显有些少了，琬怡这才有点感知，对于觅波远赴德国去念书，最不舍的可能是大明吧。

一天，也是一个周末，琬怡与觅波两个人，饭后在家附近走走，后又坐进一家甜品店，觅波有点不经意地问：“这么多年，妈妈有否想到过，外公当初介绍爸爸有多么的不适合？”琬怡一时没有反应过来，便问：“觅波怎么会问这个问题？”觅波讲：“其实妈妈一直是看不上爸爸的家吧，在我的印象中，妈妈也是很少去惠姑的家，与其说是敬而远之，倒不如说是躲得远远的。”觅波的直率，有时真让琬怡吃不消。琬怡讲：“觅波到底想说些什么呀。”觅波呵呵两声：“我这是在观察。”觅波又说到姑婆与两个阿姨：“妈妈没觉得吗，姑婆不急着见语嫣阿姨和阿岚阿姨，其实还是惦记着妈妈，姑婆偏心，只顾着妈妈的心情。想来生活在一起才是最重要，血缘并不能替代一切的。语嫣阿姨和阿岚阿姨也是这样，有点相依为命的感觉。”觅波的话，又让琬怡有点惊讶。觅波还是呵呵两声：“我这是在观察。”

九

阿岚对语嫣讲："我又做梦了。一个人走在外面，一条一条的马路走，四川北路，长春路，溧阳路，海伦路，宝山路，天通庵路，西江湾路，宝山路。我是走了半天，走得筋疲力尽，走得饥饿慌张，但就是会寻不着多伦路，寻不着东横浜路，寻不到家了，我是急呀，越急越是寻不着家里，我一个人立在路边哭，身边走过多少人，也没一个人来问问我，当时心里是挖塞，懊恼，想着怎么会家也寻不到了，又想想，东横浜路的家里，现在会是怎样了，外婆好吗，姆妈好吗，还有语嫣好吗？要是我真的找不到家又会怎样？我是哭了醒过来的，浑身是汗，看看自己就躺在亭子间里，心想，还好刚才是做梦。"

阿岚的病情再次复发，并带有全身性的病症。语嫣面对阿岚的复查结果，想到当初阿岚手术时，医生曾经对于阿岚病情发展过程的描述，似乎现在正朝着这个过程走。语嫣当然想着能否再有办法，哪怕是一丝的希望，但医生已感到没有什么办法可以尝试了，似乎走进绝境。语嫣想着医生叮嘱的事项，又感觉到阿岚在家终究不是办法，便联系四川北路上的第四人民医院，想让阿岚还是去住院，这样还可以有些基本的治疗，但是，阿岚反感住院，语嫣又不能把什么话都明说。

语嫣在家时，好几次都看见，坐在客堂间里的阿岚，朝落地窗外的天井里看着，神情专注，若有所思。语嫣顺着阿岚的目光，可以看到天井里高砌的砖墙，斑驳的墙面，几块青苔，高处的墙沿，冒出些小草，倒是碧绿，墙角里堆着杂物，有点零乱，黑色的大门，下面的油漆早已褪色，露出暗暗的木纹。怎么看，这天井，与以往并无两样，但阿岚却会看得出神。语嫣看着阿岚的背影，竟然也是看呆，一直站在那里，没有去惊动阿岚，想来，这么多年，阿岚也少有在东横浜路的家里，这样尽心尽意地生活。有了这样想法的语嫣，便没再提阿岚去住医院的事。

这样又过去了一段日子。语嫣对于阿岚病情的忧心，还有对于阿岚情绪的担忧，时常絮忧在心。当阿岚的肝脏部位日渐疼痛时，阿岚自己提出想去医院。

在去住院前的那天夜里，语嫣和阿岚在客堂间里坐着，说着话，安排着住院的一些事。想着明天一早阿岚要离开东横浜路的家，又要去住医院，语嫣轻声地对阿岚讲："我们就去住几天，阿岚什么时候想回来，我们就回来。"阿岚淡淡地一笑。

阿岚对于此次住院，有言再先，让语嫣不要告诉任何人。语嫣不由地想起阿岚上次住院开刀时，对于沈德运的态度，便问阿岚："也不让飞章来吗?"阿岚回答："小孩还是少来医院的好。"语嫣又问："飞章问起，我该怎么回答，还有那么多的阿岚朋友，总是隔三岔五地来关心阿岚，阿岚又让我怎么去说？”阿岚讲：“随便语嫣怎么说，反正我不想再看到任何人。”语嫣又问阿岚，是否应该告诉一声琬怡，阿岚也只是摇头讲：“上次开刀出院后，语嫣告诉琬怡大姐，琬怡大姐到家里来看我，想想，还是给琬怡大姐添了麻烦。还有，语嫣是好意，帮我在朱家角过生日，也见到了传说中的孃孃，但这又是怎样呢？在朱家角第二天早上结房账时，我还看到语嫣和琬怡大姐各自算着房账。”语嫣讲：“那天原来我是想一道付的，是琬怡姐不肯，最后变成各付各的。”阿岚讲：“其实琬怡大姐一定会觉得我们家事多，一出连着一出。”语嫣不免叹一口气：“阿岚总是怪我，当初姆妈过世时联系上琬怡姐，怪到现在。”阿岚讲：“语嫣凡事都想着周全，只是别人才不会像语嫣这样想。再说，琬怡大姐现在做的是自己的生意，肯定是忙。语嫣说了，倒是难为琬怡大姐，是来好，还是不来好？来了，搭上时间不说，又破费花钱。上次去琬怡大姐的公司，才坐下，但看到琬怡大姐忙碌的样子，心想，自己的确有点碍事。”阿岚的话，让语嫣不晓得如何说好。阿岚又讲：“语嫣还没看出来吗，琬怡大姐的手势，还有那位孃孃的作派，包括那位觅波大小姐，穿的用的，看似随意，实是低调的奢华，我们小户人家出来的人，恨不得将一家一当全部穿在身上，还生怕人家不认得，还有，琬怡大姐说话做事，与我们终不是一路的人。我们是高攀不起这样的人家。”

阿岚不断地说着，而语嫣无话。此时语嫣的心里在担忧阿岚刚才所说，那就是现在阿岚住院不让通知琬怡，若是阿岚有什么事，琬怡会不会埋怨自己为什么不及时通知。

其实语嫣心里，此时与阿岚之间，还多了一层说不明道不白的情绪在里面。自从语嫣晓得自己的生世之后，语嫣无论在家里，或不在家里时，无论是面对着阿岚，或不在阿岚的面前，都会时常想到自己与阿岚的过往，想起姆妈，想到外婆。语嫣的心里一直希望与阿岚说说这些事，但同一屋檐下的阿岚提也不提，甚至语嫣话到嘴边，也被阿岚绕开。阿岚以往对姆妈最极端的抱怨便是："我好像不是她亲生的。"当然这在当时，也是阿岚的气话。语嫣想提起以往的这些事，至少语嫣担心着，阿岚对于姆妈的种种抱怨能否释怀。而今想着自己与阿岚竟然不是一脉，想到姆妈对待自己视如己出，从小是疼爱有加，与对待从小就很叛逆性格的阿岚有着明显的区别。想着姆妈的晚年，对自己的依赖，和对阿岚的疏离，不晓得阿岚会作何感想？至少语嫣心里起了波澜。语嫣甚至会想到，阿岚晓得这些事之后，是不是感到，这么多年，正是因为自己的存在，进而是夺走了阿岚有可能独享母爱的机会。

此时语嫣的所思，阿岚似乎是猜到几分，阿岚讲："想着我还是幸运的，父母分开后，琬怡大姐相对孤独，而我，有语嫣，我们俩总在一起。现在，语嫣更是我的依靠。"语嫣感得阿岚更多的是在安慰自己："阿岚真的是这样认为的?"阿岚讲："语嫣一直还会想到那件事吧，就是姆妈最后的日子里，我跟住在医院里的姆妈吵了起来，是什么起因？姆妈不会说，我后来也没说过。"语嫣讲："是有这事，当时阿岚跟姆妈不开心，离家出走十几天，直到打电话说姆妈不行了，阿岚才匆匆赶回来。”阿岚讲：“有一天，我在翻姆妈的抽屉时，无意中翻到从前阿爸给姆妈写的一封信，信里写到我们三姐妹，特意还提到语嫣的身世，阿爸说，语嫣长大的了，要告诉语嫣父母的情况。当时阿爸写这封信时，可能已经病得很重，提出想看看我们姐妹俩。我当时是生姆妈气的，竟会得把信压了下来。”语嫣讲：“若这样，我们当初可能就看到阿爸，姐妹也就团圆了。”阿岚：“姆妈去世的这两年，我一直在想这桩事，渐渐地明白了姆妈的心想，其实真没必要再联系了，多一事还不如少一事。”语嫣讲：“那阿岚早就晓得我的生世了？到后来，原来是我独独一个人不晓得。”阿岚讲：“原本我也会像姆妈一样，忘了语嫣的身世，只是因为那张血型的报告，发现语嫣起了疑心，可是我开不了口说这事。找琬怡大姐的原因，是感到还是让琬怡大姐说出来比较好，谁晓得，琬怡大姐会请出孃孃来说这件事。”语嫣细想，这两年与琬怡的联系，阿岚总是抱着可有可无的心态，或是被动的，甚至是抵触的，现在算是有了答案。而此时，语嫣又想到，因为阿岚的再次住院，再提联系琬怡的话，阿岚是明确拒绝。虽说阿岚也拒绝自己的儿子，还有沈德运，但语嫣明白，阿岚拒绝琬怡，更多的是在维护着自己，阿岚是有意忽略血亲关系。语嫣想到这里，觉得阿岚这样拒绝与琬怡的联系，终是不行的。

这一夜，难得阿岚精神意外的好，与语嫣说了一夜的话，直到晨曦微露，还是语嫣催促：“阿岚再睡一歇吧。”

阿岚去住医院。医院临着四川北路，从高俯视，整条马路的街景尽收眼底。目光再往远处，越过洪德堂，就是东横浜路家里的这一片的房子。阿岚对语嫣讲："其实每次走过四川北路，看到这幢病房大楼，就会想到姆妈，姆妈就是在这里走的。"语嫣无语。

自从阿岚住进医院，语嫣下班之后必去医院陪伴阿岚，每天要待到很晚才会回家，好在医院离家不远。要是礼拜六和礼拜天，语嫣也就全天待在医院里。每天下班，语嫣赶去医院，路上都是走得很急，语嫣晓得，阿岚一整天都在盼望着自己。语嫣不想让阿岚一日三餐都吃医院里的饭菜，所以每天的夜饭，语嫣总是在医院周围的饭店里买来。赶到医院的时候，阿岚都会半是撒娇半是抱怨地讲："语嫣又是来晚了。"语嫣也只能歉意地笑笑。只是即便语嫣每天精挑细选买来的饭菜，阿岚总是胃口不好，吃得并不多。

不过，每天夜深，还是阿岚在催促着语嫣快些回家，每次也都不忘讲一声："真是太辛苦语嫣了。"每次临别时，阿岚的这声道谢，这在以往是从来没有过的，而语嫣听了是别有一番滋味。

阿岚住院前说过不想见任何人或不与任何人联系的话，起初，语嫣只以为是阿岚的一时情绪化的语言，过几天也就会好的，这在阿岚的身上也是常有的。只是阿岚住进医院后，几天一过，语嫣确实感受到了阿岚与以往的不同。相比上次手术住院时，阿岚确实没有将自己再次住院的消息告诉任何人，渐渐地，语嫣发现阿岚手机也关机了。语嫣问起，阿岚便淡淡地讲："不会再用手机了。"除了语嫣，住在医院里的阿岚拒绝任何对外的联系。语嫣见状，一阵心酸，想想阿岚，曾经多少要热闹的人，现在似乎是与世隔绝。

考虑到周末飞章总是要来家里，语嫣感到还须将实情告知沈德运，沈德运得悉之后，很快就赶到医院，语嫣慌忙把沈德运拦在病房外。沈德运焦急地问着阿岚的病情，语嫣便把阿岚复查的情况告诉沈德运，沈德运便是悲戚。沈德运又问语嫣需要帮什么忙，而语嫣想到上次阿岚开刀时，沈德运做了那么多的事，语嫣还不曾将这些告诉阿岚，所以推却了沈德运的一切帮助，并且跟沈德运说清，之所以违逆阿岚的话，将阿岚住院的事告诉沈德运，完全是因为担心飞章："周末不叫来东横浜路，飞章会怎么想？晓得自己妈妈又住进医院，飞章又是会怎么想？"沈德运讲："飞章这里我会说的。"沈德运语气显得很无奈。

每天的深夜，当语嫣走出已经静寂的病房大楼，走出医院。此时的四川北路也已沉寂下来，穿过马路，没走多少路，便是转弯进多伦路。此时的多伦路，还要安静，一条路上差不多就是语嫣一人的脚步声在回响。

那次语嫣与汪承望分别后，汪承望便去青岛，之后短信还是不断，电话也来过几次，不断地将在青岛忙碌的一些事告诉语嫣，而语嫣只是简单几句短信回复。对于阿岚再次入院，自己每天都陪在医院里，语嫣没有告诉汪承望。

汪承望在青岛滞留未归，先说是在帮前妻装修房子，耽搁了原来的安排，语嫣让他不必着急，去青岛的目的，也就是要安顿好母子的生活。之后，汪承望又有些担心在上海的工作，一直这样请假也不行，透着焦虑，语嫣又是安慰一番。而近一段时间，汪承望短信也来少了，电话更是没有打来过，语嫣猜测着汪承望又会碰到什么事。就在语嫣为此担心时，汪承望来了电话，坦言儿子的病情不太好，又说还得在青岛住一段时间。结束与汪承望的电话，语嫣心里清楚，一直以来顾忌着与汪承望的这种交往，即便与汪承望的重新相聚，再有汪承望现在已经是离婚的状态，语嫣还是在纠结着与汪承望这样的来往，而汪承望此次去青岛后，语嫣的这种心情更甚。虽说才结束电话，汪承望又发来了信，还在说着滞留的原因，显然从刚才的电话里，在猜测着语嫣的情绪，有点担心着语嫣。语嫣回复："你忙你的，我很好。"

语嫣是有点心烦意乱，既有阿岚的病情，还有就是对汪承望的这份感情。夜深人静的病房里，这种时间有时真的有点难熬。

此时语嫣转过头去，看到阿岚真盯看着自己："诶，阿岚醒了。"阿岚讲："我是不是睡了很久，脑子里一直昏沉沉的。"语嫣讲："还可以呀。"

阿岚难得有不被病痛折磨的时候，面容舒缓不少。阿岚还是盯看着语嫣："其实，刚才我看语嫣，看了好久，语嫣在想心事。"语嫣讲："是吗，可能是有点困了。"阿岚讲："刚才看语嫣，忽然想起我们的小时候，当时与语嫣在亭子间里，一张小床睡着我们俩，我有时喜欢脱光着睡，而语嫣总是中规中矩地穿好睡衣，我欢喜寻语嫣开心，还把手伸进语嫣的睡衣里，抚摸着语嫣身体，这后来竟成了我的习惯，睡觉时总喜欢搂着语嫣。长大后，晓得同性恋是怎么一回事，我甚至还会想起，当初我是不是恋上语嫣了。不过，后来想得最多的是，哪一天，若有一个男人能搂着语嫣睡觉，那个人该是多么幸福呀。”语嫣讲：“小时候，我一到床上就迷糊，哪想到阿岚存了这么多的心思。”阿岚讲：“语嫣从小就是做事犹豫，谨小慎微的样子。要说也有不喜欢语嫣的地方，就是我什么话都会跟语嫣说，而语嫣总是把话藏在心里。其实这两年，我最开心的事，就是语嫣对我说，今天我不回来吃夜饭。我就在想，语嫣说不定是去约会了，真是替语嫣高兴。我甚至还想跟踪去看看。”语嫣讲：“我可没有阿岚这么多的狐朋狗友。”阿岚讲：“语嫣是有意岔开话题，我是在说男人，有个知心明理的男人，有时还是很开心的。”

阿岚的话，让语嫣感到，刚才自己肯定有些不经意的神情让阿岚有所察觉。想到这些，语嫣顿觉有些自责，自己竟然在陪护阿岚时，还会被汪承望的这些短信搞得分心。不过，很久以来，语嫣一直在纠结着是否要将汪承望这个人告诉阿岚，而此时阿岚的话，引得语嫣又有这样的冲动，不过语嫣终究还是没说出口。语嫣叹息一声。

阿岚讲：“语嫣和我一样，就是心气太高了，万事都想得周全，世上哪有这样的好事，只是想对语嫣说，千万别委屈了自己。”语嫣未置可否。阿岚继续讲：“其实想来，我与沈德运就是从小自来熟的那种，后来虽说周围男人不少，再有那个赵工，不过，从来就没有过脸红心跳的那种，要说这也是遗憾呀。”语嫣讲：“阿岚又瞎说了，当年各种各样的男人在追求着阿岚，阿岚常有提到，也是脸红心跳的那种，阿岚欢喜长长的大腿，高个的男人，只是当时的阿岚眼里只有沈德运。”阿岚讲：“是吗？这样说来，已有多少年了，没有和语嫣这样说说交什么男朋友的经历。”语嫣讲：“待阿岚病好，又可以和男人约会了，天天还会是这么晚回家。”阿岚讲：“嗯，还是常忘钥匙，把语嫣吵醒了，下楼来替我开门。”语嫣讲：“只要阿岚不要喝醉酒就行了。”

阿岚的欢快的神情溢于言表，语嫣更是觉得阿岚对于世事的不舍。

此后的一天，语嫣不顾阿岚的反对，执意要让飞章来医院探望阿岚。沈德运将飞章送来，当飞章走进病房时，阿岚是喜不自禁。

这天，飞章走后，语嫣对阿岚讲：“明明是一件很开心的事，为什么不让飞章来呀？”阿岚讲：“其他的小孩，可以记住妈妈的很多事，譬如妈妈做的饭菜，妈妈做的衣服，而我，似乎都没为飞章做过些什么。今后飞章能记得他妈妈的，只能是妈妈的漂亮，所以不想让飞章看到我病病怏怏的样子。”阿岚的话说得悲凄，但这一次语嫣格外坚决：“还是让飞章多来陪陪阿岚吧。”

从这之后，飞章隔三岔五常来医院。看着阿岚与飞章在一起，语嫣总是暗暗叹息，希望这个时光能够凝固。飞章每次来，都是沈德运送来的。相比上次阿岚住院，沈德运送飞章来，总会在病房大楼下等着飞章，而这次沈德运把飞章送来就走，与飞章约好时间再来接。沈德运见语嫣，也是匆匆说上几句有关阿岚病情的话。总而言之，语嫣感到眼下沈德运是非常的忙碌，人也显得相当的疲惫。

相对于上次阿岚开刀住院，飞章总是会问妈妈什么时候可以出院，而这次飞章来看阿岚，从来不会再问起。每次飞章临走时，都是语嫣将其送下病房大楼，一路上，飞章也是低头闷走。语嫣见状，总是心里难过。语嫣讲："医院离家里这么近，飞章下了课，完全可以自己来，想什么时候来都可以，没必要叫爸爸来接送。"飞章讲："已经有段时间了，爸爸让我住在阿爷阿娘的家里。"语嫣问："阿爷阿娘家也是不远，飞章也可以自己来去呀？"飞章讲："因为我不想去阿爷阿娘家，几个姑姑整天在跟阿爷阿娘吵不清爽，爸爸又担心我一个人在外瞎皮，所以一定要送我去阿爷阿娘家。"语嫣又问："为什么一定要飞章住到阿爷阿娘家？"飞章讲："爸爸最近蛮忙的，没空陪我。酒吧又调地方了，新地方夜里也在施工，爸爸一直盯在现场。爸爸还与小红阿姨一直在商量钱的事，爸爸说生意难做。"飞章的话，又让语嫣想到，阿岚以往对沈德运父母家的描述。虽说飞章是孙子，总是宝贝，然而飞章眼下并不愿意住到沈德运父母家，沈德运肯定也是没办法，有点强制飞章去自己父母家。而飞章同时又在忧心着大人的一些事。语嫣便觉得飞章有点作孽。

又有一次，也是在等沈德运时，飞章讲起："昨天，小红阿姨也在说要来看看妈妈，爸爸不允许小红阿姨来，最后两个人吵了起来。"飞章的一些话，让语嫣联想起飞章眼下自己家里的一些情形。语嫣更为飞章担忧。

医院里隔一段时间要求结账，沈德运基于上次阿岚住院开刀时的经历，过一段日子，便到住院部把账给结了，然后再告知语嫣。沈德运帮助阿岚支付医疗费用，这在语嫣看来，于情于理也是说得过去，而且也让语嫣看高几分沈德运，但让语嫣感到为难是，阿岚一直以来明确地拒绝沈德运的帮助。上次阿岚住院费用，阿岚以为是语嫣垫付的，出了医院后，就要将钱还给语嫣，语嫣晓得阿岚的经济状态，不让阿岚掏钱，当时阿岚还笑着讲："看来语嫣是有钱，那我就笑纳啦。"其实语嫣几次欲言又止，想告诉阿岚，阿岚住院的费用中，大部分还是沈德运支付的，但迫于阿岚手术之后的身体状况，同时还有阿岚的脾气，语嫣没有告诉阿岚。所以，当得知沈德运又将这些日子阿岚的住院费用结了之后，语嫣是明确地反对，要把钱还给沈德运，沈德运当然不收，语嫣还是坚持，最后沈德运讲："我已经不晓得还能为阿岚做什么了。"沈德运的声音带有哭腔，语嫣只能做罢。

也就是这事之后，语嫣开始想着如何寻找机会跟阿岚提这事，想着让阿岚能够接受的一个说辞。就在语嫣想着这事时，阿岚的情况有些不妙，阿岚昏睡了过去，医院开出病危的通知。语嫣马上给沈德运打电话，沈德运带着飞章立即赶到医院。那天，阿岚缓缓地苏醒过来，看到病床边三个人都在揩着眼泪，阿岚的神情却是出奇的平静，还幽幽地讲一句："我大概太吃力，睡了很长的时间。"

阿岚看到沈德运在病床旁边，并没有什么特别的反应，这让语嫣误以为阿岚态度的转变，所以在接下来的一天，趁着阿岚病情稳定的时候，便将沈德运垫付住院费的事说了。语嫣说好，看到阿岚泪如雨下，语嫣顿时慌了。阿岚带着哭腔："我还以为，我这么多年的心思，语嫣应该是最清楚不过的，果然语嫣是嫌弃我了，最好找个什么理由，不再管我了。"阿岚的话声悲恸，语嫣也是痛哭："阿岚是我错了，是我错了。"

阿岚继第一次昏睡过去之后，又出现过几次这种情况，而且，有时阿岚昏睡时，大汗淋漓，湿透全部的衣衫，这是由于疼痛引起的。语嫣叫医生，医生做些减轻疼痛的处理，这样，阿岚的神情会轻松一些。只是这样的情况开始增多了。

医院连续几次开出阿岚病危的通知书，语嫣又想到琬怡。语嫣几次都想将阿岚的情况告诉琬怡，甚至有一次语嫣已经拨通了琬怡的电话，而琬怡的手机关机，再将电话打到琬怡的办公室，被告知琬怡出差去了，这时可能在飞机上。想到琬怡在出差，语嫣也就没有再打电话。这之后，语嫣又想到阿岚叮嘱过不想见任何人的话，想到阿岚晓得沈德运帮付医药费，悲痛欲绝的一番诉说，语嫣便又不想马上联系琬怡了。语嫣担心阿岚的情绪会影响到身体。

最近语嫣已是全天陪护在阿岚的病床旁。想着这会影响工作，但毕竟语嫣分身无术，好在齿科诊所的院长还是非常了解语嫣家里的一些情况，所以让语嫣尽管去忙家里的事，并不要担心工作上的事。陪护期间，语嫣会暂时离开一歇，那只是语嫣趁着阿岚病情稳定，安稳地在睡觉时，语嫣才会回家去一次，洗个澡换身衣服便又赶回医院。现在的语嫣时时都在担心着阿岚的情况。

一日，回家去的语嫣返回医院病房时，见阿岚正双眼非常有神地注视着走进病房的自己，语嫣有些惊讶地讲："呵，阿岚该不会想下床走走了?"阿岚的语气也是娇声："我肚子也有点饿了。"语嫣讲："那太好了，刚才路过那家广东的甜品店，门还开着，我就进去买了几样，有菠萝包、西米露、双皮奶，我们吃夜点心吧。阿岚能坐起来吗?"于是，语嫣扶起阿岚，两人吃起点心。阿岚讲："语嫣买的都是我喜欢吃的。"语嫣讲："阿岚尽量多吃一点。"

说来也怪，就在那夜之后，阿岚开始精神特别好，面色也有些红润了，而且胃口也很好。阿岚想着要吃重油菜包、粢饭糕、米饭饼、豆腐花、小馄饨，还指定要吃某一家的，都是小时候爱吃的。语嫣一一去买来，阿岚神情欢喜地吃着。许多时候，阿岚边吃边还要精神十足地说着，姐妹俩小时候在吃这些东西的一些情景，当然其中有姆妈，有外婆，有四川北路那些饮食店食品店，还有虹口公园。阿岚还说到沈德运，说到沈德运的阿爷，虽是一笔带过的一些事，关键还是要说到飞章，说到飞章话多了不少。阿岚尽情地说着，由不得语嫣有任何的打断。不过，语嫣听来，阿岚的记忆只是在这些往事上。姆妈去世后，与琬怡大姐一家，还有孃孃的团圆，这两年中也发生的许多事，完全是被忽略掉了。语嫣认为，阿岚是有意不提这些的，就像从未发生过这样。

有一天，阿岚又突发奇想，想去鲁迅公园看看，语嫣想着如何使得，只得再三劝慰，最后没办法，扶着阿岚在医院一处高楼的窗户边，向鲁迅公园方向眺望着。不过，由于建筑物的重重遮蔽，根本看不到鲁迅公园。语嫣只得安慰讲："哪一天，阿岚病好些了，我们就去。"阿岚神情轻松地应着语嫣的话。看着阿岚精神出奇地好，语嫣是暗暗担忧，悲从中来。

果然，正如语嫣所料，阿岚精神十足的样子，也只有几天，之后，便是一直昏睡，气若游丝，一天里只有很少的时间会醒过来，且意识时有清醒，时有糊涂。语嫣便不再离开阿岚的病床。语嫣想到这些日子，阿岚似乎都是有惊无险地度过，在感叹着阿岚生命的顽强时，也体味到阿岚对于生命的眷恋。

也是从那个夜里开始，天落起雨来，而且一直没有停过。又是一个时而细雨纷纷，时而狂风暴雨的梅雨季节到来了。

一天夜晚，语嫣一如既往地独自陪伴阿岚。夜深人静，阿岚用极其微弱的声音对语嫣讲："想穿新衣服，都很久没穿裙子了。"语嫣当即明白，阿岚去年买的一身连衣裙，当时阿岚买回家，由于天气转凉，也就一直没穿过这身连衣裙，之后阿岚还说了好几回，要等到明年夏天才能穿上这身新裙子。阿岚一提到这事，语嫣就问："阿岚想回家去吗?"阿岚有点疑惑地看着语嫣，语嫣悄声讲："我早就准备了一辆轮椅，想着哪一天阿岚想从医院里逃夜好用。"语嫣说好，阿岚的脸上露出少有的欣喜。两人相互点着头，语嫣就替阿岚穿上衣服，坐上轮椅，离开病房，乘电梯下楼，出了病房大楼，再就出了医院大门，这一路两人是蹑手蹑脚，不敢多说一句话，真有点趁着夜色大逃亡的感觉。

深夜的四川北路，人少车少，雨水冲刷的马路显得异常的洁净，吹来的风也是格外的清新。一直落着雨的天，此时已歇息，天放晴了。

语嫣推着阿岚穿过四川北路，坐在轮椅上的阿岚都有点雀跃，阿岚是屏出全身的力气大喊一声："我又出院啦!"推着轮椅的语嫣觉得此时的阿岚好像又回到了从前，率性而无忧。这一路上，阿岚反复地在问语嫣："我真的又能回家了?"

转进多伦路，转进东横浜路，语嫣有意放慢脚步，让阿岚可以多看看。想着以往的阿岚，时常是夜归，这苍茫黯然的月色下，这泛起幽幽的黄色光亮的路灯下，静谧的多伦路与东横浜路应该是很熟悉和亲切的。看着阿岚始终是盯看这四周的一切时，语嫣是强忍着泪水。

转进大弄堂，转进横弄，开了自家天井的门，进入客堂间，开灯，语嫣想将阿岚扶到沙发上躺下，阿岚却说坐着就行。阿岚环顾着房间。

语嫣上楼，取了那套连衣裙，语嫣将连衣裙在阿岚跟前展开，阿岚微笑地点着头。语嫣替阿岚换上，阿岚喜不自禁，竟不肯脱下。阿岚对语嫣讲："我不想再穿这病员衣服了。"语嫣应着。

此时，旁边的挂钟又是响起，阿岚转过头来，朝语嫣笑笑："语嫣发觉吗，这钟声永远是敲得不是时候。"语嫣怔怔地，不晓得该如何回答。

语嫣问阿岚："阿岚肚子饿吗，想吃点什么吗，只是冰箱里不晓得有些什么吃的？"语嫣到灶间去，待语嫣再回到客堂间时，看见阿岚正盯看着姆妈的遗像。语嫣问："冰箱里有煎饺，阿岚想吃吗？"阿岚讲："好的呀。"

待语嫣把煎饺煎好，端到客堂间时，发现阿岚气喘得有点急，脸色更是煞白，语嫣问："阿岚不舒服吗，我们还是回医院去吧？"阿岚讲："语嫣一直烧饭给我吃的，今天也要吃好再回医院。"

那天阿岚回医院后，也就一直昏睡着，睡得很平稳。语嫣一直陪着。

晨曦微露，阿岚睁开眼来，盯看着语嫣，眼里闪烁着从未有过的光芒，只是这是一瞬间的，像是阿岚拼尽了余力。阿岚想说话，语嫣俯下身去，贴着阿岚的脸旁，阿岚微弱的声音讲："谢谢语嫣。"阿岚眼里的亮光马上就暗灭了。阿岚就这样走了。

这一刻，语嫣瘫坐在阿岚的病床边，看着阿岚，就如同阿岚刚刚睡过去这般，不忍惊醒她。即便自从阿岚患病之后，语嫣思想上是有过这样的准备；即便这些天来医生对于阿岚病情有过多次的预告；即便语嫣目睹着阿岚一步一步地走到现在；而当这一天真的来临时，语嫣还是无法接受。

在医护的帮助下，语嫣替阿岚梳了头，丝丝青发依旧是柔软顺滑，语嫣又替阿岚化了妆，想着阿岚曾经教自己的化妆要领，语嫣是细心入微。语嫣又在阿岚的连衣裙外穿上一件绸缎的外套。病床上，阿岚的遗体，犹如被万紫千花簇拥着，阿岚连衣裙上艳丽的色彩与绸锻外衣上的锦绣花团，互相映衬着，华丽无比。语嫣端详了很久。语嫣轻声讲：“阿岚如愿了，走的时候也是那么漂亮。”

阿岚的遗体从病房到太平间，几个护工帮忙推着车，语嫣一人跟在后面，形影孤单。静寂的长长的走廊，唯有语嫣的哭泣声在回荡。当阿岚的遗体被推进太平间里的冷冻箱时，语嫣恸哭。语嫣想着阿岚诀别时的眼光，体味着阿岚临终前的那声谢谢，想来，阿岚最终不想见任何人，只是为了跟自己一人告别，阿岚与自己告别时，目光中又是蕴含着诸多的叮咛与关照。

十

语嫣把阿岚去世的消息通知沈德运与琬怡。语嫣同时又告知，阿岚有言在先，不搞任何形式的悼念仪式，所以，只是安排在殡仪馆里作简单的告别。

西宝兴路殡仪馆里，一个小小的告别室。

几个人差不多同时到了。沈德运带着飞章来，身后还跟着一个女人，虽说语嫣从来没有看见过，但一眼看到，便明白这个女人肯定是小红。语嫣出于本能地，甚至是无容置疑地将小红拦在告别室的门口，并且讲："这里不允许你进来。"语嫣的声音，大家都听到了，也是惊异于语嫣态度的生硬，这在以前从来没有过的。沈德运也只得无奈地朝小红使了个眼色。

当琬怡和大明看到阿岚的遗体时，也是悲伤，尤其是琬怡。琬怡不由地想到，上次朱家角相聚，阿岚还是可以的，谈笑间，还是那么活跃，才是过去多少日子呀，阿岚竟会这般。琬怡看阿岚，还算安详，穿的是绸缎做的外套，正是孃孃上次送的衣料。语嫣讲："这次阿岚住医院时我悄悄地准备了。"琬怡讲："语嫣有心。"

语嫣说起阿岚最后一段日子的情况，琬怡有些责怪语嫣为什么不早一点告知。语嫣不晓得如何问答，心想，总不见得把阿岚最后拒见琬怡，和说到琬怡的一些话都如实说出来。语嫣只得提到，有次打过电话的，琬怡好像在出差。

语嫣的话，让琬怡想起，有过这么几天的出差，想到由于自己最近工作一忙，倒是疏忽了阿岚的情况，也没空来探望一下阿岚。琬怡有些懊悔。再看语嫣，也是过度辛劳和悲伤的样子。琬怡这又想到，上次朱家角之行，孃孃说开了语嫣的身世，这之后自己竟然也没有关心过语嫣，不太清楚语嫣在晓得自己身世之后的心情会是怎样。琬怡叹息道："难为语嫣了。"

正当大家围在阿岚的遗体旁，默默地悼念时，突然从门外的走廊里传来惊天动地的哭声，这哀嚎的哭声，还伴着喊声："阿岚姐，阿岚姐……"这是小红的哭声。

在阿岚身故头七这一日，琬怡要开一个阿岚的追思会。琬怡想着要做这件事时，大明在一旁提醒琬怡："阿岚留有遗言，一切简单，语嫣也是照做的。"琬怡讲："阿岚走得太无声无息了，连哀乐和悼词都没有。"大明讲："琬怡这是在责怪语嫣没有办好阿岚的后事?"琬怡讲："我不可能去责怪语嫣的，语嫣已经够辛苦了。作为大姐，阿岚的事，我也不能不管呀。"大明讲："也不晓得语嫣经济负担情况，要办追思会，所有的费用就由我们来出吧?"琬怡讲："这个主意倒是可以。"

琬怡想好，就先打电话跟语嫣商量，理由是为了答谢阿岚的众多朋友，在阿岚患病期间给予的关爱。琬怡虽说是商量的口吻说这些的，但口气又是不容置疑的。语嫣听了就说，最近两天里，自己已将阿岚去世的消息一一告知了阿岚的朋友，同时也表示过谢意。琬怡明白语嫣的意思，但说到追思会，还是坚持要开。语嫣也就不再说什么了。琬怡又问语嫣要了沈德运的电话。当琬怡打电话给沈德运，提出要开追思会，沈德运连忙赞同。琬怡再将电话打给语嫣，说了沈德运的态度。

与琬怡几只电话通好结束，语嫣便觉得，琬怡和沈德运对于那个简单的告别仪式是不满意的。语嫣想到当时阿岚的叮嘱，阿岚提到自己的后事，明确说过不通知任何人，不举办任何的悼念仪式。当时阿岚讲："有一事要托语嫣，待语嫣把我的骨灰埋好后，领飞章到墓前来看我一眼就行了。"语嫣明白阿岚的心想，阿岚是不愿意让别人看到自己的遗容。阿岚去世，语嫣想到阿岚的这些关照，但又不晓得如何是好，于是还是通知了琬怡和沈德运，举办了简单的告别仪式。现在看来，琬怡与沈德运都是不满意的。那天在告别仪式上，琬怡问起阿岚最后的日子，对语嫣没有及时通知，似乎也是不满意的。语嫣甚至想到，阿岚当时的任性，让自己现在身陷被动。其实语嫣早就担忧过这种情况的出现。

追思会是借了一家宾馆的会议室。语嫣负责通知参加追思会的人。大明与沈德运负责追思会现场的布置。现场放着轻快的音乐，似乎也是阿岚过去性格的使然，也是追思会希望营造的氛围。这是语嫣的建议，想着原来整天嘻哈惯了的阿岚，语嫣拒绝那些哀伤的音乐。

现场最为注目的是阿岚的遗像，一幅巨幅的彩色相片。

遗像是大明从近两年拍的照片中选出来，并由大明送去制作的。当人们步入追思现场时，无不被阿岚的遗像所吸引，遗像上的阿岚花容惊艳，甚至是摄人心魄。阿岚精致的五官，透着几分的风雅，几分的灵巧。阿岚长发飘逸，甚至是有些散乱地遮蔽了部分的脸庞，洋溢着的微笑，凝视着前方。再细看，阿岚的双眼，扑朔迷离，又带有几分的怅惘，似乎在默默地观注着追思会现场的每一个人。由于照片被清晰地放大了好多倍，阿岚的缕缕发丝，每一根的睫毛，每一寸肌肤的纹路，都是纤毫毕现。人们的目光都在阿岚的遗像上久久驻留。

语嫣现场忙于接待来人。有几个人，语嫣是通知过的，但更多的是朋友间相互传着话就来的。语嫣的确没想到会有这么多的人来，好在也有与沈德运熟悉的，所以沈德运也在一旁是相帮招呼着。语嫣心里是担心两个人，要说这两个人，语嫣请他们来参加追思会时，心里也曾有过矛盾，但又想，若是这两个人不来参加追思会，终会是阿岚的遗憾。语嫣既是替阿岚着想，又想要替阿岚掩饰一些什么。语嫣这又想起了过去，只要阿岚在外面有些什么事发生，或是语嫣认为不妥的事，为了不让姆妈生气，语嫣总是要想尽办法去替阿岚掩饰过去。语嫣所担心的两个人，一个是北方人张总，另外一个人便是赵工。

张总一进会场，左顾右盼，看到沈德运，虽说也是认识，但此时见面，也就淡淡地打一声招呼，而张总见到语嫣，声音就大，追着语嫣就问阿岚最后的情景，还要责怪语嫣为什么不早点找他，兴许抢救还有办法等。语嫣只得将张总拉在一边，小声地说阿岚生前身后诸事。赵工进入追思会现场，不与任何人打声招呼，就独自一人在阿岚的遗像前低头揩眼泪，伫立良久，这便引得周围人的注意。语嫣一看是赵工，连忙上前劝慰。虽说曾经在百货公司远远地匆匆看到过一眼，但毕竟隔了时间，也已淡忘，今日得以近看，几句话一说，与阿岚曾经描述的一些特征基本相符。语嫣虽说对沈德运与琬怡都是笼统介绍说是阿岚的朋友，但沈德运与琬怡看张总与赵工的目光，语嫣便晓得，两个人都在猜着些什么。又让语嫣又多了一层的担心，担心等一歇这两个男人在会上会说些什么。

追思会由琬怡主持，琬怡大姐的身份也是契合。追思会上的气氛起先还是轻松，继而便是沉闷。阿岚一些朋友的侃侃而谈，诸多阿岚与朋友相处时的片断，阿岚的快人快语，活泼欢快的一面，仿佛又是再现，一下子又感染着众人。由于众所周知的原因，沈德运的追忆，多少引得大家的关注，沈德运说到动情之处，情绪失控，众人也为之动容。琬怡则是回忆了与阿岚两年来再续姐妹情缘与接触的一些感悟，娓娓道来，也让众人侧耳。最后轮到语嫣，语嫣几次欲言又止，但又是止不住地啜泣，最后什么都没有说。

在追思会上，语嫣所担心的事并没有发生，那位张总和赵工，说话还算简单与克制。不过，要说追思会上哭得最厉害的是三个男人：沈德运，北方人张总，还有那位赵工。

待追思会结束的时候，人们都再一次在阿岚的遗像前驻足。琬怡伫立凝视着阿岚的遗像。语嫣领着飞章在阿岚遗像前留了影。语嫣想着这两年，三姐妹在不同的场合也有过不少的合影，这些情景，仿佛近在眼前。语嫣再次流下了眼泪，低声抽泣着。大明忙前忙后拍摄着现场照片。

从追思会现场出来。大明开车，觅波坐在副驾驶的位子，琬怡坐在后排。

觅波讲："姑婆送的那束蝴蝶兰也是漂亮，是今天追思会上的亮点，静寂无声，幽兰飘香。"大明讲："妮子一早就送兰花来，说是姑婆亲自挑选的。"大明在后视镜中看了一眼琬怡："要说孃孃也是花了一番的心思。"觅波讲："追思会上，每一个人都说到阿岚阿姨的漂亮，阿岚阿姨活得也算精彩。"大明讲："刚刚的追思会上，也真的见识了阿岚有这么多的朋友，真是各种各样的人都有呀。"觅波又讲："最花心思的还是爸爸吧，今天阿岚阿姨的遗像还是让人过目难忘的。要说爸爸拍的照片，我应该都看到过，唯独没有看到过阿岚阿姨的这张照片，莫不是爸爸原本留着偷偷欣赏的吧？"大明朝觅波笑笑。坐在后排的琬怡，这才叹息讲："要说还是飞章最作孽，从头到底，就没说过一句话，一直是低着头。"觅波讲："我看着语嫣阿姨的神情倒是想哭，听说阿岚阿姨是不想举办任何追悼仪式的，只是妈妈想办这个追思会。"大明讲："原本说好的今天费用由我们来出，我去付钱时，碰到沈德运也要来付账，但语嫣已把钱付了。"琬怡听了，有些责怪大明："早就叫大明去付钱，磨磨蹭蹭的。"大明申辨道："语嫣是不会要我们付的。其实还不止这些，阿岚住院期间，沈德运垫付了一部分的医药费，语嫣也全都还给了沈德运，说是阿岚生前的关照。”琬怡讲：“是吗?”

又过了一段时日，语嫣给琬怡打来电话。电话里，语嫣对琬怡在阿岚生病期间的关心和身后所做的事情上表示感谢。语嫣的语气还是相当地郑重其事。

琬怡明白语嫣说这些话的用意，虽说琬怡与阿岚有着这层的血亲关系，作为大姐，关心和相帮料理一下阿岚的后事也是理所当然，但毕竟这么多年是分开生活的状态，所以，语嫣时隔了一段日子来表示感谢，也是礼数。想着阿岚过世后，众人似乎就悲伤了几天，马上就又回复到原先各自的生活状态，只是东横浜路的家里，也就只有语嫣一人，肯定是寂寞冷清。

琬怡与语嫣在电话里说着说着，语嫣又是哭泣不止，语嫣说得最多的一句话是自己没有照顾好阿岚。语嫣再三自责，琬怡则是劝慰着语嫣。

临通话结束时，语嫣说还有一些事要与琬怡商量，约定与琬怡见一次面，见面的地点还是东横浜路的家里，并且约定了时间。搁了语嫣的电话，琬怡纳闷语嫣会有什么事。

到了约定的这一天，琬怡乘坐的出租车在四川北路多伦路口停下时，语嫣已经在路口等着琬怡。琬怡下车，有些责怪语嫣：“语嫣没必要在这里等呀，这下雨天，路上又堵，语嫣等了很久吧。”语嫣没有接琬怡的话，只是讲：“一年多前，琬怡姐和姐夫，还有觅波，来东横浜路的时候，是阿岚带着飞章等在这路口的。”琬怡连忙点头。

此时天色已暗，两人路过多伦路的洪德堂时，琬怡放慢脚步：“语嫣，不介意进去看看吧？”语嫣讲：“可以。”琬怡讲：“因为曾听说，姆妈晚年常来这里。”语嫣讲：“是的，以前也有几次陪着姆妈来做祷告。”琬怡噢了一声。语嫣又讲：“阿岚在家养病时，有一次我陪阿岚去看医生，回来走到这里，阿岚就气喘得不行了，我只好陪着阿岚到这里边坐坐。”

琬怡与语嫣步入洪德堂内，拾级来到二楼。此时并不是做祷告的时候，所以教堂里也只有不多的几个人，三三两两分坐着，时有低声耳语。穹顶之下，几盏灯泛着不太明亮的亮光，让人有空旷的感觉，更有几分肃穆的气氛。

琬怡和语嫣找座位坐下。语嫣讲：“这里什么都没变，坐在这里，就会想到姆妈曾经坐在这里祷告时的情景。”琬怡讲：“姆妈一定是背负着许多的事。”琬怡的话，让语嫣不禁悲从中来：“这些天来，总会想到，小时候，自己就像一个遭人遗弃的小猫小狗呀，姆妈把自己领回家时，自己又会是什么样子的？姆妈从不想提起这些过去的事，就是一直想着要守护这个秘密吧？”琬怡看了看语嫣，心想语嫣也是难得这样说说心里的话。琬怡讲：“那次在朱家角，酒醉后的阿岚也曾对我说，直到姆妈去世之后，才感到姆妈也是很不容易的。”语嫣讲：“阿岚在最后的日子里，也曾说到姆妈。说每天夜里，临睡前，我们都习惯将脱下衣服叠放在方凳上，衣服从外到里，从上到下有序地这样堆放着。阿岚说，这就是姆妈从小替我们做的规矩，小时候还觉得姆妈太烦了。”琬怡讲：

"语嫣这样一说，我想起来了，我也是保留了那么多年睡前脱衣叠衣的习惯，从来也不会去想谁教会我这种习惯，难道也是姆妈在我年幼时替我养成的?"语嫣讲："诶，琬怡姐也是这样的习惯呀。"

接下来两人都静默无语，各想各的心事。只是琬怡觉得，虽说与语嫣同坐在这教堂里，但此时各自的一份心境，也是千差万别的。

出了洪德堂，到东横浜路的家里。客堂间里，饭桌上端放着阿岚的遗照，遗像前是供奉着水果糕点和几盆小菜。

语嫣进门，就在阿岚的遗像前上香，完全是按着习俗的那一套。琬怡有些惊异地看着。语嫣便讲："今天是阿岚亡故的七七四十九天。"琬怡似乎想了起来："啊，阿岚已经走了有这些日子呀。"语嫣讲："阿岚是有过关照的，家里不要放遗像，但我还是想着让阿岚回家。"这时墙上的挂钟敲响。语嫣对着阿岚的遗像讲："阿岚，琬怡姐来了。"琬怡这才晓得语嫣为什么约今天的日子见面。

语嫣显然觉察到这一点，对琬怡讲："今天主要还是要和琬怡姐商量一下阿岚墓地的事。"语嫣接着说了自己的考虑，准备把阿岚的骨灰葬到无锡乡下外婆和姆妈的墓旁，时间上是在今年的冬至，等等。

语嫣几件事一说，琬怡多少也明白语嫣的心结。凡是涉及阿岚后事的处理，乃至一些很小的细节，语嫣都希望得到琬怡肯定的答复。琬怡觉得，语嫣是顾忌着自己与阿岚的这层血亲关系。其实，琬怡至今都是这么认为，毕竟是天各一方生活了那么多年，虽说后来姐妹有了走动，但也并不能与同一屋檐下的语嫣和阿岚相提并论的。更何况，三姐妹之间的这层血缘关系，对于琬怡来说，早就晓得，多少年来也是忽略这些的，哪怕姐妹重聚，也没有往这方面去想过。至于东横浜路家里的诸事，从一开始，琬怡也就抱着听听而已的心态。只是想着阿岚身后这些事上，也就是那个追思会，当时自己的确有些想法。

待语嫣把这些事说完之后，琬怡就讲："语嫣尽管去安排。"琬怡又补充讲："到了冬至，与语嫣一同去无锡乡下去。"

语嫣从一旁的橱柜里取出一只礼盒，递给琬怡，讲："这是阿岚最后一次住院前，陪着阿岚去百货公司挑选的。阿岚一直惦记着想送给琬怡姐礼物。"琬怡疑惑。语嫣示意琬怡打开礼盒，内有一小饰盒，打开，一对精致的耳环，另外还有一只女款的皮夹。语嫣讲："阿岚在店里犹豫着不晓得送琬怡姐什么好，我对阿岚说，阿岚无论送什么，琬怡姐都会喜欢的。"琬怡打开附在盒内的一张卡片，落款是阿岚，显然是阿岚生前所书："谢谢琬怡大姐对我的关心，虽是姐妹情份，但无以回报了。"琬怡看着这些，有些不知所措。琬怡的目光久久停留在阿岚的留言上的那句"无以回报"的词。琬怡觉得阿岚有点还人情的味道。

语嫣端出茶点，琬怡环看四周。语嫣打开 CD 机，传出平·克劳斯贝的歌曲，琬怡问："是那种老歌吧？"语嫣讲："嗯，不过，这是阿爸最欢喜听的音乐。"琬怡疑惑："从来没有听阿爸说起过。”语嫣讲：“我也是外婆告诉我的，阿爸与姆妈恋爱时，曾将这个歌唱家的黑胶唱片送给姆妈的，家里以前还存着这张唱片的。”琬怡有点新奇地听着。语嫣讲：“小时候，我和阿岚对于阿爸的全部印象，都是外婆说的。外婆应该还是挺喜欢阿爸的，当年阿爸送给姆妈的许多东西，都是外婆悄悄地保存了下来。”此时的琬怡则在想，自己和阿爸曾经在一起的岁月，阿爸已全然没有了这种雅兴。语嫣还在讲：“想来这爱听听音乐的习惯，还是因为阿爸留着的这几张唱片，旧唱片坏了，买新唱片时，还不忘要买阿爸原来喜欢的唱片。”

夜深时，琬怡临走，语嫣又掏出一只信封递给琬怡：“这是最近在整理东西时，发现的一封信，从信的内容与落款看，是阿爸写给姆妈的。阿爸在信中写到琬怡姐大学将要毕业，现已在杂志社实习，并且说琬怡姐已有男朋友。同时也提到了我的身世，让姆妈必要时可以告诉我。还有，阿爸很想看看阿岚和我。”语嫣简单地介绍一下信的内容，隐去了阿岚早先就看到过此信，并与姆妈起了争执的事。语嫣又讲：“这是阿爸信的原件，所以就想还是送给琬怡姐。”

琬怡看信，从信的时间上推算，应该就是阿爸在生病的最后日子里，多年已经不联系的父母，阿爸还会写这么一封信给姆妈，缘由便是阿爸此时已感到来日不多，虽然信上只是轻轻带过一笔，这也符合阿爸要强的个性。在琬怡看来，有点临终交代的味道，只是姆妈接信后并没有回应阿爸。不过，姆妈一直在看自己社里的那本杂志，也曾经读到过自己的文章，应该说阿爸的这封信，还是让姆妈获得了这方面的信息。这也就揭开了琬怡心中的疑虑，姆妈是怎么晓得自己在杂志社工作的。

夜深人静，语嫣把琬怡送到四川北路多伦路路口。琬怡上出租车，彼此都是欲言又止，挥手告别。

语嫣回到家里，简单收拾了桌上的东西。客堂间落地窗的窗外，漆黑的天色，阴云遮蔽下的天空，难有月光投射进来。语嫣关了客堂间里的灯，想着上楼。黑漆漆的客堂间，四周的家具也是这般地安静，好像就是应了这夜的静寂。语嫣环看房间，才感觉到此时的楼上楼下，没有一丝的声响。语嫣上楼，暗黑的楼梯，回响着语嫣蹬踏的脚步声。语嫣喃喃自语："不会再有半夜阿岚叫开门的声音了。"

语嫣推开亭子间的门，亭子间里的北窗的窗门有点声响，这扇窗一直有点松垮。语嫣连忙拉紧这扇窗。语嫣又开亮亭子间的灯，环顾左右，这才感到，自己也是多日没有踏进亭子间，亭子间里的一切，还都是阿岚生前的样子，未曾动过或改变，要说还都是透着阿岚的气息。语嫣有些发呆地看着，这便又想到这亭子间里可是充满着自己与阿岚的许多的回忆。

语嫣到前楼自己的床旁，看着梳妆台的镜子里自己的脸，几块暗斑，最近药涂抹了不少，但还不见效。还是在操持完阿岚的后事不久，语嫣有一次不经意间发现自己脸上的这几块暗斑，这在过去可是从来没有过的。最近，语嫣去皮肤科医院看专家门诊，配了药膏，但并未见效。

手机短信声又响，是汪承望发来的，想见语嫣。汪承望去青岛几个月，最近已回到上海。汪承望一到上海就急着要与语嫣见面，但语嫣几次都拒绝汪承望。汪承望当然失望："语嫣这是怎么啦?"汪承望想着语嫣可能是因为阿岚的去世，还一直处于悲伤的情绪，汪承望便又讲："阿岚也不希望语嫣这样呀。"

当初阿岚去世时，语嫣曾经发了一条短信给汪承望，汪承望随即打来电话，给予语嫣不少的安慰，并且不无遗憾地对语嫣说，这个时候应该陪在语嫣身边的。自从汪承望的前妻和儿子去青岛之后，各种各样的事情一再耽搁汪承望回上海。汪承望一回上海后，急着要与语嫣见面，而此时的语嫣想着汪承望要见面的种种缘由，和自己不想见汪承望的种种理由。语嫣既碍于汪承望家里的这些事，又忧着自己脸上的几块暗斑。也就这样，语嫣一直就未同意与汪承望见面。

对着镜子中脸上的几块暗斑，语嫣看了一歇，有点黯然伤神。

沈德运再来东横浜路的家时，不必再像以往这样，只能待在弄堂口。自从沈德运与阿岚离婚后，沈德运再没有踏进过东横浜路的家里，每次要来，也全都是接送飞章，也就在这弄堂口一送一接。不过，今天沈德运上门，并没有带飞章来。

虽说语嫣之前已接到沈德运的电话，但对于沈德运上门时没带飞章一道来，还是有些疑虑的。语嫣看沈德运，觉得沈德运显得极为的疲惫，双眼也有些浮肿，面色更是有点灰，穿的衣服也稍显随意，甚至可以说是不修边幅。沈德运这样子，在以往与阿岚一起时是难以想象的。在语嫣的印象中，沈德运可是相当在意自己外表的一个人。看到沈德运落魄的样子，加之对于沈德运不带飞章来，语嫣已有疑虑，心里倒是一紧，心想，阿岚才过世不久，飞章与沈德运都会怎么样了？

沈德运在客堂间里一坐，看看四周，讲一声："也没啥变化。"沈德运也是晓得语嫣想看到飞章，没见飞章，肯定会责怪，所以开门见山讲："今天就是来商量飞章的事，所以也就没带飞章来。"

原来，沈德运所开的酒吧，当初投入也不少，但经营的情况似乎一直不太好。这些年，上海的酒吧已经开了许多，竞争也是激烈，加之近几年房租涨得厉害，所以沈德运与小红商量，准备关了上海的酒吧，去小红的家乡，四川的一个小县城里去开酒吧，想着这些小县城的消费也开始兴盛起来，沈德运似乎看到当初上海酒吧业兴盛起来时的那种挣钱的机会。沈德运与小红想好要这么做，但最大的难题是飞章。要说飞章最简单的安排，便是跟着阿爷阿娘，但去阿爷阿娘家，飞章就很抵触。沈德运再想起自己的小时候，当时家里的环境，心里也不愿意这样安排飞章。有一次，沈德运与飞章说起，飞章说想与语嫣姨妈一起住，沈德运也觉得好，只是担心语嫣会有什么不方便，所以，今天先是上门来问问语嫣。

未等沈德运说完，语嫣已是满口应承下这事，心里也是十分的欢喜。沈德运见状，也是如释重负的样子。刚才在与语嫣说这事的时候，沈德运还曾担心语嫣会不会误会自己，心里多少有些忐忑，也有些言颠语倒，好在语嫣马上是明白。

在确定好飞章来住的日子后，语嫣便开始忙碌。语嫣自己睡在前楼，便想着飞章还是睡在亭子间里好，离自己房间也近。而想到亭子间，就想到现在的亭子间里，全都是阿岚留下的东西，虽说飞章是阿岚的儿子，但语嫣感到终是不妥。于是语嫣想着要稍加改变，原来亭子间里睡了几十年的小床，还有老旧的衣橱都不要了，换上漆色淡雅的一张小床与书桌，北面的小窗也换上色彩明亮的窗帘，房间里一下子亮堂不少。不过语嫣很快就又看出问题，亭子间里纵是换上新的家具，但四周的墙面与地板，也越发显旧显脏，语嫣又想到房子装修的事，姆妈生前也说过的，阿岚在世时，自己也有想到过，而到现在，显然也是一件捱不过的事了。

飞章来东横浜路家里时，就像是搬家一样，沈德运也是担心飞章来住会少这样或是那样，所以尽量将许多的日常用品都带来。这又让语嫣有些自责，又有些打招呼地对沈德运讲："都怪我没交代清楚。"当看到布置一新的亭子间时，尤其看到飞章兴奋样子，沈德运更是感到语嫣是用了心的，心里是充满感激。

简单地相帮安顿之后，沈德运就告别，沈德运隔天便要去四川，也有许多要准备的事。飞章有点不舍得沈德运走，话没说出口，眼圈已红。语嫣对飞章讲："去送送爸爸吧。"

待飞章回家进门，语嫣一看飞章的脸色，便晓得哭过。语嫣上前安慰飞章："四川也不远，爸爸也经常会回来的。"

飞章回答："爸爸说马上就要放暑假，让我暑假里到四川去玩。"语嫣讲："这倒是不错。"飞章讲："我才不去，妈妈若是在，肯定不会让我去的。"语嫣听了，不晓得如何说好。

飞章与语嫣一起住，也是很习惯的。以往阿岚在时，飞章来家里住，也是家里最热闹的时候。语嫣似乎又感受到过去的氛围，又新生出很多的冀望。

每天早上，语嫣与飞章一起出门，两人在外面的点心店里简单地吃些早点，然后语嫣送飞章去学校。飞章跟语嫣反复地提到，自己可以一个人去学校，语嫣也就将飞章送到学校附近的一条路，语嫣一定要目送飞章走一段路后，才会折返去上班。语嫣下班，回到家里，此时的飞章早已下课，一个人正安静地坐在亭子间的书桌旁做作业。语嫣烧好夜饭，便叫飞章下楼来吃夜饭。两人吃着夜饭，语嫣会问些飞章学校里的事，或是问飞章与自己爸爸是否有联系等，而飞章则会说些课业上的事。夜饭后，又是叮嘱飞章的作业，还有洗洗弄弄的。自从飞章来住以后，家务事增加不少，但是想着自己能替阿岚照顾飞章，语嫣还是开心的。若是休息天，语嫣会带着飞章去鲁迅公园，或是去看电影，也会在四川北路上去寻好吃的东西。

也就在这段日子里，语嫣已经感到飞章日渐长高，每当这时，语嫣总是会想到阿岚，语嫣都忍不住会跟飞章说到阿岚。不过，一段时间后，语嫣也有察觉，只要语嫣提到阿岚，哪怕是语嫣不经意地提到，飞章顿时会变得闷声不响，所以，想到飞章现在的心情，许多时候，语嫣话到嘴边也是忍了。

语嫣心里也明白，自己不提，其实飞章也是时常在想念自己的妈妈。

现在的语嫣，总喜欢把家里的灯光开得亮亮的，相对于以往一个人时，家里不但显得冷清，连灯似乎也是开得不亮。

尾 声

觅波临要去德国前，琬怡才晓得，觅波是去德国慕尼黑上大学，预订的飞机票也是到慕尼黑的，而迪姆是在自己家乡不来梅上大学的。琬怡有些责怪觅波选择什么城市的大学时，也没跟自己商量，同时又对觅波只身一人前往慕尼黑有些担心。这时正好有一则新闻，报道德国斯图加特市的一所中学发生的校园枪击案，造成人员的死伤。琬怡不免再添不安。对于妈妈几句责怪自己的话，觅波反唇相讥："妈妈一直忙着工作，什么时候有空来关心过我，或是听听我为什么选择去慕尼黑上大学?"琬怡被觅波这样一说，便做洗耳恭听状，而觅波又扭头走，只丢下一句："我现在又不想说了。"

觅波临出发前几天，琬怡推却所有的工作，想着在家帮觅波整理一下行李，而在整理行李的过程中，琬怡与觅波又为带什么或不带什么东西纷争不断。其实此时的琬怡与觅波也都是因为内心的焦虑。琬怡晓得觅波只身一人去慕尼黑，这倒不是因为对迪姆这个人有多少的好感，让琬怡不解的是，正是因为这个迪姆，觅波才会选择去德国读书，但最终选择的学校，两人又是身处异地。觅波也是有些焦虑的，即便一直是大大咧咧，随遇而安的作派，但毕竟对于异国的学习与生活除了期待，还是有点忐忑的。琬怡与觅波的焦虑便都发泄到觅波远行需带些什么物品上，原先已有些改善的母女关系，临行前又起了冲突。琬怡看着此时觅波的样子，就觉得觅波此去，就犹如挣脱了什么，像是放飞。琬怡这样一想，便是神情黯然，不再声响，一切都由着觅波。

觅波出发这一天，孃孃与妮子来太原路家里给觅波送行。妮子才辞了孃孃家里的工，今天是特意陪着孃孃来送觅波的。琬怡看着孃孃眼里闪着泪花，不断地在叮嘱着觅波，心想，其实孃孃到底还是不舍得觅波去那么远的地方。觅波还跟妮子说了不少的话。大明见时间紧张，连忙催促觅波上车。

大明开车，载着觅波与琬怡去机场。车子开出一段路，还见孃孃和妮子站在那里不停地挥手。琬怡讲："真是看不出，妮子一打扮，越来越像上海人了。"觅波讲："妮子说起离开姑婆，也很伤感的。"大明讲："纵是妮子再好，又有心，现在妮子已经是这样一份人家的媳妇，再用也是不合适。"琬怡讲："不晓得这几天新来的保姆阿姨，孃孃用了是否称心，刚才也忘了问。"觅波讲："姑婆家里少了妮子，一下子肯定不太适应的。"大明讲："诶，觅波去那么远的地方，姑婆才是不适应。"

车子在徐家汇附近绕行一段路后，便驶上内环高架路，四周的建筑快速地后移。当车辆驶上南浦大桥时，似乎挣脱了浦西市区狭窄拥挤的道路，车速也快许多。

当大明琬怡和觅波到达浦东机场时，在办理登机手续的地方，看到早早地等在那里的小惠。琬怡见到小惠不免先要客气一番。觅波急着去办登机手续，大明在一旁帮着觅波提托运行李。

待觅波办好登机手续，几人就朝出国登机口走去，也是不多的几步路，就到安检口，送行的人也就只能送到这里。大明问觅波："与迪姆联系了吗，肯定会到慕尼黑来接机的?"觅波讲："迪姆现在已经在慕尼黑了。"琬怡则在跟小惠讲："真是的，去德国读书，也是跟迪姆分在两个城市。"觅波讲："还不是觉得在慕尼黑读书，更对我的专业。"小惠对觅波讲："你一个人到一个陌生的城市，觅波的爸妈不放心呀。"觅波讲："迪姆今后可能更青睐他们家的那个牧场，这好像跟我的想法有些远了。"觅波的话，一下子又让琬怡和大明产生疑惑，刚想问，觅波已转身看了看安检口："好了，时间也差不多，我要进去了。"

觅波与琬怡、小惠和大明一一告别。琬怡与觅波相拥，叮嘱几句，觅波似乎少有温顺地点着头。小惠与觅波道别时，有一点激动，眼睛有些湿润。觅波讲："想吃惠姑烧的小菜时，我就会回来的。"觅波与大明相拥，觅波讲："爸爸以后就别睡北面的小房间了，睡到我的房间里吧。"大明笑着讲："觅波的房间，还是保留着原样，等着觅波回来。"

觅波微笑着挥着手走进安检口。当觅波消失在安检口时，琬怡喃喃地讲一句："觅波真是的，也不晓得再回头看看。"

而此时的琬怡心里还想到，当年的自己与此时的觅波就差了这一步。

与小惠在机杨候机楼分别后，琬怡与大明就驾车返回市区。琬怡讲：“小惠也真是的，也不要我们送她，一定要去挤机场大巴。”大明讲：“可能因为觉得是绕路。”琬怡讲：“绕点路又有什么啦，还不是不想麻烦你这个哥哥呀。小惠可是挤着大巴，特意到机场来送觅波的。小惠为来送觅波，还耽误了不少的生意。”大明没接琬怡的话。琬怡讲：“刚才只顾着觅波，分手时也是匆忙，也没问问小惠，大明妹夫去跑远洋了，小惠里里外外就一个人忙着，应该很辛苦吧。”汽车行驶在通往市区的高架路上。大明一直没有作声，面色也是僵硬。琬怡看了大明一眼。大明讲：“小惠一直就是要强的，从小就是。”琬怡诶了一声。

汽车行驶在通往市区的高架桥上，腾空而起的飞机掠过上空。琬怡抬头看着，自语着：“刚才觅波临进安检门时，说到迪姆的这些话，又是什么意思？”

语嫣给琬怡打来电话，相互简单地问候之后，语嫣将飞章现在住在东横浜路家里的事告诉了琬怡。之后，琬怡几次打来电话，对飞章的生活起居读书等表示关心。琬怡还邀请语嫣和飞章什么时候去太原路家里玩，还提到孃孃也时常提起飞章。语嫣当然明白琬怡关心的用意，毕竟是与琬怡有着血亲关系的妹妹去世后，留下的儿子，自然是要多加关心的。

语嫣跟飞章提起琬怡邀请去太原路家里玩的事，没想到飞章竟然是回绝："妈妈曾经对我说过，除了爸爸之外，语嫣姨妈才是我的亲人。妈妈的意思应该是很明确很明白的，并不会希望我去太原路的。"飞章说这些话的口气完全是像成人。语嫣听了，一时语塞。之后，琬怡又来过几次电话，都提到让飞章去太原路家里玩的事，语嫣每次都以飞章课业重，或要去山阴路阿爷阿娘家等种种理由来推却。语嫣已经开始担心，若琬怡再来邀请飞章和自己去太原路家里玩，自己还有什么理由来搪塞。

这样的日子又持续一段时间，语嫣又有新的感受，感到飞章少有以前的顽闹，安静不少。语嫣想着飞章也长大了，也有可能飞章感到可以撒娇的人都不在身边，但语嫣的内心还是希望飞章能像以往这般。想着过往的飞章总是对自己很是依赖，而当时阿岚还有点吃醋，现在看来，母子总归是母子。这之后，语嫣日渐觉得飞章在家里的话越来越少，现在飞章更多的时候，习惯一个人待在亭子间里。的确，语嫣现在一下班，就急着赶回家，想着飞章一个人在家。语嫣又担心会错过什么。继而，即便是礼拜天，对于语嫣提议去外面吃饭或是看电影，飞章好像也不大起劲。语嫣便想到"青春期""叛逆期"这些单词。好多次，语嫣就站在亭子间的门口，敲门的手举着，犹豫着是否要进去，与飞章说说话。语嫣第一次感到要去了解飞章的内心世界。

阿岚的遗像，现在和姆妈的遗像并排挂在墙上。每当夜深人静时，语嫣看着阿岚的遗像，就会感到有许多话想对阿岚说，语嫣想告诉阿岚，飞章现在住回东横浜路家里了；语嫣想告诉阿岚，飞章今天说了什么做了什么；语嫣想告诉阿岚，飞章的身高已经超过自己。凡事发生在飞章身上点点滴滴的事，语嫣都想告诉阿岚。

语嫣一直婉拒汪承望见面的想法，但这并不影响汪承望开始积极地规划着与语嫣的共同未来。汪承望对于语嫣一再拒绝见面，理解为是阿岚病逝的原因，语嫣处于伤心之中，或是自己在青岛耽搁这么久，或是以前与语嫣相处时，从不曾提及与语嫣的未来，所以，汪承望从青岛回来之后，向语嫣明确地表述了希望与语嫣有一个共同的未来。

不过，语嫣依旧拒绝汪承望见面的请求，并且把飞章来东横浜路家里住的情况告诉了汪承望。而现在，汪承望对于语嫣不能出来约会的理由，理解为是因为语嫣要照顾飞章。

的确，此时的语嫣，不得不再次面对与汪承望的关系。虽说汪承望一直在表示着与语嫣有着共同的未来，但语嫣一直对于见面采取回避的态度。语嫣当然不会去计较汪承望对前妻与儿子的关心，事实上，自从晓得汪承望婚变，以及送前妻与儿子去青岛之后，语嫣都会想到，会不会由于自己的出现，汪承望才可能这样做。近期汪承望又去过青岛探望前妻与儿子，语嫣似乎找到了答案，语嫣是担心汪承望可能对前妻与儿子的关心会有疏忽。不过，现在语嫣的心里也只装着一个飞章。语嫣现在想到，汪承望有照顾前妻与儿子的这些事，现在自己也有飞章需要照顾与陪伴的问题。

琬怡近日几次来关心飞章的电话，似乎也让语嫣悟到些什么。语嫣现在想着是如何让飞章能够安心地住在东横浜路的家，想着不要让飞章受什么委屈，想着不要让琬怡与沈德运担心什么，更想到了阿岚与姆妈。若是哪天飞章想离开东横浜路，若是哪天沈德运想把飞章接回去的话，自己肯定会很后悔的，而且琬怡也可能会责怪自己，语嫣感到不想让飞章再缺失什么。要说当初答应沈德运让飞章住到东横浜路的家里时，可能也不会去想这么多，而现在语嫣想的是，要让飞章在东横浜路家里长长远远地住下去。

此前语嫣一直感到自己不可能融入汪承望的生活，而此时更是觉得自己也脱离不了现在的生活。反复考虑了一些天后，语嫣这样想定，也就想跟汪承望说清楚。

语嫣担心见面会节外生枝，也只是在电话里跟汪承望说了自己的想法。对于汪承望来说，当然不愿意，短信和电话不断，汪承望讲："语嫣统统想的都是别人，什么时候语嫣可以为自己想想。"汪承望求着语嫣再考虑一下，依旧求着语嫣要见面。语嫣当然清楚汪承望的心相，同时更担心的是自己。不过，最后语嫣是同意了汪承望见面的情求。

依旧约着在黄浦江边的那家粤菜馆，不过，语嫣事前是明确地对汪承望说清楚的，仅仅是吃一顿饭。不过，对于语嫣肯出来吃饭，汪承望还是很受鼓舞的。饭桌上，汪承望当然是竭力劝说语嫣，希望改变语嫣的想法，但语嫣态度依旧。不过，吃饭结束时，语嫣还是跟着汪承望去了附近已经订好的酒店。

进入酒店客房内。汪承望还在想着刚才语嫣所言，还是一副竭力要挽回两人关系的言语。语嫣看汪承望，晓得汪承望显然没有想到今天自己还会跟着走进宾馆的客房。语嫣止住汪承望的劝说："你不必再说什么了，就让我们两个人再静静地待些时间吧。"汪承望把语嫣紧紧地拥入怀中。

临近深夜，两人都清楚总有结束的时候。起床，整理衣服，彼此互看，都担心自己的动作会快过对方。语嫣在客房门口对汪承望讲："就在这里分别吧，我先下去，汪承望再晚点下楼。"汪承望上前，再把语嫣抱紧。语嫣讲："你还是要照顾好家人。"汪承望流下眼泪。语嫣讲："你比我要好，你可以自由自在地去许多地方，而我只有待在东横浜路一个地方，啥地方也去不了。"语嫣的话，自然引得汪承望更加悲恸。此时的语嫣，看着眼前的汪承望，心想，原来自己与汪承望始终是隔着这一段的距离，眼前的这一分别，不晓得今后又会是如何，但眼前也是无奈。语嫣有些沮丧，但又想着要克制。语嫣在汪承望耳边低声讲："此时结束，彼此的痛苦好少一些。"

出了宾馆，语嫣将汪承望的电话号码删了，汪承望的来电来短信都做屏蔽处理，语嫣怔怔地看着手机，想着汪承望的短信与电话从此该是消失了。语嫣想着这样去断绝与一个人的往来，是否也太容易些，想着这根线也就此断了。以往的回忆一下子涌起的时候，脑海里便是充满着汪承望那双执着地想见到自己的眼睛。

琬怡去外地出差。外地一圈跑下来，已是耗去十来天。回到上海，想着还有半天的工作时间，又想到有多日没进公司门了，便是家也没回。

琬怡进公司，一眼便见众人都在大声地说笑着，其乐融融的场景，似乎每个人都在自己的岗位上，但明眼一看又都不在工作的状态，尤其是小应和张萍两人，声音是特别响。众人见琬怡进公司，刚才的喧闹声也就戛然而止。

琬怡坐进自己的办公室，小应连忙走进来："钱总出差提早回来了?"琬怡只是淡淡地讲一句："事情办好，就抓紧回来了。"小应将茶和咖啡一一端上。小应讲："贷款的事解决了，公司里的气氛也轻快不少。"琬怡打断小应的话："马上通知技术部门开会。"小应看了一眼琬怡的脸色，连忙噢了一声。

琬怡看着小应离去的背影，又透过玻璃隔断，环看四周，就在刚才踏进公司的这一刻，琬怡一下子生出许多的感触，这难道就是自己要办这家公司的初衷吗?琬怡想到最近的许多工作，贷款的事解决了，也只是暂时的无忧，内心还是有不少的担忧，尤其最近几个老客户来回头生意，既有业务人员不尽责的原因，也有相关新技术上的运用问题。最近琬怡总是会想起陈建栋曾经说过新技术在广告上运用的问题。当时琬怡公司新开，要顾及的问题有很多，并没有仔细深究下去，而现在公司的一些客户，都是以这方面的原因在回绝与汇众公司的合作，而且传来陈建栋的公司已在新媒体领域里开展广告业务，并广受市场青睐的消息，想着陈建栋公司的客户群，与自己公司的客户多有牵涉，琬怡更是担忧。琬怡这才深入去研究一下新技术运用的问题，尤其出差去走访一些客户后，竟然感到完全是一番新的天地。琬怡再看现在的公司，既没有这方面的技术人员，要引进人员，也不是马上就能用上的，并且现在的公司里冗员该是如何处置？琬怡想着，事情就是这样轮番着来，才处理几桩，但更多的事接踵而至，想着今后还有很多的事，又该是如何应付。

已经有一段时间了，下班后的琬怡，并不急着回家，自从觅波去德国读书后，即便周末琬怡也并不是急着回去。琬怡都会独自一人开着车去兜兜逛逛，公司里的事有点烦心伤神，回到家里，又是面对着大明，也是没几句话可说的。而这样一想，下班后开车去转悠个什么地方，找个地方停车，在马路上走一段路，便成了琬怡现在每天下班后的安排。

当然，琬怡喜欢兜兜走走的地方，还是自己家附近的这些马路。静谧的街道，既伴随着过去的许多记忆，也不会打扰想些眼前的心事，然后找一家简单的吃食小店，可以解决夜饭，坐上一歇时间，又是看看马路上的人来车往。近两年，四周的马路和一些房子都在开始改造，城市的管理者似乎有意要恢复这个街区原来的风貌，而有些改造，在琬怡看来有点截弯取直，化繁就简的味道，少了细节。而琬怡觉得能记住以前的，倒就是这点点滴滴的细节。当然，再留意一下眼前走过的人，也是有点物是人非的感觉。

琬怡停好车，走进一家小的西式简餐店。简餐上桌，才吃几口，琬怡想到毛毛。琬怡细想，毛毛已经很久没有联络过自己，想到曾经习惯毛毛经常的电话，现在也几乎没有，真有一点想听毛毛啰哩啰嗦的声音了。琬怡又想到，自己也没有想到过打一个电话给毛毛，琬怡觉得自己的种种忙，但此时又觉得似乎也不是理由。

琬怡拔通毛毛的电话，立即传来毛毛欢快的话声："是琬怡呀，难得琬怡有空会想到打只电话。"琬怡听到毛毛电话里传来的一片嘈杂的声音。毛毛讲："与几个女同学正在吃饭呐。"接着毛毛又讲："是我组织的，不叫男人参加。"毛毛的话明显就是指着阿军。毛毛的话声有点响，琬怡估计整桌人都可以听到。琬怡想到在坐的那些昔日的同学，感到自己电话打得不是时候。即便琬怡还有更多的话想说，但顾忌着毛毛那边一桌的人。琬怡的情绪，毛毛似乎有所觉察，毛毛讲："其实几次想给琬怡打电话的，但又想到琬怡现在肯定很忙的，担心影响到琬怡。刚刚桌上的几个同学，还都说到琬怡，大家还是很佩服琬怡的。"毛毛习惯连珠炮式地说上一大堆的话，刹也刹不住。琬怡心想着快些结束通话。毛毛最后讲："有几个人能像琬怡这样干大事呀。"

与毛毛的电话总算结束。琬怡想着此时自己独自一人，坐在冷清的简餐馆里，想着此时的毛毛，还有与毛毛这一桌的人，都要比自己轻松悠闲。毛毛现在似乎也很受这些昔日的同学欢迎。想着刚才毛毛接自己的电话，有意提高声音，也是为了让桌上的每一个人听到，此时桌面上的几个人肯定在谈着自己。琬怡丝毫不会怀疑毛毛在这种场合，对于自己有很多的溢美之词，以往毛毛就喜欢这样，将自己在众人面前，说得是几近完美。琬怡曾经也觉得，自己在毛毛面前，是存了一点虚荣心的，也有点利用毛毛的热心肠，多少有些自私。想想此时的自己，或是目前公司的境遇，即便告诉毛毛，毛毛又能有多少的理解。不过，此时的琬怡还有另外一番的心境：人家只能是看到自己光鲜亮丽的外表，又有几个人能体会到自己内心的煎熬。

琬怡到家，已是很晚。大明笑讲："我基本猜到琬怡出差会提早回来的。"琬怡疑惑："为什么？"大明讲："因为今天觅波要打电话回来。"琬怡应了一声，心里想到，工作上的事一忙，其实已将觅波周末要打电话来一事忘记了，琬怡讲："我中午就回上海，先是到公司去了，几个人看到，都会问一声，钱总怎么会提早回来？这话也真问得怪了，总不见得回自己的公司，就不能早一天回来？"大明依旧笑笑。

琬怡看看钟点，算算觅波还有多少时间会打电话回来。

德国慕尼黑与中国的时差是六个小时。当觅波忙完一天的课业，吃好夜饭，回到住宿的地方后，也已经是晚上八、九点钟。以往，觅波也只有这时，才会有些空闲打电话到家里，而此时的上海时间是后半夜。往往觅波打来电话或要视频时，琬怡与大明都是从睡梦中惊醒，而与觅波通话结束，琬怡与大明也就睡意全无。觅波在电话里也曾提到过通话或视频的时间问题，但白天毕竟是课业紧张，想着要非常心定地打个电话，只能选择这个时间，而琬怡与大明都表示不介意，只要觅波有空打电话或视频就行了。觅波有时也会与姑婆通话，之后孃孃又会将电话打到琬怡家里，晓得琬怡与大明也是与觅波才通完电话，于是又在电话里说起觅波。这一夜，电话两头的人，肯定都无睡意，要等到天亮。琬怡总是有点歉意，而孃孃讲："夜里也是睡不着，觅波来电话是正好。"不过，这事持续了一段时间后，琬怡和大明都有感到，这样毕竟会影响到白天的工作，于是就跟觅波约定，若是没有特别的事，每周只在礼拜五的夜里通电话或是视频。

在等觅波电话时，琬怡百无聊赖地看着电视，又瞥见大明坐在桌旁，正在电脑上浏览着自己拍摄的照片。大明见琬怡的目光，不无得意地讲："还是觅波教会我的，如何往电脑里输送照片，还有怎么在电脑里修饰照片。"

大明说着，又神情专注地盯着电脑，电脑里的一张张的照片在慢慢地移动。琬怡眼角飘过，不觉也被电脑上的照片吸引。这些照片皆是这两年间，琬怡与语嫣阿岚几次相聚时所拍。琬怡默默地看着这些流动着的照片。对琬怡来说，照片里的这些场景，其实也就是眼前的事，而此时看到，怎么就感觉像是很久远了。渐渐地，琬怡有发现，当语嫣和阿岚的照片出现时，照片停留的时间总会长一点，大明总会仔细端详一番，沉浸其中。

这时电话铃起，今天觅波来电话时间有点早。电话摁到免提，琬怡和大明可以一起听。觅波在电话里说，英国伦敦的一位阿姨，这几天正好来德国公干，顺道来看望觅波，刚刚玩好回家，伦敦阿姨还让觅波代问琬怡好。琬怡应了一声，便听觅波说起这几天与这位伦敦阿姨游玩慕尼黑的事。

觅波去德国留学，孃孃早就将这一信息，向海外的一些亲戚说了，伦敦叔叔的女儿得悉这事之后，就表示常去德国公干，会去看望觅波的。孃孃前些天已经带话来："是该让觅波多联系他们，多走动才好呀。”不想，觅波这几天已经见到这位伦敦的阿姨了。琬怡想到当年自己与孃孃去伦敦游玩时，也正是这位伦敦叔叔的女儿陪着自己畅玩伦敦的。

觅波在电话里最后说到：“听伦敦的这位阿姨说，妈妈当年差一点去英国读书，学校也已注册好了，学费也交了，连飞机票也订了，但妈妈在最后一刻放弃了。我当时听了很惊讶，我说，我可从来没听妈妈说过这事呀。”大明听了笑笑，回答觅波：“有这么回事吗？我也没听说过。”觅波讲：“时间上我也推算过了，就是爸爸和妈妈结婚的这一年。”大明的神情更是惊讶。

琬怡朝大明看一眼，又看着电话，想听觅波还会说什么。

二〇二〇年二月初稿

二〇二一年九月改定